suhrkamp taschenbuch 4335

AF196507

Eines Tages ist es da. Steht am Ende einer Sackgasse mitten in der Stadt. Es ist ein großes Kind. Den Blick hält es demütig zu Boden gesenkt, seine Haut ist rissig. Tagsüber versammeln sich die Bewohner der Stadt um dieses Kind, veranstalten Kundgebungen und Konzerte. Nachts schlagen sie auf es ein, mit Fäusten, Stöcken und Ketten – auf die Skulptur aus weichem, niemals trocknendem Lehm, auf das Mahlstädter Kind. Der Künstler hat es ihnen zur Vollendung überlassen, hat ihnen die Aufgabe übertragen, es »in die allgemein als vollkommen empfundene Form eines Kindes zu bringen«. Zuerst treibt die Kunstbegeisterung die Bewohner der Stadt, dann kommen sie als Pilger ihrer Wut, verlieren prügelnd die Kontrolle über sich und beinahe auch ihren Verstand.

Die Erzählungen von Clemens J. Setz sind gespickt mit grotesken Ideen und subtilem Horror, voller gewalttätiger Momente und zärtlicher Gesten. Wie in den Romanen präsentiert sich Setz auch in der kurzen Form als scharfer Beobachter der menschlichen Natur und einfühlsamer, geradezu liebevoller Porträtist ihrer Eigenarten.

»Hier ist ein Autor zu erleben, der sprachliche Tricks und Kniffe beherrscht, von denen man vorher noch gar nicht wusste, dass es sie gibt.« *Die Welt*

Clemens J. Setz wurde 1982 in Graz geboren. Studium der Mathematik und Germanistik in Graz; Obertonsänger, Übersetzer und freier Schriftsteller. Er lebt in Graz. Für *Die Liebe zur Zeit des Mahlstädter Kindes* wurde er mit dem Preis der Leipziger Buchmesse 2011 ausgezeichnet. Zuletzt erschienen: *Die Vogelstraußtrompete*. Gedichte (2014) und *Indigo*. Roman (st 4477). 2021 erhielt er den Georg-Büchner-Preis.

# Clemens J. Setz
# Die Liebe zur Zeit
# des Mahlstädter Kindes

*Erzählungen*

Suhrkamp

Umschlagabbildung:
Gregori Maiofis, *Adversity makes strange bedfellows*,
© WBA Entertainment, Nashville/USA

*Für Julia*

4. Auflage 2021

Erste Auflage 2012
suhrkamp taschenbuch 4335
© Suhrkamp Verlag Berlin 2011
Suhrkamp Taschenbuch Verlag
Druck: CPI books GmbH, Leck
Printed in Germany
Umschlag: Göllner, Michels, Zegarzewski
ISBN 978-3-518-46335-2

# Die Liebe zur Zeit
# des Mahlstädter Kindes

ATTENTION!
WHEN THE TRAIN IS NOT STOPPED
IT WILL BE CONSTANTLY MOVING

Hinweisschild in einem
amerikanischen Zug

# Milchglas

Il ragazzo non osa guardarsi nel buio,
ma sa bene che deve affogarsi nel sole
e abituarsi agli sguardi del cielo, per crescere un uomo.
*Cesare Pavese*

Es gab sie wie Sand am Meer, sie waren überall und allgegenwärtig, die Grauzonen von Traurigkeit, Wahnsinn und Einsamkeit in Gegenständen, Gebäuden und Situationen: offen stehende Garagen mit einem unveränderlichen Ölfleck auf dem Boden, überquellende Mülltonnen, dreibeinige Hunde oder – sehr schlimm – Haltestellen, als wäre man angekettet unter freiem Himmel; dann einzelne Dinge, verbogenes Besteck, braun beränderte Fäustlinge, Körner aus Winterstreugut, die in den flüssigen Schuhabdrücken auf dem Küchenfußboden schwimmen, ausgebrannte Telefonzellen, Büsche, die nach Urin riechen und trotzdem von Hunderten Spatzen bewohnt sind, die verblassenden Farben der eigenen Sommerkleidung im Untergangslicht eines Treppenhauses, in dessen schummrigen Halbstöcken kleine taufbeckenartige Vorrichtungen stehen, ohne einen Hinweis auf Sinn und Zweck; die ganze entsetzliche Melancholie und Verlorenheit eines Bahnsteigs, der Pendelblick nach links: Schienen, endlos, dann nach rechts: dasselbe, und der vergebliche Versuch, sich festzukrallen in den Rockfalten der Mutter angesichts dieser ausweglosen Unendlichkeit, die einem am nächsten Tag auf harmlosere Weise wieder begegnet, in der Schule, als Zahlenstrahl.

Und die abendlichen Planeten Mars und Venus, mit ihren fühlerartigen Ausläufern, wenn man sie anzwinkert: kleine Bernsteininsekten über den Dächern der Stadt.

Ich schlief fast keine Nacht mehr durch, seit Bernd, mein Bruder, ausgezogen war. Früher hatte mich immer sein Schnarchen beruhigt, sein Gemurmel im Schlaf, seine Bewegungen, die träge und einförmig waren wie die eines aufgehenden Backteigs.

Jede Nacht hatte ich Albträume: lange, unfreundliche Korridore, in denen man mit verschiedenen Graden der Unbeweglichkeit kämpfen musste; verschlossene Türen mit fremdsprachigen Aufschriften; meine Mutter, die mich nicht mehr wiedererkennt und meinen Bruder bittet, mir zu zeigen, wo der Ausgang ist; Verfolgungsjagden durch unseren Keller, in dem Atommüll lagert; ein sterbendes Tier, das sich in einen der schwarzen Regenschirme geflüchtet hat und daraus nicht mehr zu vertreiben ist; rötliches Eis, das beim Schlittschuhlaufen bricht; Clownsschminke, die man nicht mehr ab bekommt. Und in beinahe jedem Traum begegnete ich einer blauen Flamme wieder, die plötzlich irgendwo hochzüngelte, aus meiner Armbanduhr, aus einem Stück Brot, aus einem Brückengeländer, das sich in diesem Moment auflöste und mich in den Fluss stürzen ließ, aus Geldbörsen, Eistüten, Legosteinen, fremden Augen. Ich hasste die blaue Flamme, ihre Farbe war das Entsetzlichste an ihr, dieser Ton von Blau, den ich tagsüber nirgends erblicken konnte. Er ließ sich auch nicht mit Buntstiften auf Papier malen, die verfügbaren Schattierungen aus der Pelikan-Zeichenbox reichten dafür nicht aus. Ich versuchte, der Flamme einen Namen zu geben, damit sie mich endlich nicht mehr heimsuchte, aber es half nichts.

Zu den Albträumen kamen noch meine Schwierigkeiten einzuschlafen. Meine Glieder wollten sich einfach nicht beruhigen. Die Finger blieben hellwach bis spät in die Nacht und bewegten sich, zwei nervöse Spinnen, über die Bettdecke. Außerdem hörte ich die ganze Nacht lang meine Eltern durch die Wohnung gehen, Möbel verrücken, flüstern, sprechen. Ich war schon oft zu ihnen hinausgegangen, wenn sie mich mit ihren Geräuschen qualvoll lange wach gehalten hatten, aber sie saßen immer nur in der Küche oder im Wohnzimmer, betreten, verwirrt, überrascht, mich so spät noch zu sehen – und rieten mir, mich wieder ins Bett zu legen.

Ihr Verhalten war mir unerklärlich. Was hatten sie immer zu bereden? In den Gesprächen beim gemeinsamen Abendessen ließen sie sich nichts anmerken. Merkwürdig war, dass sie immer erst gegen Mitternacht miteinander zu flüstern und zu sprechen begannen, wenn ich noch mit der Angst kämpfte, diesmal die ganze Nacht wach zu bleiben.

Wenn wirklich gar nichts mehr half, holte ich die blaue Kiste unter meinem Bett hervor.

Kinder im Park sind wie Verstoßene, sie laufen überallhin, als wären sie auf der Suche nach einem Unterschlupf für die Nacht. Wer zu lange an einem Ort blieb, wurde von Bettlern belästigt, die mit einem Speichelfaden am Kinn kämpften oder eine Hand in ihrer Hose bewegten, als wollten sie ein schlagendes Herz nachahmen. Man hatte dann zwei Möglichkeiten: um Hilfe rufen oder kämpfen. In unseren Gedanken entschieden wir uns meist für den Kampf, damit niemand merkte, dass sich in unsere Stimmen bereits Tränen mischten.

Wir glaubten an nichts. Wir sprachen unentwegt von Banden, vom Davonlaufen, von Heckenschützen und Überfällen, vom Erlernen einer schwierigen Kampfkunst und sogar davon, ein Mädchen zu verführen. Das alles hing, soweit man sehen konnte, irgendwie zusammen.

Es war der seltsamste Zustand, die rätselhafteste Einrichtung überhaupt: eine Welt, in der es *Mädchen* gab, Mädchen, von denen wir im Turnunterricht getrennt waren, die höhere Stimmen hatten und sich miteinander in einem jahrhundertealten Geheimcode verständigten, der versiegelt und streng bewacht war. Jeder Versuch, den Code gewaltsam zu knacken, führte zur Katastrophe – Tränen, Gebrüll, Lehrer und Eltern, die auf den Unterschied zwischen den Geschlechtern hinwiesen und uns am Handgelenk in irgendeine Richtung zerrten.

Aus rätselhaften Gründen machte uns gerade die körperliche Unterlegenheit der Mädchen, auf die man uns ständig hinwies, ihre schwächeren Arme und Beine, erst richtig wütend, sie schien wie eine Verspottung unserer eigenen Körper. Wir hätten viel darum gegeben, das heißt bezahlt, wenn wir nur für fünf Minuten allein mit einem Mädchen gewesen wären, allein in einem abgesperrten Raum. Allein und ohne Konsequenzen.

Es gab keine Möglichkeit, uns zu beruhigen.

Während mancher Schulstunden dachte ich daran, wie wunderbar es sein müsste, ein Mädchen, am besten eines aus der vorderen Reihe, eines jener Mädchen mit Brille und langem Pferdeschwanz, in eine Statue zu verwandeln – nicht in eine aus Stein, sie sollte lediglich bewegungsunfähig sein, die Augen von mir aus geschlossen und ohne Kleider. Was man alles mit einem solchen Mädchen anstellen könnte, alles, einfach alles – mir fiel vor Aufregung darüber gar nichts Originelles ein, das ich auch meinen Freunden erzählen konnte. Sie alle hungerten, wie ich, nach solchen Erzählungen, nach den quälenden Visionen, die einer von uns etwa eines Nachts gehabt hatte und am nächsten Tag vorm Schulgebäude schilderte – diese entsetzlichen Fantasien aus erfüllten Wünschen und gestohlenen Schätzen. Mein Herz wurde jedes Mal zu einem Buch mit aufflatternden Seiten, wenn einer von uns etwas Neues erzählte, eine Episode, einen Einfall, eine Spiel- oder Folteranleitung – und natürlich musste dann jeder den anderen übertrumpfen, und so verfielen wir in dunkel sprießende Improvisationen, die uns noch tagelang verfolgten, wenn wir sie richtig hinbekamen.

– Die Laura … mit ihrem langen Pferdeschwanz (wie diese letzte Silbe schmatzte!) … wenn die sich hinknien würde … wie ein Hund … und dann nimmt man einfach die Haare und zieht sie zwischen ihre Arschbacken … dass sie sich den Arsch mit ihrem Zopf abwischt …

– Oder du knotest die Haare dann so, schau, so …

– Und dann steckst du sie ihr rein!

Und das schmutzige Wort, das gleichzeitig in einem anderen Leben *rein*, also sauber, unbefleckt, bedeuten konnte, zerging salzig auf der Zunge.

Die Tatsache, dass die Mädchen nichts von uns hielten und sich nicht im Geringsten auf die gleiche Art und Weise über uns zu unterhalten schienen wie wir über sie, stachelte uns zu immer kühneren Flugversuchen an.

Der einzige Ort, an dem es keine festgelegten Sitzplätze für Buben und Mädchen gab, war die Kirche.

❖

In der Kirche drehte sich alles darum, dass man nur so weit und nicht weiter gehen durfte in dem riesigen, fast immer menschenleeren Gebäude. Bis zum Altar und nicht weiter. Nein, bis zu den Stufen vor dem Altar. Und auch nicht in die Sakristei, nicht ohne Aufsicht.

Unsere Schritte hatten lange Echos: *Doch ... Doch ... Dochchch ...*

Von Pater Johann hatten wir damals die Erstkommunion erhalten, ein seltsames Martyrium aus Basteleien und rituellen Kerzen, die monatelang meine Träume beschäftigten. Und alle Mädchen in Weiß. Gebete aufsagen. Der Ablauf der Messe, wie die Strophen eines Gedichts auswendig im Kopf. Das merkwürdige Wort Fürbitten. Die lange Reihe der Mädchen und Buben mit den Kerzen in der Hand. Der schwitzende Fotograf auf dem kleinen Gemeindeparkplatz.

Mir gefiel es, zur Messe zu gehen, weil ich da noch viele meiner alten Schulfreunde treffen konnte. Die Kinder im Gymnasium, das ich seit einem halben Jahr besuchte, waren mir alle noch fremd und würden das Kunststück wohl nicht mehr hinbekommen, meine Freunde zu werden.

An dem Tag, als ich den weißen Papiertaler, der Teile

des Erlösers enthielt und nach nichts schmeckte, in der Kommunion empfing, aber nicht schluckte, habe ich das erste Mal jemanden geschlagen. Michael.

– Dalleib Christi, sagte Pater Johann und tat dann das Ungeheuerliche, das er schon einige Male getan hatte, etwas, das mich elektrisierte und beinahe in Ohnmacht fallen ließ – er legte mir die kleine, weiße Hostie auf die Zunge. Schlagartig wurde mir bewusst, dass ich ganz von selbst den Mund offen gehalten hatte, was mich noch mehr verwirrte und anstachelte. Dann fiel mir ein, dass nur geschehen war, was mir vorher schon von allen lang und breit erklärt worden war.

Die Hostie blieb am Gaumen kleben und wurde ein weißer und zäher Brei, wenn man nicht aufpasste. Wir allerdings passten auf.

Es war ganz einfach. Man musste nur vorher eine halbe Stunde mit offenem Mund herumrennen, bei Wind, mit offener Jacke, im Park oder vor der Kirche. Oder, wenn das nicht möglich war, pfeifend ein- und ausatmen, so als wäre man verschnupft. Mit ausgetrockneter Kehle wartete man die Messe ab, dann empfing man – welch eigenartiger Schauder packte mich jedes Mal aufs Neue bei diesem Wort – die Kommunion, die weiße Oblate. Sie klebte sofort an der Innenseite des Mundes fest, und man konnte sie gefahrlos hinaustragen und den Freunden zeigen, die mit ihren Eltern vor der Kirche herumstanden, auf dem Kiesweg, gleich neben einem unordentlichen Fahrradständer.

Über dem Altar, sehr weit oben, gab es ein rundes, weißes Fenster aus Milchglas, das ich immer anstarrte, wenn ich *empfing*. Es war genauso rund und weiß wie die Hostie in meinem Mund, und die Distanz zwischen mir und dem hohen Fenster verringerte sich fast auf null, wenn sich die kleinere Version davon, die Hostie, an meinen Gaumen legte. Wie ein Seil, das zwischen zwei weit entfernten Punkten gespannt wird. Das Fenster war einer der wenigen Gegenstände, die eine unleugbar heilige Wirkung auf mich hatten, ähnlich wie der Anblick einer verfaulten Blume, der eigenen Haut unter einem starken Vergrößerungsglas oder der toten Fische auf dem Bauernmarkt mit ihren entsetzt starrenden Augen.

Am Kirchenparkplatz, allein mit ein paar Freunden, sperrte ich meinen Mund auf und zeigte ihnen die intakte Hostie.

– Gib …

– Lass mich!

Michael griff mir mit seinen nach Speichel riechenden Fingern ins Gesicht, auf meine Lippen. Ich wehrte ihn ab. Er taumelte wieder näher, dümmlich und verspielt. Ich rammte ihm meine Faust in den Bauch, dann schlug ich ihm, während er sich krümmte, ins Genick. Die Freunde wichen vor uns zurück.

Michaels Mutter hatte uns gesehen und eilte ihrem Sohn zu Hilfe. Sie spuckte ein paar Beschimpfungen in meine Richtung, dann zog sie ihn am Handgelenk davon. Er ließ sich führen wie ein Blinder, von der Erkenntnis, dass sein Körper Schmerz empfinden konnte, ganz benebelt.

Ich blieb zurück und begann erregt zu kauen.

In der Ferne winkten fallende Schornsteine, wie ein Lauffeuer breitete sich die Hölle über die Gegend aus, über den Volksgarten, das Krankenhaus der Barmherzigen Brüder, das Orpheum, die Parkgarage. Über den Hinterhof unseres Hauses, über die Balkone und Fenster. Über die Vogeltränke, über meine Fingerspitzen. Sogar auf meiner Haut breitete sie sich jetzt aus, eine Hölle wie warmes, feuchtes Moos, eine Hölle wie ein Medaillon, das man mit sich herumträgt, eine Hölle wie eine verbotene Körperstelle, die niemals ganz trocken wird, auf der alles immer festklebt und sich langsam auflöst wie Löschpapier. Ein Haarföhn löste sich aus meiner Schulter, er tropfte auf den Boden. Er war winzig klein und lebendig. Ich berührte ihn mit der Fußspitze, da begann er sich im Kreis zu drehen wie ein Feuerwerkskörper. Es musste davon noch Hunderte in meinen Schultern geben.

Entsetzt atmete ich aus. Beim Aufstehen schleifte ich die Bilder des Traums an einer langen, scheppernden Drachenschnur hinter mir her.

Ich betrat die Küche. Wie immer verharrten meine Eltern für einen Augenblick in der Position, in der sie sich gerade befanden. Ich hatte sie *unterbrochen*. Ich unterbrach sie die ganze Zeit. Andere Kinder begrüßten oder überraschten, ich unterbrach.

Meine Mutter stand am Herd. In der Hand hielt sie einen Löffel und schabte etwas aus einer Pfanne. Mein Vater starrte sie an.

– Kannst du das lassen?

– Was?

– Dieses Geräusch. Dieses Kratzen.

– Ich kann nicht warten …

– Lass es!

17

– Wenn ich es jetzt nicht mache, dann kann ich die Pfanne gleich wegwerfen!

– Brauchst du eine schriftliche Einladung?

Mein Vater war aufgestanden. Dann schaute er mich an und setzte sich wieder. Normalität bewahren. Alles in Ordnung. Niemand streitet.

Es war erbärmlich.

Sie hatten beide tiefe Augenringe, die Hautstelle darunter war dunkelgrau und so schlaff und ausgeleiert, als hätten die ganze Nacht Bleigewichte daran gehangen.

Solange ich in der Küche war, schwiegen sie, verschonten mich. Ich hasste sie dafür.

Sie waren so sehr mit sich selbst beschäftigt, dass keiner von ihnen bemerkte, dass ich an diesem Tag gar kein Frühstück bekam.

Das geschah ihnen recht, dachte ich.

Irgendwann würde es mir so schlecht gehen, dass sie ihr Verhalten schlagartig ändern müssten.

Wenn meine Eltern keine Zeit für ein Mittagessen hatten, kam Inge zu mir, die sonderbare Nachbarin. Sie saß in der Küche und wartete, bis sie jemand ansprach. Wir sperrten die Wohnungstür so gut wie nie ab; in unserem Bezirk gab es wenig Kriminalität, trotz des finsteren Volksgartens gleich um die Ecke.

– Hallo, sagte ich in die Küche.

– Hallo, sagte Inge, schau –

Sie winkte mich zu sich heran und zeigte mir ihre Fußsohle. Sie war schwarz und besaß fast so etwas wie ein Muster, eine Struktur aus eingetretenem Dreck.

– Sohlen …, sagte sie, nickte mir aufmunternd zu und lachte auf ihre breite, hin und her schwappende Art.

Inge kochte gut und erzählte immer wieder dieselbe Geschichte von dem Lamm, das sie als Kind versucht hatte aufzuziehen, weil es von seiner Mutter verstoßen worden war. Ich hörte die Geschichte gerne. Inge hatte schon vor langer Zeit den Verstand verloren. Deshalb konnte sie so gut kochen und erzählen.

Und noch einen Vorteil hatte es, wenn Inge in der Wohnung war: Sie ließ mich, ohne nachzufragen, überall hingehen.

Michael freute sich – trotz des kleinen Kampfes vor der Kirche – immer noch, wenn er mich sah. Er wusste, dass ich viel klüger war als er und deshalb auch viel einfallsreicher. Besonders liebte er es, wenn seine Mutter uns beide allein ließ, dann wich er gar nicht von meiner Seite, stellte sich taub für jeden Satz in normaler Tonlage, sprang aber auf alles an, was ich mit leicht veränderter Stimme sagte.

Ich redete mir ein, dass Michael mich für meine Klugheit und meine fantasievollen Spielideen liebte, und ich hasste ihn gleichzeitig für diese Schwäche. Sobald er mich spüren ließ, dass ich ihm überlegen war, konnte ich die Beherrschung verlieren.

Trotzdem musste ich zugeben, dass mir die Spiele mit ihm am besten gefielen – das Verschanzen hinter einem Berg von Matratzen, das Ausschauhalten am Balkon, in ein paar annähernd in Armeefarben getupfte Decken gewickelt, oder das Verwundeten-Spiel, in dem wir zwei Angeschossene oder Verstümmelte waren, die sich durch eine Wüste oder einen Dschungel oder eine menschenleere Vorstadt schleppten – die Spiele erfüllten das wichtigste Kriterium, das ich bei Spielen kannte: Mir wurde heiß.

An diesem Tag spielten wir an seinem Computer. Ich schlug etwas anderes vor, aber Michaels Mutter war noch zuhause, und ich verstand sein Zögern. Er wollte den Genuss für später aufsparen, ich selbst hätte es genauso gemacht. Wir saßen nebeneinander vor dem Bildschirm, Michael hatte einen Stuhl für mich aus der Küche geholt, einen hellen aus Holz, der nicht zu dem schwarzen Bürosessel passte, auf dem Michael halb kniete und halb saß. Seine Finger waren schmutzig, gelb und dick. Das halbe Kreuz der Pfeiltasten seiner Tastatur war abgewetzt und verschmiert. Ich musste sie, Gott sei Dank, nicht anfassen. Michael konnte den Augenblick kaum erwarten, da seine Mutter endlich die Wohnungstür hinter sich zuziehen und uns allein lassen würde. Er wurde nervös, war nicht richtig bei der Sache, ihm unterliefen lächerliche Fehler.

Ich ermahnte ihn, er solle sich konzentrieren.

Er stand auf und ging zur Tür. Er lauschte. Als er die Schritte seiner Mutter hörte, die aus dem Badezimmer kam, senkten sich seine Schultern.

– Komm wieder her, sagte ich.

Ich ertrug es nicht, wenn die Anwesenheit seiner Mutter wichtiger war als meine. Ich besuchte ihn schließlich nur einmal in der Woche. Ob seine Mutter da war oder nicht, konnte ihm doch eigentlich egal sein. Und wenn wir schon nicht die richtigen Spiele spielen konnten, solange wir nicht allein waren, sollte er doch wenigstens –

– Was tust du!?

Ich hatte geschrien, sofort wurde ich wieder leiser. Kein Grund, seine Mutter anzulocken.

– Gar nichts, sagte er.

Er hatte seinen Zeigefinger auf die Pfeil-nach-oben-Taste gelegt, sodass seine Spielfigur auf meine zusteuerte, ohne Attacke, ohne Chance. Ich besiegte sie und schrie ihn wieder an:

– Was soll das?

– Es ist eh schon aus, sagte er.

Sein dickes Gesicht, seine Weichheit, seine unangebrachte Liebe, die er mir auch noch vorenthielt, solange seine Mutter in der Wohnung war – all das trieb mich zur Tat, zum ersten Befreiungsschlag. Ich warf mich auf ihn und schlug ihm mit der Faust gegen die Stirn. Er quietschte unter meinem Gewicht und strampelte. Ich haute noch einmal zu, diesmal auf seine straff gespannte Wange. Sofort leuchteten ein paar rote Flecken auf. Er starrte zu mir hoch, verwirrt, ängstlich. Ich hätte ihm auf der Stelle einen kleinen Metallring durch die Lippe oder das Ohrläppchen schlagen können.

Ein paar Sekunden nach der Attacke ging es schon nicht mehr um die Tat selbst, es war vielmehr die Verbindung bestimmter Dinge und Gegenstände, die augenblicklich notwendig schien. Die Brille, die Finger, der runde, helle Schädel, das fleckige T-Shirt, die Schultasche, das alles brüllte nach Verschmelzung, nach Entweihung. Ich riss an Michaels Arm und verdrehte ihn, der Widerstand des Gelenks nahm zu, mir wurde heiß.

Die Wohnungstür fiel ins Schloss.

Michaels Augen weiteten sich, und er schrie um Hilfe. Ich hatte noch nie ein Kind um Hilfe schreien gehört, außer einmal – mich selbst, als ich im Lift unseres Hauses feststeckte und erst drei Stunden später befreit werden konnte. Seitdem vermied ich jeden Kontakt mit dem Aufzug, als wäre er eine unanständige Körperstelle, über die man mit niemandem sprechen durfte. Nachts hasste ich sein keuchendes Fahrgeräusch in den Wänden.

Ich drehte noch stärker an Michaels Arm, er weinte und schrie nach seiner Mutter, die noch im Treppenhaus sein musste. Ich berührte seine Stirn und die Schläfen. Er ließ es geschehen. Etwas Finsteres wohnte in der Berührung von Michaels Kopf, in der Art, wie ich die Form seines Schädels unter seinen kurzen Haaren spüren konnte. In dem Gefühl lag ein quälendes, lähmendes Begehren, das Verlangen, in irgendeine Richtung weiterzugehen. Ohne ihn loszulassen, betastete ich meinen eigenen Kopf, um zu sehen, ob sich das Gefühl reproduzieren ließ. Ich sagte einige Male laut seinen Namen: *Mich-a-el, Milch-al-eel.*

Ich fasste nach seiner Brille und zog daran, langsam und vorsichtig, wie man die Schutzfolie von einem Abziehbild löst. Er begann sofort zu blinzeln. Auf einem Brillenglas lag eine kleine, runde Träne. Ich roch an der Brille.

– Mund auf, befahl ich ihm.

Er schüttelte den Kopf, er wand sich unter mir, wie ein Fisch, der zurück ins Wasser will. Ich griff in sein Gesicht und öffnete seine Lippen mit Daumen und Zeigefinger. Er wehrte sich, aber ich schaffte es, die Brille zwischen seine Zähne zu schieben. Er hatte aufgegeben, lag nur mehr da, die Brille im Mund, und weinte.

Ich hatte Mitleid, ich wollte aufhören. Das Telefon in der Wohnung klingelte.

Ich fuhr ihm einmal über den Kopf, das kurz geschorene Haar, das Gefühl an meinen Fingern brachte den Wahnsinn, den finsteren Taumel wieder; ich grub ihm meine Nägel in die Wangen, dabei bemerkte ich, wie sich mein Mund verzerrte, ohne dass ich es kontrollieren konnte – er wurde zu dem halbgeöffneten Mund, den man nach einem starken Weinkrampf hat, mehr eine offene Wunde als ein Mund. Ich schluckte. Das Gefühl seiner nachgebenden Haut unter meinen Fingernägeln. Es war genug, ich musste jetzt aufhören. Das Telefon läutete ein letztes, halbes Mal und blieb dann stumm.

Ich stieg von ihm herunter. Zuerst spuckte Michael die Brille aus, sie fiel auf den Teppich. Er hatte zu weinen aufgehört. Ohne mich zu beachten, ordnete er seine verrutschte Kleidung und putzte seine Brille an einem Hemdsärmel.

Ich setzte mich wieder vor seinen Computer.

– Kommst du jetzt, sagte ich.

Er setzte sich auf sein Bett, zog sich die Socken aus und wieder an. Ein verzweifelter Versuch, etwas Ordnung zurückzugewinnen. Danach stand er auf und kam tatsächlich zu mir, und wir spielten weiter gegeneinander. Aber er schaute nur starr auf den Bildschirm, sein Gesicht war ausdruckslos wie ein Stapel Papier. Seine dicken Finger mit den abgekauten Nägeln tänzelten ungeschickt über die Tastatur. Ich ließ ihn gewinnen, um ihm zu zeigen, dass ich nicht mehr wütend auf ihn war. Er bemühte sich zwar auch zu verlieren – vermutlich um mich zu beruhigen –, aber es gelang ihm nicht. Endlich hob seine Spielfigur die eckigen Arme zum Himmel und führte ihren Siegestanz auf. Nach drei Runden hatte Michael sogar ein Leben mehr als ich.

❖

Die schreckliche Kreuzigung auf der ersten Schausei-
te des Isenheimer Altars; ein Porträt des Elefanten-
menschen Joseph Merrick; das nackt brennende Mädchen in Vietnam; der Lampenschirm aus Buchenwald;
ein KZ-Häftling, der in einer Druckkammer ermordet
worden ist, mit geborstenen Augenhöhlen; ein alter
Kupferstich, der einen Pestdoktor zeigt, geschnäbelt
und mit einem Stock zum Berühren der Kranken, vor
ihm ein abgezehrter schwarzer Leichnam wie ein Büschel verbrannte Wolle; eine Werbepostkarte zum Film
*Eraserhead*; ein paar alte Kinderzeichnungen mit Tun-
neln, Kerzen und Altären; ein Rosenkranz; eine Bilder-
serie aus der *Chronik der Medizin* über das Steinschnei-
den im Mittelalter; die musikalische Hölle von Bosch;
ein paar Seiten aus einem Kinderbuch mit Darstellungen von vergreisten Elfen, und die Elfen sind von einem
Fluch befallen, der ihre Gesichter altern lässt und ihre
Herzen in graue Pilze verwandelt, die irgendwann aus
der Brust schlüpfen wie kleine lebendige Schirme – das
grausamste Bild zeigt eine Wiese neben einem Wald, auf
ihr eine Schar Elfen, Männer wie Frauen, die sich unter
Todesschmerzen krümmen und die Hände gegen ihre
Oberkörper pressen, um die Katastrophe aufzuhalten –
das und eine Sammlung alter Actionfiguren waren in
etwa der Inhalt der blauen Kiste. Als ich sie schon her-
vorgezogen hatte, merkte ich, dass ich sie heute nicht
brauchen würde. Sie wanderte zurück in die Finster-
nis.

❖

Am nächsten Tag erhielt Michael seine zweite Abreibung, diesmal sozusagen in Abwesenheit.

Wir waren alle im Park und spielten Geschwader. Ich liebte dieses Wort, obwohl ich nicht genau wusste, woher es kam. Es fühlte sich im Mund an wie ein geheimnisvoller schwarzer Lederhandschuh.

Das Spiel sah folgendermaßen aus: Vier von uns waren die kampfkräftigste Einheit einer Sondereinsatztruppe, die nach einer nuklearen Katastrophe durch das Land zog und für Frieden und Disziplin sorgte. Die anderen drei waren Rebellen. Die Spielanleitung hatten wir von der Verpackung eines Videofilms.

Das Spiel bestand aus Feuergefechten quer durch den ganzen Park. Als Waffen benutzten wir Äste.

Ich gab Michael den Auftrag, sich zu verstecken. Über unsere gestrige Auseinandersetzung hatten wir nicht mehr gesprochen. Aber mir schien, dass er noch eine Spur unterwürfiger war als sonst. Er fragte mich, wo er sich verstecken solle. Ich brachte ihn zu dem kleinen Pavillon mit öffentlichen Toiletten, der in der Nähe der Volksgartenstraße stand. Die Tür zu den Männerklos stand offen, und ich stellte Michael in eine der Kabinen.

– Bis wir dich rufen, sagte ich.

Er salutierte. Für einen Augenblick brachten mich sein alberner Spieleifer, seine roten Wangen, sein vorstehender Unterkiefer wieder in Rage, aber ich riss mich zusammen und ließ ihn allein, er machte die Klotür zu. Ein obszöner Spruch erschien, begleitet von einer Telefonnummer. Ich ging noch einmal zurück und riet ihm, die Tür zu versperren. Ich wartete. Es dauerte eine Weile, dann färbte sich das kleine Kästchen unter der Türschnalle rot – *besetzt*.

Das Spiel ging ungefähr eine Stunde ohne Unterbrechung weiter. Wir mieden den Teil des Parks, in dem einige der Mütter auf Bänken saßen und darauf warteten, dass ihre Söhne müde zu ihnen zurückkehrten.

Diesmal war es anders – eine Mutter kam zu uns, mitten in unser Spiel von postapokalyptischer Vergeltung. Sie nahm von den Vorgängen allerdings nichts wahr, sondern sprach ihren Sohn Markus an, der gerade tot im Gras lag. Er stand sofort auf und ging mit ihr fort. Eine andere Mutter tauchte gleich nach ihr auf und fragte nach ihrem Kind.

Ich kannte sie. Ich wartete.

Wenig später waren alle am Suchen, ich eingeschlossen. Auf der schmalen Brücke über den Mühlgang entdeckte ich ein kleines Stofftaschentuch, das jemand um eine der Geländersprossen gewickelt hatte. Das Taschentuch verwandelte sich in eine Jacke, in eine Unterhose, in einen Pullover. In Michaels Pullover. Michael war entführt, im Gebüsch, in einem Hinterhof, auf dem Rücksitz eines Lieferwagens vergewaltigt worden, und anschließend war seine Jacke auf die Brücke gelegt worden, als Ablenkungsmanöver. Oder nein, er selbst war zu einem der Bettler gegangen und hatte sich ihm angeboten. Oder *dar*geboten, mit dieser etwas raueren, schmutzigeren Silbe.

Die letzte Version der Geschichte reizte mich ganz besonders. Wenn ich vielleicht was gesehen hätte … etwa den Moment, da Michael zum ersten Mal den Penner anspricht … Vielleicht bezahlte er sogar den Penner. Mit seiner Jacke. Und die war dem Penner hinterher zu klein gewesen, und er hatte sie deshalb hier abgelegt, als hätte sie jemand einfach vergessen. Oder besser – Michael war einfach plötzlich aus unserem Spiel verschwunden und hatte sich, schon im Fortgehen, die Jacke ausgezogen. Diese Geschichte war unschlagbar. Denn man wusste nichts, man konnte aber alles ahnen – wozu zog er die Jacke aus, wenn es doch schon beinahe Abend und ziemlich kühl war? Und warum war er plötzlich weggegangen? Diese Fragen brachten mir einen unerhörten Vorteil – man würde mir glauben, weil ich selbst so wenig wusste.

Es war die wundervollste Entdeckung von allen: eine Geschichte, die einen Abend lang die Wirklichkeit verdrängte. Ich hatte den Wirkungsbereich meiner eigenen Stimme entdeckt. Ich hatte Gott gefunden, ich hatte ihn in mich aufgenommen.

Es war der schönste Abend, den ich seit langem erlebt hatte. Keine Streitereien, kein Gebrüll. Mein Vater und meine Mutter saßen, in ein leises, bedeutungsvolles Gespräch versunken, nebeneinander am Küchentisch. Worum ging es? Um den Park natürlich. Um meinen Bericht, um mich – es ging um mich, ohne dass sie es merkten! Ich hatte auf ganzer Linie gesiegt.

Sie berieten, ob der Park wirklich noch ein sicherer Ort für ein Kind war. Sollten sie mir überhaupt noch erlauben, zum Spielen dorthin zu gehen? Vielleicht war es ja auch die Schuld von Michaels Mutter, dass ihr Sohn verschwunden war. Ja, wer weiß, auch das konnte sein. Vernachlässigte sie ihren Sohn? Man würde mich später nach Hinweisen darauf befragen.

Ich saß im Nebenzimmer vor meinem Teller Spaghetti, aber ich hörte alles. Ich aß so geräuschlos wie möglich. Ich hatte mir bewiesen, dass in meinem Kopf ein Ausgang existierte, ein Ausgang aus der täglichen

Hölle, aus den Streitereien und Kämpfen meiner Eltern. Ich brauchte meinen Bruder nicht mehr, um es zu ertragen. Mochte er doch bleiben, wo er wollte. Das erste hellblaue Aufflackern von Unabhängigkeit! Ich konnte mein Glück kaum fassen. Ich saß vor meinem Abendessen auf dem Sofa im Wohnzimmer und fand alles wunderschön: die alten Bilder an den Wänden, die schwarze Gesellschaft der zusammengeklappten Balkonsessel, die Tischplatte, die grüne Leselampe. Das leere Zimmer meines Bruders. Die geschlossene Tür.

Mein Vater schlug vor, dass mich ab jetzt immer jemand begleiten sollte. Das heißt natürlich erst, nachdem die Suche abgeschlossen und Michael wieder aufgetaucht war. Vorher blieb der Park Sperrgebiet.

Ich musste krampfhaft ein Lachen unterdrücken. Den Mund voller Nudeln, presste ich mir die Serviette auf die Lippen und zwang mich zu schlucken. In meiner Brust, knapp unterhalb meiner Kehle, implodierte ein kleiner Ball aus Glück.

Ob er wohl immer noch dort stand, in der Toilette, die so ekelhaft stank, nach jahrhundertealtem Urin und den Exkrementen todkranker Männer? Es war herrlich, sich Michael vorzustellen, wie er mit seiner kurzen Hose auf einer der schmutzverkrusteten Klobrillen hockte und *die Stellung hielt*. Vielleicht war er auch irgendwann eingenickt. Es hätte mich nicht gewundert, denn es kam oft vor, dass Michael im Unterricht schlief.

Ich nahm mir vor, ihn am nächsten Tag mit einer Beförderung zu belohnen, falls er es geschafft haben sollte, die ganze Nacht in der Kabine zu bleiben.

Meine Mutter telefonierte an diesem wundervoll

28

friedlichen Abend noch spät mit jemandem; auch das kam nicht oft vor. Sie sprach im Nebenzimmer, als ich schon längst im Bett war. Ich hörte ihre Stimme, sie sagte, dass es ihr leidtue, sie versprach irgendetwas, das ich nicht verstehen konnte, dann legte sie auf.

Der Lichtspalt unter meiner Tür glühte auf und erlosch.

Meine Entdeckung musste alles, wirklich alles verändert haben, denn am nächsten Morgen war die Wohnung leer – die Schuhe und Mäntel meiner Eltern fehlten –, und nur aus der Küche kamen Geräusche.

Ich erwartete, dass Inge dort saß und mit ihren Fußsohlen redete. Ich schaute um die Ecke.

– Hallo, sagte Bernd und sah von einem Glas Milch auf.

Ich dachte daran, dass ich noch im Pyjama war – Bernd hasste es, wenn ich nicht richtig angezogen war, er nannte mich dann immer nackt, obwohl alles an mir verhüllt war.

Dann erst dachte ich: Warum war er da?

– Die Mama und der Papa kommen erst später, sagte er und kaute.

Sein Ton überraschte mich. *Die Mama und der Papa* – so hatte er vorher nie gesprochen. Sonst hieß es immer *sie*. Er fasste sie beide immer zusammen. Etwas hatte ihn verändert während der Zeit, als er weg gewesen war. War er überhaupt zurückgekommen? Würde er wieder einziehen? Ich wusste nicht, was ich ihn fragen sollte.

– Zieh dir vielleicht etwas an, wie wär das …?

Ich blickte an mir herunter, nur um ihm zu zeigen, dass ich seinen Vorschlag ernst nahm, und ging zurück in mein Zimmer. Ich zog den Pyjama aus und holte eine saubere Unterhose aus dem Kleiderschrank. Auf dem Klavierschemel fand ich ein zusammengelegtes T-Shirt.

Draußen hörte ich Bernd herumgehen. Suchte er etwas? Ein Schlüsselbund rasselte, und die Wohnungstür wurde zugesperrt.

In Unterhose und T-Shirt ging ich ins Wohnzimmer. Bernd saß dort vor dem Fernseher, das Glas Milch stand vor ihm. Er hatte es immer noch nicht angerührt.

– Komm, sagte er und tätschelte den Sofabezug neben sich.

Auch diese Geste war neu. Einen Augenblick zögerte ich.

– Bist du heute Morgen gekommen?, fragte ich ihn.

Meine Stimme klang etwas schwach. Ich sah das Glas Milch an und räusperte mich.

– Nein, schon in der Nacht, sagte er und drückte auf der Fernbedienung herum. Gleich nach dem Anruf … bin ich hergekommen …

Der Anruf? War es das gewesen, was ich gestern im Halbschlaf gehört hatte? Meine Erinnerung an die Nacht war überraschend vage. Ich hatte zum ersten Mal seit sehr langer Zeit wieder durchgeschlafen, traumlos und friedlich.

– Gleich nach dem Anruf …, wiederholte er, Stück Dreck …

– Was?

– Wie, was?, fragte er zurück.

– Warum sagst du Dreck zu mir?

– Hab ich das? – er legte die Fernbedienung weg und tat erstaunt – also ich wüsste nicht … Ich habe dich doch sicher nicht ein kleines Stück Dreck genannt, oder?

– Haha, sagte ich.

Ich hoffte, dass er Spaß machte.

– Ein kleines, wahnsinniges Stück Dreck … nein … nein, also das muss ein Irrtum sein, sagte er und legte zwei Finger auf seine Unterlippe, ein kleines Stück Scheiße, das vollkommen durchgedreht ist … nein, da musst du dich verhört haben …

Ich stand auf.

– Was soll –

Da packte er mich bei den Schultern und hob mich hoch. Seine körperliche Kraft war immer noch die alte.

– Ein richtiger kleiner Psychopath, sagte er und ließ mich auf den Boden fallen. Fünf Stunden. Fünf verdammte Stunden … weißt du, was das heißt? Fünf – Stun – den. Fast bis Mitternacht! Weißt du, was das heißt?

– Ja, sagte ich.

Ich fühlte, wie Tränen unter der Oberfläche meines Gesichts zusammenströmten. Sie waren auf der Suche nach einem Ausgang.

– Was würdest du tun, wenn du bis Mitternacht in einem dreckigen Klo eingesperrt worden wärst?

– Ich hab ihn gar nicht einge–

– Und erst ein paar durchgedrehte Jugendliche finden dich und bringen dich nach Hause? So ein paar Wahnsinnige mit Glatzen und Bierdosen … Hm?

Ich drehte mich um und ging in Richtung meines

Zimmers. Bernd musste dort, wo er die letzten Wochen gewesen war, den Verstand verloren haben.

Er holte mich ein, ich wehrte seinen Griff ab, er packte mich härter und hob mich wieder hoch. Ich strampelte.

– Hat dir das Spaß gemacht, hm?, fragte er, sehr nah an meinem Ohr, hat dir das einen Kick gegeben? Hat er um Hilfe gerufen? Komm schon, erzähl's mir! Ich bin dein Bruder, mir kannst du alles erzählen –

Endlich ließ er mich los, ich rannte davon, in mein Zimmer. Er hinterher. Ich entkam ihm unters Bett. Ich rollte mich, so weit ich konnte, in die Dunkelheit. Sein Gesicht tauchte im Lichtspalt auf, fluchte. Er langte unters Bett, versuchte mich zu packen, aber ich lag zu weit entfernt. Er schlug mit der Faust auf den Boden und richtete sich auf. Seine nackten Füße gingen einmal ums Bett herum, dann hob er es auf einer Seite an.

Ich bekam Panik und robbte auf der anderen Seite raus, schnell aus dem Zimmer, vorbei am gespenstischen, kahlen Baum des leeren Kleiderständers – warum waren alle verschwunden? – in die Küche. Aber da hatte er mich schon eingeholt, er war viel größer und schneller, entsetzlich groß und entsetzlich schnell, seine Hände krallten sich in meinen Schultern fest, drehten mich herum. Ich war verloren, ich schlug und trat um mich, er fing alles ab, verpasste mir eine entsetzliche Ohrfeige, sodass für einen Augenblick alles in ein grünliches Blau getaucht war und sich langsamer bewegte als sonst. In einem letzten Versöhnungsversuch wollte ich ihn um die Taille fassen, aber ich lief nur in die Falle – zuerst drehte er mir den Arm auf den Rücken, dann warf er mich um, sodass mein Gesicht auf dem Boden aufschlug, und setzte sich auf mich. Ich japste und grunzte hilflos, bekam kaum noch Luft, meine Stimmbänder gaben, wenn ich sprechen wollte, nur ein hündisches Knurren her.

Bernd drückte ein Knie in meinen Rücken, zwischen meine Schulterblätter, immer fester. Ich merkte, dass seine Bestrafung ihm außer Kontrolle zu geraten drohte, und versuchte deshalb, ein wenig zu winseln, vielleicht sogar zu weinen. Aber der brennende Schmerz und die ohnmächtige Wut hielten die Tränen zurück, ich schluchzte ein wenig, sehr leise, da ich fast keine Luft bekam. Bernd ließ nicht locker, ich wand mich unter ihm, er versetzte mir ein paar Kopfnüsse, dann rutschte ihm die Faust aus, und er schlug viel zu kräftig zu, sodass mein Gesicht ein zweites Mal auf den Boden knallte, wieder mit Nase und Lippe zuerst. Dann hörte er endlich auf, sein Griff wurde lockerer, leichter zu ertragen, sein Gewicht hob sich von meinem zerquetschten Brustkorb. Endlich war ich frei. Bernd stand hinter mir und schnaufte. Ich begann zu weinen.

Er stieg über mich hinweg und verschwand im Badezimmer. Ich hörte den Wasserhahn zischen, den Spiegelschrank mit den Medikamenten auf- und zugehen.

Nachdem er mich verdroschen hatte, kam er nicht mehr zurück, sondern ließ mich einfach dort liegen, wo er mich auf den Boden geworfen hatte. Mein Lippe war aufgesprungen, und mir war sehr schwindlig – Blut sammelte sich unter mir – Blut überall, Blut auf meinen Händen, sogar auf meiner Armbanduhr, ich kroch auf allen vieren zum Heizkörper und lehnte mich dagegen, presste meine Wange gegen das kalte Metall.

Das ist das Ende, dachte ich. Ich werde sterben.

❖

Ich lag in meinem Elend, eingerollt in Zorn und Hilflosigkeit wie eine einsame, geballte Faust in einem engen Handschuh. Meine Füße schwitzten unter der Decke, aber ich ließ sie, wo sie waren.

Wenn ich die Augen schloss, flimmerte der Rand meines Gesichtsfelds. Ich rieb mir die Augen, und es wurde davon nur schlimmer. Reglos wartete ich, dass das Flimmern verschwand, aber es blieb. Also machte ich die Augen wieder auf.

Ein Bild an der Wand starrte mich an: ein krakeliges Selbstporträt, das ich in der Schule gemalt hatte. Es lachte, dumm und unbeschwert, wie eine Zielscheibe.

Meine Stirn glühte, und ich hatte Schwierigkeiten zu atmen. Zumindest bildete ich mir das ein. Mein Oberkörper hob und senkte sich, also atmete ich wohl, aber wenn ich den Mund öffnete, war sein Inneres so heiß, dass ich das Gefühl hatte, es käme keine Luft durch.

Meine Mutter war inzwischen einige Male bei mir gewesen und hatte auf mich eingeredet. Ich bettelte ständig um ein Fieberthermometer, aber sie reagierte nicht darauf.

In meinem Zimmer hörte ich, wenn ich die Augen schloss, einen Bach rauschen. Der glühende Lichtspalt unter der Tür kam manchmal bedrohlich näher, als wollte er meine Stirn berühren, und entfernte sich wieder. Ich fühlte seine Hitze und zuckte davor zurück.

Ich versuchte zu schlafen, aber es ging nicht. Draußen vor der Tür waren Stimmen, manchmal flüsternd, manchmal lauter, die sich unterbrachen, überlagerten, verdrängten. Ein ganzes Treppenhaus aus Stimmen.

Ich rollte mich auf die Seite. Der glühende Türspalt folgte mir, legte sich mir wie ein heißer Brennstab an die Wange. Ich wollte ihn wegwischen, aber er bestand nur aus Licht, und meine Hand fuhr mitten hindurch. Alles geriet in Unordnung. Meine Finger verhedderten sich in einer Falte des Bettbezugs. Sie war eigentlich nicht besonders tief, aber ich konnte meine Finger nicht mehr aus ihr herausziehen. Die Falte hielt sie zurück wie ein Fisch die Angelschnur.

Es musste der Zirkus sein.

Ich sah Inge, die in unserer Küche saß und ein kleines Ferkel im Arm hielt. Manchmal kommt es vor, dass ein Ferkelchen verstoßen wird. Die Mutter behandelt es wie einen Eindringling und verjagt es. Das Ferkel versteht die Welt nicht mehr und starrt seine Mutter aus der Ferne verwirrt an. Inge deutet auf den Nacken des Ferkels.

Dann dreht Inge, die gleichzeitig die Mutter des Ferkels ist, plötzlich nur mehr eine dicke Kerze zwischen den Händen. Habe ich etwa die Kerze für ein Ferkel gehalten? Ich betrachte die Kerze von oben. Der Docht ertrinkt langsam, löst sich im milchigen Weiß auf. So wie ein Insekt oder die zwinkernde Silhouette eines weit entfernten Vogels in der großen, dunkelgelben Sonnenscheibe am Abend.

Der Zirkus, der Zirkus.

Ein einzelner Ast, dünn und biegsam, taucht aus der Kerzensäule auf. Am spitzen Ende teilt sich der Ast, und es werden zwei daraus, aus den zweien werden vier, und so weiter. Mehrere Äste sprießen aus der Kerze. Es ist schwer, den Überblick zu behalten. Bald sind es so viele Äste, dass ich sie nicht mehr zählen kann. Alles, was ich weiß, ist, dass es eine gerade Anzahl sein muss, schließlich teilen sie sich an jedem Ende immer nur in zwei. Das Dickicht erreicht bereits die Zimmerdecke. Die Aufgabe, die sich mir jetzt stellt, ist eigentlich sehr einfach: Ich muss die Äste ordnen, nach Größe und Anzahl ihrer Ausläufer, ein paar habe ich schon geschafft. Es wird nicht länger als ein paar Stunden dauern. Vielleicht kann ich sie auch ein wenig zurückbiegen, glatt streichen. Es geht nicht.

Die Stimmen vor der Tür teilen sich, wenn ich die Äste auseinanderhalte. Es ist ungeheuer schwer, ich brauche meine ganze Kraft. Nichts ist mir je so schwergefallen. Meine Finger krallen sich immer tiefer in die komplizierte Blume aus Falten in der zerknitterten Bettdecke.

Eine der Stimmen vor der Tür wurde lauter, protestierte gegen etwas, wurde nicht gehört, ging plötzlich unter und verstummte. Es war die Stimme meiner Mutter. Die Tür öffnete sich, und sie kam zu mir. Gott sei Dank begleitete sie niemand, nicht Pater Johann, auch nicht der Lehrer, auch nicht mein Bruder, obwohl ich mich vielleicht gefreut hätte, mit ihm zu sprechen, seine Entschuldigung zu hören und anzunehmen. Dass ich krank im Bett lag, bewies schließlich, dass seine Attacke ungerecht gewesen war.

Meine Mutter setzte sich zu mir ans Bett.

– Komm her, sagte sie, mit kraftloser Stimme, als hätte sie gerade geweint.

Sie sah mich nicht an, aber sie hob ein wenig die Arme, als Einladung – ich setzte mich im Bett auf. Jetzt erst bemerkte ich, wie unerträglich heiß mein Rücken war. Wieder überkam mich der Drang, mich zu bewegen, zumindest wollte ich das verschwitzte und festklebende Hemd abstreifen.

Meine Mutter nahm mich in den Arm und legte mir eine Hand in den Nacken. Sie befühlte meinen Hals, tastete ihn ab wie nach Knoten oder Insektenstichen und murmelte:

– Vielleicht einmassieren … wenn man es entlang der Speiseröhre …

Ich verstand nicht, und sie sprach weiter zu sich, während ihre Finger meinen Hals auf und ab tanzten und Informationen sammelten:

– Hier …

Sie drückte mich ein wenig von sich, auf Distanz, ihr ernster Blick begegnete mir, ihr besorgter, ängstlicher Blick, als hätte ich mich in ihren Armen in einen Dinosaurier verwandelt. Ihre Hände spielten weiter auf meinem Hals herum. Sie war sehr vorsichtig, trotzdem war es unangenehm, und ich traute mich nicht zu schlucken. Aber ich sagte nichts. Ich hatte begriffen, dass der Augenblick sehr wichtig für sie war.

Schließlich stand sie auf, ihre Wangen waren ein wenig gerötet. Sie seufzte erschöpft und ging zur Tür. Sie öffnete sie für die anderen Besucher – also waren sie doch alle zu mir gekommen; diese plötzliche Erkenntnis ließ mich erschaudern. Was wollten sie alle von mir, alle zur gleichen Zeit? Der Priester kam als Letzter ins Zimmer.

Er sprach sehr leise mit meiner Mutter, ich konnte nicht verstehen, was er sagte, aber dafür hörte ich meine Mutter:

– Ja schon … aber wenn wir es vielleicht ganz fein zermahlen, sodass es … quasi wie ein Pulver … vielleicht verletzt es dann nicht so …

Aber Pater Johann schüttelte den Kopf.

Ich hielt die Anspannung und Ungewissheit der Situation nicht mehr aus und zog die Bettdecke über meinen Kopf. Sofort wurde sie wieder weggerissen, der Lehrer nahm die Decke an sich und knüllte sie schnell zu einem Ball zusammen, wie um sie unschädlich zu machen.

– Felix, sagte Pater Johann, steh bitte auf. Komm her.

Wie lange hatte ich meinen Vornamen nicht mehr gehört?

Ich tat, was er von mir verlangte. Ich stand vor ihm. Seine Hand machte das Kreuzzeichen über mir, die andere hielt etwas hinter seinem Rücken versteckt.

– Dalleib Christi, murmelte er.

Ich kannte den Ablauf. Automatisch öffnete ich den Mund.

Seine Hand kam hinter dem Rücken hervor. Auf ihr lag, wie das Silbertablett auf den Spinnenfingern eines Kellners, säuberlich aus dem Rahmen gelöst, das kreisrunde, mädchenkopfgroße Milchglasfenster aus der Kirche.

# Die Waage

Das Treppenhauslicht ging aus, und Daniel stand in vollkommener Dunkelheit vor einer Wohnungstür im vierten Stock. Die Musik, die aus der Wohnung dröhnte, klang in dem nackten, fensterlosen Korridor hart und unveränderlich. Daniel schaltete das Licht wieder ein; er musste sich weit vorlehnen, um den Lichtschalter zu erreichen. Das Türschild, auf das Daniel zuletzt gestarrt hatte, erschien wieder und hieß genauso wie vorher, *Gerd & Elfriede Kaiser.*

Daniel stand eine Weile da und hörte zu, wie sich die Musik in einen weiteren epileptischen Anfall hineinsteigerte – dann ließ er sich von seinen Füßen umdrehen und ging die Treppe hinunter, zurück in die Wohnung.

– Und?

– Ich hab's ihnen gesagt, sagte Daniel.

Er bückte sich und zog sich die Schuhe aus. Seine Frau ging sofort ins Schlafzimmer.

– Keine Spur leiser, rief sie von dort.

– Was?

Daniel legte die Kleider ab, die er über seinen Pyjama angezogen hatte.

Rita kam aus dem Schlafzimmer zurück.

– Nicht der geringste Unterschied, sagte sie.

– Mehr als es ihnen sagen kann ich nicht.

– Und was genau hast du gesagt?

– Dass sie die Musik leiser stellen sollen, sagte er. Weil hier Leute wohnen, die schlafen möchten.

– Und?

– Also der Mann, der aufgemacht hat, hat einfach nur genickt und die Tür wieder geschlossen. Aber nicht unfreundlich. Es hat zumindest nicht so ausgesehen, als würde er mich verarschen oder ignorieren oder … Vielleicht will er sich nur das eine Lied noch zu Ende anhören.

– Es ist halb zwei!

– Ja, ich weiß.

– Außerdem hört der keine Lieder, sagte sie, das ist irgend so eine endlose Technoscheiße.

– Ach, das kommt uns hier unten wahrscheinlich nur so vor, sagte Daniel.

Er fragte sich, ob er rot geworden war. Sein Gesicht fühlte sich heiß an. Er versuchte, Rita nicht anzusehen.

– Weißt du was?, sagte sie. Der da oben schert sich einen Dreck um das, was du ihm gesagt hast!

– Kann sein. Ich habe getan, was ich konnte, sagte er und ging an Rita vorbei ins Badezimmer.

Er wusch sich die Hände und klatschte sich ein wenig kaltes Wasser auf die Wangen.

Später musste er wieder an das Türschild denken und die Namen, die darauf standen, selbst jetzt noch, während er längst im Bett lag und versuchte, die in den Wänden feststeckende Musik zu vergessen.

Im Postkasten fand er einen Brief, in dem etwas über Zeit stand – dieses Wort blitzte in Großbuchstaben einige Male aus dem Text hervor. Es handelte sich um ein Werbeschreiben einer neuen Versicherung. Er hatte Mühe, den Text zu lesen, da es im Stiegenhaus dunkel war und seine Augen in den letzten Monaten wieder schlechter geworden waren. Er hatte noch keine Zeit gefunden, sich eine neue Brille zu besorgen. Dazu kam die Schlaflosigkeit, die machte alles noch schlimmer.

Er drehte den Werbebrief unschlüssig zwischen seinen Fingern, dann legte er ihn zu den bunten Gratisbroschüren, die in den Müll wandern sollten.

Er sperrte den Postkasten zu, steckte den Schlüssel ein und ging durch die Hintertür in den Hof. Grelles Sonnenlicht empfing ihn. Er schirmte seine Augen mit einer Hand ab.

Zuerst hielt er das, was er neben den Mülltonnen stehen sah, für eine große Uhr; eines jener altertümlichen Exemplare, die sich in adligen Landhäusern finden und in deren Bauch man melancholische Pendel und Zahnräder dabei beobachten kann, wie sie sich zu einer geheimen Trauermusik bewegen.

Er trat näher. Ein kleiner Metallkasten hockte links über dem Uhrengesicht, auf dem Kasten drei stilisierte Münzen und darunter die Zahlen 2, 1 und 50. Die Waage hatte eine metallene Trittfläche, auf der die stilisierten Abdrücke zweier nackter Füße zu sehen waren.

Jemand schien das monströse Ding entsorgen zu wollen. Andererseits, dachte Daniel, wurde Sperrmüll hier gar nicht mitgenommen.

Daniel setzte vorsichtig einen Fuß auf die Trittfläche der Waage und ließ ihn wippen. Nichts geschah.
Er versuchte es mit mehr Kraft und sah, dass der kleine schwarze Zeiger ein wenig zu zittern begann. Die
Münzautomatik funktionierte offenbar noch, die Waage war nicht kaputt. Seine Hand wanderte, ohne nachzudenken, in seine Hosentasche, auf der Suche nach
Kleingeld, dann schüttelte er den Kopf über diese dumme Idee. Er hatte eine Waage bei sich im Badezimmer
stehen, eine elektronische sogar. Außerdem wusste Daniel ganz genau, wie viel er wog.

Er riss sich von der Waage los und ging zum Auto.
Erst als er die Wagentür schon geschlossen hatte und
den scharfen Rand des Sicherheitsgurtes durch seine
Hand gleiten ließ, bemerkte er, dass er die ganze Post
mitgenommen hatte, ohne die Broschüren und Werbe-
briefe weggeworfen zu haben. Es ärgerte ihn, und er
legte den Müll auf den Beifahrersitz.

Dumme Waage, dachte er, als er das Auto vorsichtig
rückwärts aus der schmalen Einfahrt steuerte.

Als er im Büro ankam, warf er gleich als Erstes den
Brief von der Versicherung und die andere Reklame in
den Papierkorb, stopfte alles tief und fest hinein und rief
seine Frau zu Hause an. Sie nahm erst nach dem sechs-
ten Klingeln ab, sie schnaufte. Im Hintergrund hörte
er Radiomusik, also befand sie sich wahrscheinlich im
Zimmer, wo die Stereoanlage stand. Aber warum war
sie so außer Atem?

Er hätte sie danach fragen können, aber er tat es
nicht. Er erklärte ihr, was er eben im Hof gesehen hatte.
Sie verstand zuerst nicht, was er von ihr wollte, dann
fragte sie ihn, wieso er sie deswegen anrufe.

– Ach, nur so, sagte Daniel.

– Okay.

Sie atmete einmal tief aus.

– Kannst du mir eines verraten?, sagte er. Welcher Idiot stellt so etwas in den Garten?

– Was? Keine Ahnung, meinte sie.

– Es nimmt ungeheuer viel Platz weg, sagte Daniel. Man kommt kaum zu den Fahrrädern.

– Wie groß ist es denn?, fragte sie.

– Na ja, irgendwie riesig …

Daniel machte sitzend eine verkrampfte Schwimmbewegung, um die enorme Größe des seltsamen Relikts anzuzeigen.

– Was heißt riesig? So groß wie ein Trampolin?

– Nein, nein, nicht so wie ein … Also höchstens so groß wie, wie …

Er suchte nach einem passenden Vergleich, aber als er merkte, dass sich seine Frau am anderen Ende der Leitung räusperte, sagte er, was ihm gerade in den Sinn kam.

– Wie ein Kind. Höchstens so groß wie ein Kind.

– Aber das ist doch nicht riesig, sagte seine Frau. Vielleicht schau ich mir das Ding später an.

– Nein! Geh nicht hinunter, rief Daniel.

Seine Frau schwieg eine Weile. Er merkte, dass er den Hörer mit beiden Händen umklammert hielt.

– Ist ja gut, sagte sie schließlich. Was ist denn los? Hast du die Waage vielleicht erfunden? Ist das wieder eine deiner Geschichten, die mich irgendwie weiterbringen sollen? Wenn du das –

– Nein, nein, sagte Daniel, ich habe nur gemeint, es ist vielleicht fremdes Eigentum.

– Schon gut, sagte sie. Du klingst gestresst. Mach ein Kreuzworträtsel.

– Okay, mache ich, sagte er und legte auf.


## 3


Daniels Tochter Lena hieß eigentlich Elena oder auch Helena, mit unbetontem H; in ihrer Geburts- und Taufurkunde fanden sich beide Versionen. Daniel und Rita hatten sie adoptiert. Sie kam aus Mexiko, ihre Herkunft hatte sie allerdings bereits weitgehend abgelegt. Sie erinnerte sich noch ganz gut an ihre Muttersprache, aber nur, wenn man sie auf Spanisch ansprach, was praktisch nie jemand tat, höchstens einmal ein Mensch im Fernsehen. Der Zufall wollte es, dass sie Rita ein wenig ähnlich sah. Daniel dachte manchmal über Lenas biologische Eltern nach. Ohne dass er damit etwas Bestimmtes ausdrücken wollte, stellte er sie sich stets an einem großen Fluss stehend vor.

Er hatte Rita bei der Arbeit kennen gelernt, aber kurz darauf hatte sie gekündigt. Sie hatte Architektur studiert und wollte sich nun als Designerin versuchen. Schon nach kurzer Zeit gewann sie einen kleinen Preis für ihre ersten Entwürfe; es war ein zweiter Preis gewesen. Die Urkunde hing einen Abend lang an der Wand, und sie saßen davor und betrachteten sie, während im Zimmer eine Uhr tickte. Am nächsten Tag war die Urkunde verschwunden.

Kurz darauf hatten sie das erste Mal über das Mysterium der Adoption gesprochen.

Da er sich den ganzen Tag nur schwer konzentrieren

konnte, dachte Daniel an früher, und er dachte an die Waage, die im Hof stand und auf ihn – nein, natürlich wartete sie nicht; was für ein dummer Einfall.

Bei der Begutachtung eines Plans, der das geisterhaft durchsichtige Fundament eines Krankenhauses zeigte, fiel ihm eine eindeutige Fehlberechnung erst nach der dritten Kontrolle auf. Er sprach mit einem Kollegen darüber, der ihm den Plan aus der Hand nahm und schweigend Strich für Strich untersuchte, während Daniel nutzlos danebenstand und auf den Fußballen wippte.

Er fragte, ob es sehr ungelegen wäre, wenn er heute etwas früher nach Hause ginge. Der lange Bart des Kollegen streifte über den Bauplan, dann blickte er auf und nickte.

– Natürlich nicht, sagte er.

## 4

Als Daniel am nächsten Tag zur Arbeit fahren wollte, sah er den Hausbesitzer, Herrn Greith, im Garten. Greith trug ein T-Shirt, auf dem eine abstrakte Wasserfläche und ein brauner Inselhügel zu sehen waren. Auf der Insel stand eine einzelne Palme, die im Begriff war, das Gleichgewicht zu verlieren. Etwas abseits stand Herr Gruber, ein Mieter aus dem vierten Stock.

– Daniel!, rief Greith. Hast du unseren Dinosaurier hier schon gesehen? Wir sind alle schon einmal darauf geritten.

Er hielt einen Zettel hoch, eine Liste von Zahlen. Daniel konnte nur die oberste Zahl erkennen: 92. Er blinzelte und dachte an seine schwächer werdenden Augen, da hielt ihm jemand eine Münze vors Gesicht, und er zuckte zurück.

Greith lachte, weil er Daniel erschreckt hatte.

– Alles in Ordnung, sagte Greith. Du bist nicht der Erste. Oder?

Gruber lachte bestätigend und deutete auf seine Schuhe, als wäre das eine sinnvolle Ergänzung.

– Ich weiß, wie viel ich wiege, sagte Daniel.

– Aber es macht mehr Spaß, wenn die ganze Nachbarschaft zuschaut.

Greith klopfte ihm auf die Schulter. Er deutete auf die Galerie der Balkone, die ernst auf die drei Männer im Garten herunterblickten. Auf einem Balkon stand ein Kinderteleskop, dessen Hals in einem extremen Winkel verbogen war, als hätte ihm jemand das Genick gebrochen. Ein leichter Wind strich über die Männer, also nahm Daniel die Münze und warf sie ein. Er ärgerte sich darüber. Er stieg für eine Sekunde auf die Waage, nur mit halbem Gewicht, der Zeiger federte wild hin und her, und bevor er sich eingependelt hatte, war Daniel schon wieder heruntergestiegen und auf dem Weg zum Auto. Sein Herz schlug.

– He, rief Greith ihm nach.

Gruber wieherte vor Lachen.

Daniel wandte sich um. Greith deutete mit dem Zeigefinger auf ihn, dann ließ er den Finger zu der Waage hinwandern. Daniel winkte ab, und obwohl die beiden Männer längst nicht außer Hörweite waren, tippte er auf seine Armbanduhr und stieg ins Auto.

Er hatte Schwierigkeiten, aus der Einfahrt zu kommen. Obwohl er sich sicher war, dass die beiden ihn nicht beobachteten, fuhr er zuerst viel zu nahe an die Hauswand heran, musste den Vorwärtsgang wieder einlegen und alles noch einmal versuchen. Bestimmt war es die Müdigkeit, dachte er. Wieder waren die Wände die halbe Nacht lang voll verrückt gewordener Musik gewesen, und er war diesmal gar nicht erst hinaufgegangen, obwohl ihn Rita mehrmals darum gebeten hatte.

Bevor er um die Ecke bog, riskierte er einen letzten Blick zurück. Die Männer beachteten ihn gar nicht. Greith las mit großer Geste von dem Zettel ab.

5

Wieder kam seine Frau schnaufend ans Telefon und musste, bevor sie sprechen konnte, erst einmal Atem schöpfen.

– Ja? Was?

Daniel hatte völlig vergessen, warum er sie angerufen hatte. Also sagte er:

– Hast du *danach* noch schlafen können?

– Nein. Du?

– Doch. Ein bisschen.

– Schön für dich.

– Du bist wütend auf mich, oder? Weil ich diesmal nicht raufgegangen bin?

Sie schwieg.

– Ich bin ja selbst wütend auf mich, sagte er, ich war nur schon so müde … und sich noch einmal anziehen und hinauflatschen und sich da oben aufspielen –

– Du hättest dich nicht anziehen müssen, korrigierte sie ihn. Für so etwas hat man einen Morgenmantel.

47

– Ich nicht. Ich mach so was nicht.

– Du machst so was nicht, wiederholte sie. Ja, hab ich gemerkt.

– Nein, das meine ich nicht, sagte er. Ich ziehe keinen Morgenmantel über meinen Pyjama und gehe dann nach oben und läute an irgendeiner Tür.

– Nicht an *irgendeiner*, sagte seine Frau gereizt.

– Bist du jetzt wütend?, fragte er.

– Ach … Frag mich das am besten später noch einmal.

– Ich hab's mir schon gedacht, sagte Daniel und stand von seinem Sessel auf. Du bist immer so kurz angebunden.

– Bin ich das?

– Ja, du bist es jetzt doch auch.

– Aha.

– Da, siehst du?

– Weißt du was, lass uns das Thema wechseln, sagte sie.

Er räusperte sich, aber der kratzige Ton, den seine Stimme schon den ganzen Morgen hatte, ging davon nicht weg. Ihm fiel auf, dass das Schuhband an seinem linken Schuh aufgegangen war. Er legte den Telefonhörer zurück auf den Apparat und beugte sich unter seinen Schreibtisch. Nachdem er den Knoten festgezogen hatte, bemerkte er, dass er den Hörer aufgelegt hatte, ohne sich zu verabschieden.

Er starrte auf das schwarze Telefon. Er überlegte, ob er sich noch einmal melden sollte, um sich zu entschuldigen, aber er hatte bereits zweimal angerufen, und sie hatte etwas gereizt reagiert. Gereizt, kurz angebunden. Außer Atem. Heute wie gestern.

Daniel drehte sich in seinem Bürosessel hin und her. Er hatte seiner Frau gar nicht erzählt, dass sie ihn dazu genötigt hatten, auf die Waage zu steigen. Vielleicht nicht direkt genötigt. Ich hätte auch nein sagen können, sagte er sich. Und außerdem, was war schon dabei? *Sein* Geld war es nicht gewesen. Und für mein Gewicht, dachte er, muss ich mich nicht schämen. Es war ein normales Gewicht.

Er hörte Musik aus dem Nebenraum und ging zur Tür.

– Ruhe bitte, sagte er.

Zwei Kollegen, die erst vor einer Woche in der Firma angefangen hatten, blickten verwundert auf. Aber anstatt das Radio, das in Harmlosigkeit erstarrte Volksmusik von sich gab, leiser zu stellen, warteten sie, bis Daniel sich wieder in sein Büro zurückgezogen hatte.

6

Als er mit dem Wagen auf seinen Parkplatz zusteuerte, musste Daniel anhalten und warten. Greith, der neuerdings offenbar den ganzen Tag im Garten verbrachte, stand im Weg und spielte mit einer blechernen Gießkanne.

Daniel hupte, Greith blickte auf, lachte, entschuldigte sich mit einer Geste und trat zur Seite. Er hinterließ einen nassen Rorschachfleck auf dem Asphalt, als er zur Waage ging.

Greith kniete sich mit einem kleinen Ölfläschchen in der Hand davor nieder, als wollte er beten.

Daniel stieg aus dem Wagen, und sofort winkte ihn

Greith zu sich. Daniel tat so, als würde gerade jetzt sein Handy läuten. Er kramte es eilig hervor, hielt es sich besorgt an die Wange und verschwand im Stiegenhaus.

Neben dem Postkasten hing ein Zettel. Er trat näher. Diese Idioten, dachte er.

Offenbar machten sie sich einen Spaß daraus, über ihre sinnlosen Wiegeresultate Buch zu führen. Der Zettel listete in einer schmucklosen Exceltabelle die Namen aller Mieter auf, auch die von Gerd und Elfriede Kaiser. Gerd wog 90 Kilo, kein Leichtgewicht. Am Seitenrand standen ein paar Ergänzungen in krakeliger Handschrift, die Daniel nicht entziffern konnte. Aber er erkannte den Zettel wieder, es war der Werbebrief von der Versicherung.

Außer Greith und Gruber wog kein Mann im Haus mehr als 100 Kilo. Er suchte nach seinem eigenen Namen und fand ihn; daneben standen zwei Fragezeichen.

Diese Spinner, dachte er.

Seine Frau fehlte. Erleichtert atmete er aus. Nachdem er mit der Hand über seine Stirn gewischt hatte, kam ihm das schon selbstverständlich vor. Es war völlig unsinnig, sich Sorgen zu machen.

Trotzdem strich er den aufgerollten Zettel glatt, dankbar und etwas zittrig, dann suchte er nach anderen Namen, die ihn interessierten. Es wohnten so viele Parteien in dem vierstöckigen Haus, viele davon waren erst vor ein paar Monaten eingezogen, und einige Namen sagten ihm noch überhaupt nichts. Es gab nur wenige Konstanten, er selber gehörte dazu. Greith natürlich. Gruber auch. Und ein alter Jamaikaner, den alle Eric nannten und der – Daniels Finger suchte den entsprechenden Eintrag – 75 Kilo wog. Er hätte ihn auf mehr geschätzt.

– Noch lange nicht vollständig.

Daniel taumelte zur Seite.

– Nicht alle wollen auf unserem Dinosaurier reiten, sagte Greith fröhlich und wischte sich die öligen Finger an seinem T-Shirt ab.

*Dinosaurier reiten*, sagte das Echo in Daniels Kopf, während er mit einem mühsam aufrechterhaltenen Lächeln die Treppen hinaufstieg.

Greith blieb stehen und sah ihm nach. Er blickte gar nicht unfreundlich.

## 7

Es war früher Morgen. Das Frühstücksei in dem roten Holzbecher sah aus, als würde es intensiv über etwas nachdenken. Ein stiller, runder Gegenstand. Daniel klopfte den weißen Kopf mit der Rückseite eines Teelöffels auf und brachte die Schale mit seinem Fingernagel genüsslich zum Abblättern. Der reizende Gegensatz von harter Eierschale und weichem Inneren weckte seinen Appetit. Während er das Ei auslöffelte, schaute er aus dem Fenster.

Er hatte an diesem Morgen drei Kreuzworträtsel hintereinander gelöst. Die Lösungswörter waren *Schiffbruch*, *Karate* und *Sri Lanka*.

Draußen blubberte schon die ganze Zeit ein Polizeihubschrauber.

Als Daniel mit dem Schneidezahn an die Kaffeetasse stieß, fiel ihm auf, dass er Angst hatte. Das Gefühl verhinderte, dass er sich frei bewegen konnte. Als stünde er bis zu den Schultern in eiskaltem Wasser. Wenn er schluckte, musste er daran denken, *dass* er schluckte.

Er blieb vor dem Spiegel im Vorzimmer stehen und kontrollierte seine Körperhaltung. Er richtete sich auf, drehte sich hin und her, und sein Spiegelbild tat dasselbe. Dann verlor er die Geduld und wandte sich ab.

Rita kam aus dem Badezimmer.

– Gehst du schon?, fragte sie.

Daniel nickte unsicher. Ja, er ging jetzt. Aber ihm fiel ein, dass er sich noch nicht von Lena verabschiedet hatte, also ging er zurück ins Kinderzimmer und sagte:

– Tschüss dann.

Sie schaute kurz zu ihm auf.

Auf dem Weg zur Arbeit versuchte er, nur an sie zu denken. Einmal hatte sie gegen ihn im Schach gewonnen, ohne dass er sie hätte gewinnen lassen. Damals war sie erst sechs gewesen.

8

Am nächsten Abend drängte ihn Lena, mit ihr in den Garten hinunterzugehen, dort werde gegrillt. Daniel sagte nein, da sie gar nicht eingeladen waren, doch Lena bestand darauf. Herr Greith habe ihr vom Garten aus zugewinkt. Sie solle später doch herunterkommen, er reserviere ihr auch ein feines Stück Kotelett.

Jetzt war es bereits dunkel, und Lena, der von dem Fleisch übel geworden war, war längst wieder nach oben gegangen. Daniel stand mit den anderen Männern aus dem Haus zusammen. Sie unterhielten sich im Licht der kleinen Lampen, die von einem Bewegungssensor aktiviert wurden. Herr Greith hatte die Anlage vor ein paar Jahren im Hof installieren lassen, damit man in der Nacht nicht stolperte. Sie mussten allerdings alle paar Minuten mit den Armen wedeln und dumm auf und ab hüpfen, damit der Sensor sie erkannte. Vermutlich wäre das Licht auch nicht immer wieder ausgegangen, wenn sie sich ein wenig bewegt hätten, aber dafür waren sie alle zu müde. Die meisten Männer hatten viel Fleisch gegessen und erzählten sich entsprechend obszöne Witze.

Herr Greith sprach von einem Kennenlern-Fest und stellte die neuen Mieter einander so oft vor, bis sie irgendwann auswendig mitsprechen konnten. Unter den Neuzugängen befanden sich auch Gerd und Elfriede Kaiser.

Daniel vermied es, mit ihnen zu sprechen.

Sooft es dunkel wurde, wedelte Greith mit den Armen, sprang auf und ab, und die Männer lachten. Mit einem verspäteten Blinzeln registrierte der Bewegungsmelder die Anwesenheit seines Herrn. Die Waage bekam ihren langen, robenartigen Schatten zurück, der an der Mauer jäh abknickte.

– Ein Hoch auf deine Leibesfülle, sagte Gruber.

– Selber hoch, sagte Greith.

– Lei-bes-fül-le, wiederholte Gruber kichernd.

Gerd Kaiser verschüttete vor Lachen sein Bier und leckte mit der Zunge über sein Handgelenk. Elfriede Kaiser war die einzige Frau, die noch geblieben war. Sie reichte ihm ein Taschentuch, aber er wies es zurück.

Nach einer Weile ging das Licht wieder aus. Greith fluchte und begann zu winken. Da das Licht auf seine

Wiederbelebungsversuche nicht mehr reagierte, machte er schließlich zwei schwerfällige Hampelmänner.

Gruber applaudierte wild.

– Verdammte Elektronik, sagte Greith. Mir kommt vor, die wird jedes Mal unempfindlicher.

– Sie kennt dich halt schon, sagte Gerd Kaiser in überraschend familiärem Ton.

Greith zeigte ihnen allen den Mittelfinger. Sie kicherten.

Daniel fror. Er steckte die Hände in die Hosentasche und ließ sie dort zwei Fäuste bilden.


9


Die Männer standen noch bis spät in die Nacht beisammen und redeten. Daniel fühlte sich nicht mehr so verloren und ließ sich auf ein Gespräch mit Greith ein.

– Sag mal, wie alt ist eigentlich deine Tochter?

– Zehn, sagte Daniel.

– Ich seh sie immer unten vorbeigehen, sagte Greith anerkennend. Zehn. Sieht mehr aus wie zwölf.

– Ja, in dem Alter wachsen sie schnell, sagte Kaiser. Das macht die Ernährung.

– Kann sein, sagte Daniel.

– Die Fleischprodukte, ergänzte Kaiser.

– Du weißt nicht zufällig, wie viel deine Tochter wiegt?, fragte Greith.

– Ja, und die ganzen Zusatzstoffe, fügte Daniel hinzu.

– Und wenn sie dann noch so viel im Freien sind, sagte Kaiser, da schießen sie in die Höhe wie junge Bäume. Mein Sohn, der überragt mich inzwischen um zwei ganze Zentimeter, dabei ist er erst – also nächsten Monat wird er dreizehn.

– Ja, Kinder, sagte Greith zu sich selbst. So ein echtes Kind zu wiegen, das ist fast schon ein seltenes Vergnügen.

– Ja, sie wachsen sehr schnell, das ist wahr, bestätigte Daniel mit etwas ernsterer Stimme.

– Weil sie sich zieren, sagte Greith zu seinem erhobenen Zeigefinger, der ganz nahe vor seinem Auge schwebte. Wenn es um ihr Gewicht geht, sind sie empfindlich wie Nadelkissen.

Dann ging das Licht wieder aus.

– So, ich rühr mich nicht mehr, sagte Greith. Macht, was ihr wollt.

– Vierzehn, sagte Kaiser laut. Hab ich vorhin dreizehn gesagt? Er wird vierzehn, nächsten Monat.

– Von mir aus können wir auch im Finstern weiterreden, sagte Gruber.

– Wie ihr wollt, sagte Greith.

– Komm, erlöse uns, sagte Gruber und schubste Daniel sanft.

Daniel bewegte beide Arme, wie ein Fluglotse, der ein über ihn hereinbrechendes Flugzeug vom Landen abhalten will. Es dauerte eine Weile, dann erbarmte sich das Licht neuerlich. Die Männer applaudierten. Greith sog die Nachtluft geräuschvoll durch die Nase ein, hielt sie dort eine Weile und atmete genüsslich aus.

– Herrlich, sagte er. Ist euch schon mal aufgefallen, dass der Sternenhimmel verschwindet, wenn das Licht im Garten angeht?

– Und so still, ergänzte Gruber und deutete auf die

leeren Balkone und die Fenster, die größtenteils erloschen waren. Alle schlafen.

– Sommernacht, sagte Greith und streichelte die Palme auf seinem Hemd.

– Ich glaube, ich werde jetzt auch schlafen gehen, sagte Daniel.

In der Wohnung schaltete Daniel das Licht in den Zimmern aus, die zum Hof blickten, sodass die Männer unten nicht sehen konnten, wann er ins Bett ging. Er vermied es, Geräusche zu machen, und saß lange bewegungslos im Dunkeln, bis er endlich schläfrig wurde.

Im Traum wurde er mit einem kilometerhohen Glockenturm konfrontiert, der ihm heisere, trockene Melodien vorspielte, von denen sich seine Fingerspitzen schwarz färbten.

10

Am nächsten Morgen glaubte Daniel den Garten leer, aber Greith, zerzaust wie ein Hund nach dem Regen, war immer noch da und brachte alles durcheinander. Die Reste des gestrigen Festes, Pappteller und Bierflaschen, hatte er auf einen Haufen geräumt, in den er anschließend mit voller Wucht getreten war. Daniel grüßte ihn vorsichtig. Greith erzählte ihm sofort, dass ihn die Männer, nachdem Daniel ins Bett gegangen war, fürchterlich ausgespottet hatten, weil er immer noch allein lebte, ohne Frau.

– Na ja, sagte Daniel.

– Auch ich bin ein Mensch, sagte Greith trotzig.

– Natürlich.

– Es mag einen ja wundern, rief Greith, aber auch mich kann man kränken.

– Ach, die haben das bestimmt nicht …

– Vor allem dieser Frischling, dieser Gerd, sagte Greith. Spielt sich auf, als wüsste er …

– Bestimmt waren alle nur ein bisschen –

– … wie viel Kinder wiegen, murmelte Greith, und sein Kinn lag fast auf seiner Brust.

Er hatte die eine Hand wieder auf sein T-Shirt gelegt. Sie blieb eine Weile dort, und die Finger bewegten sich unschlüssig hin und her, dann schoss die Hand plötzlich vor und nahm Daniel sanft bei der Schulter.

– Dinosaurier müssen gefüttert werden, sagte er. So wie ich, ich bin auch ein Dinosaurier, ein Relikt aus alten Zeiten. Aus uralten Feinschmeckerzeiten. So, jetzt wollen wir mal sehen … Ich hab doch Recht, oder? Es gibt eine Grenze für Sticheleien.

Er summte eine verwirrte, kleine Melodie, während Daniel auf die Waage stieg.

– Sicher ist dieser Gerd Kaiser gescheiter als ich, fuhr er fort, in einem gewissen Sinn, das bestreite ich ja gar nicht.

Daniel rührte sich nicht. Er war von Greith auf die metallene Standfläche der Waage gezogen worden, aber im Grunde hatte er den letzten Schritt *selbst* getan, aus eigenem Antrieb – nur um nicht zu stolpern, sagte er sich. Aber jetzt hielt Greith ihn dort oben fest, ja, er erhöhte Daniels Gewicht noch, indem er ihn mit seiner schweren Hand leicht nach unten presste. Er verfälscht das Ergebnis, dachte Daniel und korrigierte diesen Gedanken sofort wieder, weil er natürlich dumm und albern war. Was kümmerte ihn sein Gewicht – er wollte doch nur runter von der Waage. Also versuchte er es und zuckte einmal vorsichtig mit den Schultern.

– Oh, sagte Greith und ließ ihn los. Entschuldige.

Der Zeiger sank erleichtert zurück und zeigte 68 Kilogramm an, sein normales Gewicht. Daniel war unendlich froh, die vertraute Zahl zu sehen. Fast hatte er schon ein völlig unmögliches Ergebnis erwartet, ein dreistelliges Monster, dem er vielleicht nicht gewachsen gewesen wäre. Er drehte sich um und wollte schon von der Waage steigen – das dringende Bedürfnis, zu duschen –, doch Greith versperrte ihm den Weg. Nicht absichtlich, wie Daniel feststellte, denn Greith achtete gar nicht auf ihn. Greith wühlte in seinen Hosentaschen, fand schließlich, was er gesucht hatte, und hielt es in die Höhe: einen Stift. Er versuchte zu schreiben, aber es ging nicht ohne Unterlage. Das Papier war zu weich.

– Wärst du so freundlich, sagte er heiter-ungeduldig, und seine Hand beschrieb einen liegenden Halbkreis.

Daniel hatte verstanden. Er entschuldigte sich leise, stieg von der Waage und drehte sich um, sodass Greith seinen Rücken als Schreibunterlage verwenden konnte. Er spürte den kurzen Kreiseltanz der Kugelschreiberspitze auf seiner Haut. Als die Zahl schließlich eingetragen war, rannte Daniel, ohne Licht zu machen, durch das Stiegenhaus hinauf in seine Wohnung.

Seine Tochter war gerade dabei, sich für die Schule anzuziehen. Er strich ihr über den Kopf und murmelte etwas Ermutigendes.

Als er endlich in der Wanne lag, unter einem knisternden Gebirge aus Badeschaum, hatte er das Gefühl, gerade noch einmal davongekommen zu sein. Später rief er im Büro an und entschuldigte sich viele Male, bis man ihm versicherte, er werde nicht dringend benötigt.


## II


Daniel öffnete die Augen. Er hatte geträumt, er sehe, wie sein eigener Schatten über Föhrenwipfel geisterte. Er saß in einem Sessellift und steuerte einer Bergspitze zu, aus der ein riesiges Besucherzentrum wuchs.

Über das merkwürdige Traumbild grübelnd, zog er sich an, ohne daran zu denken, dass heute Sonntag war. Erst als seine linke Hand in den kühlen Ärmel seines Sakkos tauchte und seine Armbanduhr für einen Moment am Innenfutter hängen blieb, fiel ihm der träge Lichtschein auf, der aus dem Kinderzimmer drang. Die Vorhänge waren noch zugezogen. Seine Tochter schlief noch – er klatschte sich mit der flachen Hand auf die Stirn, dann streifte er mit einem entschuldigenden Lächeln das Sakko ab und hängte es auf den Kleiderbügel zurück.

Daniel ging in die Küche. Stühle, ein schwerer Tisch, eine Brotschneidemaschine, eine einsame Kaffeetasse – alles schien zu schlafen. Nur er war wach.

Warum war er überhaupt so früh aufgestanden? Er war sonntags sonst immer der Letzte und ärgerte sich, wenn irgendetwas ihn davon abhielt, länger im Bett zu bleiben. Unsinnigerweise klopfte sein Herz.

Draußen regnete es.

Er zog sich wieder an und ging in den Garten hinunter.

Im Schutz der alten Hoftür betrachtete er den Nieselregen, dann trat er, ohne den Schirm aufzuspannen, ins

Freie und ließ sich nass werden. Die Waage stand im Regen, er prasselte auf ihr kreisrundes Haupt und weichte die Erde unter ihr auf, sodass man hoffen konnte, sie würde bald versinken.

Er sah, dass irgendetwas verändert war, und kniff die Augen zusammen. Aber wirklich scharf wurde das Bild nicht, und er musste näher rangehen. Etwas war anders, aber er erkannte nicht gleich, was es war. Die Waage stand da wie immer, das breite Uhrengesicht glotzte bedrohlich ins Nichts, und der massive Körper wirkte tonnenschwer und unverrückbar, wie ein vor vielen Jahrzehnten stehengebliebenes Pendel.

War sie über Nacht vielleicht ein wenig größer geworden? Nein, das war es nicht.

Zuerst dachte Daniel, es liege an seinen Augen, dann sah er es: An der Waage fehlte etwas. Es war ein Ohr, das linke – dem Uhrengesicht mit dem herrischen, zuckenden Zeiger in der Mitte fehlte tatsächlich das linke Ohr.

Ihm wurde heiß. Keine Schranken mehr, dachte er verwirrt.

Er fuhr sich mit der Hand über die Stirn und bemerkte, dass er zu schwitzen begonnen hatte. Er trat näher an die Waage heran, um sich die Veränderung genau anzusehen. Wo die Münzautomatik befestigt gewesen war, mit der man die Waage zum Leben erwecken konnte, befanden sich jetzt drei schwarze Löcher für drei vermutlich längst in den Müll geworfene Schrauben.

Sein rechter Fuß traute sich, trat vor und machte die Probe. Der Zeiger, sonderbar leichtfüßig und befreit, machte bei der ersten Berührung einen freudigen Sprung, als zöge ihn ein unsichtbarer Faden.

– Daniel!

Seine Frau schaute aus dem Fenster zu ihm herunter, ihr Gesicht war unschuldige Verwunderung und Überraschung, ein unbeschwertes Sonntagsgesicht. Er konnte es nicht mehr ertragen, also sagte er:

– Mach das Fenster zu!

– Warum? Was ist denn?

Sie war wieder außer Atem, bemerkte er. Und aus irgendeinem Grund ertrug er diesen Anblick nicht mehr und rief:

– Mach zu! Mach zu!

Er wedelte mit beiden Armen, um sie zu verscheuchen. Aber sie blieb, wo sie war, nur ihr Gesichtsausdruck und ihre Körperhaltung hatten sich verändert.

Daniel spürte, wie sich die Blicke der gesamten Nachbarschaft auf seiner linken Wange sammelten, wie auf einem Hohlspiegel. Seine Haut brannte. Eine Hand über seiner linken Gesichtshälfte, drehte er sich um und hob einen kleinen Stein auf, der sich griffbereit neben seine schmutzigen Hausschuhe gesellt hatte. Das Fenster mit dem Gesicht seiner Frau schloss sich gerade noch rechtzeitig, aber der Stein traf nicht einmal die Scheibe, sondern prallte mit einem trockenen Knacken von der Mauer ab. Dann suchte Daniel im Schutz der nach Farben geordneten Mülltonnen, halb kriechend, halb auf Knien, nach einem sehr viel größeren Stein.

# Die Visitenkarten

Martina Kellers Knie ragte aus dem Wasser, rund und nass und glänzend wie die Stirn eines Seelöwen. Sie räusperte sich, und das Badezimmer, eine mit Fliesen ausgekleidete Echokammer, räusperte sich mit ihr. Sie ließ den Kopf kurz untertauchen, ein wunderbares Gefühl, immer sauberer und sauberer zu werden, umgeben von schaumigem, wohlriechendem Badewasser, das jede noch so schwer erreichbare Stelle ihres Körpers sanft berührte. Und dazu die Musik aus dem CD-Player, die sie jeden Morgen spielte, um richtig wach zu werden: *Music in Twelve Parts* von Philip Glass. Viele Menschen hielten die hektische Monotonie und das ewige Auf und Ab seiner Dreiklänge nicht aus, aber für Martina war es die großartigste Musik, die sie kannte. Man wurde von nichts und niemandem gezwungen, genau hinzuhören oder sich in eine imaginäre Partitur zu versenken, nein, die Musik war wie eine schöne Landschaft vor dem Fenster – mal schaute man hin, mal schaute man weg, aber die Landschaft war trotzdem immer da.

Martina tauchte ein letztes Mal unter, wischte sich die flüssig gewordenen Stirnfransen aus den Augen, dann stand sie auf und stieg aus der Wanne. Überall, wo sie ging, hinterließ sie nasse Fußspuren, die auf dem dunkelbraunen Parkett ihrer Wohnung wie zertretene Zellophanhüllen aussahen.

Im Münzfach ihres Portemonnaies hatte sie vor ein paar Tagen ein kleines Loch entdeckt. Noch war es nicht groß genug, dass ganze Münzen hindurchpassten, aber sie würde sich wohl bald eine neue Geldtasche kaufen müssen. Wie jeden Morgen kontrollierte sie, ob alles an seinem Platz war. Die Bankomat-Karten, eins, zwei, in Ordnung, die Mastercard, eigentlich nur für Notfälle, aber trotzdem gut, dass sie da war, die Visitenkarten – sie strich mit dem Finger über die sanfte Erhebung, die der kleine Stoß Kärtchen bildete – eine Beule, merkwürdig …

Sie nahm die Visitenkarten heraus und untersuchte sie. Die meisten schienen völlig normal, nur die erste im schmalen Stapel wies eine hässliche Verwerfung auf: An der Stelle, wo Martinas Name und die Bezeichnung ihrer Tätigkeit in der Firma gedruckt waren, wuchs eine Art Geschwür, grobkörnig, schwärzlich. Als sie es vorsichtig berührte, bekam sie Gänsehaut. Es fühlte sich an wie Bimsstein oder eine vertrocknete Koralle. Ihre Fingerspitzen mochten diese Art poröser Oberfläche nicht.

Sie hob die Visitenkarte an ihre Nase, prüfte den Geruch. Nicht auffällig, vielleicht etwas säuerlich. Mit einem gleichgültigen Seufzen legte sie die beschädigte Karte neben das Telefon, die anderen steckte sie zurück ins Portemonnaie.

Das Portemonnaie legte sie in ihre Handtasche, es war ihr liebstes Accessoire, eine echte Chanel 2.55, die sie sich nach ihrer ersten Beförderung gekauft hatte (zum ersten Mal in ihrem Leben hatte Martina beim Bezahlen eines vierstelligen Betrags Gänsehaut gehabt). Sie hatte der Tasche sogar einen Namen gegeben, was ihr in gewissen Momenten peinlich war, aber trotzdem: Sie hieß Cat. Das kam daher, dass sie die Tasche, wenn sie sich hinsetzte, gerne auf ihren Schoß nahm und kraulte.

Auf dem riesigen Firmenparkplatz blieb sie einige Zeit im Auto sitzen und kontrollierte noch einmal ganz genau alle Visitenkarten, denn es konnte gut sein, dass sie heute einige davon verteilen musste. Sie schienen alle normal, rochen auch nicht schlecht. Sie nahm sich dennoch vor, so bald wie möglich einen neuen Stapel zu bestellen. Anschließend kontrollierte sie die Oberfläche ihrer handzahmen Tasche. Auch sie war unauffällig.

Der Fahrstuhl brachte sie in den dritten Stock. Ihre Arbeitskolleginnen begrüßten sie im Gang. Eine hatte, als sie an Martina vorbeiging, einen Hustenanfall, der irgendwie gestellt wirkte. Erst als sie einige Meter entfernt war, schüttelte Martina den Kopf und sagte sich, dass es mit Sicherheit nichts mit ihr zu tun hatte.

Am späten Vormittag musste sie zu einem ersten wichtigen Termin. Zusammen mit den anderen drei Frauen, die das Marketingbüro, bei dem sie angestellt waren, immer als Erstes mit potenziellen Kunden verhandeln ließ, stand sie im Besprechungszimmer 2. Sie bildeten einen kleinen, respektvollen Halbkreis, während der tschechische Geschäftsmann seine Visitenkarten verteilte. Martina und die anderen erwiderten die Geste. Als sie ihre Geldtasche aufmachte, verbreitete sich ein beißender Geruch im Raum, wie von schlecht gewordenem Essig. Auch die restlichen Karten waren von Geschwüren überzogen, auf einigen gediehen sogar kleine

Blasen, die mit einer gelblichen Flüssigkeit gefüllt waren.

– Verdammt noch mal …

Die anderen schauten sie an. Martina hob mit einem entschuldigenden Lächeln die Karten in die Höhe, so dass alle sehen konnten, was passiert war.

– Da muss irgendwas in der Druckerei schiefgegangen sein, sagte sie. Entschuldigung.

Ihre Kolleginnen traten neugierig näher, bestaunten die beschädigten Karten, nahmen sie in die Hand und hielten sie gegen das Licht oder rochen vorsichtig daran und zuckten angeekelt zurück.

– Du solltest dir so schnell wie möglich neue besorgen.

– Ja, natürlich, sagte Martina.

Ihr war es sehr unangenehm, dass alle sie anstarrten und ihre Visitenkarten begutachteten. Sie hätte sie ihnen am liebsten aus der Hand gerissen. Martina machte einen Schritt auf sie zu, streckte ihren rechten Arm aus, an dem Cat baumelte, aber in diesem Moment begannen sie, die verunstalteten Karten untereinander zu vergleichen, als wären es Sammelkarten oder seltene Schmetterlinge.

– Die hier hat eine Beule, sagte Gabriele.

– Nichts gegen das Loch hier, sagte Felicitas. Wie mit Säure reingefressen.

Martina blickte sich hilflos nach dem tschechischen Gast um, der als Einziger die Finger von den Karten gelassen hatte und auch keine Anstalten machte, sie untersuchen zu wollen.

– Sie sollten wegwerfen, sagte er mit seiner tiefen, sonoren Stimme zu Martina.

Martina nickte und gestikulierte entschuldigend in Richtung ihrer Kolleginnen. Gabriele versuchte gerade, den Namenszug abzulesen, der durch die Beule verzerrt worden war.

– Mar Tl Er, stotterte sie und ließ die Karte aus Versehen auf den Boden fallen.

Dabei brach die Beule auf, und wieder verbreitete sich der beißende Geruch im Zimmer. Die Frauen lachten, hielten sich die Nase zu und deuteten auf Gabriele, als käme der Geruch von ihr. Martina wäre am liebsten im Boden versunken.

– Okay, gebt sie wieder her, sagte sie leise.

– Aber was willst du denn noch mit denen?, fragte Felicitas angewidert. Die sind doch bestimmt giftig.

– Wegwerfen natürlich, sagte Martina.

– Würde ich an deiner Stelle auch, meine Liebe! Aber was hast du denn mit ihnen angestellt, dass die so geworden sind?

– Möglich, dass Material ist schlecht gemacht, sagte der tschechische Investor etwas ungeduldig.

– Ich habe überhaupt nichts gemacht, sagte Martina.

Felicitas schaute sie ungläubig an, dann drehte sie sich um, weil Gabriele zu lachen begonnen hatte. Der Grund war eine Visitenkarte, auf der ein Geschwür in Form eines männlichen Glieds wuchs. Es dauerte eine Weile, bis Martina verstand, wie man das Gebilde ansehen musste, um es zu erkennen. Der tschechische Geschäftsmann stand etwas abseits und studierte das schwarzweiße M.C.-Escher-Poster, das in dem Besprechungszimmer hing, *Treppauf und Treppab*.

In der Mittagspause mied Martina ihre Kolleginnen, sie holte sich eine Flasche Mineralwasser aus dem Getränkeautomaten im Foyer und ging mit dieser und dem Thunfischsandwich, das sie von zuhause mitgenommen hatte, auf die Toilette. Das Erste, was sie dort tat, war, die übrig gebliebenen Visitenkarten in winzig kleine Stücke zu zerreißen und im Klo runterzuspülen. Dann wusch sie sich die Hände, kontrollierte jeden Zentimeter ihres Portemonnaies und ihrer Handtasche und zündete ein Streichholz gegen den entstandenen sauren Geruch an.

Obwohl andauernd Frauen hereinkamen und den Raum mit ihren widerlichen Geräuschen erfüllten, mochte sie diesen Ort, er wurde drei Mal täglich von einer fachkundigen Reinigungskraft geputzt und desinfiziert, sodass alle Oberflächen, auch solche, die in ständigem Kontakt mit Exkrementen waren, glänzten, als gäbe es auf der Welt so etwas wie Verunreinigung gar nicht. Nachdem sie die Tür ihrer Kabine mithilfe des kleinen, babyschnullerförmigen Drehknopfes verriegelt hatte, setzte sie sich auf den heruntergeklappten, spiegelnd weißen Toilettensitz und packte das Sandwich aus.

Gott sei Dank hatte sie auch daran gedacht, ihren iPod mitzunehmen. Sie stellte ihr Lieblingsstück aus Philip Glass' Album *Glassworks* ein, ein langsames und kindlich einfaches Orchesterwerk namens *Façades*, und lehnte sich mit geschlossenen Augen zurück. Die Musik wirkte wie klares, frisches Wasser, das alle Trübungen ihres Bewusstseins fortwischte. Die Melodiestimme setzte ein (war es ein Horn, war es eine Oboe?), und das einzige fremde Geräusch, das diese kristallene

Welt unterbrach, war das zufriedene Mahlen ihrer Kiefer.

Nach einer Weile schaltete sie auf ein anderes Stück um. Ihr Finger berührte dabei etwas Kleines, Hartes auf der Oberfläche des iPod. Martina öffnete die Augen und betrachtete mit angehaltenem Atem das Gerät. Aber es war nur ein kleines Sesamkorn, das von der Semmel des Sandwichs stammte und auf dem iPod kleben geblieben war. Sie kratzte es ab und steckte es sich in den Mund. Kurz darauf wurde ihr Kauen langsamer, sie hörte ganz damit auf, und ihre Augen füllten sich mit Tränen. Es war nichts, auch kein falscher Geschmack, aber sie hatte für einen Augenblick daran denken müssen, wie es wäre, auf eines der trocken-porösen Geschwüre oder in eine der mit Flüssigkeit gefüllten Blasen zu beißen.

Sie musste aufstehen und den Rest des Sandwichs ins Klo spucken.


Am Abend desselben Tages stand Martina frierend und nackt in ihrem Badezimmer und untersuchte die Haut ihres Körpers Zentimeter für Zentimeter auf Veränderungen. Die Stellen, die sie nicht sehen konnte, betastete sie. Anschließend wusch sie sich die Hände mit Seife. Soweit sie feststellen konnte, war sie nicht befallen. Sie hatte sich umsonst Sorgen gemacht. Es lag also alles am Papier oder an den Chemikalien, die beim Druck verwendet worden waren. Schlechte Tinte, schlechtes Papier.

Der Anblick der Beulen hatte etwas tief in ihr berührt, wer weiß, vielleicht den verschütteten Rest einer kollektiven Erinnerung an die Jahrhunderte zurückliegenden Pestepidemien in Europa. Ihre Vorfahren waren ihnen erfolgreich entronnen, sonst wäre sie heute nicht hier, und bestimmt war die begründete Angst vor solchen Geschwüren auch an sie weitergegeben worden, eingebettet in abwehrstarkes und überlebensfähiges Erbgut. Wenn irgendwo Beulen auftreten, dann lauf davon, such das Weite, raunte ihr Instinkt ihr zu.

Erleichtert drehte sie sich um und ließ frisches Badewasser ein. Es kam nicht oft vor, dass sie morgens und abends badete. Es war Wasserverschwendung, aber heute, fand Martina, hatte sie es sich verdient. Sie schaltete die kleine tragbare Stereoanlage ein und nahm ihre Lieblings-CD in die Hand. Das Bild auf dem Albumcover von *Music in Twelve Parts* ließ sie aufschreien. Früher war dort der Komponist zu sehen gewesen, wie er mit einem etwas leeren Ausdruck direkt in die Kamera blickt und eine Hand an sein Ohr hält, als wollte er sagen: *Hört ihr das auch?* Jetzt war dort nur mehr ein Monster, kaum noch menschlich, die erhobene Hand war zu einem obszön wirkenden Kaktus mutiert, das Gesicht aufgeschwemmt und zerfressen wie nach einem Schlangenbiss. Überall waren die Beulen und Geschwüre, sie bedeckten sogar die CD selbst, was Martina besonders schmerzte, da sie nun nicht mehr in den CD-Player passte und sie sich eine neue würde kaufen müssen.

Eine neue kaufen. Dieser harmlose Gedanke kam zuerst, dann folgte die Panik: Es war ansteckend! Sofort holte sie einen der schwarzen Müllsäcke und warf die CD hinein, auch die restlichen Visitenkarten und alles, was sonst noch befallen war.

Am nächsten Morgen kam Gabriele zu Martina ins Büro, schloss die Tür hinter sich und stellte sich vor ihr auf.

– Keller, du kleine Schlampe!, sagte sie, halb im Spiel, halb ernst. Hab ich dir schon mal gesagt, dass ich dich hasse?

Martina stand auf.

– Du und deine verdammten Pestbeulen, sagte Gabriele.

– Was?

– Schau dir mein Portemonnaie an, Himmelherrgott. Das Zeug ist ansteckend!

Aus ihrer Manteltasche zog Gabriele einen schwarzen Plastiksack. Er war eng um das Objekt gewickelt, das er verbergen sollte. Gabriele legte den Sack, in dem sich ihre Geldtasche befand, vor Martina auf den Schreibtisch und trat einen Schritt zurück.

– Mach auf.

– Was ist denn damit?

– Mach auf. Jetzt.

– Okay, okay.

Schon bei der ersten vorsichtigen Berührung mit den Fingerspitzen war klar, dass der Plastiksack gar keine dumme Idee gewesen war. Der Inhalt fühlte sich irgendwie flüssig an. Die Beulen, die gelbliche Flüssigkeit. Martina seufzte.

– Es tut mir leid.

– Du sollst das Sackerl aufmachen.

– Ist ja gut.

Martina zupfte den Plastiksack vorsichtig in eine Position, die es ihr erlaubte, den Inhalt zu begutachten, ohne ihn berühren zu müssen. Die Geldtasche war mit

Beulen und Geschwüren überzogen. Mit einem Bleistift klappte Martina sie auf: Kreditkarte, Geldscheine, alles war befallen. Sogar ein Foto von Gabrieles Kindern (ihre älteste Tochter sah aus wie der Elefantenmensch).

Sie versprach sofort, Gabriele ein neues Portemonnaie zu kaufen. Aber Gabriele erzählte den Vorfall trotzdem überall herum und machte Martina dabei schlecht. Wenn sie an den Leuten im Korridor vorbeiging, hielten sich manche die Nase zu und lachten.

Die Mittagspause verbrachte sie wieder in der Klokabine.

Am Nachmittag spielten ihr ihre Kolleginnen einen kleinen Streich. Sie sagten: He, willst du einen Zaubertrick sehen, zieh eine Karte. Martina nahm eine Karte, und auf der Unterseite der Karte klebte ein hartgetrockneter Kaugummi, alle lachten. Martina wischte sich die Finger an ihrer Bluse ab, lachte ein wenig mit und ging dann zu ihrer Vorgesetzten, um zu fragen, ob sie heute früher Schluss machen dürfe.

Ja, sie habe schon mit Martina sprechen wollen, sagte die Chefin.

Martina blieb im Türrahmen stehen und hörte sich sagen:

– Sicher, natürlich. Weswegen?

– Wegen des tschechischen Projekts, antwortete die Chefin streng.

Bereits zehn Minuten später ging Martina über den Parkplatz. Erst im Auto erlaubte sie sich zu weinen. Nach acht Jahren, sagte sie immer wieder, einfach so. Nach acht Jahren. Und sie drückte ihre Handtasche fest an sich.

Ihre Finger rieben über eine harte Stelle auf der Außenhaut der Chanel 2.55. Ein wenig hatte sie schon damit gerechnet, aber als sie Cat sah, mit dem Geschwür an ihrer Seite, brach Martina in lautes Wehklagen aus. Es war nur eine Tasche, ermahnte sie sich und wollte sich eine Ohrfeige verpassen, damit sie aufhörte, so sentimental zu sein. Aber statt sich zu schlagen, hielt sie sich die kranke Handtasche an die Wange, legte sie auf den Beifahrersitz und untersuchte sie, strich über die kleinen Lederpölsterchen, aus denen ihre Haut bestand.

Einen Monat später hatte sich ihre Wohnung sehr verändert. Den ganzen Tag über musste ein Fenster offen stehen, damit sie von dem beißenden Gestank nicht wahnsinnig wurde. Die Nachbarn beschwerten sich, klingelten in regelmäßigen Abständen an ihrer Tür, und sie spielte die Ahnungslose. Die Zeitungen, die sie morgens bekam, sahen nach einigen Tagen aus wie schwärzliche Gesteinsbrocken, wie Bruchstücke getrockneter Lava, so schnell griff die Seuche inzwischen um sich.

Sie wusch sich mindestens zehn Mal am Tag die Hände.

Da sie sich immer noch ernähren musste, wie jeder andere auch, ging sie einkaufen. Es gab einen SPAR-Supermarkt gleich um die Ecke. Ihre Bankomat-Karte war so deformiert, dass sie nicht mehr in den Automaten passte, also musste sie mit ihrem Sparbuch zur Bank gehen und das Geld bar abheben. Aber auch auf dem Sparbuch wuchsen bereits die ersten Geschwüre. Den verdutzten Bankangestellten speiste sie mit einigen Erklärungen in pseudochemischem Vokabular ab. Sie hob vorsorglich eine große Menge Geld ab, fast den

gesamten Betrag, den ihr Sparbuch als Guthaben aus-
wies. Es war ja nicht sicher, wie lange das kleine Büch-
lein in der Plastikhülle überhaupt noch verwendbar
war.

Die Bargeldnoten berührte sie ausschließlich mit Pin-
zetten, oder sie zog sich Klinikhandschuhe an, aber es
machte keinen Unterschied. Nach einigen Tagen sahen
die Geldscheine, die sie mit sich herumtrug, genauso
aus wie einst die Visitenkarten.

Eines Tages ertappte sie sich dabei, wie sie in der Müs-
liabteilung des Supermarkts jede einzelne Packung berührte. Sie blickte sich um, ob sie jemand beobachtete, aber ihr fiel auf, dass sich alle Menschen genauso
verhielten wie sie: Sie gingen langsam die Regale entlang und betasteten alles, was sie interessierte. Mit den
letzten Geldscheinen, die noch als solche durchgehen
konnten, kaufte Martina mehrere Überlebenspackun-
gen Reis, Nudeln und Mineralwasser, dann ging sie
nach Hause.

In den folgenden Wochen machte sie ausgedehnte Spa-
ziergänge, hielt sich oft ganze Nachmittage lang im
Freien auf. Sie befand sich, ohne dass sie es selbst so genannt hätte, in Wartestellung. Dann, eines Morgens, sah
sie es: Eine dicke Frau trat mit empört-eiligen Schritten
aus einer Trafik. Sie schimpfte laut in ihr Telefon und
warf einen Geldschein mit einer Geste äußersten Ekels
vor sich auf den Boden. An ihrem Unterarm pendelte
eine teure Designerhandtasche, nicht dasselbe Modell
wie Martinas, aber auf ähnliche Weise verunstaltet: von
hässlichen, in ihrer Form an bestimmte Schlingpflan-

zen erinnernden Gewächsen, die schwarz waren wie die Oberfläche von Eisenmeteoriten.

Ein Bettler, der mit seinem Hund neben der Trafik auf dem Boden saß, streckte seine Hand nach dem Geldschein aus. Als er ihn zu fassen bekam, gab er einen leisen Überraschungslaut von sich. Er zeigte den Geldschein seinem Hund, der davor zurückwich und den Kopf schüttelte. Dann begann der Bettler zu lachen, deutete auf den Geldschein und dann auf die Trafik und schließlich in keine bestimmte Richtung mehr, sein Zeigefinger vollführte einen heiteren Pirouettentanz, zeigte überallhin, auf die ganze Stadt, die ganze Welt. Sein Lachen war das schwerfällige Lachen eines starken Rauchers, heiser, gurgelnd und ein Vorgeschmack auf den Tag, da ihm die Lunge endgültig ihre Dienste versagen würde, und jedes Mal, wenn ihm die Luft ausging, musste er japsend einatmen, was ein überraschend helles Geräusch ergab, wie das eines Kameramotors, der die Filmrolle ein Bild weiterdreht.

Nach kurzer Zeit stimmte auch der Hund mit ein.

# Das Gespräch der Eltern
## in *Hänsel und Gretel*

Vor einem großen Walde wohnte ein armer Holzhacker mit seiner Frau und seinen zwei Kindern. Das Bübchen hieß Hänsel und das Mädchen Gretel. Der Holzfäller hatte nur wenig zu essen, und einmal, als eine große Teuerung ins Land kam, konnte er auch das tägliche Brot nicht mehr schaffen. Wie er sich nun abends im Bett seine Gedanken machte und sich vor Sorgen herumwälzte, seufzte er und sprach zu seiner Frau: »Was soll aus uns werden? Wie können wir unsere armen Kinder ernähren, wenn wir für uns selbst nicht genug haben?« »Was?«, sagte seine Frau, denn er hatte sie aus einem Traum aufgeweckt. »Ich habe gesagt, was soll nur aus uns werden?« »Wie spät ist es?«, fragte sie. »Ich weiß nicht. Gegen Mitternacht. Ich kann nicht schlafen, denn ich mache mir Sorgen um unsere Kinder.« »Ach, die werden schon irgendwie …«, murmelte seine Frau, wurde leiser und schlief gleich wieder ein. Da fing der Mann zu weinen an. »Mit meiner Arbeit verdiene ich nichts«, schluchzte er, »ich bin ein Versager … du hättest einen anderen heiraten sollen.« Davon wurde seine Frau wieder wach. Sie seufzte, setzte sich im Bett auf und erlaubte ihrem Mann, sein bärtiges Gesicht, über das dicke Tränen liefen, in ihren Schoß zu legen. »Mach dir keine Sorgen«, sagte sie und streichelte seinen Hinterkopf, »es wird schon alles irgendwie gehen. Gott lässt uns bestimmt nicht im Stich.« »Gott!«, schnaubte der Mann, »hör mir auf mit Gott, der ist doch nur ein Windstoß hoch in der Luft, den wir gar nicht spüren. Er hat noch nie etwas für uns getan.« Etwas ratlos streichelte die Frau ihn weiter. Er ging ihr auf die Nerven, wenn er so war. Es stimmte zwar, dass sie alle Hunger litten und die Kinder immer schwächer und kränklicher wurden, aber trotzdem war sie nicht bereit, diese vollkommene Hoffnungslosigkeit, in die er in Krisenzeiten immer verfiel, zu teilen oder gar zu übernehmen. Sie wollte nicht in einer Welt leben, in der es keine Auswege gab. »Komm«, sagte sie, »schlafen wir weiter. Wir können uns ja morgen früh den Kopf zerbrechen.« »Morgen früh sind wir vielleicht schon tot«, sagte der Mann und schluchzte heftiger. Es half gar nichts, sie konnte ihn nicht beruhigen. Er war wie ein widerspenstiges Kind, das vor unsichtbaren Wesen im dunklen Zimmerwinkel Angst hat und sich deshalb weigert zu schlafen. Also drehte sie ihn sanft auf den Rücken und öffnete sein Nachthemd. Der vertraute Geruch seines abgearbeiteten Körpers, vermischt mit dem von frisch gefällten Bäumen, drang ihr entgegen. Sie küsste ihn und versuchte, ihn von seinen finsteren Gedanken abzulenken, indem sie ihre Zungenspitze um seinen Bauchnabel kreisen ließ. Warum sie darauf gekommen war, wusste sie nicht. In gewisser Weise erschien es ihr als die natürliche Fortsetzung seiner großen Hoffnungslosigkeit und Verzweiflung. Er ließ es geschehen, fing aber nach einer Weile wieder an, von den Kindern zu reden, wie dünn sie schon seien und wie schlimm sich ihr Keuchhusten seit einigen Tagen anhörte. »Sie sehen aus wie die tanzenden Skelette auf dem schauerlichen Altarbild in der Waldkapelle«, sagte er und legte eine zitternde Hand auf die Schulter seiner Frau. Dann zog er sie auf sich, und sie schaukelten eine Weile stumm hin und her. Nach und nach übertrug sich seine Trübsinnigkeit auf sie, das geschah beinahe immer, wenn sie spätnachts noch in seinen Armen lag, und sie hasste dieses Gefühl und versuchte, es durch schnellere Bewegungen und eine gespielte Wildheit zu überwinden. Es gelang ihr ein wenig, und sie begann zu keuchen. Er lag unter ihr und starrte sie mit den schwermütigen Augen eines unerfahrenen Jünglings an. Sie ritt ihn, bis sie Schmerzen in den Gelenken bekam (auch ihrem Körper hatte der Hunger arg zugesetzt). Aber die Schmerzen schienen ihr nur eine Bestätigung dafür zu sein, dass sie auf dem richtigen Weg war. Dann begann er wieder zu jammern: von den armen Kindern, von der Hungersnot, davon, dass er ein Verlierer sei, ein Versager, und dass sie fortgehen und sich einen neuen Mann suchen solle – da wurde ihr alles zu viel, dieses weinerliche Holzfällergesicht auf dem Polster unter ihr, sein einfallsloses Gerede und die Art, wie er tatenlos dalag und sich von ihr bearbeiten ließ, als ginge ihn das alles gar nichts an. Sie presste sich ganz eng an ihn – ein angenehmer Sprühregen breitete sich in ihrem Körper aus –, und sie zischte ihm ins Ohr: »Weißt du was, du ... du Mann ... ich werde dir sagen, was wir tun ... au! ... morgen früh werden wir einfach die Kinder nehmen und ... ah! ... in den Wald führen, wo er am dichtesten ist ... und da machen wir ihnen ein Feuer ... und dann gehen wir an unsere Arbeit und lassen sie allein ... und sie finden den Weg nicht wieder nach Ha! ... nach Hause, und wir sind sie los, du elender Versager ... sonst sterben wir alle vier ...

sonst sterben wir alle … du verdammter Schwächling, du … du …« Und sie bäumte sich auf und wurde von der lebendigen Erlösung ergriffen, sie gab einen spitzen, kurzen Schrei von sich und löste sich auf, war ein versinkendes Schlachtschiff, eine brennende Kathedrale, eine berstende Glocke am Meeresgrund – auf seiner Brust kam sie zur Ruhe, langsamer und langsamer werdend, schnaufend, atmend. Vor Erleichterung brach sie in Tränen aus. Der Holzfäller war unterdessen ganz still geworden, hatte zu weinen aufgehört und dachte auch nicht mehr daran, sich über sein Schicksal zu beklagen. Er hielt seine Frau im Arm, bis sie eingeschlafen war. »Mal sehen«, sagte er dann, als er sicher war, dass sie ihn nicht mehr hören konnte. »Mal sehen.«

# Die Vase

Der Dichter ist ein Schwindler, der
so vollkommen alles spielt,
und selbst dann noch Schmerzen vortäuscht,
wenn er wirklich welche fühlt.

*Fernando Pessoa*

Man erwartete die Ankunft des Schriftstellers gegen
Mittag, bis dahin wurde die Leiche seiner Mutter in
einer kleinen Kammer neben der Kapelle aufgebahrt.
In der letzten Nacht hatte es stark geschneit, und das
Haus gegenüber dem Beerdigungsinstitut sah aus wie
ein Buch, das mit den aufgeschlagenen Seiten nach unten im Schnee lag. Es war nicht sicher, ob der Schriftsteller bei solchen Wetter- und Straßenverhältnissen
rechtzeitig eintreffen würde.

– Hat er wirklich gesagt, er will nur höchstens zwei,
drei *Minuten* in der Kammer bleiben?, fragte der Bestatter seinen Lehrling. Du bist dir da vollkommen sicher?

Der Lehrling nickte. Er war es gewesen, der das Te-
lefonat vorgestern geführt hatte; sein Herz hatte kurz
ausgesetzt, als sich am anderen Ende der berühmte Name meldete. Noch am selben Nachmittag war er in die
Stadt gegangen und hatte sich ein Buch des Schriftstellers gekauft. *Eine gnadenlose Auseinandersetzung mit
den Folgen katholischer Scheinheiligkeit und liebloser
Erziehung (F.A.Z.)* stand auf der Rückseite des Um-

schlags. Und darunter: *Wunderbar! Fünf Sterne! (Die Presse).*

Das geräumige Zimmer im Empfangsbereich des Beerdigungsinstituts, in dem die beiden Männer saßen, war seit Tagen nicht mehr gelüftet worden, da sich der Bestatter vor eiskalter Luft fürchtete. In seinem Bart hatte sich, wie der Lehrling bemerkte, eine kleine, ängstliche Winterspinne verfangen. Er machte den Bestatter darauf aufmerksam, und dieser begann, mit einem Bleistift vorsichtig in seinem Bart herumzustochern. Als er das Tier unverletzt geborgen hatte, setzte er es auf die Tischplatte und betrachtete es eingehend.

In dem Telefongespräch hatte der Schriftsteller ausdrücklich darum gebeten, *alles so zu belassen, wie man es vorgefunden hatte* – ein äußerst seltsamer Wunsch, da niemand irgendetwas vorgefunden hatte, es handelte sich schließlich um ein Beerdigungsinstitut, wo tote Menschen in einem Kühlraum gelagert und hinterher einbalsamiert wurden, und nicht um einen Tatort. Trotzdem hatte der Lehrling am Telefon geantwortet: Selbstverständlich.

– Und er weiß, dass wir sie …?, fragte der Bestatter.

Der Lehrling versicherte ihm, mit dem Kunden alles ganz genau besprochen zu haben, und er zeigte dem Bestatter einen Zettel, auf dem er sich ein paar Notizen gemacht hatte. Der alte Mann sah sich den Zettel ebenso sorgfältig an, wie er sich vorhin die Spinne angesehen hatte, und las unter Zuhilfenahme eines Zeigefingers sogar einige Wörter ab. Dann sagte er, es sei wahrscheinlich klüger, wenn er seine Landkarten aus der Totenkammer räumte. Die stünden dort schon seit einigen Tagen herum und verbreiteten bestimmt eine schlechte Atmosphäre während der Totenwache. Der Lehrling antwortete, dass er sich nicht sicher sei, ob der Schriftsteller wirklich zur Totenwache komme. Zwei bis drei Minuten seien dafür doch etwas wenig. Der Bestatter nickte, stand auf und trug die Schaufeln in seinen Schuppen. Als er durch die schneidend kalte Luft ging, blickte er zu den im Schnee versunkenen Nachbargebäuden. Da entdeckte er vor der Einfahrt ein blaues Auto mit Wiener Kennzeichen. Er beeilte sich mit den Landkarten und kam gerade rechtzeitig zurück, um den Lehrling in einer Art Habachtposition im Vorraum stehend vorzufinden. Er stellte sich neben ihn, und sie warteten stumm ein paar Minuten, aber niemand klingelte oder klopfte an. Der Bestatter murmelte etwas über Höflichkeit und Könige und ermahnte den Lehrling, nie wieder einen Termin über das Mobiltelefon zu vereinbaren, diesen Dingern sei einfach nicht zu trauen, und man müsse am Ende erst recht wieder alles im Kopf behalten. Draußen begannen die Mittagsglocken zu läuten, gedämpft von der Schneedecke und dem trüben, schmutzwäschefarbenen Himmel. Ein leises Klopfen war zu hören, und die Tür ging auf. Ein Mann mit einer teuer aussehenden Aktentasche in der Hand kam herein, ihm folgte ein kleines Mädchen, etwa acht oder neun Jahre alt. Der Mann hatte einen leichten Oberlippenbart und trug schulterlanges Haar. Er nahm seine Sonnenbrille ab, faltete die Bügel zusammen und steckte die Brille, während er den Blick nicht von den beiden Männern ließ, in das zerknitterte V seines offenen Hemdkragens.

– Guten Tag, sagte er.

Der Bestatter nahm Haltung an, stellte sich mit vollem

Namen vor und nannte auch den Namen seines Lehrlings, der die Hand schüchtern zu einem Winken hob.

– Meine Tochter, sagte der Schriftsteller und deutete
auf das Mädchen.

Der Lehrling winkte ein zweites Mal.

– Wo liegt sie?, fragte der Schriftsteller.

Man zeigte ihm die Kammer.

– So liegt sie schon den ganzen Tag hier drinnen, sagte
der Lehrling.

Sofort fiel ihm auf, wie unsinnig diese Bemerkung
war, denn es handelte sich ja nicht um eine Kranke, bei
der eine Veränderung des Zustands möglich gewesen
wäre. Doch gerade diese unsinnige Bemerkung schien
dem Schriftsteller sehr zu gefallen, und er fragte, wie
viel er den beiden *freundlichen Menschen* denn schuldig
sei für diese kleine Gefälligkeit. Da es sich aber nicht im
Geringsten um eine Gefälligkeit, sondern um eine ganz
normale Vorgehensweise handelte, winkte der Bestatter ab und sagte, dass ein Mitmensch nun mal ein Mitmensch sei. Ob er damit den Schriftsteller oder dessen
tote Mutter meinte, blieb unklar.

– Gut, nickte der Schriftsteller. Vielen Dank.

Und er ging, ohne zu den Männern oder seiner Tochter ein Wort zu sagen, in die Kammer und schloss die
Tür hinter sich. An zwei lauten Schnappgeräuschen
hörte man, wie er seine Aktentasche öffnete. Die Tochter blieb vor den beiden Männern stehen und schaute
sich im Empfangsraum um. Der Lehrling bot ihr einen
Stuhl an, und sie setzte sich, zog ein Knie an und berührte es mit ihrer Nasenspitze. Der Bestatter fing an,
dem Lehrling ein paar kleine Arbeiten im Garten auf-
zutragen. Die Rosenkugeln sähen seit einigen Tagen so

merkwürdig aus, fast als stammten sie von einem anderen Planeten. Er solle sehen, was er dagegen tun könne, das mache schließlich einen schlechten Eindruck auf Kunden. Das liege vielleicht daran, dass alles voller Schnee sei, meinte der Lehrling. Der Bestatter seufzte und begann, seinen bunten Schlüsselbund zu ordnen. Er löste jeden einzelnen Schlüssel von dem Ring, legte sie der Größe nach in einer Reihe auf den Tisch und hängte sie anschließend wieder ein. Währenddessen drangen die ersten Geräusche aus der Totenkammer. Es hörte sich an wie herumfliegende Zettel, zerknülltes Papier. Irgendetwas wurde zerbrochen und die Teile umhergeworfen. Der Bestatter blickte von seinen Schlüsseln auf. Das Gesicht des Lehrlings spiegelte ebenfalls eine gewisse Beunruhigung wider.

Die Tochter des Schriftstellers gähnte und spielte mit ihren Haarlocken, die etwas zu kurz waren, um sie wie eine Telefonschnur um den Finger zu wickeln.

Jetzt fiel ein größerer Gegenstand mit einem hohlen Geräusch um. Die große Vase!, schoss es dem Lehrling durch den Kopf. Was zum Teufel machte der da drin? Es folgte ein tiefes, krächzend-gurgelndes Schaben, als würde ein zentnerschweres Objekt quer durch den Raum geschoben. Dann krachte es, Scherben splitterten überallhin. Ein lauter Fluch. Stille. Kurz darauf ging die Tür auf, und der Schriftsteller trat mit seiner Aktentasche (offen stehend, leer) heraus. In der anderen Hand hielt er ein paar beschriebene Zettel. Der Lehrling erkannte die krakelige, asymmetrische Handschrift auf den Blättern, man hatte sie auch für den Umschlag des Romans verwendet, den er sich gestern gekauft hatte.

– Entschuldigen Sie das Durcheinander, sagte der

Schriftsteller und hielt die Zettel in seiner Hand in die Höhe.

Sein Mund zuckte kurz in Richtung eines Lächelns, wie bei einem galvanisierten Menschengesicht in einem Experiment des achtzehnten Jahrhunderts.

– Ich werde selbstverständlich für alles aufkommen, sagte er und überreichte dem Bestatter eine hellgrüne Visitenkarte. Alice!

Die Tochter glitt vom Stuhl und ging zu ihrem Vater. Sie streckte die Hand aus, aber da der Schriftsteller keine seiner Hände frei hatte (Aktentasche, Zettel) ließ sie sie gleich wieder sinken. Er verabschiedete sich und ging durch die Tür. Wenig später hörten sie seinen Wagen fortfahren.

– Oh Mann, sagte der Lehrling.

Der Bestatter ging zu seinem Tisch und widmete sich eingehend der Visitenkarte. Er drehte sie in seinen Fingern, betrachtete sie unter einer Lupe und betastete mit seinen Fingerspitzen die geprägten Lettern. Während er noch beschäftigt war, ging der Lehrling in die Totenkammer. Er hatte erwartet, dort ein schwindelerregendes Chaos vorzufinden, Scherben, Trümmer, zerknülltes Papier. Aber da war nichts. Der Raum sah genauso aus, wie er ihn verlassen hatte. Die Vase stand da wie immer, mit ihren pseudoaltgriechischen Darstellungen von diskuswerfenden Jünglingen, und erinnerte in ihrer Form an zwei menschliche Gesichter, die sich zum Kuss nähern. Der zentnerschwere Sarg mit der Leiche hatte sich keinen Zentimeter vom Fleck bewegt. Die einzige Veränderung, die der Lehrling feststellen konnte, war, dass die zum Gebet gefalteten Hände der toten Frau auseinandergebogen worden waren. Das war alles. Mehr hatte der Schriftsteller nicht zustande gebracht. Nicht einmal ein kleines Stück Papier hatte er liegen gelassen. Und obwohl es für ihn gar nichts zu tun gab, ging der Lehrling in den Empfangsraum zurück, um einen Besen zu holen. Als er am Bestatter vorbeiging, sagte dieser:

– Der hat mir die falsche Karte gegeben.

– Was?

– Das da ist nicht sein Name auf der Karte. Er hat mir die falsche gegeben. Wie schlimm sieht's denn da drin aus?

– Ach, nichts, was man nicht mit einem Besen in Ordnung bringen könnte. Zeig mal her die Karte.

Der Bestatter gab sie ihm. Tatsächlich, da stand ein fremder Name. *Heribert Wolf. Lektor. Helian Verlag.* Und darunter E-Mail-Adresse und Telefonnummer.

– Wolf, sagte der Lehrling. So heißt er nicht, nein.

– Ist wenigstens die Vase heil geblieben?, fragte der Bestatter.

– Die nackten Burschen? Ja, die lassen sich nicht so leicht fertigmachen, murmelte der Lehrling und gab ihm die Karte zurück.

Dann holte er seinen Besen, ging damit zurück zur toten Frau in der Kammer und schloss die Tür hinter sich. Nach kurzer Zeit drangen aus der Kammer die leisen Klirrgeräusche von Scherben, die aufgesammelt wurden, und das Rascheln von Papierfetzen, die in einen Eimer fielen. Und das leise, fürsorgliche Knarren, mit dem die Ruhe und der Ernst der Toten wiederhergestellt wurden.

# Weltbild

Therese, genannt Tessa oder Tess, öffnete ein hellgelbes Browserfenster auf ihrem Laptop, schob die Mouse in eine zentrale Position auf dem mit fragezeichenförmigen Seepferdchen verzierten Mousepad und drehte sich zu mir um.

– Da steht eigentlich alles, sagte sie.

– Hm.

– Doch. Ich hab jetzt alles durchgelesen, und es ist gar nicht so schwierig.

– Bitte, Tess.

Ich versuchte, ihre Stimme auszublenden und mich auf das zu konzentrieren, womit ich mich schon den halben Vormittag herumplagte. Zwei Tasten auf der TV-Fernbedienung, der Lautstärkeregler und die Null, waren durch wiederholtes Drücken so tief ins Gerät gerutscht, dass das entsprechende Infrarotsignal nun pausenlos ausgesendet wurde. Wenn man den Fernseher einschaltete, wechselte er sofort auf den Videokanal, ein schwarzer Bildschirm mit einem kleinen Kassettensymbol in der oberen rechten Ecke, und die fischgrätenförmige Lautstärkendarstellung schwoll bis zum Anschlag an, sodass die empfindlichen Boxen zu knistern begannen.

– In dem Diskussionsforum steht alles, sagte Therese.

– Mhm.

Mit einem Zahnstocher versuchte ich, die Knöpfe aus der Fernbedienung zu pulen, aber der Erfolg war nur gering. Immer noch strömte das unsichtbare Lichtsignal aus meiner Hand in Richtung Fernseher.

– Nur eine Minute, sagte Therese.

– Du siehst doch, ich …

– Aber es sind ganz einfache Regeln, die du befolgen müsstest. Sauberkeit, erste Regel, wichtigste Regel. Und einen Platz zum Urinieren und einmal am Tag das Essen in einem Napf. Das ist doch relativ einfach –

– Herrgott!

Die Null war nun ganz im Gehäuse der Fernbedienung verschwunden. Ich würde sie nie wieder herausbekommen.

– Bitte, sagte Therese, ich wünsche es mir. Mir ist egal, ob du deswegen ein schlechtes Weltbild von mir hast.

– Ein schlechtes *Weltbild* von dir?

– Leg das Zeug einen Augenblick zur Seite, ja?

– Okay.

Ich warf die Fernbedienung auf das Sofa.

– Ich hab dir das Wichtigste noch nicht verraten, sagte Therese. Das Wichtigste.

– Und?

– Der hier verkauft sogar seinen alten Käfig.

– Oh Gott!

Ich war aufgestanden.

– Gebraucht, sagte Therese in etwas tieferer Tonlage. Gebraucht.

– Aha.

– Was hast du denn? Willst du mir nicht einmal eine Freude machen? Ich bezahle ja alles. Du verlierst keinen Cent. Der Käfig ist schon zu uns unterwegs.

– Was? Wann hast du ihn bestellt?

– Letzte Woche.

Ich schnappte nach Luft.

– Aber Tess, warum ... ich meine ... warum fragst du mich nicht vorher, warum erfahre ich das alles erst jetzt?

– Ich habe ihn in den Keller gestellt, neben deine Winterreifen.

– Was? Er ist schon da? Du meinst, hier im Haus? Du machst dich über mich lustig!

– Nein, ich gehe die ganze Sache nur vorsichtig an, wie du siehst. Ist die Fernbedienung eigentlich immer noch kaputt?

Am Abend schleppten wir den Käfig durch das Treppenhaus in unsere Wohnung. Er war ungewöhnlich schwer, wir stellten ihn in die Küche. Ursprünglich hatte sich Therese das Schlafzimmer gewünscht, damit das Bett immer in Sichtweite war, aber die Tür zum Schlafzimmer war etwas schmaler als die übrigen Türen, und so ließen wir ihn neben dem Kühlschrank stehen, zwischen dem alten Holztisch und den Küchenregalen. Ein echter Käfig, etwa zwei mal zwei Meter im Grundriss und gerade hoch genug, dass man darin kauern konnte. Als ich die Käfigtür aufmachte, klatschte Therese in die Hände und rannte ins Nebenzimmer. Sie kam nackt zurück.

– Was ... Ach, Tess, doch nicht gleich jetzt, nicht heute, bat ich sie. Komm, zieh dich wieder an.

– Ich hab dir alles ausgedruckt. Liegt alles auf dem Bett. Du kannst nichts falsch machen.

Ich ging ins Schlafzimmer. Tatsächlich lag auf dem

Bett eine Menge Papier, auf einigen Blättern war nur der Rahmen einer Webseite gedruckt, auf anderen Teile von Texten, deren Sinn man nur durch einiges kombinatorisches Geschick erschließen konnte. Ganz oben auf dem kleinen Stapel lag eine Liste mit Regeln.

*Erste Regel (wichtigste Regel!): Wenn Sklavin darum bittet, dass du sie freilässt, egal, was sie sagt – ignoriere sie!*

– Tess!, rief ich. Ich hab's mir überlegt. Ich mach das nicht.

Keine Antwort.

*Zweite Regel: Es ist Sklavin nur dann erlaubt zu sprechen, wenn Gebieter es ihr befiehlt.*

– Tess?

Ich glaube, so glücklich hatte ich sie schon lange nicht mehr gesehen. Ihr kleines, mädchenhaftes Gesicht schwebte hinter den Gitterstäben, das Schloss war von ihr verriegelt worden. Der Schlüssel lag, für sie unerreichbar, in einer Ecke des Raumes.

– Tess, das ist nur dann ein Spiel, wenn ich auch mitspiele. Ich will dich nicht einsperren, auch wenn dir das gefällt.

Sie machte mit ihren Fingern eine Versperr-Geste über ihren Lippen und warf auch den imaginären Schlüssel fort. Er landete irgendwo neben dem echten.

– Himmel Herrgott! Therese! Was soll das?

Keine Antwort.

– Was soll das, hm?

Keine Antwort.

– Oh Mann ... Okay, ich befehle dir zu sprechen. Was soll das?

– Nur dieses Wochenende, ja?

– Dieses Wochenende? Aber es ist Freitag! Willst du hier bis Sonntagabend eingesperrt bleiben?

Keine Antwort.

– Komm jetzt da raus, ja? Dann reden wir vernünftig darüber.

Keine Antwort.

– Komm raus, das ist doch albern. Oder sag wenigstens irgendwas.

Keine Antwort.

– Ich befehle es dir!

– Ich kann nicht raus, sagte Therese. Der Schlüssel liegt dort drüben.

– Das haben wir gleich …

Ich holte den Schlüssel und brachte ihn ihr. Sie wich zurück und schaute mich an, als hätte ich sie mit einem Messer bedroht.

– Weißt du was, du gehst mir auf die Nerven!, rief ich und ging aus dem Zimmer.

Ich setzte mich vor den Fernseher. Da die Fernbedienung nicht funktionierte, musste ich mich weit nach vorn lehnen, um den Kanal zu wechseln. Nach etwa einer Stunde hörte ich Therese in der Küche schreien.

– Was ist denn?

– Bitte, lass mich raus.

– Woher der plötzliche Stimmungswechsel?

– Ich weiß nicht, Gebieter. Lass mich bitte raus.

– Nenn mich nicht Gebieter. Ich spiele das Spiel nicht mit.

Keine Antwort. Ich stand auf und ging in die Küche. Dort sah ich Therese heulend in ihrem Käfig sitzen. Seufzend bückte ich mich nach dem Schlüssel und sperrte das Schloss auf. Sofort stürzte mir Therese entgegen und klammerte sich an mich. Ich drückte sie ein wenig, aber plötzlich löste sie sich von mir und starrte mich an, als wäre ich ein Fremder.

– Warum hast du das getan?, fragte sie.

– Was?

– Warum hast du mich so lange schreien lassen? Es war sicher mehr als eine Stunde.

– Eine Stunde? Nein, unmöglich, ich war nur im Nebenzimmer. Vielleicht habe ich dich nicht gleich gehört, weil der Fernseher –

– Unsinn! Natürlich hast du mich gehört. Ich hab mir die Seele aus dem Leib gebrüllt. Gib zu, du wolltest mich bestrafen.

– Bestrafen? Wofür denn?

– Dafür, dass ich meinen Kopf durchsetzen wollte.

– Nein.

– Außerdem hast du Regel Nummer eins nicht befolgt. Du hast mich nicht ignoriert. Du hast mich betrogen.

– Ich geb's auf.

– Ja, das sieht dir ähnlich.

– Soll das heißen, ich hätte dich nicht aus dem Käfig lassen sollen?

– Du bist so ein unsicherer Mensch, weißt du das? Überhaupt nicht gefestigt, innerlich.

– Weißt du was, Tessa?

– Was?

– Geh in den Käfig, sofort, oder ich hau dir eine runter.

Sie lachte.

– Ich mein's ernst. Im Käfig bist du vor mir sicher.

Aber wenn du hier noch länger herumstehst und mich mit deiner weiblichen Logik nervst –

– Weibliche Logik! Das ist ja toll, wenn du nicht mehr weiterweißt, wirst du sexistisch!

Es dauerte eine Weile, bis ich Therese zurück in den Käfig gestopft hatte. Sie wehrte sich und schlug wild um sich, biss und kratzte mich. Ich drückte die Tür vor ihrem Gesicht zu und versperrte das Schloss.

– Lass mich frei, du Wahnsinniger!, schrie sie.

– Erst wenn ich mich beruhigt habe, sagte ich. Ich sehe dann in einer Stunde wieder nach dir. Freu dich, ursprünglich wolltest du doch das ganze Wochenende als Sklavin im Käfig leben. Jetzt wirst du wenigstens wirklich wie eine Sklavin behandelt. Eine Sklavin bestimmt nicht einfach die Regeln, nach denen gespielt wird.

Darauf erwiderte Therese nichts mehr. Sie stützte ihr Kinn auf ein Knie – so wie die eindimensionalen Frauenfiguren in Judith-Hermann-Geschichten.

– Lass mich frei, sagte sie leise. Ich lass dich auch den ganzen Abend in Ruhe, versprochen.

– In einer Stunde. Ich gehe jetzt baden. Du kannst einen wirklich um den Verstand bringen, weißt du das?

– Hm.

Ihre Stimme war traurig zerknittert, ein eingeschüchterter Rest.

Ich ließ mir Badewasser ein und warf eine von Thereses Glitzerperlen hinein, die ein riesiges Schaumgebirge aus dem Nichts zauberte. Beinahe wäre ich in der Wanne eingeschlafen. Das warme Wasser um meinen Körper war so angenehm, dass ich eine Erektion bekam. Da ich sicher sein konnte, dass Therese nicht plötzlich zur Badezimmertür hereinkommen würde, onanierte ich, zuerst schnell und verkrampft, dann etwas entspannter, kniend inmitten des knisternden Schaums. Ich kam überraschend schnell zum Höhepunkt. Hinterher spülte ich die Fliesen, auf die ich ejakuliert hatte, mit der Brause sauber.

Im Gegensatz zur schwülen Wärme im Bad war die Luft im Rest der Wohnung auf fast schon aggressive Weise rein, wie auf einem Acker nach starkem Regen.

– Bitte, lass mich frei, sagte Therese, als sie mich, in ein Handtuch gehüllt, ins Zimmer treten sah. Mir tut schon alles weh. Und ich muss dringend aufs Klo.

– Du hast doch deinen Napf, sagte ich und setzte mich vor dem Käfig auf den Boden.

– Markus, bitte. Das Spiel ist vorbei. Ich möchte raus.

– Es sind noch … etwa siebenunddreißig Minuten, die du aushalten musst, sagte ich. Du wolltest das Spiel, jetzt hast du's.

– Ja, aber ich kann es abbrechen, wann ich will.

– Also war die erste Regel gar nie in Kraft?

– Doch, natürlich … Es ist nur … Ich meine, die zweite Regel ist dir doch auch egal. Du lässt mich reden, ohne dass ich deine Erlaubnis –

– Dann halt die Klappe, ja?

Sie sah aus, als wäre sie mit kaltem Wasser übergossen worden.

– Du wirst mir nicht befehlen, still zu sein, flüsterte sie.

– Zweite Regel. Du hältst jetzt die Klappe. Keine Erlaubnis zu sprechen. Sklavin.

Sie atmete schnell ein, hielt die Luft an, dann atmete sie aus und sagte:

– Du bestrafst mich, oder? Das ist eine einzige große Bestrafung dafür, dass ich den Käfig bestellt habe. Dass ich dich nicht um Erlaubnis gebeten habe, dass ich nicht deine Erlaubnis *eingeholt* habe, ja? Du bist so ein erbärmlicher –

– Klappe jetzt!

Stille.

– Gut so, sagte ich. Du hältst dich ab jetzt wieder an die Regeln. Also, wenn dich jemand fragt, wie du heißt, was antwortest du?

Therese sagte nichts, schüttelte nur den Kopf.

– Sehr gut, sagte ich. Ich bin sehr zufrieden. Du hast keinen Namen, solange ich dir nicht einen gebe.

Therese nickte unterwürfig, verkroch sich in einen Winkel des Käfigs und verbarg ihr Gesicht in den Händen. Ich ging aus dem Zimmer, zog mir frische Kleider an. Ich schloss die Augen und summte eine Melodie aus einer Fernsehserie. Als ich Thereses Geschrei hörte, eilte ich, halb angezogen, zu ihr. Sie kauerte in einem Winkel des Käfigs.

– Ich will jetzt raus!, jammerte sie. Bitte. Ich hab hier drinnen was ganz Schreckliches entdeckt.

– Hab ich dir erlaubt zu sprechen, Sklavin?

– Hier ist eine klebrige Stelle! Und da kleben Haare dran!

– Haare? Wo?

Ich ging um den Käfig herum. Therese deutete mit

ekelverzerrtem Gesicht auf einen kleinen Fleck auf dem Boden des Käfigs.

– Von hier aus kann ich das nicht erkennen, sagte ich.

– Dann mach den Käfig auf, bitte. Das ist kein Trick, ich schwör's!

– Warum sagst du das?

– Was?

– Warum sagst du gleich, es wäre kein Trick. Ist es ein Trick?

Therese brach in Tränen aus.

– Ich will nicht, schluchzte sie, ich will nicht in einem Käfig sitzen, in dem Haare von einem anderen Menschen kleben!

– Das ist *doch* ein Trick, sagte ich, obwohl ich davon nicht im Geringsten überzeugt war.

Im Grunde wusste ich selbst nicht mehr, was ich sagte oder tat. Es machte alles irgendwie Sinn und fühlte sich richtig an. Wir mussten das Spiel zu Ende spielen, sonst würde es nie wieder aufhören.

Weil ich mich vorhin nicht richtig abgetrocknet hatte, waren meine Hosenbeine durchnässt.

– Warte, sagte ich zu Therese, ich komm gleich wieder, ich zieh mich nur fertig an.

– Geh nicht weg! Bitte!

– Ich bin nur im Nebenzimmer, Herrgott!

Im Schlafzimmer, halb nackt vor dem kühlen Inneren des geöffneten Kleiderschranks, kam mir die ganze Sache unwirklich und albern vor. In der Küche in meiner Wohnung saß eine junge Frau in einem Käfig und bettelte darum, befreit zu werden. Das war doch ein Problem, das man im Grunde sehr leicht lösen konnte. Ich brauchte nur das verdammte Schloss aufzusperren und sie rauszulassen.

Genau das tat ich.

Als sie dann aufrecht und splitternackt vor mir stand, gab sie mir eine schallende Ohrfeige und rannte weinend ins Badezimmer.

Nach einiger Zeit klopfte ich sanft an die Tür.

– Tess? Kann ich reinkommen?

– Bleib bloß weg!

– Ich wollte dir nur sagen, dass es mir leidtut. Ich hätte das Spiel nicht mitspielen sollen. Ich wollte dir keine Angst einjagen.

Stille.

Ich öffnete die Tür einen Spalt und sah Therese, wie sie über das Waschbecken gebeugt stand. Es sah so aus, als wollte sie sich übergeben.

– Ist dir schlecht?

– Raus.

– Es tut mir leid, das hab ich dir doch schon gesagt.

– Raus!

– Aber ich wollte doch nur –

– Nichts kannst du richtig machen! Nicht einmal ein Spiel *richtig* spielen, das ist schon zu viel verlangt! Anstatt dass du es *richtig* machst, lässt du mich einfach in einem Käfig zusammen mit einem Büschel fremder Haare schmoren! Du elender Sadist.

– Tessa, was willst du eigentlich von mir? Wie hätte ich das Spiel richtig spielen sollen? Du hast mir gesagt, ich soll deine Hilferufe ignorieren und dich wie eine Sklavin behandeln, und dann flippst du aus, wenn ich genau das mache, weil du als Sklavin nicht bestimmen kannst, wie das Spiel –

– Du bist so beschissen *gut*, weißt du das? Du bist so unwahrscheinlich *gut* darin, die Tatsachen zu verdrehen. Egal, worum es geht, wenn es durch dein Gehirn läuft, kommt es vollkommen verdreht und verquirlt wieder raus, wie Eiscreme aus einer dieser Maschinen.

– Wie hätte ich mich denn deiner Meinung nach verhalten sollen? Du hast schließlich diesen verdammten Scheißkäfig ins Haus geholt.

– Ah, sehr schön, natürlich ist es ein Scheißkäfig, wenn ich ihn ohne deine Erlaubnis bestellt habe, natürlich!

– Ach, halt doch dein blödes Maul, Sklavin!

Mit diesen Worten ließ ich sie stehen. Sie brüllte mir irgendetwas nach, dann steckte sie sich einen Finger in den Hals und übergab sich ins Waschbecken. Ich schob währenddessen den schweren Käfig aus der Küche. Immerhin würden wir hier an diesem Abend zusammensitzen und etwas essen. Das hässliche Foltergerät mit seinen klebrigen Stellen voller fremder Sklavenhaare hätte uns nur den Appetit verdorben. Ich schleppte und zerrte den Käfig auf den Balkon. Als er endlich draußen war, fühlte ich mich kein bisschen erleichtert. Nur ein wenig erschöpft. Und furchtbar hungrig.

# Der Schläfer erwacht

I

Frederik war ein strenger Mensch. Er schlug seine Frau regelmäßig und dachte sich für die täglichen Verfehlungen seines siebenjährigen Sohnes Robert immer neue Strafen und Zurechtweisungen aus. Einmal zwang er ihn, eine Münze, die Robert angeblich gestohlen hatte, in den Mund zu nehmen und zu schlucken. Wenn er die Münze so gerne haben wolle, dann solle er sie auch immer mit sich herumtragen. Als Robert später Bauchschmerzen bekam und in die Klinik gebracht werden musste, tadelte der Arzt zwar Frederiks Erziehungsmaßnahme, doch Frederik spürte, dass ihn der Arzt insgeheim für seine Konsequenz und Selbstbeherrschung bewunderte. Immer redete er ihn mit Herr Waggerl an, ein eindeutiges Zeichen für Respekt und Wertschätzung.

Auf dem Nachhauseweg von der Klinik stieß Frederik mit einem Lastwagen zusammen, sein Körper wurde in anatomisch kaum mehr nachvollziehbarer Stellung unters Lenkrad gequetscht, und er erwachte zwei Tage später im Krankenhaus. Es war spätnachts. Er läutete nach der diensthabenden Schwester, und als diese endlich kam und ihn fragte, wie er sich fühle, konnte er ihr nicht antworten. Sein Mund versuchte, Wörter zu bilden, aber es ging nicht. Als Nächstes versagten sein Augenlicht und seine Atmung. Er erlitt einen schweren

Anfall, und die Schwester musste den Arzt wecken. Mit zerzausten Haaren trat der Doktor an Frederiks Bett und untersuchte ihn. Er schob die Lider hoch und leuchtete in die Pupillen, die ängstlich zusammenschrumpften. Kurz darauf fiel Frederik ins Koma. Seine Familie (sein Sohn war bei dem Unfall nur leicht verletzt worden) wurde verständigt.

Drei Jahre lang lag sein Gehirn im Dämmerzustand. Er registrierte einige Dinge, die um ihn herum geschahen, die vertrauten Klänge einer Weihnachtsfeier, den ohrenbetäubenden Lärm von Umbauarbeiten, die im Krankenhaus vorgenommen wurden, die Stimme seiner Frau. Die meiste Zeit jedoch herrschte Stille.

Dann kam die Nacht im September 2003, als er wie durch einen Stromstoß plötzlich wach wurde. Er blinzelte, versuchte, sich seine Situation zu erklären. Er hing an verschiedenen Geräten und wurde, wie es schien, auch künstlich beatmet. Warum war das nötig? Erst zwei oder drei Stunden nach seinem Erwachen bemerkte man seinen veränderten Zustand. Man sprach mit ihm, testete seine Reflexe, und er freute sich, wie nett und zuvorkommend ihn alle behandelten. Man erklärte ihm, wer er war und was mit ihm passiert war, und zu seinem großen Erstaunen musste er feststellen, dass er sich an früher erinnern konnte, an die Zeit vor dem Unfall, an seinen Sohn, an seine Frau, sogar an seine Wohnung im hässlichen Bezirk Straßgang. Er begann zu sprechen, und es gelang ihm, nach einigen Versuchen einen vollständigen Satz zu formulieren. Andere Sätze folgten, und bald sprach er wieder wie früher. Sogar die Sprechmelodie war dieselbe geblieben.

Ein paar Dinge fehlten, aber das war zu erwarten

gewesen. Er musste wieder lernen, seinen Namen zu schreiben, sich anzuziehen und mit Messer und Gabel zu essen, außerdem erinnerte er sich nur mehr vage an den Sinn und Zweck von Farben; sie sahen, fand er, alle haargenau gleich aus, und er verstand nicht, was er früher an ihnen gefunden hatte. Als er versuchte, mit einem Mobiltelefon seine Frau anzurufen, verlief er sich in einem der vielen Untermenüs, brachte das Telefon zum Vibrieren und schließlich sogar dazu, einen albernen Klingelton nach dem anderen abzuspielen. Enttäuscht und irritiert gab er es der Schwester zurück.

Es stellte sich als Glücksfall heraus, dass er seine Frau nicht erreicht hatte, denn sie lebte inzwischen mit einem anderen Mann. Die Erinnerungsfetzen ihrer Kurzbesuche neben seinem Bett bezogen sich, wie man ihm nun behutsam klarmachte, nur auf das erste Jahr. Danach hatte ihn niemand mehr besucht, mit Ausnahme seiner Mutter, die immer noch kam, jeden ersten Sonntag im Monat. Frederik weinte und fragte, ob er trotzdem seine Frau kontaktieren dürfe. Sie sei längst verständigt worden, erklärte ihm der Arzt, aber sie wolle ihn nicht sehen. Er solle sich jetzt ausschließlich auf seine Genesung konzentrieren, auf die möglichst schnelle Beseitigung der Defizite in Motorik und Koordination. Er zeigte Frederik eine Tabelle, in der verschiedene Felder grau angemalt waren. Es handelte sich um einen Zeitplan für die Rehabilitation. Hier, die roten Felder, sagte der Arzt. Aber Frederik hörte ihm längst nicht mehr zu. Er lag da und schaute zur Decke. Wenig später war er eingeschlafen, atmete friedlich und trieb traumlos dahin, bis ihn das laute Geschrei eines verwirrten Patienten aus einem Nachbarzimmer weckte.

Die Ärzte waren mit seinen Fortschritten nicht zufrieden. Und das war auch nicht weiter verwunderlich, denn Frederik tat beinahe nichts. Er ließ sich immer noch von einer Schwester bei seiner Morgentoilette helfen. Doch mit der Zeit begann er, sich mehr und mehr für seine Unselbständigkeit zu schämen, und strengte sich ein wenig an. Nach einem halben Jahr schließlich konnte er die Klinik verlassen. Er bekam einen Platz in einer betreuten Wohnanlage und lebte mit zwei anderen Männern in einem kleinen Appartement mit der Nummer 7. Seine Mitbewohner Joseph und Bernhard waren geistig behindert, und er fragte sich, wozu er sich mit diesen erwachsenen Kindern abgeben musste. Da Joseph und Bernhard immer wieder Dinge kaputt machten und selbst bei den einfachsten Verrichtungen große Schwierigkeiten hatten, verlor Frederik regelmäßig die Beherrschung. Bald wurde er in eine Einzelwohnung verlegt. Seine Wutanfälle besserten sich dadurch nicht, sondern wurden sogar noch schlimmer. Er erhielt starke Medikamente, deren Einnahme von den Betreuern streng überwacht wurde.

In seinen friedlichen Momenten bettelte Frederik darum, freigelassen zu werden. Man erklärte ihm geduldig, dass er ja frei sei. Das betreute Wohnen sei lediglich eine Übergangslösung, bis er wieder selbständig genug sei, um auf eigenen Füßen zu stehen. Er müsse wieder lernen, zu rechnen, zu schreiben, Pläne zu machen und einfache Arbeiten auszuführen. Aber all diese Dinge lagen für ihn in der Vergangenheit.

Nachdem er diesen Gedanken mit erstaunlicher Klarheit erfasst hatte, überfiel ihn eine unkontrollierbare Wut, und er zwang Joseph, den er zufällig im Gang antraf, ein rundes Stück Plastik zu schlucken. Man zerrte ihn fort und stellte ihn mit Medikamenten ruhig. Schon am nächsten Tag kam einer der Betreuer mit einem großen Klumpen Ton zu Frederik.

## 2

Professor Hubert Antonitsch war sehr zufrieden, denn es waren immerhin so viele Studenten zur ersten Lehrveranstaltung im neuen Semester gekommen, dass er einige wieder nach Hause schicken musste. Er würde nach dem Zufallsprinzip vorgehen.

Als die Studenten dies begriffen, wurden sie unruhig und tippten wütende SMS-Nachrichten. Nach einer halben Stunde war die definitive Anzahl der Seminarteilnehmer festgelegt: achtzehn. Professor Antonitsch ging nun zum weniger lustigen Teil über. Er stellte sich vor und zeigte den Studenten eine Overhead-Folie mit seinen bisherigen Publikationen (ein Buch und fast fünfzig Artikel in Fachzeitschriften). Die Studenten holten nun alle ihre Ringmappen aus den Rucksäcken und schrieben mit. Manche zeichneten sogar automatisch die Form der Excel-Tabelle nach, in der die verschiedenen Titel seiner Aufsätze standen: *Entwürfe von Männlichkeit in ausgewählten Briefen des späten neunzehnten Jahrhunderts*; *Männlichkeit und Hindernis: eine Evaluation des phallozentrischen Weltbildes im Spiegel der Kunst behinderter Menschen*; *Männliche Selbstwahrnehmung in Autobiografien von Bodybuildern.*

Professor Antonitsch sagte diese Titel immer wieder gerne auf. Es war eine Art von Musik. Er besaß sogar

eine Folie, auf die er die Statistik seiner wissenschaftlichen Veröffentlichungen als Diagramm gezeichnet
hatte. Aber dieses Diagramm zeigte er nur selten her,
da es ihn auf unangenehme Weise an die Statistiken auf
Baseball-Sammelkarten erinnerte. Seine Liste der Buch-
veröffentlichungen war nicht so lang und musikalisch
wie die der Aufsätze, tatsächlich enthielt sie nur einen
einzigen Eintrag: *Die Vertreibung aus dem Paradigma
– Konzepte von Männlichkeit im post-freudianischen
Universum.*

– Natürlich werde ich in der Klausur keine dieser Titel abfragen, sagte er, das sollte nur zu Ihrer Information sein.

Enttäuscht legten einige Studenten ihren Bleistift hin.
Andere schrieben unbeirrt weiter. Sie glaubten an solche Versicherungen schon lange nicht mehr.

– Sie haben sich für das Seminar *Der männliche Körper als Ausdruck in Therapie und Widerstand* angemel-
det. Und ich nehme an, Sie haben das aus einem bestimmten Grund getan. Ideal wäre natürlich, wenn Sie
sich nicht nur aus Termingründen entschieden hätten
und weil es in Ihren Stundenplan passt. Aus Erfahrung
weiß ich allerdings, dass das in den meisten Fällen so
ist. Wie dem auch sei, ich werde Ihnen trotzdem ein
gewisses Vor-Interesse an dem Thema und meinen theo-
retischen Konzepten unterstellen. Anfangs wird Sie das
möglicherweise irritieren und überfordern, aber gegen
Ende des Seminars werden Sie mir bestimmt dankbar
dafür sein.

Professor Antonitsch sah, dass zwei Studentinnen
sich sogar jetzt noch Notizen machten. Entweder sie
waren von einer Art Graphomanie befallen (in jedem

Semester gab es ein oder zwei solche Fälle), oder sie spionierten ihn aus und verfassten einen Bericht für jemanden, den es interessierte, welche Lehrinhalte er in seinen Seminaren vermittelte. Beides war ihm recht, beides war ihm egal.

– Teil dieses Seminars wird der Besuch einer Ausstellung von Kunst geistig behinderter Menschen sein, was natürlich nicht zu den Seminarzeiten passieren kann, weswegen ich Sie bitte, einen dieser drei Termine wahrzunehmen.

Seine große, schwarze Overhead-Hand schob eine Folie mit den Terminvorschlägen ins Bild. Ein Raunen ging durch den Seminarraum. Manche packten ihre großen Taschenkalender aus und begannen zu blättern.

– Sollten Sie zu keinem dieser Tage Zeit haben, besteht auch die Möglichkeit, eine zusätzliche schriftliche Arbeit über ein von mir oder auch von Ihnen selbst vorgeschlagenes Thema zu verfassen. Aber ich würde Ihnen in jedem Fall empfehlen, diese – ja, bitte?

Eine Studentin mit langen schwarzen Haaren und einem Blick wie ein hypnotisiertes Baby hatte die Hand gehoben.

– Wie lang muss denn diese schriftliche Arbeit sein?

Immer dieselben Kinderfragen. *Wie lang soll die Arbeit sein? Wie viele Stunden werden mir angerechnet? In welcher Farbe soll ich meinen Namen unterstreichen?*

– Ich hatte an zehn bis fünfzehn Seiten gedacht, antwortete Professor Antonitsch.

– DIN A4?

– Ja.

Einige Studenten lachten.

– Und das Layout ...?

– Eineinhalbfacher Zeilenabstand, Schriftgröße zwölf, Deckblatt mit farbigem Passfoto, sagte er. War es das, was Sie hören wollten?

Die Studentin schien zu überlegen, dann nickte sie, schrieb diese wichtigen Informationen auf und malte am Ende ein vierfaches Kästchen darum. Andere taten es ihr gleich.

– Also, ich bitte Sie, sich für einen dieser Termine anzumelden. Und das tun Sie bitte über E-Mail. Hier meine Adresse.

Er zeigte ins Leere. Die falsche Folie. Schnell wechselte er sie aus. Die Studenten schrieben die E-Mail-Adresse auf. Großartig, dachte Professor Antonitsch, dann kann ja eigentlich nichts mehr schiefgehen. Er fragte sich, ob er auch nur eine einzige Anmeldung per E-Mail bekommen würde.

Er hatte begonnen zu schwitzen. Aber er hielt sich ganz gut. Trotz des furchtbaren Streits mit seiner Frau heute Morgen war er relativ entspannt. Natürlich hätte er alle Studenten, die gekommen waren, an seinem Seminar teilnehmen lassen können, aber warum sollten alle Menschen außer ihm andauernd bekommen, was sie wollten? Warum sollte die ganze Welt immer zufrieden sein, bloß er nicht? Nein, es musste auch mal nach seinem Kopf gehen. Achtzehn Studenten, geschlechtsneutral auf neun Mädchen und neun Buben aufgeteilt. Natürlich, es waren alles erwachsene Menschen, aber – man brauchte sie sich nur einen Moment anzusehen, und schon erschien es einem wie ein Wunder, dass sie ihre Schuhbänder alleine zubinden konnten.

3

Ulrike Antonitsch wusste nicht mehr, was sie tun sollte. Ihr Mann war wie ein Aal. Er brach unter ihrem Würgegriff einfach nicht zusammen, sondern entkam ihr ein ums andere Mal, glitschig und unverletzt, es war zum Verrücktwerden. Sie wollte ihn am Boden sehen, wie er sich wand, wie er sie um Verzeihung bat für all die Jahre, in denen er mit ihr verheiratet gewesen war. Er sollte ihr sagen, dass sie allein es in der Hand hatte, sein Leiden aufhören zu lassen – und sie würde seinem Wunsch nicht entsprechen, würde ihn weiterwinseln lassen zu ihren Füßen, würde ihn bei seinen tränenreichen Entschuldigungen filmen und ihn hinterher zwingen, sich diese Filme anzusehen, damit er endlich erkannte, was für ein elender Versager, was für ein kleiner, angeberischer Wicht er war.

Sie saß vor einem Glas Wein und starrte in die dunkelrote, unergründliche Flüssigkeit. Ihr war heiß, sie hatte sich schon vier Mal umgezogen. Gestern Vormittag waren es sogar sieben Mal gewesen. Sie führte Buch über solche Dinge. Es war wichtig, die Kontrolle nicht zu verlieren. Sie spürte, dass es bald wieder so weit sein würde. Ihr leichtes Sommerkleid, das so locker um ihre Schultern hing, dass ihre Brüste sichtbar waren, fühlte sich klebrig und schmutzig an. Sie nahm einen großen Schluck Wein und ließ ihn zwischen ihren Backen hin und her schwappen. Währenddessen streifte sie das Kleid mit einer einzigen, kraftvollen Bewegung von ihrem Körper. Anschließend ging sie nackt ins Nebenzimmer und betrachtete sich im Spiegel.

Bildhübsch, kein Zweifel. Nicht der Körper einer

achtzehnjährigen Studentin, aber wohlproportioniert, eine griechische Statue, die atemberaubende Verrenkungen ausführen konnte. Sie war unerhört biegsam! Und um es ihrem ständig misstrauischen Spiegelbild zu beweisen, beugte sie sich nach vorn und berührte, während sie ihre Knie stramm durchgedrückt ließ, mit den Fingerspitzen ihre lackierten Zehennägel. Dabei kam ihr der Geruch ihrer Schamhaare entgegen. Sofort richtete sie sich wieder auf und ging ins Badezimmer.

Leise singend wartete sie, bis die Wanne voll Wasser war, stieg schnell hinein, wusch sich ihr Geschlecht und stieg wieder heraus. Zufrieden kehrte sie an den Küchentisch zu ihrem Glas Wein zurück. Erst nachdem sie einen großen Schluck genommen hatte, merkte sie, dass der Fußboden nass war. Sie hatte vergessen, sich nach dem kurzen Bad abzutrocknen.

Während sie die nassen Spuren mit einer Serviette wegwischte, geisterten ihr Fetzen des Streits von heute Morgen im Kopf herum. Szenen, die sie weiterspann und neu durchspielte. Nach einiger Zeit wusste sie gar nicht mehr, was echt und was erfunden war.

– Wenn du so unglücklich bist, dann geh doch!, hatte er geschrien. Was hält dich denn noch bei mir?

– Ha! Ich werde dich nie verlassen! Das hättest du gerne! Ich werde hierbleiben und dich jeden Tag daran erinnern, was für ein Waschlappen du bist! Dein Leben soll die Hölle sein, Tag und Nacht! Glaub mir, ich lass dich keine Sekunde aus den Augen.

– Ich habe dir schon gesagt, dass ich die Scheidung will. Deine Zustimmung brauche ich nicht. Die Wohnung gehört mir, und ich will, dass du ausziehst.

– Seit wann interessiert es mich, was du willst? Alles,

was mich interessiert, ist, wie ich dein Leben zerstören kann. Dein Leben und das von deiner kleinen Schlampe!

– Oh Gott, jetzt fang nicht wieder davon an!

Er hatte es abgestritten. Er stritt es immer ab, in jeder Situation, abends im Bett, am Frühstückstisch, am Handy, wenn sie ihn bei der Arbeit anrief, in der Badewanne, sogar schriftlich – immer hieß es: *Das bildest du dir nur ein, Ulrike, es gibt keine Frau außer dir.* Wie oft hatte er diesen Satz nun schon wiederholt? Und wie lange würde er sich noch trauen, ihn zu wiederholen?

Dabei wusste sie ganz genau, was für ein Mensch Hubert war. Er allein in einem Seminarraum, umringt von lauter jungen Studentinnen mit offenen Blusen und kurzen Röcken. Sie wusste alles.

Sie warf die nasse Serviette in den Müll und trank den restlichen Wein. Nicht nur das eine Glas, sondern die ganze Flasche. Was sollte sie auch sonst tun? Es war ja niemand da, mit dem sie den Wein hätte teilen können. Sie war ganz allein, immer, jeden Tag. Er, er konnte in überheizten Seminarräumen den Hengst spielen, während sie hier in dieser viel zu leeren Wohnung langsam verrückt wurde. Vor die Tür zu gehen war auch keine Lösung, denn alle Leute schauten sie an. Sie musterten sie. Sie wussten alles.

Ihr Leben war verpatzt, vorbei. Ulrike hasste es, wenn sie nach exzessivem Weingenuss heulen musste. Ihre Tränen waren dann immer so säuerlich. Aber sie konnte nun mal nicht anders, sie wollte leben, sie wünschte sich ein Kind, sie wollte eine lange Weltreise unternehmen, die Pyramiden sehen.

– Aber ich werde sie niemals sehen, sagte sie und vergrub ihr Gesicht in ihren Händen.

## 4

Der Streit, der Streit, der Streit. Der fünftausendste Streit in den letzten zwanzig Jahren. Warum konnte sie ihn nicht endlich in Ruhe lassen? Kein Sklave litt so, wie er leiden musste. Professor Antonitsch ging gelangweilt zwischen den Skulpturen des verrückten Künstlers herum, der vor kurzem an Herzversagen gestorben war. Die Studenten – zumindest jene, die aufgetaucht waren, ganze sechs – folgten ihm mit ihren Ringmappen und gezückten Kugelschreibern.

Vom Künstler selbst gab es ein kleines Porträtbild, aufgenommen vor ein paar Monaten. Er saß auf einem Stuhl und wurde von einem Pfleger bewacht, einem kräftigen Burschen mit blond gefärbten Haaren. *Frederik Waggerl* stand darunter, *Bildhauer*.

Die Ausstellung war eine ziemliche Enttäuschung.

Warum musste Ulrike ihm immer wieder dieselben Dinge vorwerfen? Warum rief sie ihn alle zehn Minuten an, sogar während der Vorlesungszeiten? Ja, er kannte die Antwort, sie war sturzbetrunken und steigerte sich in dämliche Fantasien hinein. Andauernd fragte sie ihn: *Warum nimmst du mich nie irgendwohin mit? Warum gehen wir nicht öfter aus?* Auch darauf kannte er die Antwort. Er schämte sich mit ihr. Er hasste es, wenn sie das Gleichgewicht verlor und sich an ihm festhalten musste, er hasste es, wenn sie in Gegenwart seiner Kollegen unsinniges Zeug redete und er so tun musste, als wäre es eine intelligente Bemerkung, er hasste ihren parfümierten Hals, er hasste ihre Frisur.

Mein Leben ist vollkommen kaputt, dachte er, während er die Skulpturen betrachtete. Die meisten stellten den menschlichen Körper in einer bestimmten Stellung oder Situation dar. Das am häufigsten verwendete Motiv waren kleine Kinder, die bestraft wurden, und Frauen, die vergewaltigt wurden, jedes Mal von sehr großen stierähnlichen Tieren, Monstern, Fabelwesen. Von Gebilden, die nur aus Hüften zu bestehen schienen. Sie waren abstoßend und widerlich. Im Grunde wunderte es ihn nicht, dass man diesen Künstler hatte wegsperren müssen.

Die Studentin mit den langen schwarzen Haaren und dem niedlichen Kindergesicht schrieb andauernd irgendetwas auf. Professor Antonitsch fragte sich, was das wohl sein mochte. Als er neben sie trat, schaute sie auf und lächelte ihn scheu an.

– Schreiben Sie brav mit?, fragte er.

Sie nickte freundlich.

– Okay, gut, sagte er und wandte sich ab.

Elender Feigling, dachte er. Nicht einmal sinnvolle Gespräche mit einer hübschen – nein, sie war im Grunde gar nicht so hübsch. Charaktervoll, so könnte man ihr Gesicht vielleicht bezeichnen. Eigensinnige Fältchen um die Mundwinkel. Was kritzelte sie da in ihr Heft? Bestimmt Poesie, so wie all die anderen Studenten, die *in Wirklichkeit* Dichter waren. Lächerlich.

Schau sich das einer an, dachte er, wie sie mit dem Gesicht ganz nah an diese Skulptur geht. Als wolle sie daran riechen. Die Skulptur zeigte ein weibliches Kind, dem ein vor Muskeln überquellender Mann mit beiden

Händen den Mund aufreißt. Die Lippen des Mannes sind gespitzt. Gleich wird er in den Mund des Mädchens spucken. Ekelhaft. Aber schau sich einer diese konzentrierte Ernsthaftigkeit an, mit der sie die Figur studiert. Studieren, ja, das konnten sie. Wahrscheinlich lernte sie die Figur auswendig, füllte ihren leeren und beschränkten Verstand mit nutzlosen Details.

Oh Gott, er musste hier raus. Sein Kopf würde gleich platzen.

In diesem Augenblick vibrierte seine Jackentasche. Er warf einen kurzen Blick auf das Display. Ulrike. Er hob ab.

– Was?

– Hör mir zu, lallte sie, ich steh gerade nackt im Bad und … also entweder kommst du auf der Stelle nach Hause und beweist mir, dass du noch ein Mann bist, oder … oder du kannst dir heute Nacht einen anderen Platz zum Schlafen suchen, bei irgendeiner deiner –

– Ich kann jetzt nicht reden, ich ruf dich später –

– Nein, leg jetzt bloß nicht auf, du Feigling. Ich will, dass du auf der Stelle hierherkommst! Hast du mich verstanden? Hast du, hast du –

Er drückte ihre Stimme weg, schaltete das Handy aus. Vor Wut zitterten ihm die Finger. Alles falsch, dachte er. Er hätte sie nie heiraten dürfen. Jetzt erst sah er diesen schrecklichen Fehler ein. Er hatte alles falsch gemacht, sein ganzes bisheriges Leben lang, alles, jedes kleinste Detail. Und es war zu spät, um noch etwas zu unternehmen. Er war ein alter Mann, der mit Studentinnen in eine Ausstellung vertrottelt-obszöner Skulpturen ging. Seine Frau hatte Recht, er war tatsächlich kein Mann mehr, nur mehr ein Wrack, das begehrliche Blicke auf dumme, junge Frauen warf.

Die Erkenntnis war so hell, dass sie ihn innerlich blendete. Er schloss die Augen und schüttelte den Kopf. Was blieb ihm noch übrig? Selbstmord. Dafür fehlte ihm die Kraft. Vielleicht Ehrlichkeit. Totale, kompromisslose Ehrlichkeit. Die Studentin mit den langen, schwarzen Haaren stand direkt vor ihm. Er räusperte sich. Als sie nicht reagierte, tippte er ihr mit dem Zeigefinger auf den Hinterkopf. Sie drehte sich zu ihm um.

Er begann leise zu sprechen. Die Studentin hörte ihm zuerst mit höflichem, dann mit zunehmend entsetztem Gesichtsausdruck zu. Nach und nach versammelten sich auch die anderen Studierenden um ihn.

– Schauen Sie nicht so blöd, zischte er sie an, im Grunde wissen Sie doch ganz genau, wozu ich Sie hierherbestellt habe. Ich will mit Ihnen ficken, das wollen alle Männer hier, vermutlich sogar einige der Frauen. Und das sage ich nicht, weil ich Sie beleidigen oder schockieren will, ich sage es, weil es die Wahrheit ist und wir von Zeit zu Zeit mit der Wahrheit konfrontiert werden müssen. Ohne Wahrheit werden die Menschen langsam zu Statuen oder Zombies oder zu Idioten, was weiß ich. Aber Sie, Sie schauen mich natürlich an, als hätte ich Ihnen gerade eine Ohrfeige gegeben. In Wirklichkeit geht es mir nur darum, einmal in vierhundert Jahren eine vollkommen sinnvolle Aussage zu machen. Allerdings … an Ihrem Gesicht sieht man sofort, dass das unmöglich ist, dass die allersinnvollsten Äußerungen immer zugleich die allersinnlosesten sind. Anstatt sinnvoller Aussagen kann der Mensch nur sinnlosen Unsinn von sich geben, und je sinnloser die Aussage, desto größer die Begeisterung bei seinen Mitmenschen. Das ist ein unerträglicher Zustand, ein zutiefst entwürdigender, wahnsinniger, widernatürlicher Zustand. Im Grunde wäre es besser, wir würden überhaupt nichts mehr sagen und einfach übereinander herfallen wie die Tiere, denn das ist es, was ich ehrlich gesagt am liebsten mit Ihnen machen würde, Sie dumme kleine Studentenpuppe mit Ihren engen Kleidern und Ihrem offenen Knopf an der Bluse und Ihren angemalten Lippen und dem Scheitel und den langen, ungewaschenen Haaren. Sie wissen das ganz genau, und ich weiß das auch, und alle hier wissen das, und trotzdem schauen alle so drein, als würde ich Sie verprügeln. Das ist es, was mit der Welt nicht stimmt. Niemand darf die Wahrheit sagen, jeder muss sich immer nur beherrschen und immer weiter den Schlafwandler spielen. Er darf immer nur wie unter Wasser herumgehen, blind und taub und vollkommen unmündig, und er darf aus falschen Gründen stolz auf sich sein, und er darf langsam verblöden, und er darf seiner Frau bis zum letzten Blutstropfen treu bleiben, und er darf seine Mitmenschen respektieren, und irgendwann darf er dann sterben, und dann sagen alle: So ein tolles Leben, so ein aufrichtiges, sinnvoll verbrachtes Leben. Wo es doch in Wirklichkeit ein sinnloses, sinnentleertes, dummes, unmündiges, widerliches, unnatürliches, verbrecherisches Leben gewesen ist, ein Leben, von dem niemand etwas hat, nicht einmal Sie, denn Sie werden auch irgendwann so sein, dumm und unmündig und widernatürlich verzerrt und so alt, dass Sie am liebsten alle Ihre Mitmenschen mit sich reißen möchten. Schauen Sie mich nicht so an, sondern merken Sie sich lieber meine Worte, vielleicht werden Sie sie irgendwann sogar begreifen.

Professor Antonitsch holte tief Luft. Er fühlte sich wunderbar. Als wäre er aus einem zwanzig Jahre andauernden Albtraum aufgewacht und hätte festgestellt, dass die Welt doch keine Kugel war, sondern eine Scheibe, auf der es ganz einfach und umkompliziert zuging. So lange war die Lösung direkt vor seiner Nase gewesen, jetzt endlich hatte er gesagt, was gesagt werden musste. Er schwebte, er vibrierte, und er war bereit, die Konsequenzen zu tragen.

– Und jetzt entschuldigen Sie mich, sagte er zu all den entrüsteten und fassungslosen Studentengesichtern. Entschuldigen Sie mich. Ich gehe nach Hause. Verklagen Sie mich. Bringen Sie mich hinter Gitter. Lauern Sie mir auf, verprügeln Sie mich, bringen Sie mich um. Nehmen Sie den Mord auf Video auf, und stellen Sie ihn ins Internet. Schreiben Sie Bücher über mich. Tun Sie, was Sie wollen. Sagen Sie die Wahrheit. Auf Wiedersehen.

5

Robert Waggerl empfand nichts. Sein Verstand fühlte sich schon seit dem frühen Morgen an wie ein Betriebssystem, das im abgesicherten Modus hochgefahren worden ist: Nur die lebensnotwendigen Programme funktionierten, und die Grafik war so prähistorisch und pixelig, dass einem davon schlecht wurde.

Robert trug zerrissene Jeans und ein T-Shirt, auf dem ein blauer Progress-Bar gedruckt war und darunter die Aufschrift:

*Downloading Democracy*

*3%*

Vor zwei Tagen war er sechzehn Jahre alt geworden. Vor ein paar Wochen hatte man ihm mitgeteilt, dass sein Vater, ein stadtbekannter Behindertenkünstler – oder wie man das sonst nennen mochte –, den er seit dem Unfall vor neun Jahren nicht mehr gesehen hatte, gestorben war. Das Medikament, mit dem die Ärzte seine Wutattacken in den Griff bekommen wollten, hatte sein Herz geschwächt, und irgendwann war es dann stehengeblieben.

Jetzt saß er, oder besser: lag er mit seinen Freunden in einem verrauchten Wohnzimmer vor dem Fernseher und versuchte zu verstehen, warum er keine Trauer fühlte. Ein unbestimmtes Gefühl war kurz aufgetaucht, aber es besaß keinen Namen und war außerdem gleich wieder weg gewesen.

Er und seine Kollegen Martin, Roland und Julius (genannt Köter oder Wuff, weil er mit Nachnamen Kötter hieß) schauten sich gewalttätige Pornofilme an und amüsierten sich über die lächerlichen schauspielerischen Leistungen der Männer und Frauen. Am besten gefiel Robert eine Szene, in der eine am Boden kniende Frau von einem maskierten Fettsack geohrfeigt, anschließend in den Mund gefickt und dann wieder geohrfeigt wurde. Die Frau bettelte um noch mehr Schläge, lächelte den Maskenmann verkrampft und ängstlich an und wiederholte brav, was dieser ihr vorsprach:

– *Say: I'm a little cum slut.*
– *I am a little cum slut!!*
– *Say: I love to get my face slapped.*
– *I love to get my face slapped!!*
– *Good.*
– Gott, ich liebe diesen Scheiß, sagte Wuff, dem der

DVD-Player gehörte. Schau dir dieses süße Gesicht an. Ich würde ihr meine Ladung am liebsten durch die Nase bis rauf ins Gehirn spritzen.

Alle lachten. Robert war überrascht, denn er konnte nur so tun, als würde er lachen. Einer am Boden gefesselten und gedemütigten Frau seine Ladung ins Gehirn spritzen. Normalerweise hätte er darüber zumindest geschmunzelt. Er betrachtete seine drei Freunde. Martin war der älteste. Ihm gehörte die Wohnung, er ließ sie manchmal bei ihm übernachten. Ihm gehörten auch die Joints, die sie rauchten. Die Joints – das musste es sein, Robert hatte noch kaum davon probiert, hatte nur ein wenig inhaliert. Die anderen hatten ihm gegenüber einen Vorsprung. Sie waren breiter als er. Mit einer unsicheren Geste bat er um den Joint. Er nahm einen tiefen Zug und wartete. Die Szene auf dem Bildschirm änderte sich. Jetzt war da ein dunkler Folterkeller und eine blonde, dickliche Frau mit einem großen Lächeln, die sich von einem muskulösen Kerl mit Glatze fesseln ließ. Anschließend urinierte der Mann auf ihr Gesicht, in ihren lachenden Mund, in ihre Augen, auf ihre Brüste.

Martin und Wuff machten High-Five und johlten, als die Frau sich an dem Urin verschluckte und hustete und sich krümmte. Robert schaute auf den Bildschirm und sah nur die groben Pixel, die der aus dem Internet raubkopierte Film alle paar Sekunden aufblitzen ließ. Es war ziemlich ekelhaft, was da mit dieser Frau passierte. Sie wollte das bestimmt nicht, sie hatte vermutlich eine schwierige Kindheit hinter sich und war schon früh schwanger geworden und hatte die Schule verlassen müssen. Ach, halt doch die Schnauze, tadelte Robert die sentimentale Stimme in seinem Kopf. Schluss jetzt. Doch die Stimme plapperte weiter: Die Frau konnte nichts, sie hatte überhaupt keine Ausbildung. Diese entsetzlichen Filme waren das Einzige, wofür sie zu gebrauchen war. Das war das Einzige, sonst war sie vollkommen entbehrlich. Keiner dieser Männer, die sie fickten, besudelten, folterten und vergewaltigten, würde zu ihrer Beerdigung kommen. Sie würde einfach irgendwo zusammenbrechen und liegen bleiben. Das wäre alles, und niemand würde erfahren, wie ungeheuer verfeinert und ausgebildet ihre Fähigkeit zur Selbstbeherrschung gewesen war. Immerhin lächelte sie während der ganzen Tortur und verlor nie die Kontrolle über ihr Gesicht. Aber sie würde keine Interviews geben und auch keine Bücher darüber schreiben, sie war kaum vorhanden, sie war reine Fiktion, aber eine, die sich abends die kaputten Zähne putzte, sich in ein Bett legte und bei Verkehrslärm einschlief in einer lächerlich winzigen Wohnung. Nicht so wie diese hier, Martins luxuriöse Wohnung, mit deren Quadratmeterzahl er immer angab.

Robert stand auf. Der Raum schwankte. Die Bilder an den Wänden – Fotografien von antiker Kunst, hauptsächlich Skulpturen, die den menschlichen Körper in verschiedenen heroischen Stellungen zeigten, der Diskuswerfer, der Speerwerfer, der liebende Jüngling, die stillende Mutter – wurden größer und wieder kleiner. Aber das machte nichts. Er kannte das, das war nur sein Gehirn, das sich über die anregenden Substanzen in seinem Organismus freute.

– Ich geh aufs Klo, sagte er.

Die anderen grunzten zur Bestätigung.

In der Toilette lagen uralte Computerspiel-Hefte. Er nahm eines in die Hand und blätterte darin. *Mortal Kombat*. Eine Figur namens Johnny Cage schlug einer anderen den Kopf ab. Dafür wurde sie mit 100.000 Punkten belohnt. Er legte das Heft zurück und öffnete seine Hose. Auf dem Cover des Hefts war das verführerische Gesicht der großbusigen Computerspielfigur Lara Croft abgebildet. Er legte das Heft in die Toilettenschüssel und urinierte darauf. Das Papier wellte sich, und schließlich bekam es ein Loch, direkt auf der Stirn von Lara Croft.

Robert überlegte, ob er spülen sollte. Vielleicht würde er so die Toilette verstopfen. Immerhin war es ein ganzes Heft. Er hätte das Deckblatt abreißen sollen. Was sollte er jetzt machen? Er hatte wieder einmal alles versaut. Neben der Toilette hing ein kleines Kästchen, auf dem eine Bierdose und ein kleiner Aschenbecher standen. In dem Aschenbecher lagen ein paar rötliche Münzen, 1-Cent-Stücke. Robert nahm eines in die Hand, drehte es ein wenig zwischen seinen Fingern, dann legte er es sich auf die Zunge. Er spülte mit Bier nach und schluckte die Münze. Es ging ganz leicht.

– Ich verschwinde dann, brüllte er, als er aus der Toilette kam.

Er hörte das verständige Knurren seiner Kollegen. Durch den strömenden Regen ging er nach Hause und saß dort reglos in seinem Zimmer auf dem Boden, inmitten leerer CD- und DVD-Hüllen, bis seine Freundin ihn anrief und fragte, ob sie bei ihm vorbeikommen könne, es sei etwas Unglaubliches passiert.

Roberts Mutter sah es nicht gerne, wenn Manuela zu ihm kam, da sie bereits zwanzig war, viel zu alt und gefährlich für einen Sechzehnjährigen. Aber jetzt war seine Mutter nicht da, also ging es.

6

– Du glaubst nicht, was ich heute erlebt habe!

Manuela fiel ihm um den Hals. Ihr langes, schwarzes Haar wehte ihm ins Gesicht. Robert klopfte ein wenig auf ihren Rücken, aber zu mehr war er nicht imstande. Sie stellte ihren Rucksack, der immer voller Mappen und Hefte war, in die sie ihre wütenden Songtexte schrieb, im Vorzimmer ab.

– Nein, lass ihn nicht da stehen, murmelte Robert und hob den Rucksack auf.

Er wollte nicht, dass seine Mutter, wenn sie nach Hause kam, auf den ersten Blick sah, wer zu Besuch war.

– Ich sag dir, das war der absolute Wahnsinn!, sagte Manuela. Mein Professor hat mir vor versammeltem Publikum erklärt, dass er mich ficken will und dass er total in mich verliebt ist, schon seit langem und so weiter, und dass er endlich einmal die Wahrheit sagen will und so. Kannst du dir das vorstellen? Es war unglaublich!

– Klingt interessant, sagte Robert.

Er konnte sich kaum auf das konzentrieren, was sie sagte. Sie redete viel zu schnell. Natürlich lag das an dem Zeug, das er geraucht hatte, aber das verschwieg er ihr. Manuela schimpfte immer mit ihm, wenn er high war.

– Interessant? Das ist das Understatement des Jahres!

Es war der absolute Wahnsinn. So etwas hab ich noch nie erlebt. Ich war nicht mehr so durcheinander, seit ich am Morgen nach meinem Maturaball auf der Straße aufgewacht bin. Er war … ah, du hättest dabei sein sollen, er war … irgendwie so brutal ehrlich und hat sich gleichzeitig total zusammenreißen müssen, dass er nicht explodiert. Ich schwöre dir, wenn er nicht solche Angst gehabt hätte, dass ich ihn verklage, hätte er noch um meine Hand angehalten. Oder er hätte mich vergewaltigt. Ha, dieser alte Drecksack!

Und sie klatschte begeistert in die Hände. Robert wurde schlagartig wach. *Vergewaltigt*, das Wort hatte ihm eine kleine Ohrfeige verpasst. Er musste an die kniende Frau aus dem Pornofilm denken, an ihre gespielte Begeisterung, mit der sie sich misshandeln ließ. Und hier stand seine zwanzig Jahre alte Freundin vor ihm und war ehrlich und aufrichtig begeistert darüber, dass ihr etwas Ähnliches in aller Öffentlichkeit widerfahren war. Wie konnte sie sich darüber freuen? Sie war vor ihren Studienkollegen gedemütigt worden und merkte es noch nicht einmal. Er, Robert, merkte es sehr wohl, sogar im eingerauchten Zustand!

– Und, was wirst du tun?, fragte er sie und setzte sich wieder zwischen die leeren Plastikhüllen auf den Boden.

Sie schloss die Tür hinter sich.

– Wie, was werde ich tun? Was meinst du?

– Ich meine, wirst du ihn verklagen oder dich sonst irgendwie an ihm rächen, ich meine, soll ich vielleicht mal zu ihm gehen und mit ihm reden?

Es dauerte eine Weile, bis Manuela reagierte.

– Du?

Sie kicherte.

– Du willst ...?, wiederholte sie. Zu ihm? Wie stellst du dir das vor? Du gehst einfach zu ihm in die Sprechstunde und wäschst ihm den grauen Kopf? Hahaha!

– Was ist daran so komisch?

Sie antwortete nicht, sondern lachte nur und schüttelte ihr langes, strähniges Haar.

– Was denn?, fragte er. Glaubst du nicht, dass ich hingehe? Ich gehe hin.

– Robert, lachte sie, was redest du denn da? Hast du was genommen?

– Nein.

– Du hast was geraucht, oder? Ich seh's dir an.

– Nein, hab ich nicht. Ich brauche nichts zu nehmen, um zu wissen, dass ich diesem Professor den Schädel einschlagen werde. Warum darf er sich aufführen wie ein Verrückter, und alle finden es toll?

– Ich finde es nicht toll, es war nur so ein ... so ein surrealer Augenblick. Ich meine, wann sieht man schon, dass ein Universitätsprofessor vollkommen die Kontrolle über sich verliert und allen Anwesenden verkündet, was er wirklich empfindet? Ihn verklagen, ich weiß nicht, das würde alles zerstören. Das hätte keinen Sinn.

– Doch, natürlich hätte das einen Sinn! Er darf nicht einfach tun, was ihm gefällt!

– *Er darf nicht* ... So kenn ich dich ja gar nicht. Sonst bist du immer der überzeugte Anarchist, dem es egal ist, was die Leute tun.

– Lass mich mit deinen Analysen in Ruhe, knurrte Robert.

Manuela setzte sich neben ihn auf den Boden.

– Na, komm, sagte sie. Sei nicht so ein Spielverder-
ber. Wahrscheinlich hättest du dabei sein sollen, dann
würdest du genau wissen, was ich meine. Na ja, in ein
paar Jahren …

Aber sie beendete den Satz nicht.

Robert blickte zu Boden. Seine Finger berührten den
Teppichrand, die fusseligen Fransen. Manuela drängte
sich von hinten an ihn.

– Können wir nicht ins Bett gehen?, fragte sie unschuldig.

– Jetzt?

– Warum nicht?

– Aber du bist gerade … Ich verstehe das nicht, wie
kannst du jetzt wollen …?

– Ist doch egal. Nur eine halbe Stunde. Ja?

– Nein!

Manuela seufzte und stand auf.

– Du hast was genommen. Wenn du so bist, lasse ich
dich lieber in Ruhe. Ich muss sowieso noch lernen.

– Lernen, wiederholte Robert sarkastisch.

– Ja, ganz genau. Lernen. Ich liege nicht wie du zuhause und rauche mir den Verstand weg.

Robert schwieg. Er hörte die Zimmertür aufgehen.

– Du brauchst nicht mehr wiederzukommen, sagte er
völlig ruhig.

Er war selbst überrascht, wie erwachsen er klang.
Seine Stimme war die eines Mannes. Eines Mannes jenseits von Stimmbruch und pickeliger Haut. Er klang
wie, wie …

– Was hast du gesagt?, fragte Manuela.

– Dass du nicht mehr zu kommen brauchst. Ich sehe
jetzt, was du für ein Mensch bist. Endlich sehe ich klar.

Er hatte keine Ahnung, woher diese Sätze kamen. Aber sie drückten das, was er empfand, in vollkommener Deutlichkeit aus. Manuela pfiff durch die Zähne.

– Okay, sagte sie. Okay!

Und sie verließ das Zimmer und warf die Tür hinter sich ins Schloss.

Robert war allein.

– Du brauchst nicht mehr zu kommen, wiederholte er.

Die tiefe, ernste, männliche Stimme war noch immer da, aber schon löste sie sich ein wenig auf.

– Du brauchst nicht …

Da war sie wieder, seine eigene Stimme. Das hässliche Krächzen eines jugendlichen Rauchers. Er räusperte sich und schloss die Augen. Ruhig ein- und ausatmend, versuchte er zu begreifen, was gerade passiert war. Noch war es nicht zu spät, Manuela anzurufen und ihr zu sagen, dass es ihm leidtat. Aber als er die Augen nach einer Weile wieder aufmachte und das Zimmer vor sich sah, die leeren CD-Hüllen, in denen sich feine Fasern aus Sonnenlicht verfangen hatten, wusste er, dass er es nicht tun würde. Vielleicht würde ihm sein schlechtes Gewissen ein paar schlaflose Nächte bereiten, aber das war in Ordnung. Er war jetzt hellwach und würde es, solang er es aushielt, auch bleiben.

# Die Blitzableiterin
## oder
## *Éducation Sentimentale*

Mein Name ist Felix. Das bedeutet: der vom Glück Begünstigte. Ich darf behaupten, dass es ein durchaus zutreffender Name ist, denn meine Frau und ich haben uns vor drei Jahren – nach langer, sorgfältiger Planung – scheiden lassen. Es war ein wunderbarer, verzauberter Augenblick. Einer der ersten warmen Tage im April des Jahres zweitausendundvier. Gleich nach der Scheidungsverhandlung fuhren wir gemeinsam mit der Straßenbahn nach Hause, rauchten zwei starke Joints, die ich am Morgen vor der Verhandlung im Stadtpark besorgt hatte, und gingen miteinander ins Bett. Wir liebten uns wie in alten Zeiten, wild und neugierig, Sarah war so unberechenbar und freizügig wie noch nie. Ich verstauchte mir das Handgelenk, sie trug eine blutige Lippe und einen bis tief hinein ins empfindliche Nagelbett abgebrochenen Daumennagel davon. Wir waren befreit, und wir waren glücklich, die Sonne schien zum Fenster herein, direkt auf unser Bett, und wir hatten wieder das, was sonst nur junge Menschen haben: eine ungewisse Zukunft.

Die Scheidung war die notwendige Öffnung gewesen, nach der wir lange gesucht hatten. Unsere Ehe, unser Leben war zu einem furchterregenden Festkörper erstarrt, zu einem rechtlich und sozial verankerten Eisblock, in dem nur schädliche Bakterien und tödliche Rachegedanken gegenüber der Welt und ihren vielen verpassten Gelegenheiten gedeihen konnten. Dreiundzwanzig Jahre lang die reinste Hölle. Es war ein Wunder, dass wir uns nicht mit Äxten gegenseitig den Schädel einschlugen. Einige Male waren wir kurz davor, schrien im Wohnzimmer aufeinander ein und rannten in entgegengesetzte Richtungen davon. Schließlich besorgten wir uns Anwälte, machten jedoch von vornherein klar, dass wir vorhatten, uns einvernehmlich zu trennen. Ich räumte ihr weiterhin das Wohnrecht in meinem Haus ein, und die Sache hatte sich. Die Anwälte stritten eine Weile miteinander, aber schließlich wurde ihnen langweilig in dem engen, ziemlich überheizten Verhandlungszimmer im zweiten Stock des Bezirksgerichts in der Radetzkystraße. Wir hatten das Gefühl, sie allesamt übers Ohr gehauen zu haben. Alle, die Richterin (eine sehr geduldige, freundliche und in ihrer lustigen Tracht äußerst befriedigt aussehende Frau), die verhältnismäßig billigen Anwälte, die Leute, die uns die Scheidungsunterlagen zukommen ließen, die Notare, die ganze Welt. Niemand ahnte, was wir in Wirklichkeit getan hatten. Wir hatten einen Zeitsprung gewagt und damit Erfolg gehabt.

Dabei waren wir kein unansehnliches Ehepaar gewesen. Sehen Sie sich zum Beispiel unsere Bilder an, das schüchterne Hochzeitsfoto, das auf dem Klavier (wo sonst?) steht – meine erwartungsvoll gespannten Schultern, Sarahs damals noch unkorrigierte Schneidezähne (wie die Skier eines ungeübten Skifahrers, in Pflugstellung bergab). Ein freundliches Foto, aufgenommen an einem sonnigen Tag im Hof eines Gasthauses. Ein rauschendes Fest mit Verwandten und mit Kindern, die im Garten Fangen spielten.

Der erste Zug von der unfachmännisch gedrehten Marihuana-Zigarette war ungewohnt, aber dennoch herrlich. Ein befreiender Lungenzug voller Rauch, voller verderblicher Partikel, die einen sofort um Jahre jünger machten. Und das Gehirn, das erleichtert alle Schranken fallen lässt und lustige Querverbindungen herstellt.

– Nimmst du wieder deinen alten Namen an?, fragte ich meine frischgebackene Exfrau, die albern kichernd neben mir auf dem Bett lag.

– Ich glaube nicht. Littmann ist immer noch besser als Brennschneider, sagte sie. Andererseits …

Sie nahm einen weiteren Zug vom Joint und ließ den Gedanken unvollendet. Schließlich entschied sie sich, meinen Nachnamen zu behalten. Und warum auch nicht, dachte ich. Die Öffnung unserer Beziehung geschah nicht im Kleinen, sondern im Großen. Der Teufel steckt bekanntlich in den Details, der Erlöser jedoch in den großen Einheiten, in den Weltkarten und abstrakten Ideen.

Mit der neuen Energie ging mir auch mein elender Beruf leichter von der Hand, und siehe da, eines Tages erhielt ich die Gelegenheit, als Stellvertreter des Schuldirektors meine Fähigkeiten unter Beweis zu stellen. Wenige Monate später starb der Direktor an einem Schlaganfall, der ihn in einem Zugabteil überrascht hatte, und ich übernahm seine Geschäfte. Ich verhalf meinen Lehrerkollegen als Erstes zu einem größeren Raucherzimmer. Seitdem lieben und verehren sie mich. Und ich kann es ihnen nicht verdenken. Ich selbst betrachte mich manchmal im Spiegel und sage mir: *Da ist dir aber ein prachtvoller Fisch ins Netz gegangen.* Seit unserer Scheidung lasse ich mir einen eleganten Schnurrbart stehen, der mir unter meinen Kollegen den liebevollen Spitznamen *Katzenfisch* eingebracht hat.

Wenn meine Kollegen in der Schule wüssten, womit ich mir die Zeit zuhause vertreibe, hätten sie mich wahrscheinlich weniger lieb und wären irritiert oder neidisch. Wahrscheinlich neidisch. Aber meine Exfrau und ich lassen nur sehr wenig über unsere Aktivitäten nach außen dringen, denn wir wohnen in einem recht konservativen Vorort von Graz, in einem von *Schöner-Wohnen*-Siedlungen verseuchten Tal in der Nähe des Schöckl. Unser Haus ist groß und besitzt einen eleganten kleinen Turm, der ohne Funktion ist und auf dem abends manchmal Krähen hocken und schreien. Wir haben einen Obstgarten und einen alten Hofhund namens Chillout, der seine letzten Lebensjahre glücklich auf der Wiese vor unserem Haus verbringen wird.

Kehren wir für einen Augenblick zurück zu dem großformatigen Hochzeitsfoto auf dem Klavier. Warum steht es immer noch hier?, könnte man fragen, jetzt, wo wir doch geschieden und so viel glücklicher sind. Nun, es ist eine Art Mahnmal, so wie die Bilder von Verkehrstoten, die man jungen Fahrschülern zeigt. Oder so wie der linke Teil eines Vorher-nachher-Bildes. Die rechte Hälfte ist lebendig und in Bewegung. Die linke ist zweidimensional und tot, wie das Hochglanzpapier, auf dem sie gedruckt ist. Als lebendiges Nachher-Bild haben wir endlich das Gefühl, ganz zu sein. Zwei vollendete Gestalten, nicht mehr die platonischen Apfelhälften, die einander bedürfen, um sich in einem feindseligen Universum zu behaupten.

Lassen Sie mich ein wenig von mir erzählen. Ich bin fünfundvierzig Jahre alt. Zu einem Mann bin ich herangewachsen in einer Zeit, als die Geschichte längst für beendet erklärt worden war. Alles war tot, der Roman, die Geschichtsschreibung, die Politik, das Ich, die Moral, die Liebe, die Zukunft, die Religion, die sexuelle Befriedigung. Alle diese Dinge waren tot in den späten Siebzigern, und die Geister all der toten Dinge zogen durch die Straßen, mischten sich unter die hie und da noch für irgendetwas oder gegen irgendetwas demonstrierenden Studenten oder fielen einsame Menschen an, die in einer unhygienischen Einzimmerwohnung einem vorzeitigen Drogentod entgegendämmerten.

Auch ich war längst tot, als ich schließlich erwachsen wurde. Ich war ein überholtes Paradigma, ein abgelegter Handschuh. Also heiratete ich die Frau, an die ich meine Unschuld verloren hatte. Es schien der einzige Ausweg. Aber natürlich war es gar kein Ausweg, sondern nur ein weiterer Schritt hinein ins Labyrinth. Sarah hat das früher eingesehen als ich. Sie betrog mich mit einer Frau namens Flora und steckte sich mit Gonorrhö an. Eine ekelhafte Krankheit, die zwar mit Antibiotika in den Griff zu bekommen ist, aber zur Folge hatte, dass Sarah keine Kinder mehr bekommen kann.

Man könnte sagen, dass die Gonorrhö (und ihre Spenderin, die Frau namens Flora) unsere Rettung war. Denn mit der plötzlichen Unmöglichkeit, Kinder zu bekommen, kam ein neuer Wind der Unabhängigkeit und

Anarchie in unsere – damals noch: – Ehe. Wir begannen, uns Dinge zu erzählen. Das gänzlich Unmögliche rückte plötzlich in den Bereich der möglichen Fiktion und schlug dort spätnachts, wenn wir nicht schlafen konnten, seine Funken.

– Was würdest du tun, wenn wir Kinder hätten, und wir bräuchten eine Babysitterin, okay? Und dann stellt sich heraus, dass sich diese Babysitterin, während wir weg waren, auf unserem Computer schmutzige Filme angesehen hat auf unsere Kosten und dass sie seelenruhig –

– Ich würde mit ihr schimpfen, antwortete ich.

Sie müssen verstehen: Noch war das Eis bei mir nicht gebrochen. Noch gab ich zuhause mehr oder weniger dieselben Antworten, die ich auch im Konferenzzimmer der Schule gegeben hätte. Antworten, so ordentlich und langweilig wie zusammengefaltete Socken.

– Nein, sagte Sarah und drehte sich in der Dunkelheit zu mir. Was würdest du, ich meine, was würdest du *tun*?

Sie sprach das Wort mit erregter Ungeduld aus. *Jetzt mach schon.* Ich erholte mich gerade erst von dem – damals noch: – Schock, dass mich meine Ehefrau mit einer anderen Frau betrogen hatte, viele verwirrende Gedanken beschäftigten mich, und ich wusste nicht, dass die heilsame Verwandlung längst begonnen hatte.

– Wie meinst du das?, fragte ich. Soll ich sie vielleicht schlagen?

– Ja, sagte Sarah. Würdest du sie schlagen?

– Na ja … Nein.

– Sie anbinden?, schlug sie vor.

– Warum denn?

– Also ich würde sie *zuerst* an einen Sessel binden und sie *dann* schlagen.

Sie wühlte unter meiner Bettdecke, suchte etwas. Dann fand sie es und nahm es zwischen die Finger wie eine Zigarre.

– Ich bin müde, sagte ich.

Sie ließ mich los.

– Sag schon, bettelte sie. Was würdest du *tun*?

– Okay. Ich würde sie fesseln und knebeln und sie dann ohrfeigen. In Ordnung?

– Ja, das ist in Ordnung …

Sie begann, tiefer zu atmen und sich zu rekeln. Vielleicht masturbierte sie, dachte ich. Ich seufzte und dachte: Mein Gott, es ist schon spät. Morgen muss ich früh aufstehen.

– Ich würde ihr, redete ich mechanisch weiter, eine Ohrfeige nach der anderen geben. Patsch. Patsch. Links, rechts, links, rechts. Zwischendurch würde ich sie ein wenig würgen. Mit einem Draht. Was machst du?

Sarah hatte sich gegen mich gedrückt und schaukelte sich nun hin und her. Seit sie mit der Frau namens Flora zusammen gewesen war, hatte sie sich sehr verändert. Sie schien die Kontrolle über ihren Körper verloren zu haben, war andauernd bestimmten Bewegungen unterworfen, als wären es Stimmungen. Damals begriff ich noch nicht, dass sie mir einfach einige Schritte voraus war. Aber auch ich machte in dieser Nacht einen gewaltigen Sprung vorwärts.

– Ich würde sie ohrfeigen, sagte ich, und ihr dann den Knebel herausnehmen und dann –

Jetzt bemerkte ich, dass mein Penis steif geworden

war. Ich betastete ihn, und unsere Finger berührten sich unter der Bettdecke. Es fühlte sich großartig an. Sarah begann, mich zu masturbieren. Schon nach wenigen Minuten war ich so erregt, dass ich schnaufend und – schließlich hielt ich mich damals noch für einen alten Mann – schluchzend meinen Samen auf Sarahs Handgelenk vergoss. Das Bild der gefesselten Babysitterin, die eine Ohrfeige nach der anderen erhielt, während ich nackt und mit einer gewaltigen Erektion vor ihr stand und sie auslachte, glühte in meinem Bewusstsein. Es glühte so hell, dass es irgendwann ein Feuer entfachte und eine Reihe anderer, nutzloser Bilder in meinem Gehirn verbrannte. Die alten Bilder lösten sich auf, und neue traten an ihre Stelle. Neue, wunderschöne Bilder.

Erst später sah ich, dass unser vorsichtiges Gespräch in dieser Nacht, unsere kleine Fantasie über die Babysitterin, eine in die Zukunft ausgeworfene Angel gewesen war.

2

Wenn man den Hügel, der hinter unserem Haus liegt, hinuntergeht, kann man ein paar Maisfelder sehen, die im Sommer die Gegend in ein schmutzig goldenes Licht tauchen. Die meisten Häuser in der Umgebung sind moderne Wohnhäuser. Nur ein altes Gehöft gibt es, mit einer Wiese, auf der manchmal Pferde zu sehen sind, zwei dunkle Gestalten aus geballter Muskelkraft. Der Besitzer dieser Tiere zieht sie an den Sonntagen oft die untere Dorfstraße entlang, als wollte er ihnen immer und immer wieder das eigenartige Gefängnis vor Augen führen, in dem sie den Rest ihres Pferdelebens verbringen werden: unser Dorf.

Keine Kreatur kann hier glücklich werden.

Natürlich gibt es auch ein paar schöne Stellen, zum Beispiel jene, an der eine schmale, mädchenhafte Brücke mit einem Satz über einen reißenden Bach springt. Und jenseits des Baches liegen sehr ordentliche, umzäunte Tennisplätze, auf denen aber selten jemand spielt. Hinter den Plätzen schließlich steht eine erst vor wenigen Jahren errichtete Reihenhaussiedlung, die mitten in der Stadt durchaus Sinn ergeben würde, hier draußen jedoch völlig hilflos und deplatziert wirkt. In der Siedlung wohnen viele Menschen mit Kindern. Nachmittags dringt ihr vielstimmiges Geschrei, zu jeder vollen Stunde erfrischt von summendem Glockengeläut, bis zu uns herauf.

Im Grunde mag ich die Stimmen von Kindern. Am Nachmittag, wenn das Schulgebäude leer ist und ich als einer der Letzten durch die Gänge auf das vor kurzem neu gebaute Eingangstor zugehe, vermisse ich sie fast. Ich liebe es, wenn ich in den Pausen ihr rührendes Geschrei durch eines der Fenster meines Büros höre. Ich liebe es, wenn auf dem Schulhof eine Rauferei entsteht und das anfeuernde Klatschen der Zuschauer immer lauter wird. Ich liebe Hohngelächter, ich liebe Winseln, ich liebe Hilferufe.

Und ich liebe fast jeden Monat eine andere Schülerin. Man muss das verstehen. Es geht allen Lehrern so. Sie reden offen darüber. Und die meisten können auch ganz gut damit umgehen. Bisher war meine Bewunderung für bestimmte Schülerinnen und in manchen Fällen auch – man muss es zugeben – die Besessenheit von ihnen mehr oder weniger geheim geblieben, harmlose Schwärmereien, mit denen ich alleine klarkam.

Jetzt allerdings traten sie an die Oberfläche, bildeten dort üppige Blüten, und Sarah ermutigte und unterstützte mich, sie half mir dabei, dass meine Fantasien etwas Besonderes wurden, sie war die Gärtnerin meines Seerosenteichs aus unterdrückten Zwangsvorstellungen. Und sie bewies dabei ein feines Gespür für Poesie. Die Sicherheit, mit der sie bestimmte Situationen beschreiben konnte, in denen die herbe, zarte Schönheit einer verbotenen Vorstellung wie mit einer Injektionsnadel in das viel beschworene Auge des Betrachters gejagt wurde, in das heilig entzückte und überforderte Auge, in dem Bilder geboren wurden, die das Herz am Gaumen schmelzen ließen – dieses Talent war bei Sarah ebenso ausgeprägt und hoch entwickelt wie das des heiligen Arthur Rimbaud in seinen späten Gedichten und Briefen.

Auf ihre Anregung kaufte ich mir eine Kamera und nahm diese überallhin mit, wohin ich eine Schulklasse begleitete. Auf Ausflüge, auf Wandertage, auf Skiwochen. Ich war ein engagierter und leidenschaftlicher Pädagoge geworden. Meine Kollegen und auch manche Schüler machten sich über mich und meinen großen Fotoapparat lustig. Ich ließ sie reden. Solange sie mir glaubten, dass ich tatsächlich Interesse an dem winterlichen Astgewirr eines Baumes oder an dem munteren Plätschern eines Baches oder den dumpfen Schaukästen einer Insektenausstellung in einem altersschwachen Naturkundemuseum hatte, war die Welt in Ordnung.

Zuhause schauten Sarah und ich uns die entwickelten

und in manchen besonderen Fällen vergrößerten Auf-
nahmen an.

– Wie heißt die da?

– Das ist Dani. Sechzehn Jahre …

– Sechzehn?

– Und schon ein Flittchen.

– Darauf wäre ich *nie* gekommen.

Auf dem Foto konnte man sehen, wie sich das Mädchen bückte und das schwarze Ypsilon ihres Stringtan-
gas präsentierte. Natürlich wusste sie, dass alle sehen
konnten, was sie unter ihren knapp sitzenden Jeans
trug, aber sie ahnte nicht, dass ich sie dabei fotografiert
hatte. Im Grunde hatte ich ihr damit einen Gefallen getan, dachte ich. Sie würde mit Sicherheit noch oft in
ihrem Leben fotografiert werden, und wer weiß, ob alle
diese Fotografen sich so dezent im Hintergrund halten
würden wie ich.

– Sie gefällt dir, oder?, fragte Sarah.

Ich antwortete nicht, sondern fuhr mit meinem Zeigefinger die schwarze Linie des Tangas nach.

– Ist es nicht unbequem, so etwas zu tragen?, fragte
ich.

– Das ist die erste Frage, die dir dazu einfällt, sagte
sie spöttisch. Ich glaube, du fragst dich eher, wie sie im
Bett wäre.

– Vielleicht.

– Oder wie ihr Arschloch schmeckt.

– *Was?*

– Du hast mich schon verstanden.

– Ehrlich gesagt, darüber habe ich mir keine Gedanken gemacht.

– Schon klar. Feigling.

– Nein, sagte ich, ich meine, ich mag es, wenn wir uns meine Fotos anschauen und darüber fantasieren, aber *das* habe ich wirklich nicht gedacht, wieso –

Sie hören es selbst. Ich war immer noch in meinem Kokon versponnen. Sarah musste mich langsam daraus hervorlocken und befreien. In dieser Hinsicht ist sie wahrscheinlich der wichtigste und selbstloseste Mensch, der mir in meinem ganzen Leben begegnet ist.

– Okay, sagte sie und nahm mir das Foto weg. Ich werde das Bild in lauter kleine Teile zerreißen, wenn du es dir nicht vorstellst.

– Was soll ich mir vorstellen?

– Für Sich-dumm-Stellen gibt es eine erste Verwarnung –

Sie faltete das Bild in der Mitte und tat so, als wollte sie es entzweireißen.

– Nein, warte. Ich …

– Sag mir, wie du dir ihren Geschmack vorstellst, und ich lasse das Bild heil.

– Na gut. Warte …

Aber ich wusste nicht, was ich antworten sollte. Sarah bemerkte meine Hilflosigkeit und streifte ihren Slip ab. Sie ließ sich auf alle viere nieder und streckte mir ihren Hintern entgegen.

– Los, sagte sie.

Ratlos gab ich ihr einen kleinen Kuss.

– Noch mal, sagte sie.

Als ich mich ihrem Hintern ein weiteres Mal näherte, griff sie nach meinem Kopf und rammte ihn direkt zwischen ihre Backen. Meine Nase berührte etwas Warmes, Feuchtes.

– Nun? Wie schmeckt es?, fragte sie.

Ich wehrte sie ab und wischte mein Gesicht an meinem Ärmel ab. Sie drehte sich wieder zu mir. Ich sagte nichts.

– Es riecht nach einer alten Frau, erklärte sie mir. Es riecht wie eine Frau, die ihr halbes Leben im Koma gelegen ist, eingeschläfert und langweilig. Eine Frau, die irgendwann alles verloren hat. Ihre ganzen Überzeugungen. Aber sie legt immer noch großen Wert auf Hygiene und wäscht sich auch an den intimsten Stellen. Doch der Geruch lässt sich nie ganz wegbekommen, hast du das gemerkt? Der Geruch ist immer ein Teil von ihr. Verstehst du, was ich dir damit sagen will?

Ich verstand überhaupt nichts.

Ihr Gesicht näherte sich meinem. Sie sog die Luft tief durch die Nase ein, dann küsste sie mich. Ich ließ mich nach hinten fallen und zog sie auf mich. Wenigstens war sie wieder zutraulich und normal, dachte ich. Sie hatte mir ein wenig Angst eingejagt.

– Aber das Arschloch von diesem sechzehnjährigen Flittchen ist etwas ganz anderes, flüsterte sie nahe an meinem Ohr. Sie hat noch keine Ahnung, wie sich ihr Körper verändern wird mit der Zeit. Gib zu, dass du sie lecken möchtest. Gib es zu.

Ich gab es zu. Ein wenig hatte sie ja Recht, aber –

– Hab ich's doch gewusst, du dreckiger alter Mann. Du geiler Pädagoge.

– He, Augenblick …

– Nein, das ist schon in Ordnung, sagte sie und küsste mich auf die Nase. Endlich bist du du selbst.


Es war nur ein kleiner Schritt von den Fotos zu echten Menschen. Auch bei diesem kleinen Schritt half mir

Sarah. Sie meldete sich bei einer Swingerparty an und sagte mir, sie würde alleine hingehen, ich dürfe nicht mitkommen. Ich hatte zwar ein etwas mulmiges Gefühl bei der Sache, aber wir waren immerhin geschieden, unsere Beziehung war in eine neue Phase eingetreten, und ich liebte Sarah, also auch all ihre Entscheidungen.

Das schmatzende Geräusch des Dia-Projektors. Wie ein Roboter, der sich genüsslich die Lippen leckt.

– Da bin ich mit diesem anderen Kerl … wie du siehst, hat er einige Schwierigkeiten gehabt, in meinen Arsch zu kommen … Schau, wie sich sein Ding umbiegt.

– Autsch, sagte ich und griff nach Sarahs Brust.

Sie schob meine Hand weg und zog ihren Pullover aus. Dann holte sie sich meine Hand wieder und legte sie zurück auf ihre Brust. Sie fühlte sich angenehm warm an, aber die Nippel waren noch konkav.

Schmatz, das nächste Dia.

– Da, jetzt hat er's geschafft. Obwohl ich glaube, dass er sich sein Ding verstaucht hat oder wie man das nennt … Schau dir seinen Gesichtsausdruck an!

– Ich schau lieber auf was anderes, sagte ich. Er hat dich ordentlich gedehnt, oder?

Eine kurze Pause.

– Ja. Ein tolles Gefühl. Ich versteh nicht, warum du das nie ausprobieren willst.

– Na ja. Ich bin nicht schwul. Das funktioniert nicht.

– Dann nimm halt einen Dildo oder deinen Finger. Versuch's einfach mal.

Schmatz. Ein leeres Bild. Schmatz.

– Ah, das war der schönste Moment des ganzen

Abends, sagte Sarah. Ein Schwanz im Arsch und ein anderer im Mund. Und beide stoßen im gleichen Tempo zu. Da war ich kurz vorm Kommen, glaube ich ...

Ich küsste Sarahs Nacken, ihren Hals, ihren Oberkörper. Ich drängte sie auf den Boden.

– Warte, schauen wir das noch fertig an. Der eine spritzt eine Riesenladung ...

– Größer als meine?, fragte ich in gespieltem Zweifel.

– Größer. Ich meine, das war fast schon unmenschlich ... Wie eine Melkmaschine ... Schau!

Schmatz.

Sarahs Gesicht bedeckt von einem Netz weißer Linien und Flecken. Die Qualität des Fotos war so schlecht, dass es alles sein konnte, Joghurt, Milch ...

– Das ist doch Joghurt. Kein Mann hat so viel Sperma.

– Hast du eine Ahnung, sagte Sarah.


3


Manchmal, wenn ein Augenblick absolute Perfektion erreicht, kann es sein, dass einem das Herz stehenbleibt. Die Zeit beginnt verrückt zu spielen, wird langsamer, hört ganz auf zu vergehen oder wird schneller. Das Internet ist voll mit Videoaufnahmen solcher Augenblicke, zum Beispiel die von den Zwillingen, die die Straße überqueren wollen und von zwei parallel fahrenden Bussen überfahren werden. Noch schöner ist es, wenn man solche Augenblicke selbst erlebt. Und am schönsten, wenn man sie selbst erzeugt.

Die Frau, die auf unsere Anzeige geantwortet hatte, entsprach nicht wirklich unseren Vorstellungen. Sie war eindeutig übergewichtig und auch etwas zu alt (32). Aber das wichtigste Kriterium erfüllte sie: Sie war unterwürfig. Nachdem sie die Schwelle unserer Tür überschritten hatte, bezahlte ich sofort den vollen Preis (was sie für den Bruchteil einer Sekunde erstaunt drein-blicken ließ) und befahl ihr, alle Kleider auszuziehen. Sie gehorchte. Nackt machte sie gar keinen schlechten Eindruck. Sie war mollig, aber nicht auf eine kraftlose, schwabbelige Art. Man sah, dass sie sich viel Mühe gab, abzunehmen oder zumindest ein wenig in Form zu bleiben.

Ich legte Musik auf. Zuerst hatte ich mit dem Ge-danken gespielt, den Soundtrack von *Erin Brockovich* zu spielen, aber dann war ich mir nicht sicher, ob die Prostituierte diese Anspielung verstehen würde. Also entschied ich mich für ein Album mit geistlichen Ge-sängen der Hildegard von Bingen.

Sarah und ich legten die Bademäntel ab und gingen ans Werk.

Die Prostituierte schaute etwas irritiert, aber immer noch freundlich, als sie gefesselt auf dem Bett lag. Ich streifte ein Kondom über, legte mich auf sie und drang in sie ein. Sarah wartete eine Weile, schaute uns zu, dann kletterte sie vor mir aufs Bett und setzte sich auf das Gesicht der Hure. Man hörte einen erschreck-ten Laut, ein scharfes Einziehen der Luft kurz bevor man ins Wasser taucht. Dann ein langsames und ängstliches Schmatzen. Sarahs Becken begann zu krei-sen. Sie drehte sich um und schaute mich an. Sie sah so wunderschön aus, dass ich fast den Verstand verlor. Ich streckte eine Hand aus und streichelte ihre Schulter.

Die Hure unter uns wurde unruhig. Sie gab hektische Handzeichen, dass sie wieder auftauchen wollte; wahrscheinlich bekam sie keine Luft. Ich stieß ihr die Faust in den Magen. Sie bekam Panik und strampelte. Sarah ließ von ihr ab.

– Was soll das?, begann die Hure zu brüllen.

– Halt die Klappe, sagte Sarah.

– Das war so nicht vereinbart!

– Wenn ich du wäre, würde ich lieber still sein, sagte Sarah. Und jetzt bringen wir das hinter uns, und du gibst keinen Laut mehr von dir.

Ich liebte Sarahs Gesicht, während sie diese Worte sprach. Man hätte es filmen können. Es strahlte ein absolut perfektes Licht aus: die schwer fassbare Intensität totaler Überlegenheit. Sie war die Herrscherin über die Unterwelt. Wenn sie es wollte, konnte sie ihre Gegner zwischen Daumen und Zeigefinger zerreiben wie schmutzigen Schnee.

Ich legte mich wieder auf die dicke Prostituierte, deren Gesicht jetzt nur noch Todesangst widerspiegelte. Sarah wartete eine Weile, dann brachte sie sich in dieselbe dominante Position wie zuvor. Nach ein paar Minuten kamen wir zum ersten Höhepunkt, ich zuerst, dann Sarah. Sie vergoss dabei ein paar Tränen, dann stieg sie von der keuchenden und inzwischen ebenfalls weinenden Hure, und wir küssten uns, bis uns der Speichel übers Kinn lief.

Wir ruhten uns auf dem kleinen Sofa neben dem Bett aus. Die Hure war immer noch angebunden und weinte still vor sich hin. Ich bemerkte ein kleines Rinnsal, das sich auf ihrer linken Brust gebildet hatte.

– Bitte, jammerte sie. Geld ist egal. Ich will nur Hause gehen. Bitte.

– Wie heißt du?, fragte Sarah.

– Caro, sagte die Hure. Warum ...?

– Stell hier keine Fragen, sagte Sarah. Wir haben für zwei Stunden bezahlt, also bleibst du, wo du bist. Warum willst du desertieren?

Die Hure sagte nichts. Sie weinte einfach weiter. Ich hätte im Grunde nichts dagegen gehabt, sie laufen zu lassen, aber ich bemerkte, wie Sarah ungeduldig wurde. Irgendwann sprang sie auf, rannte in die Küche und holte eine Käsereibe. Mit diesem an sich harmlosen Gerät näherte sie sich der Hure, deren Augen sich entsetzt weiteten.

– Nein! Bitte!

– Damit werde ich jetzt deine Nippel abschaben, sagte Sarah völlig ruhig. Dann kann dein Kind so viel dran nuckeln, wie es will. Es bekommt nur Blut.

– Aaah!

Die gefesselte Frau flippte vollkommen aus, schrie um Hilfe und trat um sich. Aber die Fesseln waren gut, sie kam nicht frei. Wie war Sarah darauf gekommen, dass sie ein Kind hatte? Dann fiel es auch mir auf: Es war Milch, was da aus ihrer linken Brust lief. Sarah hatte sich mit vollem Gewicht auf sie gesetzt und dabei ein wenig herausgedrückt.

Die Käsereibe näherte sich dem bläulich-blassen Rinnsal. Die Frau verdrehte die Augen, gab einen Laut wie ein sterbendes Huhn von sich und fiel in Ohnmacht.

– Hast du *das* gesehen?

Sarah drehte sich begeistert zu mir um.

– War das nicht absoluter *Wahn*sinn?

– Ja, sagte ich.

– Das war … einfach perfekt … ich meine … oh Gott …

Sie nahm meine Hand und legte sie sich zwischen die Beine. Sie brauchte nur ein paar Sekunden, um zu kommen. Meine Finger wurden feucht, Sarahs Gesicht verzog sich, als wollte sie sich übergeben, ihre Lider flatterten.

– Ooooh!

Ihr Orgasmus brachte sie völlig aus dem Konzept. Sie murmelte Unverständliches vor sich hin, tappte ein paar Schritte in eine Richtung und brach schließlich auf dem Sofa zusammen, schwitzend, außer Atem, mit einem leeren Grinsen im Gesicht.

– Oh mein Gott, stammelte sie. Oh mein Gott oh mein Gott …

Ich band die ohnmächtige Prostituierte los, weckte sie mit ein paar Ohrfeigen (sie reagierte erst auf die siebente), wies, ohne ein Wort zu sagen, auf ihre Kleider und erwartete, dass sie sofort verschwinden würde. Aber sie war zu schwach und zu zittrig, um aus eigener Kraft aufzustehen und sich anzuziehen, also half ich ihr. Sie vermied es, mir direkt in die Augen zu schauen. Sarah beachtete uns gar nicht.

Ich brachte die Hure zur Tür und bot ihr ein Taschentuch an, damit sie sich das Gesicht reinigen konnte. Ich erklärte ihr, dass meine Frau, nein, eigentlich Exfrau, bald an einem Gehirntumor sterben würde und deshalb noch so viele Erfahrungen wie möglich machen wollte. Es war zwar haarsträubender Unsinn, aber so konnte ich vielleicht unangenehme Konsequenzen vermeiden.

– Okay, brachte die Frau heraus. Okay.

Ich gab ihr 200 Euro extra.

– Wie heißt Ihr Kind?, fragte ich, während ich die Haustür aufsperrte.

Sie antwortete nicht.

– Nein, sagte ich und stellte mich ihr in den Weg, ich lass Sie erst raus, wenn Sie mir diese eine Frage beantwortet haben.

Ihr Gesicht war versteinert, völlig ausdruckslos. Das Gesicht einer Kriegsgefangenen. Verschmiert, stinkend und ohne die geringste Muskelregung. Ich erwartete, dass sie versuchen würde, mit mir zu kämpfen.

– Ich will Sie nicht quälen, erklärte ich ihr. Ich will nur wissen, ob meine Freundin Recht hat mit ihrer Vermutung ...

Sie schaute zu Boden.

– Nur diese eine Frage. Dann können Sie gehen.

Sie gab einen lauten Seufzer von sich und wollte mir die 200 Euro zurückgeben.

– Nein, bitte. Die können Sie behalten. Für die Strapazen. Aber beantworten Sie mir –

– Weg, sagte sie tonlos.

– Wer? Ihr Kind?

– Weg, wiederholte sie und deutete durch mich hindurch auf die Tür, auf die Freiheit.

Ich trat auf die Seite, ließ sie vorbei.

– Ist es gestorben?, fragte ich.

Sie ging davon. Im Vorbeigehen drang eine Welle des mit Angstschweiß vermischten Intimgeruchs, der von ihrem Gesicht ausging, an meine Nase. Ich hielt den Atem an. Nachdem sie einige Schritte gegangen war, beobachtete ich, wie sie die 200 Euro seelenruhig auf den Briefkasten legte. Der Wind fegte die Geldscheine gleich wieder herunter. Sie segelten auf den frisch gemähten Rasen. Ich ging sie holen. Am Ende der Straße sah ich die Prostituierte, sie hatte eine seltsam wackelige Art zu gehen, als wären ihre Hüften nur geborgt. Dann bog sie um eine Ecke und war verschwunden.

Wir haben nie wieder von ihr gehört.

Sarah hielt jeden Augenblick absoluter Perfektion und Schönheit in einem kleinen Moleskine-Notizbuch fest. Hier ein kleiner Auszug aus unserem Katalog.

*Auf der Piazza San Marco in Venedig. Ein Ehepaar mit kleiner Tochter. Der Vater (bärtig, Brillenträger) schüttet das 2 Euro teure Taubenfutter aus der Papiertüte über seine am Boden liegende Tochter. Die Vögel kommen und begraben die Kleine unter sich. Währenddessen filmt die Mutter die Szene (ich kann es ihr nicht verdenken) mit ihrem Handy. Wie ein mittelalterliches Mysterienspiel. Heilig, erleuchtet, intensiv. Das Mädchen schüttelt die Tauben schließlich ab, ist völlig unversehrt. Nur ein paar Kratzer auf ihrer Wange und auf ihren Schultern.*

Oder:

*Ein junges Pärchen auf einem Tandem bleibt vor unserem Haus stehen. Sie steigen ab und fragen nach dem Weg. Wir laden sie auf ein Glas Wein ein. Sie beraten sich durch Blicke und kommen dann vorsichtig, aber neugierig in den Garten. Ich hole den Wein, mische ein wenig von meinem Urin hinein. Beinahe pinkle ich auf* den Boden, es ist schwer, den Strahl zu kontrollieren. Sie trinken, und wir schauen zu. Der Mann, offenbar ein Connaisseur, sagt: Guter Wein ... fruchtig ... blumiger Abgang. Ich bin überrascht, hätte das nicht erwartet, die Ausdrücke der Weinsprache in Verbindung mit meinem Urin sind so elektrisierend, dass ich fast ohnmächtig werde.

(Auch heute noch liebt es Sarah, wenn ich beim Sex ein paar Begriffe im elfenbeinernen Idiom der Weinkenner sage.)

Mein Lieblingseintrag ist folgender:

Verführte gestern einen Sechzehnjährigen, Schüler von Fel., der zum Nachhilfeunterricht gekommen ist. Er hat noch nie mit einer erwachsenen Frau geschlafen, nur mit gleichaltrigen Mädchen, die nicht die geringste Ahnung haben, was sie tun. Ich zeige ihm alles, lasse ihn meinen Mund ficken, dann zeige ich ihm, wie Analsex funktioniert, dann quetsche ich seinen dünnen, scheuen Pimmel zwischen meine Brüste und reibe ihn, bis er losspritzt. Er ist so verwundert, dass er seine Brille abnimmt (sie ist voller Schweißtropfen) und in einer reflexartigen Bewegung versucht, sie an seinem Pullover abzuwischen. Aber er trägt ja keinen Pullover, sondern steht nackt vor mir und hat mir gerade seine Ladung ins Gesicht, ins Haar und auf die Brüste gespritzt. Er hält seine Brille in der Hand, und die andere Hand tastet sinnlos auf seiner nackten Hüfte herum. Ein göttlicher Anblick! Angesichts solcher wunderbarer Szenen möchte man fast religiös werden ...

An einem schwülen Tag im August klingelte es an
unserer Tür. Es hatte schon lange nicht mehr an unserer Tür geklingelt, selbst in einem Dorf, wo jeder
jeden kannte, galten wir eher als Außenseiter. Also
waren wir sehr aufgeregt. Das letzte Mal (etwa zwei
Wochen zuvor) hatten wir Besuch, als ein Gendarme-
riebeamter von Haus zu Haus ging, um zu fragen, ob
wir irgendetwas über ein aus einem Vorgarten ganz
in der Nähe entführtes Baby wüssten. Da der Gen-
darm ausnahmslos an jeder Tür klingelte, war es für
uns so, als würde jemand, der lange auf Post wartet,
einen an jeden Haushalt adressierten Werbebrief bekommen. Wir waren ein wenig enttäuscht. Trotzdem
ließen wir den Beamten herein und boten ihm etwas
zu trinken an. Er bedankte sich und stand mit dem
Glas Erdbeerlimonade in der Hand in unserem Wohnzimmer herum. Sein Blick verriet, dass er uns auf gar
keinen Fall für die Täter hielt. Wir erklärten ihm,
dass wir in der Tat das Geschrei eines Kindes gehört
hätten. Es sei aus dem Wald gekommen. Ich ging ans
Fenster und zeigte hinaus. Wenig später wurde das
Kind gefunden, und im Dorf kehrte wieder Ruhe ein.
Allerdings versperrte die Familie von diesem Zeitpunkt an jeden Abend auch ihre hintere Gartentür.
Leben heißt lernen.

An jenem Tag im August klingelte es gleich zweimal
hintereinander. Die Klingel weckte Sarah aus ihrem
Nachmittagsschläfchen. Da sie seit unserer Scheidung
immer nackt zu schlafen pflegt, warf sie sich schnell einen Bademantel über und machte die Tür auf. Sie redete

mit jemandem, und ich wurde neugierig und ging ebenfalls zur Tür.

Da stand ein kleiner, schmächtiger, aber zugleich eigenartig unter Strom stehender Mann, der eine Blume in der Hand hielt. Neben, oder besser: schräg hinter ihm stand ein scheu blickendes Mädchen, das ich auf vierzehn Jahre schätzte.

– Hallo!, sagte er, als er mich sah.

Ich nickte ihm freundlich zu.

– Wir sind in das Haus da drüben eingezogen, sagte der Mann.

Ich legte Sarah eine Hand auf den Rücken und stellte mich in einen etwas günstigeren Winkel neben sie, damit ich das Mädchen besser sehen konnte.

– Bitte kommen Sie herein, sagte ich.

– Wir müssen gleich wieder los, sagte der Mann. Ich wollte Ihnen nur das hier geben.

Er überreichte Sarah die Blume.

– Beichel, sagte er und verbeugte sich.

– Oh, das ist aber nett, sagte Sarah. Ich freue mich sehr, Sie kennen zu lernen. Möchten Sie vielleicht heute Abend zu uns kommen?

– Sehr gern, strahlte der Mann. Das ist meine Tochter Jasmin.

– So ein schöner Name, sagte Sarah.

Sie machte einen Schritt nach vorn und streckte Jasmin die Hand entgegen. Das Mädchen ergriff sie zögernd, schüttelte sie brav und versteckte sich dann wieder hinter ihrem Vater.

– Schön, dass die Gastfreundschaft noch nicht vollkommen ausgestorben ist, sagte Herr Beichel. Wir haben früher in der Stadt gewohnt, in einem Mietshaus, und ich kenne bis heute nicht einmal die Namen unserer Nachbarn.

– Ja, in der Stadt ist alles so deprimierend, bestätigte ich.

– Das stimmt, sagte Herr Beichel.

Dann verabschiedeten sich die beiden und gingen, immer noch hintereinander, zurück zu ihrem Haus. Ein Lastwagen stand davor, aus dem Möbelstücke geladen wurden. Eine Menge Kartons und kleinere Schachteln stapelten sich schon auf der Wiese vor dem Haus. Ein ordentlicher Umzug, ganz nach Vorschrift. Sogar die Möbelpacker sahen aus wie aus dem Lehrbuch.

Die Mustergültigkeit ihrer nachbarschaftlichen Vorstellung, die herausgeputzte Ordentlichkeit, die die beiden verhuschten Gestalten zur Schau stellten, elektrisierte mich derart, dass ich minutenlang vor mich hin kicherte. Sie waren niedlich, das war das richtige Wort.

– Neue Nachbarn, sagte Sarah und schenkte sich ein Glas Wein ein.

Sie trank es in einem Zug aus und öffnete ihren Bademantel. Mit einer Hand nahm sie ihre linke Brust und schaukelte sie hin und her.

– Man könnte sie vom Fleck weg heiraten, sagte sie. Vater und Tochter wie aus einer idyllischen Tamponwerbung.

Sie ging über zur rechten Brust, ließ sie ein wenig auf und ab hüpfen und sagte dann:

– Ich glaube, ich habe mich verliebt.

– Ich auch, sagte ich.

Ich stellte mich wieder ans Fenster und schaute hinaus.

– Das Mädchen. Was glaubst du, wie alt die ist?

– Vierzehn, fünfzehn. Vielleicht älter.

– Hoffentlich älter, sagte sie.

Dann, in etwas veränderter Stimmlage:

– Wir müssen alles perfekt vorbereiten. Ich muss die hinteren Zimmer lüften. Die riechen immer noch nach Windeln und Erbrochenem. Ekelhaft. Ich lass mich von dir nie wieder zu so etwas überreden, du alter Perversling.

– Halt dein Maul, du elende Schlampe, sagte ich zärtlich. Dir hat's doch auch gefallen. Ich hab deinen Eintrag im Notizbuch gelesen.

– Du bist wirklich krank, sagte sie und drängte sich von hinten an mich.

Ich spürte ihre Brüste an meinem Rücken. Sie hatten in all den Jahren nichts an Spannung und Anziehungskraft verloren. Ich drehte mich um und küsste Sarah auf den Mund. Sie biss mich und wich zurück.

– Fotze, sagte ich und nahm ihren Mund zwischen meine Finger. Versaute, widerwärtige, kleine Fotze.

Ich drückte ihre Kiefer zusammen.

– Arschl'ch, zischte sie und ließ den Bademantel fallen.

Mit einer schnellen Bewegung hob ich sie hoch und setzte ihren sechsundvierzigjährigen, aber immer noch biegsamen Körper auf den Küchentisch.

– Du altes, hässliches Dreckstück, flüsterte ich ihr ins Ohr. Du bist so alt, dass du nur mehr dann etwas spürst, wenn du irgendjemanden quälst oder –

Sie kratzte mich.

– Und du … du gehörst ins Irrenhaus, schnurrte sie. Du bist obszön und geisteskrank.

Ich gab ihr eine Ohrfeige.

– Halt dein verdammtes Maul, sonst … sonst beiße ich dir die Halsschlagader durch und streiche mit deinem Blut die Wände.

Sie kicherte.

– Ach, das würdest du tun? Dann hättest du aber keine Komplizin mehr für deine verrückten Einfälle. Na los, schlag mich noch einmal.

Ich tat es.

– Ich werde dir den Hals umdrehen, du ausgedörrtes Flittchen. Nicht einmal deine Gebärmutter funktioniert richtig. Du bist zu überhaupt nichts gut. Ich werde dir den Gnadenstoß geben und dich einfach hier und jetzt umbringen. Halt still!

– Später, sagte sie in etwas sachlicherem Tonfall und wehrte mich sanft ab. Ich muss noch alles vorbereiten. Für heute Abend. Es muss alles perfekt sein. Übernimmst du den Salat?

Bevor ich antwortete, musste ich mich erst ein wenig orientieren. Ich hatte eine gewaltige Erektion und kam mir vor wie der Marquis de Sade höchstpersönlich. Bei unseren sexuell aufgeladenen Beschimpfungen waren wir noch nie so weit gegangen wie an diesem Abend. Ein paar Minuten noch, dachte ich, und wir hätten eine höchst bedeutsame Schwelle überschritten. Vielleicht hatte Sarah das ebenfalls gespürt und mich deshalb gebremst. Der Salat konnte unmöglich so wichtig sein …

– Ja, der Salat, sagte ich. Darf ich …?

Sarah hatte meine Gedanken schon erraten und legte ihre Hand auf meine albern nach vorn abstehende Hose.

– Ist gut. Ich komm dann später und helf' dir.

Natürlich war es schwer, nicht andauernd blöd zu grinsen, als ich unseren Gästen beim Verspeisen meines gemischten Salats zuschaute. Sie kauten, lächelten, schluckten. Tadellose Tischmanieren. Zwei absolut wohlerzogene Menschenwesen, die man einfach lieb haben musste. Ich stellte mir vor, einen Finger in das Auge von Jasmin zu stecken, so lange, bis der Augapfel platzte und klare Flüssigkeit herausquoll. Womit war ein Augapfel eigentlich gefüllt?, fragte ich mich.

In diesem Moment schaute Jasmin auf und lächelte mich an. Ich musste mich beherrschen, um nicht laut aufzulachen.

– Gut hast du den Salat gemacht, sagte Sarah zu mir.

Ich imitierte einen Hund, der artig seinen Kopf schief legt, weil er gelobt wird.

– Braver!, tätschelte Sarah mein Kinn.

Unsere Gäste lächelten höflich.

– Das Dressing ist von mir, sagte ich.

Sarah kicherte in ihr Weinglas. Bereits ihr siebentes, dachte ich. Aber bei ihr dauerte es oft lange, bis sich die ersten Symptome einer Beeinträchtigung zeigten. Das erste Merkmal ist immer ihr verlangsamtes Blinzeln. Wie bei einer Disney-Zeichentrickfigur.

Jasmin stieß ihre Gabel in den Salat und spießte ein großes grünes Blatt auf, von dem das Dressing troff. Gut so, dachte ich. Ja, gut so. Schluck es runter. So wie ich vor ein paar Stunden. Ich musste lächeln, als ich jetzt an die Szene von vorhin dachte. Sarah hatte mich mit strengem Gesichtsausdruck und knappen, konzentrierten Bewegungen ihrer kleinen Hände über der Salatschüssel masturbiert. Das meiste quoll, wie erwartet, kraftlos aus mir heraus und landete im Salat. Aber ein paar Tropfen gingen daneben, auf die Tischplatte, die Sarah wenige Minuten zuvor abgewischt hatte. Sie wurde wütend deswegen, drehte sich um, holte ein Messer aus der Küchenschublade und hielt es mir an den Hals.

– Friss, Hund, sagte sie.

Das Messer drückte an meinem Adamsapfel. Ich beugte mich vor und leckte die besudelte Tischplatte sauber.

– Braver, sagte sie und legte das Messer zurück in die Schublade.

Nach dem Essen fragte Jasmin, wo die Toilette sei. Sarah erklärte es ihr, die Treppe hoch und dann links und wieder links. Das Mädchen schaute verwirrt, ging aber los. Während wir auf sie warteten, begann Herr Beichel mit etwas gedämpfter Stimme zu sprechen:

– Da, wo wir früher gewohnt haben, hat es einige Scherereien gegeben. Sie sind ja Lehrer, Sie wissen bestimmt, wie das ist. Wenn sie erwachsen werden, sind sie nicht zu bremsen. Und meine Tochter hat zudem so eine unsinnige … unge … na ja, dumme Wirkung auf Burschen. Junge Burschen. Uns ist mehrmals einiges zu Bruch gegangen, weil immer wieder Burschen durch den Garten geschlichen sind. Ich erzähle das nur, weil … Also, wenn Sie mal welche sehen, dann wäre ich Ihnen sehr verbunden, wenn Sie mir Bescheid geben könnten.

– Oh, sagte ich. Okay, natürlich.

– Ich weiß, das klingt ziemlich albern, aber es ist wirklich nur zum Schutz meiner Tochter. Sie hat eben diese ungute Wirkung. Und dabei ist sie erst sechzehn.

– Ich verstehe.

– Das ist wie bei den Schmetterlingen, sagte Herr

Beichel und trank von seinem Wein. Wenn die Schmetterlinge ein Weibchen unter einer Glasglocke wittern, dann gibt's auch kein Halten mehr. Sie wissen sicher, wie das ist. Die Männchen kriegen den Duft mit, egal wie dick das Glas ist, und kommen von überallher, Kilometer ... Kilometer ...

– Schmetterlinge, wiederholte ich nickend. Interessant.

– Und einmal, seufzte Herr Beichel, hat uns mitten in der Nacht so ein verliebter Hitzkopf das Fenster eingeworfen. Das war mir dann einfach zu viel, ich meine ... ich weiß, wie die Natur funktioniert, ich war ja auch einmal jung, aber das ... das war mir einfach zu viel. Deswegen sind wir umgezogen.

– Wo haben Sie denn in der Stadt gewohnt?

– Also, wie gesagt, sagte er, ohne auf meine Frage zu reagieren, wenn Sie etwas Verdächtiges sehen ... Irgendwelche Aktivitäten ...

Nachdem sich unsere Gäste verabschiedet hatten, zogen wir uns zurück. Wir standen nackt in der Badewanne, alberten herum und beschmierten uns gegenseitig mit dem Rest des Salatdressings. Der Essiggeruch überlagerte alle anderen Gerüche, deshalb bemerkte ich zuerst nicht, dass Sarah mich anpinkelte.

Sie befahl mir, es zu trinken, und ich kniete mich in der Badewanne hin und empfing ihren warmen Strahl. Es schmeckte widerlich, aber sie bestand darauf, also tat ich, was sie von mir verlangte. Hinterher war ich an der Reihe, aber ich konnte nicht.

– Das Mädel hat diese ungute Wirkung, imitierte Sarah den besorgten Tonfall unseres Gastes.

– Ich finde eher, sie ist fett.

– Nein, sagte sie, ich finde sie hübsch.

Sarah setzte sich an den Wannenrand und legte sich eine Hand zwischen die Beine.

– Ich bin dafür, dass sie von allen Burschen – wie er das nennt –, die es in der Umgebung gibt, ordentlich rangenommen wird. Jede Nacht ein anderer.

Sie begann sich zu streicheln, und ihr Gesichtsausdruck wurde ernster.

– Das würde dir gefallen?

– Natürlich.

Ich nahm die Brause, reinigte meinen nach Essig und Urin riechenden Körper, dann stieg ich aus der Wanne und trocknete mich ab.

– Ich würde viel darum geben, sagte Sarah, wenn ich sie dabei filmen könnte, wie sie …

Ihre Stimme wurde leiser, ihre Bewegungen konzentrierter. Ich ließ sie allein.

5

Es war nicht schwer, den richtigen *Burschen* zu erfinden. Er musste groß sein, denn Herr Beichel war ein kleiner Mann und hatte demnach Angst vor allem, was größer war als er. Und er musste grobschlächtig und plump wirken, ein Neandertaler, der vielleicht als Lehrling in einem Sägewerk oder in einem Forstbetrieb arbeitet. Ein Analphabet, der samstags in die Disco geht und dort Mädchen anstarrt. Ein Rumtreiber, der schon im Teenageralter dem Alkohol verfallen ist.

Wir tauften ihn Berni.

Berni trug, wenn er nachts auf Jagd nach Mädchen ging, eine alberne Schirmkappe und einen etwas zu großen Mantel.

– Eine Schirmkappe?

Herr Beichel stand in seinem Garten und versuchte, seine Angst zu verbergen, indem er sich mit dem Ellbogen lässig auf den Zaun stützte.

– Ja, Sie wissen schon, so wie Niki Lauda.

– Was?

Herr Beichel war verwirrt.

– Etwa so was?

Er deutete auf seinen eigenen Kopf und fuhr die imaginären Konturen eines großen Admiralshuts nach. Ich nickte.

– Aha. Und wann haben Sie den gesehen?, fragte er.

– Gestern, am Abend. Ist da unten herumgegangen, immer auf und ab. Über eine Stunde lang. Normalerweise ist er ganz harmlos.

Herr Beichel wandte sich ab, ging ein paar Schritte und hob den Gartenschlauch auf. Er rollte ihn zusammen und schaute dabei ins Leere.

– Wenn, begann er zu sprechen. Wenn er noch einmal hier auftaucht, geben Sie mir Bescheid, ja?

– Natürlich, sagte ich.

Lächelnd verabschiedete ich mich. Als ich zurück in unserem Haus war, fragte mich Sarah, wie es gelaufen sei.

– Was hat er gesagt? Was hat er gesagt?

– Er hat angebissen, sagte ich.

Wir begannen albern zu kichern, wie Kinder.

Natürlich mussten wir es so einrichten, dass auch Jasmin von ihrem Schicksal erfuhr. Eines Abends gingen wir über die Dorfstraße und trafen sie, als sie einen großen Rucksack voller Einkäufe nach Hause trug.

– Wem gehören die Pferde?, fragte das Mädchen.

– Dem da drüben.

Ich zeigte auf das schwarze Gehöft. Jasmin drehte sich um und beschirmte ihre Augen mit beiden Händen.

– Gefallen dir die beiden Hengste?, fragte Sarah.

Ich verschluckte mich beinahe. Es war eine normale Frage gewesen. Trotzdem wurde ich rot und spürte es.

– Ah, diese Hitze, sagte ich.

– Ja, sagte Jasmin. Man kann kaum vor die Tür gehen.

– Hat dein Vater schon etwas unternommen wegen …?

– Wegen der Hitze?

– Nein, ich meine, ob dein Vater schon etwas wegen dem einen …

– Was meinen Sie?

– Hat er dir das nicht …? Ach, ist wahrscheinlich nicht so wichtig, oder?

– Nein, bestätigte Sarah. Warum sollte er sie damit belästigen?

Jasmin schaute uns an, als hätten wir ihr gerade erklärt, das Haus sei abgebrannt. Ihr Gesicht hatte etwas von einer beleidigten Puppe. Ich musste mich beherrschen, um sie nicht in die Wange zu kneifen.

– Sieh dir an, was du getan hast, Felix, jetzt hast du ihr Angst eingejagt. Es ist nichts Schlimmes, mach dir keine Gedanken. Es ist nur jemand da drüben herumgeschlichen, vorgestern Nacht. Um euer Haus und da oben über die Bergstraße.

Jasmin zeigte keine Reaktion.

– Ich muss nach Hause, sagte sie schließlich.

– Gute Idee, sagte Sarah. Hier wird einem ja das Hirn weich gekocht.

Wir gingen weiter.


Einige Tage später sah ich Herrn Beichel mit seiner Tochter an unserem Grundstück vorbeilaufen. Sie gingen Hand in Hand. Es sah sehr merkwürdig aus, da Jasmin dafür eigentlich schon viel zu alt war.

– Vielleicht ist er gar nicht ihr Vater, sagte Sarah.

– Daran hab ich auch schon gedacht, aber sie sehen sich doch ein bisschen ähnlich.

– Wir sehen uns auch ähnlich.

– Ja, das kommt von dreiundzwanzig Jahren Ehe.

– Oh Gott, erinnere mich bloß nicht.

– Aber die beiden sehen sich auf andere Weise ähnlich. Die Augenbrauen und das Kinn. Ich glaube schon, dass sie seine Tochter ist.

– Na ja. Vielleicht ist sie es, und sie haben … die Beziehung ein wenig umdefiniert.

– Was meinst du? Oh, nein, ich weiß schon.

– Ja.

– Du bist krank.

– Du auch.

– Nein, du bist wirklich krank. Du kannst nicht eine einzige Sekunde an etwas anderes denken. Du willst immer, dass alles irgendwie mit Sex zu tun hat. Du krankes Flittchen.

– Selber Flittchen, sagte Sarah und boxte mir zwischen die Beine.

– Vorsicht!

Sie schlug noch einmal zu. Ich gab ihr eine Ohrfeige, und sie taumelte zurück.

– Schlampe, sagte ich. Du bist erst zufrieden, wenn sich die ganze Welt in eine erogene Zone verwandelt hat.

– Oh ja, sagte sie spöttisch.

Ich wartete einen Augenblick, dann stieß ich sie zu Boden und vergewaltigte sie. Sie kratzte und biss mich. Ich hielt sie fest und spuckte ihr ins Gesicht. Sie bettelte, ich möge sie mit einem Kabel würgen.

– Ich hab kein Kabel, log ich.

– Dann fick mich, du Schlappschwanz.

– Bin schon dabei, keuchte ich. Ich kann nichts dafür, wenn du nichts spürst. Deine Möse fühlt sich an, als würde man ein Wasserglas ficken.

Als ich das sagte, schloss Sarah die Augen.

In derselben Nacht kam es zu einer unangenehmen Szene. Ich hatte Sarah nach der Vergewaltigung auf ihren eigenen Wunsch hin an einen Küchenstuhl gefesselt und war schlafen gegangen. Jetzt wurde ich von ihren Schreien geweckt. Sie musste dringend auf die Toilette. Mit versöhnlicher Stimme bat sie mich, sie loszumachen. Normalerweise hätte ich ihrer Bitte nicht entsprochen, hätte das Spiel weitergetrieben bis auf eine und noch eine und noch eine Spitze, immer wieder, so lange, bis sie sich vollgepinkelt hätte und vielleicht sogar vor Erschöpfung zusammengebrochen wäre. Aber diesmal band ich sie einfach los, streichelte ihr über den Kopf, so wie ich es während unserer Ehe immer getan hatte, und schaute ihr nach, wie sie aufs Klo ging. Ein paar Sekunden war es ruhig, dann hörte ich die Spülung.

Sarah kam zurück und setzte sich wieder auf den Stuhl.

– Okay, sagte sie und unterdrückte ein Gähnen. Fessel mich wieder. Ich will, dass du mir wehtust.

Ich reagierte nicht.

– Felix?

Wie lange hatte sie mich nicht mehr bei meinem Namen genannt?

– Ja?

– Machst du jetzt, oder …?

– Komm ins Bett, sagte ich.

Ich ging ins Schlafzimmer und legte mich hin. Sie kam mir nach, erwartete immer noch eine Fortführung dieses neuen Spiels, aber ich legte mich einfach nur unter die Decke und schaute an die Wand. Ratlos ging sie ein paar Mal auf und ab, dann legte sie sich zu mir. Sie seufzte. Sie würde keine Szene in ihr Notizbuch schreiben können. Es gab keinen Moment der Intensität, keinen Vorstoß in eine neue Richtung. Wir lagen nur nebeneinander im Dunkeln. Ein wenig schämte ich mich, aber gleichzeitig war ich froh, dass es so gekommen war.

Am nächsten Morgen wurden wir von Gebrüll geweckt. Wir öffneten das Fenster. Es gab keinen Zweifel, es war die Stimme von Herrn Beichel. Möglicherweise schrie er seine Tochter an. Sarah war überglücklich und klatschte in die Hände.

– Wir haben es geschafft!

Ich war nicht sicher, ob sie Recht hatte, aber ich freute mich ebenfalls. Das Gebrüll wurde lauter, offenbar hatte jemand ein Fenster geöffnet. Akustik, dachte ich. Was für eine herrliche Erfindung.

– Wenn wir *das* schaffen, sagte Sarah, dann kann uns niemand mehr etwas anhaben. Dann sind wir frei.

Ich fragte nicht, was genau sie damit meinte.


Maximale Freiheit und vollkommene Abhängigkeit sind bekanntlich dasselbe. Diese Erfahrung hatten wir bald nach unserer Scheidung machen müssen. Die Augenblicke von Perfektion und Grenzüberschreitung waren der Leim, der uns zusammenhielt, nicht nur als Paar, sondern auch als Individuen. Es war eine Droge. Sie hielt uns wach, sie hielt uns am Leben.

– Alles, was uns durch den Kopf geht, ist in Ordnung, sagte ich. Wenn ich denke, ich würde gerne diesen Menschen umbringen, dann ist das normal und erlaubt. Wenn man immer tut, was man denkt, bekommt man es natürlich mit viel Kritik und Gegenwehr zu tun. Aber das ist auch schon alles. Es gibt keine Moral, nur die Meinungen von anderen Leuten. Wenn diese Leute Waffen tragen oder eine Armee sind, dann ist das Pech, aber es ändert nichts an der Tatsache, dass wir –

– Warte, unterbrach mich Sarah und schlug mir auf die Nase. Sie kommt gerade raus.

Ich blickte durch den Feldstecher. Jasmin stand auf dem Balkon und schaute in den Garten ihres Hauses hinunter. Sie fuhr sich mit der Hand durchs Haar, holte etwas heraus und ließ es in den Garten fallen. Ich konnte nicht erkennen, was es war.

– Was war das?

Sarah antwortete nicht. Aber sie begann eine Melodie zu summen, die mir bekannt vorkam. Ich überlegte, wo ich sie gehört hatte. Ich pfiff die Melodie nach, und mir fiel ein, dass es der aus fünf Noten bestehende Geheimcode aus dem Film *Unheimliche Begegnung der Dritten Art* war.

Ein paar Tage später saß Jasmin allein, ohne ihren Vater, bei uns im Wohnzimmer. Wie es dazu gekommen war? Sarah hatte sie einfach abgefangen, als sie das Mädchen von der Bushaltestelle heraufkommen sah. Normalerweise holte der Vater sie jeden Tag von dort ab, aber diesmal schien er zu tun zu haben.

Wir luden Jasmin auf eine Tasse Tee ein. Sie blieb stehen, schien zu überlegen, entschied dann, dass es wohl unhöflich war, wenn sie ablehnte, und folgte Sarah ins Haus. Sie redeten über die Schule, über das Leben hier im Dorf, über Männer. Jasmin reagierte auf das letzte Thema nur abstrakt, sie wiederholte mechanisch ein paar Sätze, die sie mit Sicherheit in einem Jugendmagazin gelesen hatte. Ich ging nach nebenan in die Küche und suchte den richtigen Tee aus. Als ich zurückkam, hörte ich Sarah fragen:

– Hast du eigentlich schon deine …?

Ich ließ beinahe die Teetassen fallen. Jasmin kicherte scheu, aber dann lachte Sarah freundlich. Es war etwas ganz Normales, eine ganz normale Frage von Frau zu Frau. Die Tassen in meinen zitternden Händen klirrten leise, als ich Jasmins Antwort hörte:

– Natürlich.

Es klang sehr erwachsen. Sarah lachte. Jasmin lachte mit, erleichtert darüber, dass Sarah eine Frau war, die sich mit solchen Dingen auskannte. Zuhause hatte sie ja nur ihren Herrn Papa und das Einzige, was der wusste, war, dass sie von *Burschen* aus dem Dorf belagert wurde. Als ich ins Zimmer trat, sah ich, dass Sarah Jasmin ihre Hand aufs Knie gelegt hatte.

Ich machte ein Foto von den beiden.


– So ein liebes Mädchen, sagte Sarah, nachdem Jasmin gegangen war. Ich möchte sie am liebsten …

Sie vollendete den Satz mit einem theatralischen Seufzen und ging aus dem Zimmer. Wenig später kehrte sie zurück. Ihre Schritte waren langsam und vorsichtig, als müsste sie aufpassen, nicht in Glasscherben zu treten. Ich saß mit dem Rücken zu ihr vor dem PC und versuchte, das Bild, das ich von Jasmin gemacht hatte, zu vergrößern. Es gelang nicht, die Auflösung war nicht gut genug.

– Felix, sagte Sarah, bitte schau her, aber sag nichts. Ich hab mir Blut ins Gesicht geschmiert.

Ich drehte mich um.

– Was?

– Bitte, sag einfach nichts. Bitte. Schau mich nur an, und hör mir zu. Die Unterhaltung mit der kleinen Puppe hat mich ein bisschen aufgewühlt. Ich bin im Bad gestanden und habe mir überlegt, dass ich wahrscheinlich bald in die Wechseljahre komme. In meiner Familie geht das bei allen Frauen relativ früh los. Und dann hab ich das ja nicht mehr …

Sie zeigte mit einer entschuldigenden Geste auf das rote Geschmiere auf ihrem Gesicht.

– So unangenehm es jedes Mal ist, fuhr sie fort, ist es doch lange bei … bei mir gewesen. Und jetzt ist es eben bald nicht mehr bei mir. Ich wollte es noch einmal genau ansehen. Und als ich da im Bad stand und an diese kleine Puppe dachte, die es erst seit ein paar Jahren hat, da dachte ich mir –

– Aber Sarah, was machst du denn?

Ich stand auf. Mit einem Taschentuch näherte ich mich ihrem Gesicht.

– Nein! Sieh doch hin. Es ist absolut perfekt. Sieh doch hin …

Sie zog mich zu einem Spiegel. Ich hatte es bisher überhaupt nicht wahrgenommen, aber in ihrem Spiegelbild sah ich es auf einmal. Es war so, als wären meine Augen scharf gestellt worden, und vielleicht lag es auch daran, dass Sarahs Gesicht nun spiegelverkehrt war – jedenfalls blickte mich ein faszinierendes Wesen an, ein zerschundener Engel, ein androgynes, verletzliches Flugtier, das sich bei der Bruchlandung auf der Erde das halbe Gesicht abgeschabt hat. Sie sah so aus wie David Bowie auf dem Cover von *Aladdin Sane*, mit diesem seltsam schillernden Fleck quer über dem Gesicht, eine traurig zu Boden blickende Klagegestalt – *bald nicht mehr bei mir* –, wir standen nebeneinander und schauten in den Spiegel. Sarah verströmte einen unangenehmen Geruch, aber sie schien entspannt und friedlich. Kurz darauf löste sie den Augenblick auf, trat beiseite und ging sich waschen. Der Geruch blieb im Zimmer. Ich öffnete ein Fenster.

Wenig später sah ich sie über ihr Notizbuch gebeugt. Sie lächelte auf die Buchseite herab und schrieb. Der kleine Kugelschreiber machte dasselbe Geräusch wie ein Nachtfalter, der sich in einem Lampion verfangen hat und mit den Flügeln gegen das Papier schlägt, ein helles, feines Schaben, durch das die Zeit langsamer vergeht.

So langsam, dass wir erst gar nicht reagierten, als es an der Tür klingelte. Erst beim zweiten Mal stand ich auf und öffnete. Jasmin war da, mit ihrem Vater.

– Ich möchte Sie bitten, begann er. Solche Sachen … solche Themen … in Zukunft nicht mehr unangemeldet …

Dann schien sein unter Spannung stehender Unterkiefer plötzlich aus dem Gelenk zu springen, er drehte sich um, packte seine Tochter am Arm und zerrte sie davon. Ich blieb stehen und schaute ihm nach. Als er an seiner Haustür war, drehte er sich noch einmal um, sah, dass ich ihn beobachtete, und zog den Kopf ein, als stünde er in einem Hagelgewitter.

## 6

Neulich träumte ich vom Jenseits. Es ist eine Stadt. Ein paar Gärten gibt es, aber der größte Teil ist dicht bebaut. Teils sind es primitive Hütten, teils prächtige Villen, auch gläserne Bauten sind darunter, in denen winzig kleine Gestalten herumschwirren. Wenn man das Jenseits betritt, ist das Erste, was einem auffällt, der angenehme Geruch. Frisch geschnittenes Holz, vermischt mit kalter Meeresluft. Wind gibt es überhaupt keinen, nicht einmal, wenn man seine Backen aufbläht und die Luft so fest ausstößt, wie man kann. Die Luft bleibt immer unbewegt. Berührungen kommen praktisch nicht vor. Sie sind im Allgemeinen auch nicht nötig.

Obwohl der Traum völlig ereignislos war, hatte ich

beim Aufwachen Todesangst. Ich suchte Schutz bei Sarah, wie in den Zeiten unserer Ehe. Aber sie wusste mit diesem alten Verhaltensmuster nichts mehr anzufangen, wehrte mich irritiert ab und murmelte im Halbschlaf obszöne Dinge. Ich wollte ihr erzählen, wovon ich geträumt hatte. Sie hörte eine Weile zu, dann stand sie plötzlich auf und holte den Elektroschocker.

Die Schmerzen waren entsetzlich.

Diese neu entdeckte Grenze in unserer Beziehung entmutigte mich, aber ich war jetzt auch gefasst auf weitere Offenbarungen dieser Natur. Die Momente, in denen das aufgeladene Vokabular und das tabulose Verhalten plötzlich nichts mehr ausrichten konnten und nur noch wie eine feuchte Kletterwand waren, von der wir ständig abrutschten, hatte es immer gegeben. Aber sie waren immer gleich wieder vorbeigegangen, wie kleine schwarze Löcher in einem Teilchenbeschleuniger, die schon im Augenblick ihrer Entstehung zu reiner Energie zerstrahlen.

Mit Herrn Beichel wurde es unterdessen immer schlimmer. Er schrie nächtelang auf seine Tochter ein. Manchmal sperrte er sie auf den Balkon und ließ sie dort über eine Stunde stehen. Sie unternahm nichts, kletterte nicht hinunter auf das Garagendach, stürzte sich auch nicht in die Tiefe. Sie blieb einfach stehen, schaute in den dunklen Garten und wartete, bis er sie wieder ins Zimmer ließ. Ihr stoischer Gleichmut erregte uns so sehr, dass wir manchmal die Kontrolle verloren.

Ich hatte Sarah vor lauter Aufregung ein blaues Auge geschlagen und ihr eine Zehe an ihrem linken Fuß gebrochen. Sie war mir deswegen nicht böse, lobte mich sogar für meine Aufrichtigkeit, aber ihr Humpeln und ihr schmerzverzerrtes Gesicht erinnerten mich daran, dass ich mich in Zukunft beherrschen musste, wenn ich kein größeres Unglück riskieren wollte. Freiheit war etwas Kostbares, man durfte sie nicht mit sinnloser Gewalt verwechseln.

Im Gegenzug für meinen Angriff auf sie hatte Sarah mir Abführmittel in den Tee gemischt und die Badezimmertür im oberen Stock verriegelt. Ich schaffte es zwar, die Tür einzutreten, aber es war schon zu spät. Ich stieg in die Badewanne und zog unter dem Strahl der Dusche meine bis hinunter zu den Füßen besudelte Hose aus.

Wütend über den Streich, den Sarah mir gespielt hatte, ging ich alleine spazieren. Ich hoffte, Jasmin zu treffen, aber der zornige Gott des Alten Testaments ließ es nicht zu. Ich traf niemanden. Also lag es ganz in meiner Hand, etwas zu unternehmen.

Das Klingelschild von Herrn Beichels Haus sah aus wie eine abgekaute Daumenkuppe. Es kostete mich einige Überwindung, es zu berühren.

– Du bist der Teufel, sagte Sarah, nachdem ich ihr erzählt hatte, was ich zu Herrn Beichel gesagt hatte. Du bist der Teufel! Hahaha!

Sie umarmte mich.

– Er hat überhaupt nichts mehr sagen können. Er hat nicht einmal dann reagiert, als ich mein Handy herausgenommen und ihn fotografiert habe.

– Zeig her!

Das Bild war unscharf, aber man konnte Herrn Beichels geisteskranken Gesichtsausdruck deutlich erkennen. Ich hatte meine glänzende Improvisation damit beendet, dass ich mich bei ihm entschuldigte. Dafür, dass ich seine Tochter bisher gedeckt hätte, nicht im pferdezüchterischen Sinn, sondern im kriminaltechnischen. Ich hätte für sie gelogen, erklärte ich ihm, weil sie so lieb sei und so unschuldig wirke. Ich hätte ihr unsere Garage zur Verfügung gestellt, wo sie sich an den Wochenendvormittagen, wenn Herr Beichel außer Haus war, nun ja – Sie wissen schon. Orgien und so. Deswegen auch das Gespräch zwischen meiner Frau und Jasmin über das Thema. Sein Zorn sei ganz gerecht gewesen.

Auf diese Meisterleistung stießen wir mit Sekt an. Wir tranken ihn aus alten Barbie- und Kenpuppen, denen wir die Köpfe abgerissen hatten. In eine solche Puppe passte zwar nicht besonders viel Flüssigkeit, aber der klebrige Plastikgeruch, der sich in den trocken schaumigen Sekt mischte, war reizvoller als erwartet, und wir verbrachten einen wunderschönen Abend.

Ich hatte besondere Musik ausgewählt. *Moon River*, in Endlosschleife. Ein Gewitter zog auf, und die ganze Umgebung verwandelte sich in eine Filmkulisse. Wir mussten lächeln, und in einem sentimentalen Augenblick dachte ich sogar an Gott. Ein herbes, männliches Gefühl, das ich seit meiner Jugend nicht mehr gehabt hatte.

Das nächtliche Gebrüll von Herrn Beichel ging überraschenderweise nicht im Lärm des Gewitters unter, sondern wurde davon auf brutale Art und Weise verstärkt, zu einem nackten, unmenschlichen Bellen. Wie fanatische Wahlkampfreden auf historischen Wachszylindern. Und immer wieder derselbe Refrain:

– Warum tust du mir das an! Warum tust du mir das an! Nach allem, was ich für dich –

Ich konnte mir sein rotes, schwitzendes Männerge-
sicht vorstellen, seinen unsicheren Gang, mit dem er
seiner Tochter durch alle Zimmer des großen Hauses
folgte und ihr zurief, was für eine Schlampe sie sei, was
für ein Unglück für die Menschheit. Und vielleicht,
dachte ich, hatte er ja, während er schrie und Beleidi-
gungen ausstieß, eine gewaltige Erektion zwischen den
Beinen.

Die besondere Magie dieses Abends bestand zweifellos in den wandernden Silhouetten, die man von
unserem Fenster aus sehen konnte. Die Jalousien waren nicht heruntergezogen und das Licht in fast allen
Räumen eingeschaltet. Herr Beichel wollte wohl nichts
von dem Garten sehen, in dem sich die Schmetterlings-
männchen sammelten, die seiner Tochter an die Wäsche
gingen.

Wie bei einem chinesischen Schattenzirkus änderten
die Silhouetten ihre Form und Größe, wenn sie sich
bewegten. Ich hätte am liebsten die Hand nach ihnen
ausgestreckt und sie gepflückt, diese herzzerreißenden
Figuren, dieses wunderliche Puppenspiel, das nur für
uns veranstaltet wurde.

– Warum, Jasmin! Warum! Sag's mir!

Er folgte ihr überallhin. Längere Zeit sahen wir sie
nicht. Dann wieder erschienen ihre Konturen, standen
sich eine Weile gegenüber und wandten sich dann voneinander ab. An Herrn Beichels Bewegungen konnte
man sehen, dass er den Verstand verloren hatte. Aus
diesem Tunnel gab es kein Entrinnen mehr.

– Ich halt's nicht mehr aus, flüsterte Sarah und streifte
ihre Unterhose ab.

Sie warf sie gegen die Wand und bohrte ihre Fingernägel in das schwarze Schamdreieck zwischen ihren Schenkeln.

– Geduld, sagte ich und ließ meine leergetrunkene Kenpuppe auf den Boden fallen.

Die Musik kam zu einem Ende, und das Gerät kehrte automatisch zum Anfang zurück. Das Lied begann wieder von vorn, kitschige Streicherarrangements, ein paar Triangeln und ein leiser Paukenschlag, der den Herzschlag von Verliebten symbolisieren sollte.

In diesem Augenblick begann die Vatersilhouette wild zu gestikulieren, die Tochtersilhouette versuchte, ihm um den Hals zu fallen und ihn zu beruhigen, doch schließlich holte er zu einem Schlag aus – Sarah entkam ein kleines, japsendes Stöhnen der Vorfreude –, aber Jasmin wehrte die Faust ihres Vaters ab.

– *Moooon Ri-ver!*

Dann öffnete sie die Faust, sodass sie wieder eine normale Hand war, und legte sie sich auf die Brust. Ein Augenblick absoluter Schönheit. Die Musik der Sphären verstummt, die Planeten halten an. Windstille im Universum.

Der Vater wurde ganz ruhig. Er riss seine Hand nicht angewidert fort, sondern ließ sie weiter auf der flachen Brust seiner Tochter ruhen, auch nachdem sie ihre eigenen Hände weggenommen hatte und sie kraftlos an ihrem Körper herabbaumeln ließ.

Als wir das sahen, fielen Sarah und ich wie wilde Tiere übereinander her. Sie bettelte um Schläge. Ich fesselte sie auf dem Boden mit ihrer eigenen Kleidung.

Es war ein ähnlich vollkommener Moment gewesen wie damals, als wir unsere Scheidungsflitterwochen in

Venedig verbrachten und das kleine Mädchen unter den Markusplatztauben begraben wurde. Wir bissen uns, wir lachten hysterisch, wir waren im Himmel. Ich erinnerte mich wieder, warum ich mich vor vielen Jahren in einem heißen Sommer in Sarah verliebt hatte. Es war ein jugendliches, milchig frisches Gefühl, und ich wusste, sie fühlte in diesem Augenblick dasselbe. Ich erinnerte mich an das erste Mal, als ich einen Faustkampf gegen einen anderen Jungen, der ebenfalls in Sarah verliebt gewesen war, gewonnen hatte. Wir rangelten über eine Stunde miteinander, ineinander verkeilt wie zwei Hirschkäfer, die um das Recht auf Fortpflanzung streiten. Am Ende brach ich dem anderen (dessen Namen ich inzwischen längst vergessen habe) einen Finger und fühlte mich so lebendig und stark wie ein Waldbrand.

Ein leiser Donner.

Das Gewitter hatte seine Souffleur-Aufgabe erledigt und entfernte sich.

Bevor ich mich Sarahs gefesselter und vor Glück oder Schmerz schluchzender Gestalt auf dem Fußboden widmen konnte, erhob ich mich noch einmal in der Dunkelheit und zog die Vorhänge zu. Im Nachbarhaus, dem Haus der Sünde, waren alle Lichter gelöscht worden. Auch diese Nacht würde vorübergehen, dachte ich, und meine Erektion streifte die Falten der Vorhänge. Alles Vollkommene ging zu Ende. Ich warf mich auf Sarah und begann, sie zu bearbeiten. Ich hämmerte und stocherte so lange auf sie ein, bis ich selbst nicht mehr wusste, wo ich war.

Ich begann Dinge zu sagen wie:

– Bist du jetzt zufrieden, du kleine Nutte? Du hast

ein kleines Mädchen zum Inzest gebracht. Macht dich das geil?

Sarah stöhnte. Tränen liefen ihr übers Gesicht. Ihr Nacken schwitzte, ich biss hinein und nahm den herben Geruch einer erregten Frau in mich auf. Ich drang in sie ein und stellte mir vor, dass meine Stöße sie innerlich zerrissen. Gleichzeitig wurde mir schwindlig, und ich musste mir eine Hand gegen die Stirn pressen, damit mir nicht schwarz vor Augen wurde.

– Das hat dir gefallen, oder?, sagte ich. Wie sie sich die Hand ihres Vaters auf die Brust gelegt hat. Sag schon, du –

Sie schrie auf. Ich hatte ihr tatsächlich wehgetan, innerlich.

– Hast du etwa Mitleid?, sagte sie mit leiser Stimme. Du verlogenes Dreckschwein ...

– Natürlich habe ich Mitleid, gab ich zu. Das macht es ja so aufregend. Wenn ich kein Mitleid hätte, so wie du, du kaltes Stück Fleisch, dann wäre ich vermutlich längst tot. Was glaubst du, was sie jetzt da drüben tun?

Sarah sagte nichts, also stand ich auf und zerrte sie in eine kniende Position. Ich ohrfeigte sie, bis ihr Speichelfäden von den Lippen hingen. Dann öffnete ich ihre Kiefer und legte sie wie ein gespanntes Tellereisen um meinen Penis. Ich spürte ihre Zähne, und der Schmerz ließ mich fast den Verstand verlieren. Aber ich blieb in ihrem Mund und bewegte mich langsam vor und zurück.

Wieder wurde mir schwindlig, und mein Kopf drohte orientierungslos zur Seite zu kippen, und so ließ ich eine lange Kaskade obszöner Beschimpfungen los, ich nannte sie Hure, Schlampe, Verbrecherin, degeneriertes

Vieh, ich kramte jedes Schimpfwort hervor, an das ich mich erinnern konnte, sogar welche aus meiner Kindheit, die wie harmlose Luftblasen aus meinem Mund kamen und sich trotzdem eigenartig lange im Raum hielten. Sarah schluckte alles, was ich ihr an den Kopf warf, und antwortete mir mit Bissen, mit Kratzern, die sie mit ihren spitzen Fingernägeln auf meinen Oberschenkeln hinterließ, und mit einigen geknurrten Verwünschungen. Sie sagte, ich solle doch verrecken, möglichst an einer schrecklichen Krankheit wie Knochenkrebs oder AIDS. Sie wünschte mir einen qualvollen Tod durch Ersticken in einem finsteren Folterkeller. Ich sei der Teufel höchstpersönlich, und sie selbst sei ein aus dem Himmel geraubter Engel, der so lange vom Teufel vergewaltigt wurde, bis er nicht mehr fliegen konnte.

Während sie all diese Sachen sagte, fasste sie unter meinen Hoden durch und bohrte mir einen Finger in den Anus. Es tat weh, aber ich ließ alles zu. Was blieb mir auch sonst noch übrig? Ich wusste, dass alles, was nun folgen würde, ein Schlussstrich war, dass wir die kommende Woche wahrscheinlich nicht überleben würden.

Wir hatten alles aus der Wirklichkeit herausgeholt. Nun blieb nichts mehr zu sagen, nichts mehr zu tun.

Aber auch das stellte sich sehr bald als Irrtum heraus.

# Mütter

In einer dunklen Seitengasse hinter einem vor kurzem bankrottgegangenen Fischrestaurant stehen sie, die Mütter, meist sechs oder sieben ältere Damen in langen Regenmänteln aus den 50er Jahren. Manche tragen die bei Kunden besonders beliebten topfförmigen Hüte, andere dagegen schwören auf Lockenwickler, die in ihren Frisuren hängen wie erfrorener Christbaumschmuck. Ihre Hände stecken in halbdurchsichtigen und mit kleinen Ornamenten verzierten Spitzenhandschuhen, wie man sie Toten anzieht, die einen ganzen Tag lang aufgebahrt vor Verwandten liegen müssen. Es ist November, das Wetter nass, kalt und unfreundlich, und die Polizeikontrollen sind seltener geworden. Vor ein paar Minuten ist ein Streifenwagen vorbeigefahren, und die Beamten haben die Scheibe heruntergekurbelt und sich kurz mit den Frauen unterhalten. Einer von ihnen hat sogar ein paar Schokoriegel verteilt. Dann sind die bärtigen Männer weitergefahren. Jetzt wird es mit Sicherheit mehr als vier Stunden dauern, bis sie sich wieder blicken lassen. Vielleicht kommen sie auch gar nicht mehr.

Die Damen gehen die ganze Nacht hier auf und ab. Um Kunden anzulocken, nesteln sie an den runden, an farbige Hustenbonbons erinnernden Knöpfen ihrer Regenmäntel, schieben ihre viel zu großen Lesebrillen auf die Stirn oder suchen in ihren Kunstlederhandtaschen nach Feuchtigkeitscreme für die Hände. Manchmal heben sie auch einen Zeigefinger und schütteln ihn auf tadelnde Art und Weise. Diese Geste ist universell und wirkt beinahe immer.

Ein junger Mann um die zwanzig nähert sich den Damen. Er hat sein Fahrrad in einiger Entfernung abgestellt und geht so unauffällig wie möglich die dunkle Seitengasse entlang. Seine Haare sind seit mindestens einer Woche nicht mehr gewaschen worden, seine Brille ist schmierig von Fettflecken und Fingerabdrücken, und als er für einen Augenblick stehenbleibt, um sich ein Schuhband zuzubinden, wird ein kleiner karoförmiger Riss auf dem Rücken seiner Jacke sichtbar. Bevor er eine der Mütter anspricht, schaltet er sein Mobiltelefon aus. Er wartet sogar, bis das Display dunkel geworden ist, dann erst geht er weiter. Offenbar macht es ihm nichts aus, dass sein Unterhemd aus der Hose hängt und seine Oberlippe und seine linke Wange mit Schokolade verschmiert sind. Sein Mund sieht nicht so aus, als würde er häufig benutzt werden. Gut möglich, dass er in den letzten Wochen mit überhaupt niemandem gesprochen hat. Insgesamt macht er einen gutmütigen, aber auch etwas verstörten Eindruck. Genau die Sorte Männer, die sich oft in die schmale Seitengasse hinter dem ehemaligen Fischrestaurant verirren.

Irma ist die Erste, die sich ihm nähert.

– Hallo, sagt sie.

Er weicht ihr zuerst aus, als wäre er gar nicht interessiert, dann bleibt er stehen und blickt sie von der Seite genauer an.

– Philipp, sagt er und streckt die Hand aus.

– Mutter Irma, sagt Irma.

Sie ist die älteste der Mütter. Meist überlassen die anderen ihr den ersten Kunden, weil sie Irma alle irgendeinen Gefallen schulden. Doch am Gesichtsausdruck des jungen Mannes sieht man, dass er an Irma nicht interessiert ist. Vielleicht ist es das Kopftuch, das inzwischen zu ihrem Markenzeichen geworden ist, aber nicht mütterlich wirkt, sondern eher verkrampft, wie bei einer verarmten Marktfrau.

Agathe wittert ihre Chance und geht auf den jungen Mann zu. Ulrike folgt ihr.

– Die Geier kommen schon, sagt Irma sanft und nimmt ihre breitrandige Brille in die Hand. Also, was ist?

– Hallo, sagt der junge Mann zu Agathe und Ulrike. Guten Abend.

– Sieht er nicht süß aus?, sagt Irma und deutet mit der Brille auf sein ängstliches Gesicht. Aber angekleckert hat er sich.

Sie nimmt ein Taschentuch aus ihrem Mantel, leckt es ab und wischt dem jungen Mann damit über die Wange.

– So ... schon besser.

– Ich finde nicht, dass er süß aussieht, unterbricht Agathe. Der tut nur so. In Wirklichkeit ist er ein Versager, der seine Eltern nur alle heiligen Zeiten besucht oder anruft. Ist doch so, oder?

Seine Reaktion verrät ihr, dass sie ins Schwarze getroffen hat. Der junge Mann lächelt sie an. Er braucht es, das spürt Agathe. Er braucht es dringend.

– Ich heiße Philipp, sagt der junge Mann. Wie viel für ...

– Für?

– Für eine Nacht.

– Die ganze Nacht?, fragt Agathe nach.

– Ja.

– Dreihundert.

Der junge Mann blickt zu Boden und legt eine Hand auf seinen Hinterkopf.

– Sagen wir zweihundert?, fragt er schüchtern.

– Hör zu, du kleiner Nichtsnutz, sagt Agathe, mit Ulrike hier kannst du das vielleicht machen, aber nicht mit mir. Entweder dreihundert oder gar nicht.

– Oh, sagt der junge Mann. Bitte. Ich …

– Zweihundertsiebzig, sagt Agathe nach einigem Überlegen. Alles darunter wäre eine Beleidigung.

– Kann ich, kann ich eventuell auch mit Karte zahlen?, fragt der junge Mann.

Die drei Mütter lachen, Agathe am lautesten.

– Ja, sicher, mein Kleiner, sagt sie. Das werden wir schon schaffen. Wir gehen einfach an einem Geldautomaten vorbei, versprochen.

Das Gesicht des jungen Mannes hellt sich auf.

– Okay, dann.

– Kleines Dummerchen, sagt Agathe und hängt sich bei ihm ein.

Sie gehen davon. Die anderen Mütter schauen ihnen nach, dann widmen sie sich wieder dem langsamen Auf-und-ab-Spazieren. Als es nach einigen Minuten zu regnen beginnt, spannt Irma ihren altmodischen Schirm mit dem lachenden Mondgesicht auf, und die anderen Mütter rücken eng zusammen, damit sie nicht nass werden.

– Diese Agathe, sagt Ulrike. Es vergeht wirklich keine Nacht, wo sie nicht einen Sohn bekommt.

– Das macht die Erfahrung. Wart's nur ab, bei dir ist es bald auch so weit.

– Schön wär's. Für mich gibt's ja nur das hier. Wo soll man sonst hin? Und Töchter betreuen mag ich nicht, obwohl ich gehört habe, dass man da wenigstens in einem Haus warten kann und nicht auf der Straße bei Wind und Wetter –

– Ist schon gut, sagt Irma, die es nicht mag, wenn die anderen sich beklagen. Schau, es hat schon wieder zu regnen aufgehört. War nur ein kurzer Schauer.

Die Mütter verteilen sich wieder. Irgendwo schlägt eine Turmuhr die Viertelstunde, und etwas später schreit eine Autosirene im Schlaf. Sonst bleibt es still. Der Abend schreitet voran, und ein paar vereinzelte Sterne werden sichtbar.


Wenn der junge Mann lacht, hält er sich die Faust vor den Mund, als würde er husten. Agathe findet das niedlich. Um seine Hilfsbereitschaft zu prüfen, täuscht sie große Schwierigkeiten beim Treppensteigen vor. Philipp bleibt stehen und schaut ihr zu, dann fällt ihm ein, dass er ihr helfen sollte, und er tut es, so gut er kann. Zwar stellt er sich dabei ein wenig ungeschickt an, denkt Agathe, aber immerhin. Sein Klingelschild sagt: Uhlheim. Ein Name, der Agathe etwas sagt. Vielleicht ein früherer Kunde? Es gibt ja so viele Kinder, denkt sie.

In der Wohnung nimmt er ihr den Regenmantel ab und hängt ihn auf den Kleiderständer. Agathe sieht sich ein wenig um. Eine typische Studentenbehausung, höhlenartig und muffig, wie die Bettwäsche von pubertierenden Kindern. Ein falsch zusammengeklapptes Bügelbrett liegt quer über dem Sofa.

– So, sagt er. Hier wohne ich.

– Ich hab gewusst, dass aus dir mal was wird, sagt Agathe.

Philipp lacht. Es ist kein herzliches Lachen, eher ein nicht rechtzeitig unterdrückter Reflex seines Gesichts. Vielleicht fällt es ihm schwer, sich zu entspannen, bevor das Finanzielle geregelt ist, denkt Agathe. Sie beschließt, es ihm leichter zu machen, und hält einfach die Hand auf. Er blickt sie an, braucht ein, zwei Sekunden, dann versteht er und geht in ein anderes Zimmer. Er kommt zurück und drückt ihr zwei Hunderterscheine und einen Fünfziger in die Hand. Dann macht er sich auf die Suche nach einem Zwanziger und wird nervös, weil er keinen finden kann. Auf dem Nachhauseweg ist er gar nicht an einem Geldautomaten stehengeblieben, fällt Agathe ein.

– Ist schon gut, sagt sie. Soll ich dir was kochen? So wie früher?

Seine erleichterte Reaktion hilft auch ihr dabei, sich zu entspannen. Er fährt sich mit der Hand durch die Haare, grinst, blickt weg, blickt sie wieder an. Dann sagt er:

– Ja. Ja, das wäre schön.

Agathe geht in die Küche, findet eine Schürze, die sie sich umbindet, und inspiziert den Kühlschrank. Er ist beinahe leer. Das hat sie schon erwartet, aber dass es nicht einmal Butter gibt, ärgert sie ein wenig. Sie beschließt, ihm ein Omelett zu machen. Aus Erfahrung weiß sie, dass es den Kunden besser schmeckt, wenn sie nicht sagt, was es gibt, sondern einfach zu kochen beginnt, als hätte sie nie etwas anderes im Sinn gehabt. So entsteht Geborgenheit. Philipp hat sich auf einen Küchenstuhl gesetzt.

– Also, sagt Agathe, während sie ein Ei aufschlägt und den dicken Dotter in einen großen Messbecher fallen lässt. Also, erzähl mir ein wenig, was du jetzt so machst.

– Beruflich?

Sein Tonfall ist auf eine beunruhigende Weise fröhlich, fast so, als könnte er gar nicht fassen, dass alles glattgegangen ist. Als hätte er fest mit größeren Schwierigkeiten oder Demütigungen gerechnet.

– Ja.

– Ich studiere noch.

– Was studierst du?

– Ach, schon ewig lang. Physik und Chemie.

– Physik. Und Chemie, wiederholt Agathe beeindruckt und wischt sich die Hände an der Schürze ab.

Es ist eine Gratwanderung, sie muss sich konzentrieren, dass ihr die Gesten nicht zu deutlich, zu klischeehaft geraten. Aber Philipp scheint auf solche Dinge nicht zu achten.

– Ja, du warst immer schon begabt in technischen Dingen, sagt sie.

– Na ja, sagt Philipp. Ich bin mir trotzdem nicht sicher, ob das wirklich das Richtige für mich ist. Und das Studium ist auch eher stressig.

– So?

– Diese ganzen Fristen, die man einhalten muss. Und andauernd wird irgendwas geändert und ist dann plötzlich nicht mehr anrechenbar, und man muss ins Dekanat und mit den Idioten da streiten. Stressig.

– Aber du bist bald fertig?

– Gott sei Dank, ja. Ein Jahr noch oder so.

Die Omeletts sind Agathe gut gelungen. Genau das

richtige Goldgelb, das den Appetit anregt. Philipp isst mit geschlossenen Augen. Er macht das alles zum ersten Mal, vermutet Agathe, er weiß noch nicht, wie er sich verhalten soll.

– Wird ja auch langsam Zeit, dass du mit dem Studium endlich fertig wirst, sagt Agathe streng.

Philipp macht die Augen auf und schaut sie entgeistert an. Dann lächelt er, nimmt den Pfefferstreuer und schüttelt ihn über seinem fast leeren Teller.

– Iss auf, ermahnt sie ihn. Du bist viel zu dünn.

Er blickt an sich herunter.

– Oder willst du irgendwann so aussehen wie all diese Verlierer, diese wandelnden Baumskelette, die ihr ganzes Geld nur für Bücher ausgeben?

Nach dem Essen räumt sie ein bisschen in seiner Wohnung auf. Überall liegt Staub, und sie hält ihm seine Faulheit vor. Sie weiß, dass das stetige, gutmütig dahinplätschernde Gemecker auf junge Männer beruhigend wirkt. Sie hebt Socken vom Boden auf – dabei bückt sie sich langsam und mühsam, sodass in einer einzigen Bewegung so viel Schuldzuweisung steckt, dass Philipp sich abwendet. Sie stopft seine schmutzige Wäsche, die überall auf Stühlen und auf dem Bett verstreut liegt, in die Waschmaschine und erklärt ihm, wie viel Waschpulver er nehmen muss, damit seine Kleider zwar sauber werden, aber nicht so penetrant nach Chemie riechen. Nachdem sie ein wenig Ordnung gemacht hat, setzt sie sich vor den Fernseher.

Auf einem kleinen Tisch entdeckt sie eine Fernsehzeitung, sie blättert sie auf und beginnt, mit einem Leuchtstift (den ihr Irma vor einem Monat geschenkt hat) verschiedene Fernsehsendungen zu unterstreichen.

– Komm, setz dich neben mich, sagt sie.

Philipp gehorcht ihr.

– Und? Hast du eine Freundin?

– Ich?

Philipp muss lachen. Agathe schiebt sich ihre Lesebrille auf die Stirn und sieht ihn an, als wollte sie sagen: Ich habe ein Recht, das zu erfahren. Aber der Blick gelingt ihr nicht richtig. Philipp erschrickt vor ihr und wird plötzlich ernst.

– Nein, momentan nicht, sagt er zu seinen Knien. Sie ist ausgezogen … vor drei Wochen.

– Sie war ohnehin weit unter deinem Niveau.

– Oh, na ja. Nein. Nein.

– Doch. Sie war nicht die Richtige für dich. Viel zu anspruchsvoll.

– Hm.

Philipps Gesicht ist starr geworden. Er ist aus der Szene gefallen, ärgert sich vermutlich über ihre gutgemeinten Schüsse ins Blaue. Agathe weiß, dass sie sich ein wenig zu weit vorgewagt hat. Aber es ist schwierig, sich zu bremsen, wenn man merkt, dass man auf dem richtigen Weg ist. Sie wechselt das Thema und fragt ihn ein wenig über seine Zukunftspläne aus. Wo sieht er sich in fünf Jahren? Worüber wird er seine Abschlussarbeit schreiben? Wann, glaubt er, wird er ihr endlich das lang erwartete Enkelkind schenken? Philipp reagiert auf alle Fragen höflich, aber hin und wieder sieht er auf die Uhr. Agathe weiß, dass sie ihn jetzt etwas härter anpacken muss, um ihn nicht zu verlieren.

– Hörst du mir überhaupt zu? He, Philipp, ich rede mit dir!

– Ja doch, sagt er und steht vom Sofa auf.

– Setz dich wieder hin. Da besuche ich dich einmal für einen einzigen Tag, und du hast nur einsilbige Kommentare für mich. Tut mir ja leid, dass dein Leben so uninteressant ist. Tut mir ja leid, dass du nichts zu erzählen hast. Aber daran bin nicht ich schuld. Ich hab dich nicht dazu erzogen.

Philipp setzt sich. Er wirkt verloren.

– Bist du mir böse?, fragt er.

Gott sei Dank, denkt Agathe. Er schmilzt.

– Nein, natürlich bin ich dir nicht böse, sagt sie.


Es wird spät. Philipp sitzt neben ihr auf dem Sofa und sieht mit ihr fern. Aber Agathe wird müde und beschließt, ihn ins Bett zu schicken. Er gehorcht und lässt sich sogar von ihr zudecken. Sie zieht ihm die Bettdecke genau bis ans Kinn. Sie sieht, wie er sich genüsslich unter der kühlen Decke ausstreckt. Er holt tief Luft, rollt sich auf die Seite.

– Schlaf gut, flüstert sie.

Nachdem sie das Licht im Kinderzimmer ausgeschaltet und die Tür ganz leise hinter sich geschlossen hat, weiß sie, was nun von ihr erwartet wird. Sie setzt sich ins Nebenzimmer und sieht weiter fern. Viele Kunden lieben es, wenn das bläuliche Flimmern des Fernsehbildschirms im unteren Türschlitz zu sehen ist. Das Flimmern bedeutet: Jemand ist da, jemand ist noch wach und passt auf die Wohnung auf. Sie schaltet durch die Kanäle und findet ein paar Sendungen, die sie interessieren. Die Wiederholung einer alten *Columbo*-Folge, eine Komödie mit Christiane Hörbiger. Sie fragt sich, ob Philipp ihr am Morgen vielleicht das Fahrrad leihen wird. Manche ihrer Kolleginnen würden jetzt die Wohnung nach Geld durchwühlen, aber hier ist nicht viel zu erwarten. Außerdem ist es schon oft vorgekommen, dass ein Kunde spätnachts noch einmal aufgestanden und zu der Mutter im Nebenzimmer gegangen ist, um seinen Kopf in ihren Schoß zu legen. Für die meisten ist dieser Zusatzdienst sogar die Hauptsache. Das Beste ist, denkt Agathe und setzt sich die Kopfhörer auf, wenn man Verlässlichkeit signalisiert und bis zum nächsten Morgen einfach still sitzen bleibt. Dann ist man wirklich professionell.

Und tatsächlich kommt Philipp gegen zwei Uhr aus seinem Zimmer, das linke Hosenbein seines Pyjamas ist ihm bis übers Knie hochgerutscht, und er muss es schütteln, damit es herunterfällt.

– Ich kann nicht schlafen, klagt er.

Agathe blickt ihn freundlich an und tätschelt den Sofaplatz neben sich. Philipp setzt sich neben sie.

– Was stimmt denn nicht?

– Ach, Dinge, die mir im Kopf herumgehen, erklärt er achselzuckend. Komplizierte Dinge.

Dann lässt er sich fallen, sein Kopf streift Agathes Schulter und nähert sich ihrem Schoß. Sie hält ihn auf.

– Das kostet extra, flüstert sie.

Sie bemüht sich, diese Information so fürsorglich und mütterlich auszusprechen, als gehörte sie mit zur Vorstellung. Es wirkt, Philipp nickt nur.

– Dreißig, flüstert Agathe.

Philipp lässt sein müdes Haupt in ihren Schoß sinken. Er schließt die Augen und murmelt:

– Dreißig, vierzig, fünfzig …

In Zehnerschritten zählt er weiter. Bei neunzig hört er auf, leckt sich die Lippen und scheint einzuschlafen. Aber Agathe weiß, dass er mit großer Wahrscheinlichkeit noch wach ist. Sie hat einige Erfahrung mit jungen Männern, die sich schlafend stellen. Sie sieht es an seinem Atemrhythmus, an der wachen Nervosität seiner Augenlider und, natürlich, an den Bewegungen seines Adamsapfels. Schlafende schlucken seltener. Immerhin scheint es ihm zu gefallen. Und es ist ihm egal, dass ihn dieser Dienst zusätzlich Geld kosten wird. Also doch, denkt Agathe. Er kennt sich aus, er tut das nicht zum ersten Mal. Sie denkt an sein unschuldiges Gesicht, als er nach den Geldscheinen suchte, und lächelt. Bei früheren Gelegenheiten hat Agathe manchmal ein Auge zugedrückt und die Kunden gratis auf ihrem Schoß schlafen lassen. Die meisten waren ihr sehr dankbar dafür und wurden in der Folge zu Stammkunden; also hat sich die Investition sozusagen gelohnt, denkt Agathe. Es ist eben von Fall zu Fall unterschiedlich. Manche jungen Männer sehen so aus, als brauchten sie es dringender als andere, sie tragen einen falschen Scheitel am Kopf und viel zu große Hosen und reden praktisch nur von irgendwelchen Filmen, deren Namen Agathe noch nie gehört hat, oder davon, dass sie ihre Geschwister nie sehen, weil die in einer anderen Stadt leben. Man kann ihnen einfach nicht böse sein. Man gibt es ihnen beinahe umsonst, das ganze Programm. Natürlich immer nur *beinahe*.

Agathe seufzt und betrachtet den zufriedenen Menschen, dessen Ohr zwischen ihren Knien liegt. Er ist definitiv keiner jener Männer, denen sie es beinahe gratis geben würde. Er muss zahlen; wenn er sich weigert, weiß sie, wen sie anrufen kann. Aber trotzdem ist bei ihm irgendetwas anders, etwas, das sie sich nicht erklären kann, langjährige Erfahrung hin oder her. Es ist eigenartig, aber es verlangt sie danach, ihm zu sagen, dass er sein Geld in Zukunft nicht mehr für ihre Dienste ausgeben soll. Er soll vorsichtiger mit sich umgehen, er soll sich nicht gehenlassen. Und er soll zu Ende studieren und sein Leben auf die Reihe kriegen. Agathe legt eine Hand auf seinen Hinterkopf und beginnt leise mit ihm zu sprechen, obwohl sie weiß, dass er inzwischen tatsächlich eingeschlafen ist. Ihr Tonfall ist dabei immer noch professionell; sie hat sich unter Kontrolle.

– Weißt du, flüstert sie, ich finde, du solltest das nicht mehr tun. Du solltest nicht jedes Mal in die Kälte raus, wenn du ... Du solltest wirklich versuchen, dein Studium zu beenden, ich meine *wirklich*, im Ernst. Anstatt nächtelang ...

Nach einer Stunde hebt sie Philipps schlafenden Kopf von ihrem Schoß und legt ihn auf das Sofa. Sie muss dringend auf die Toilette. Bei dieser Gelegenheit macht sie auch in seinem Badezimmer ein wenig sauber. Der Spiegel ist so schmutzig, dass sie sich kaum wiedererkennt.

In den frühen Morgenstunden weckt sie den Kunden, bekommt von ihm die zusätzlichen dreißig Euro. Ohne langes Suchen. Er verabschiedet sich von ihr an der Tür.

– Lass dich noch einmal drücken, sagt sie und umarmt ihn.

– Ah, geh, sagt er geschmeichelt. Lass, du brichst mir ja –

Dann geht ihm die Luft aus, weil Agathe ihn wirklich zusammendrückt, so fest sie kann. Sein Mundgeruch ist scharf und säuerlich, typisch für einsame Männer, die sich die ganze Nacht mit Träumen herumschlagen müssen, die sie niemals jemandem erzählen werden.

Sechs Uhr früh. Wenn sie um diese Tageszeit allein durch die leeren Straßen der Randbezirke geht, verfällt Agathe oft auf sonderbare Gedanken. Sie denkt darüber nach, wie lange sie noch auf der Erde sein wird, wie lange ihr letzter Kunde wohl noch nachts zu Straßenmüttern geht und die dunkelgoldene Stadtbahn noch so unbeschwert dahingleiten wird, als gebe es gar keine Probleme auf der Welt. Und wie lange wird es wohl noch dauern, bis die Sonne wieder in einem völlig wolkenlosen Himmel aufgeht, ungestört von dem künstlichen Moiréschleier, der jeden Morgen über den europäischen Metropolen zum Schutz der Menschen erzeugt wird?

Das Problem der Zeit hat sie schon immer beschäftigt. Es ist eng verknüpft mit dem Problem der Hoffnung. Inzwischen kennt Agathe so gut wie alle Hoffnungen, die man bedienen muss, wenn man heutzutage überleben will. Nicht alle ihrer Kolleginnen haben das begriffen. Irma weiß es natürlich, vielleicht sogar besser, als sie es zugeben will. Agathe ist sich sicher, dass auch Irma eine Bleibe für diese Nacht gefunden hat. Sie kommt fast immer als Letzte in die Seitengasse zurück, sieht glücklich und zufrieden aus und erzählt heitere Anekdoten aus dem Leben, an dem sie für die Dauer einer Nacht teilgenommen hat. Agathe muss an das eine Mal denken, als Irma ihnen gezeigt hat, was ein Kunde für sie gebastelt hatte: ein kleines Raumschiff aus Holz, das im Fall eines Atomkrieges alle Mütter der Erde (oder alle glücklichen Familien? Agathe kann sich nicht mehr erinnern) mit sich nehmen und auf einem anderen, weit entfernten Planeten in Sicherheit bringen würde. Irma hat ihnen die seltsamen Buntstiftzeichnungen beschrieben, die überall in der Wohnung des Kunden zu sehen waren. Zeichnungen von einer kleinen, grünen Kugel, die friedlich im All dahintreibt.

Als Agathe an der mit braunen Brettern vernagelten Ladenfront des Fischrestaurants vorbeikommt, schaut sie in die Höhe und entdeckt über den Dächern den fahlen Mond der frühen Morgenstunden, ein ernstes Metallgesicht hinter Wolken. Ein Raumschiff aus Holz, denkt sie und muss über so viel Dummheit lächeln. So ein kleiner Kindskopf. Ein Raumschiff für alle – ja, was immer es war.

# Die Leiche

Als Markus Kellmer von der Arbeit nach Hause kam, fand er auf dem Teppich seines Wohnzimmers eine nackte Frau. Ihr zerzaustes Haar erinnerte ihn an die Art, wie er als Kind Krähennester oder Baumwipfel gezeichnet hatte, ihre Haut glänzte, als wäre sie glasiert, und als Markus sie vorsichtig auf den Rücken drehte, um sie anzusprechen und so vielleicht herauszufinden, wer sie war und was sie in seiner Wohnung suchte, stellte er fest, dass sie tot war.

Sofort ging er zum Fenster und zog die Vorhänge zu. Eigentlich war es dafür viel zu früh, draußen war es noch hell. Der Frühling hatte gerade erst vor ein paar Tagen begonnen, und die Sonne würde erst in einer Stunde, so gegen sechs Uhr, untergehen. Vor wenigen Wochen war sie immer schon gegen vier Uhr verschwunden, doch jetzt hatten die Tage dazugelernt, hielten ihre Leuchtkraft immer länger aufrecht, und bald würden sie von der sommerlichen Glut abgelöst werden, die sie bereits jetzt in sich trugen.

In diesen milden Frühlingstagen waren die Strahlen der Nachmittagssonne immer die ersten, die ihn begrüßten, wenn Markus über die Schwelle seiner Wohnungstür trat. Sie nun auszusperren bereitete ihm Kopfschmerzen, ein Gefühl, als hätte der Raum Migräne. Aber er konnte wohl nicht anders, immerhin lag eine tote Frau in seiner Wohnung auf dem Boden. Die Haut rund um ihren Mund und ihre Nasenlöcher sah aus, als hätte sie jemand als Reibefläche für Streichhölzer verwendet. Markus hob die Leiche auf und setzte sie auf einen Sessel. Sofort fiel sie wieder herunter, ihre Gelenke waren wie Gelee, ihr Körper wie ein mit Flüssigkeit gefüllter Ballon. Er versuchte es noch einmal, aber sie blieb wieder nicht sitzen, sondern kippte vornüber, wie jemand, der sich plötzlich übergeben muss, und knallte mit dem Kopf voran auf den Parkettboden. Der laute Knall brachte Markus in die Realität zurück: Er ging unverzüglich zu seiner Stereoanlage und schaltete sie ein. Musik half ihm beim Nachdenken.

Er konnte die Leiche nicht einfach auf dem Boden liegen lassen, denn Leichen veränderten sich, ihre Oberfläche war nicht so stabil wie die lebender Menschen. Sie waren im Grunde nur mehr an einer einzigen Sache interessiert: an ihrer eigenen Auflösung. Um möglichst vollständig zu verschwinden, brauchten sie einen austauschfreudigen Untergrund, einen Waldboden etwa oder einen Sumpf. Etwas, mit dem sie langsam verschmelzen konnten. Hier allerdings gab es so etwas nicht, also musste er sich etwas einfallen lassen. Er nahm die Fernbedienung und schaltete die Musik lauter.

Ihm fiel ein, dass er vor kurzem ein großes Modellflugzeug aus Holz hinter seinem Heizkörper versteckt hatte. Das war letzte Woche gewesen, als ihn seine Eltern besuchten und er vermeiden wollte, dass sie das Modell zu Gesicht bekamen. Hinter dem Heizkörper war viel Platz, aber würde auch der Körper einer erwachsenen Frau in den Zwischenraum passen? Markus holte ein Maßband und vermaß die Leiche. Nun, es kam auf einen Versuch an.

Er mühte sich über eine halbe Stunde ab, aber am Ende schauten immer noch der Kopf und der halbe Oberkörper hervor. Trotzdem: ein Teilerfolg. Eine Weile saß Markus einfach nur da, lehnte sich gegen den Türrahmen und blickte ins Leere. Woran war die Frau wohl gestorben? Er hatte keine Würgemale oder Blutergüsse entdeckt. Was immer es gewesen war, ihr Körper schien dabei nicht verletzt worden zu sein. Vielleicht vergiftet. Oder eine natürliche Ursache. Aber sie war noch recht jung, Markus schätzte ihr Alter auf fünfundzwanzig bis dreißig.

Er stand auf, streckte sich. Nein, das sah furchtbar aus. Das Modellflugzeug war hinter dem Heizkörper sicher gewesen, aber die Leiche würde wirklich jeder sehen, der ins Zimmer kam. Er musste sich ein anderes Versteck überlegen.

Während er im Geist die verschiedenen Winkel seiner Wohnung durchging, zerrte er die Leiche hinter dem Heizkörper hervor. Da sie nackt war, beschädigte er sie durch sein ungeduldiges Ziehen und Zerren an manchen Stellen. Die Rillen des Heizkörpers durchschnitten die bleiche Haut, als wäre sie Butter. Doch es floss nur wenig Blut, denn das Herz schlug ja nicht mehr, die Blutgefäße standen nicht mehr unter Druck. Trotzdem blieben ein paar hässliche Flecken auf dem Boden und am Heizkörper selbst zurück. Markus ging ins Bad und holte einen nassen Lappen, mit dem er die Rillen reinigte. Es war jetzt Frühling, und wenn er die Körperflüssigkeit heute eintrocknen ließ, würde der Heizkörper im nächsten Winter, wenn er ihn wieder in Betrieb nahm, furchtbar zu stinken anfangen.

Er packte die Leiche an den Armen und schleifte sie

zurück ins Vorzimmer. Wieder blieben dabei einige Spuren zurück, diesmal lange, rötliche Schleifspuren. Kopfschüttelnd ging er ins Bad, holte einen zweiten Lappen und machte sich ans Schrubben. Er war manchmal wirklich langsam im Kopf, geradezu träge. Damit so etwas nicht noch einmal passierte, wickelte er die Leiche in große Badetücher, von Kopf bis Fuß. So war es auch viel einfacher, sie über den Parkettboden zu ziehen.

Die Musik aus der Stereoanlage verstummte, und ein Sprecher erklärte, wie der Bass, das Schlagzeug und die Querflöte mit bürgerlichem Namen hießen.

Die Nacht über ließ Markus die eingewickelte Leiche in der Badewanne liegen. Am nächsten Tag verschlief er beinahe, weil er das Klingeln des Weckers im Traum für das traurige Abschiedsquaken eines Frosches hielt, der in einer kleinen Rakete in eine geostationäre Umlaufbahn um die Erde geschossen wurde. Ihm blieb gerade noch Zeit für ein leichtes Frühstück, dann nahm er den Bus zur Arbeit. Am späten Nachmittag kam er nach Hause zurück.

Schon beim Eintreten bemerkte er den Geruch. Er war nicht sehr stark, aber er war da. Er ging ins Badezimmer. Die Leiche lag da wie gestern Abend, nur auf dem Tuch, das ihr Gesicht bedeckte, hatte sich ein Fleck gebildet, der in seiner Form ein wenig an ein Ahornblatt erinnerte.

Der Tag im Büro war anstrengend gewesen, und normalerweise hätte Markus liebend gerne ein Bad genommen, sich im warmen Wasser ausgestreckt, mit den Zehen gewackelt und alle Sorgen, die in seinem Kopf herumschwirrten, im knisternden Schaumgebirge langsam untergehen lassen. Heute hielt er es ja vielleicht noch aus, auf dieses tägliche Reinigungsritual zu verzichten, aber als Dauerlösung war dieser Zustand sicher nicht zu ertragen. Im Grunde wurde er schon jetzt nervös. Er zerrte die Leiche aus der Badewanne, rollte sie ins Nebenzimmer und spülte die Wanne mit der Brause sauber. Er verbrauchte fast die ganze Flasche Fliesenreiniger, bis er endlich das Gefühl hatte, ohne größere Ekelgefühle nackt in die Wanne steigen zu können.

Doch bevor er ein Bad nahm, machte er sich daran, die Leiche in den teilweise leeren Kleiderschrank zu stellen, der in seinem Arbeitszimmer stand. Merkwürdig, dass er daran nicht schon früher gedacht hatte. Immerhin hatte er in dem Kleiderschrank schon einmal eine ganze Garnitur aufgerollter Rollos untergebracht (wie Dynamitstangen hatten sie ausgesehen, mit der weißen Schnur, die am oberen Ende herausragte). Die Leiche passte gut in den Schrank, aber wenn Markus versuchte, die Tür zu schließen, kippte sie jedes Mal vornüber heraus, und er musste sie auffangen. Wie bei einer Wiederbegegnung nach sehr langer Zeit fiel sie ihm um den Hals. Schließlich fixierte er ihre Handgelenke mit Klebestreifen innen an der Schrankwand und überklebte auch den Lüftungsschlitz im Boden mehrfach, bis er das Gefühl hatte, so könnte das Ganze zumindest für ein paar Tage gehen.

Er war gerade mal drei Minuten im Badezimmer und spielte mit dem Duschkopf, als er den Aufschlag hörte. Er stellte das Wasser ab und lauschte. Alles ruhig, aber es half nichts, er ahnte schon, was passiert war. Halb nackt ging er aus dem Bad zurück in sein Arbeitszimmer.

Der Anblick der Frau, die in furchtbarer Verrenkung halb noch im Schrank, halb davor lag, war so lächerlich, dass Markus eine Art brüllendes Niesen von sich gab, verursacht nicht durch eine Überreizung seiner Nasenschleimhäute, sondern seines Vorstellungsvermögens.

Bevor er sie hochheben konnte, musste er sie erst einmal auseinanderfalten, ja, tatsächlich auseinanderfalten, denn sie hatte – mein Gott, nicht einmal ein Schlangenmensch hätte für eine solche Körperhaltung etwas übrig gehabt. Aber es war eine Leiche, sagte er sich, nichts Lebendiges. Da durfte man nicht dieselben Maßstäbe anlegen.

Vielleicht war es ja besser, wenn er die Leiche so ließ, wie sie war, ein zusammengeballtes Durcheinander von Armen und Beinen und einem an mehreren Stellen bereits aus den Nähten platzenden Rumpf. Der Transport war auf alle Fälle leichter, aber natürlich nahm sie so mehr Platz weg als im auseinandergefalteten Zustand.

Der Teppich in Markus' Wohnzimmer war einer der altehrwürdigen Sorte. Er hatte schon viele Generationen getragen, das Getrappel von Kinderfüßen war auf ihm zu den schweren Tritten des Alters und der Verantwortung herangewachsen, er hatte Brautpaare und Trauergäste in Empfang genommen, sein Muster hatte den geometrischen Sinn von rund zwanzig Menschen oder vielleicht sogar mehr beschäftigt, er hatte Weltkriege überstanden und Zeiten der Euphorie und des inspirierten Chaos, kurz – es war ein Teppich, unter den man nicht einfach so eine Leiche schob.

Markus wusste das. Er wusste das alles und trotzdem – es fiel ihm keine andere Lösung ein. Alles hatte er versucht, den Kleiderschrank, den Heizkörper, die Badewanne. Außer die Leiche zu packen und Beine über Hals über Kopf aus dem Fenster zu werfen, blieb ihm nicht mehr viel übrig. Außerdem drängte die Zeit.

Mit beiden Händen hob er den schweren Teppich hoch und schob und trat mit seinen Füßen die Leiche auf den Bereich der etwas blasseren Bodenbretter. Diese von Licht und Menschen unberührt gebliebenen Bretter waren mit Sicherheit der verletzlichste, intimste Teil der Wohnung. Es dauerte eine Weile, aber schließlich hatte er die Leiche an die richtige Stelle geschoben und breitete den Teppich über sie aus. Das Gefühl, als das schwere, dichte, nach Vergangenheit und Schuhleder riechende Gewebe sich ganz um den Fremdkörper legte und ihn quasi wegzauberte, war eines großer Erleichterung. Fast hätte Markus laut in die Hände geklatscht.

Der neue Teppichhügel sah ein wenig aus wie das dreidimensionale Modell einer topografischen Karte. Die Erhöhungen, die der Körper der Leiche verursachte, korrespondierten durch Zufall genau mit dem konzentrischen Muster des Teppichs. So lagen die dunkelsten Bereiche auf dem geografisch höchsten Punkt (der Schulter, die immer ein wenig nach oben ragte, wenn die Leiche auf dem Rücken lag). Das Ganze wirkte fast, als wäre es absichtlich so arrangiert worden, zum Zweck der leichteren Orientierung.

Diese Lösung war zweifellos die beste bisher. Das einzige Problem war, über die Leiche hinwegzusteigen, denn ständig kam man auf dem aufgebäumten Teppich ins Straucheln. Also rückte Markus seinen großen Schreibtisch, der sowieso nie für etwas Sinnvolles genutzt wurde, aus dem Arbeitszimmer ins Wohnzimmer, bis er genau über dem Teppichgebirge stand. So würde er wenigstens nicht mehr stolpern. Und der Tisch stand hier, mitten im Raum, zwar nicht sehr vorteilhaft, aber vielleicht würde er sich jetzt öfter an ihn setzen und an seinen kleinen dichterischen Versuchen weiterarbeiten, die ihm ebenso leicht von der Hand gingen, wie sie ihm Kummer bereiteten angesichts ihrer offensichtlichen Zwecklosigkeit.

Es sah gar nicht übel aus. Ein kleiner Hügel mitten im Raum – und darüber ein Tisch. Wenn er den Tisch nicht mit beschriebenen Blättern überfluten konnte, würde er einfach irgendwann ein langes Tuch darüberbreiten, eines, das bis zum Boden reichte.

Erledigt, dachte Markus und ging in die Küche. Auf die erfolgreich überstandenen Strapazen der letzten beiden Tage musste er unbedingt anstoßen. Nach einigem gedankenverlorenen Etikettenlesen entschied er sich für einen Cabernet Sauvignon, eine Flasche mit dunkelrotem Inhalt.

Erst als er schon zurück im Wohnzimmer war, wo der Tisch nun eine unübersehbar zentrale Position einnahm und dem Zimmer einen neuen emotionalen Schwerpunkt verlieh, bemerkte er, dass er *zwei* Weingläser mitgenommen hatte. Bei jedem Schritt klirrten sie leise aneinander im sanften Griff seiner Finger, mit dem er ihre dünnen, gläsernen Hälse umfasste.

# Das Herzstück der Sammlung

Ein Dichter kann sich seinen eigenen Tod leicht vorstellen. Er braucht nur zwei und zwei zusammenzuzählen. Allerdings – falls das Ergebnis am Ende tatsächlich VIER sein sollte, hat er irgendetwas falsch gemacht.
*Ernst Mauser, Tagebuch 1997-1999*

For whatever we lose (like a you or a me)
it's always ourselves we find in the sea
*E. E. Cummings*

– Und da hinten schließlich das Spätwerk, sagte der junge Mann und deutete auf ein langes Regal voll dunkler, teilweise zerfallener Bücher. Der ganze späte Setz. Der *Warteschlangen*-Zyklus. *Enkel und Asteroiden.* Alles aus seiner Nach-Meer-Periode. Aus der Vor-Meer-Periode haben wir nur die Romane, die meisten anderen Texte von damals sind verloren. Aber wir haben immerhin einige seltene Exemplare von seinem längst vergriffenen Kinderbuch *Miau, die kleine Totenglocke.*

– Glocke, aha.

Die Frau, die ihm folgte, sprach sehr langsam und mit unmodulierter Stimme, als hätte sie Mühe bei der Aussprache. Unpassend zu ihrer eleganten Lederjacke trug sie einen kurzen Rock und Turnschuhe, die wie kleine aufgeplusterte Tiere aussahen. In ihrer Hand hielt sie einen weißen Kugelschreiber, und hin und wieder ließ sie ihn durch die Finger gleiten. Als sie an einem großen Metallschrank vorbeikamen, legte sie den Kugelschreiber darauf ab und beachtete ihn nicht weiter.

– Und hier haben wir das Allerheiligste, sagte der junge Mann und tat so, als spucke er nach Handwerkerart in die Hände. Voilà, der Zettelkatalog.

– Wie nennen sie ihn?, fragte die Frau.

– Nein, ich habe nur gesagt Voilà. Das heißt so viel wie Hier oder Bitte sehr. Eine abgeschwächte Form von Dadada-DA-da-DA!

Die Frau lachte unsicher, wie ein Kind, das einen Erwachsenenwitz nicht verstanden hat, und sah zu Boden. Dort standen ihre Turnschuhe, bunt und dick. Sie stellte sie, als fahre sie Pflugski, und wippte auf und ab.

– Ach so, ich habe gedacht, Sie haben dem Schrank vielleicht einen Namen gegeben, sagte sie und blickte mit einem etwas dümmlichen Gesichtsausdruck zu ihm auf.

Der junge Mann fragte sich – bereits zum dritten Mal an diesem Nachmittag –, ob sie nicht vielleicht betrunken war oder unter dem Einfluss irgendwelcher Substanzen stand. Er wischte sich mit dem Ärmel den Schweiß von seiner Stirn – die Führung durch das Archiv dauerte nun schon eine halbe Stunde – und bedeutete der Frau, ihm in den nächsten Raum zu folgen. Dort stand ein Tisch, darauf eine große Kaffeemaschine. Ein paar ungemahlene Kaffeebohnen kugelten auf dem Fußboden herum.

– Da Sie vermutlich der letzte Besucher sind, sagte

er und korrigierte sich gleich: die letzte Besucher*in*, lade ich Sie vielleicht zu einem Kaffee ein, was sagen Sie?

– Gern, sagte die Frau. Die Auflösung der Sammlung … ist also unumkehrbar?

– Unum … Na ja, sie ist definitiv, würde ich sagen. Es war ja von Anfang an eine Schnapsidee, aber immerhin habe ich jetzt von sehr vielen Leuten die Bestätigung bekommen, dass ich meine Arbeit so gut gemacht habe, wie es unter diesen Umständen eben möglich war. Das tröstet ein wenig.

– Und wo kommen diese ganzen Dinge jetzt hin?

– Na ja, es ist ja Gott sei Dank nicht so, dass alles verbrannt –

Bei diesem Wort zuckte die Frau zusammen und zerdrückte dabei aus Versehen ihren noch leeren Kaffeebecher. Der junge Mann nahm ihn ihr sanft aus der Hand, warf ihn weg und gab ihr einen neuen.

– Alles bleibt natürlich bestehen, sagte er. Bloß an einem anderen Ort und nicht mehr mit mir als Betreuer, sondern als Teil einer größeren Bibliothek, einer privaten Sammlung.

– Wer?, fragte die Frau.

– Das … Ich weiß nicht, ob ich das sagen darf, ich meine … Es ist natürlich kein Geheimnis oder so irgendetwas, aber …

– Schon in Ordnung, sagte sie.

– Ein privater Sammler. Mehr kann ich nicht sagen.

– Okay.

Der junge Mann öffnete mit den Fingerspitzen einen weißen Kaffeefilter, bildete daraus einen hübschen, breiten Schnabel und pflanzte ihn in den Nähmaschinenkopf der Kaffeemaschine. Dann füllte er Wasser aus einer Flasche und etwas Kaffeepulver ein.

– Und sind Sie jetzt enttäuscht deswegen?, fragte die Frau.

– Ach, na ja.

Der Mann legte den Schalter um. Die Kaffeemaschine erwachte schnaubend und knurrend aus ihrem Schlaf, der – der Staubschicht nach zu urteilen – sehr lange gedauert haben musste. Aus ihrem metallenen Rüsselchen kam ein einsamer brauner Tropfen und platzte auf die blanke Oberfläche des Tisches. Ein fiebriges Glühen erfüllte den Schalter, das eingravierte Wort POWER flackerte und flimmerte unregelmäßig. Dann wurde er plötzlich dunkel.

– Was ist denn jetzt wieder, sagte der junge Mann und tippte mit dem Zeigefinger auf den toten Schalter.

Er bewegte ihn hin und her. Nichts geschah.

– Tut mir leid, sagte er zur Maschine.

– Ist schon in Ordnung, sagte die Frau. Perfektes Timing, oder?

Der Mann atmete tief aus und drehte sich zu ihr um.

– Das Timing ist irgendwie immer perfekt, murmelte er, finden Sie nicht auch?

– Wie?

– Ach, egal. Außerdem hat diese Kaffeemaschine noch nie richtig funktioniert, sagte er mit einem Kopfschütteln. Na ja, gehen wir halt wieder zurück …

Er ging voran. Sie folgte ihm. Seine Schuhe machten beim Gehen schmatzende Geräusche, während ihre völlig lautlos waren.

Zurück im so genannten Empfangszimmer, das aus dem einfachen Grund so hieß, weil es das erste Zimmer war, das ein Besucher betrat, setzte sich der junge Mann kurz hinter seinen Schreibtisch (der aus naheliegenden Gründen Empfangstisch genannt wurde) und wühlte in einer großen Schublade. Er hätte es beinahe vergessen. Er sah auf die Uhr. Tatsächlich, schon so spät. Die Frau sah ihm bei seiner Arbeit zu, dann wurde ihr langweilig, und sie schaute aus dem Fenster.

– Steht dieses Hochhaus schon lange da?, fragte sie.

Der Mann raschelte zu Ende, dann blickte er auf, seine Hand steckte immer noch in der Schublade, und er sagte:

– Nein, erst seit kurzem. Dieser elende Betonklotz …

Die Frau trat näher ans Fenster und stützte sich mit den Händen auf das staubige Fensterbrett. Über ihren Hintern spannte sich der Stoff ihres Rocks. Eine einzelne horizontale Falte blieb bestehen, wie ein geschlossenes Augenlid. Der junge Mann zog die Lippe unter die Schneidezähne und atmete ein und aus.

– Ich mag Hochhäuser, sagte die Frau. Man hat immer das Gefühl, es könnte sich alles Mögliche hinter ihnen befinden. Wüsten. Meere. Reiterarmeen. Eben Dinge, die unbemerkt näher kommen, während man nur das Haus anblickt.

– Es frisst hauptsächlich das Licht, sagte der junge Mann. An bestimmten Tagen steht die Sonne den ganzen Nachmittag hinter diesem hässlichen Monolithen. Äh, dem Monolith. Oder, wie … dem Monol…

Er drehte den Kopf zur Seite, zwinkerte versonnen. Wie hieß der dritte Fall von Monolith? Monolith, Monolithen. Doch je öfter er das Wort leise für sich wiederholte, desto sinnloser wurde es. Er blickte wieder zur Frau, die in der Zwischenzeit eine Hand auf die Fensterscheibe gelegt hatte, eine Geste, die an Sehnsucht erinnerte.

Endlich fand er in der Schublade, wonach er gesucht hatte. Eine Türklinke, weißgolden und schwer, hockte unter einem Stapel Briefpapier. Er bewahrte sie immer hier auf, musste aber jedes Mal wieder nach ihr suchen, weil sie, wenn die Schublade geschlossen war, auf eigene Faust darin umherwanderte und sich unter allerlei nebensächlichen Dingen verbarg. Er nahm sie und steckte sie ein.

Als er aufstand, drehte sich die Frau zu ihm um. Er erwartete, dass sie sich nun verabschieden würde. Mehr hatte das Archiv beim besten Willen nicht zu bieten. Das Sonnenlicht lag, in fächerförmige Streifen zerschnitten, im Zimmer.

– Vielen Dank für die Führung, sagte die Frau.

Der junge Mann nickte erleichtert.

– Jetzt habe ich wirklich das Gefühl, fuhr sie fort, dass ich mich hier ein wenig auskenne. Danke. Ich komme dann allein zurecht.

Sie ging an ihm vorbei ins nächste Zimmer, wo ein Haufen alter Zeitschriften und ein paar zerfallene Erstausgaben lagerten, und stellte sich zwischen die metallenen Regale, beide Hände in die Hüften gestemmt, als erwarte sie demnächst einen Wink, in welche Richtung sie laufen sollte.

Der junge Mann folgte ihr. In Gedanken bereitete er einen äußerst höflichen Satz vor, der die Frau auf die Öffnungszeiten hinwies, die schon um etliche Minuten überschritten waren. Als er näher kam, bemerkte er, dass sich die Muskeln auf ihrem Rücken bewegten. Sie trug sehr enge Kleidung, das war ihm schon bei der Begrüßung aufgefallen. Verwirrt starrte er auf ihre Schulterblätter.

– Ich …, begann er.

Sie ignorierte ihn. Sie nahm eines der Bücher in die Hand und blätterte darin. Auf dem Umschlagbild sah man einen Mann mit Brille und Dreitagebart, der einer altmodischen Bibliotheksleselampe einen Ausschnitt aus seinem neuesten Buch vorlas. Und obwohl es eine Schwarzweißaufnahme war, konnte man erkennen, dass das Buch genau jenes war, das die Frau in der Hand hielt. Eine merkwürdige Endlosschleife, wie die Schwindel erregenden Spiralen rückgekoppelter Kamerabilder.

Lächelnd legte die Frau das Buch zurück.

– Und Sie haben das alles im Alleingang bewerkstelligt, sagte sie.

Das letzte Wort sprach sie so langsam aus, dass der junge Mann sich zuerst gar nicht angesprochen fühlte.

– Äh, nein, sagte er. Natürlich nicht. Allein geht so was nicht. Da braucht es Leute, die Räumlichkeiten zur Verfügung stellen und einem die Erlaubnis erteilen, die Unmengen von Papier, die dieser Mensch vollgeschrieben hat, zu sichten und dann natürlich systematisch durchzulesen und –

Er brach ab, weil die Frau sich in ein anderes Buch vertieft hatte. An ihren Lippenbewegungen sah er, dass sie las.

– Aber ich bin zumindest derjenige, der immer hier ist, sagte er. Oder *war*, je nachdem. Aber wissen Sie …

Mit großer Geste hob er den Unterarm und sah auf

die Uhr, in der Hoffnung, die Frau würde es bemerken. Aber sie ließ sich nicht aus der Ruhe bringen. Ihre Lippen buchstabierten einen Satz zu Ende. Ihr Gesicht verzog sich zu einem kindlichen Lächeln.

– Hihi, sagte sie. *Alles Vergängliche ist nur ein Gleichnis.* Hat er das geschrieben?

– Ich fürchte nicht, sagte der junge Mann und bückte sich, um zu sehen, welches Buch die Frau genommen hatte.

– Aber es geht ja noch weiter, sagte sie. Stockend und mit dem Zeigefinger der Zeile folgend, las sie langsam vor: *Alles Vergängliche ist nur ein Gleichnis. Aber wofür? Für noch mehr Vergängliches.* Haha …

Ihre Stimme war immer leiser geworden. Nicht einmal richtig lesen kann sie, dachte der junge Mann und spürte, wie ihm noch heißer wurde. Zur Beruhigung griff er in seine Hosentasche und umklammerte die Türklinke. Das kühle Metall in seiner Hand verlieh ihm ein wenig Mut, und er sagte:

– Ja, also … Leider schließen wir dann, so leid es mir tut …

Die Frau blickte zu ihm auf. Der lesende Zeigefinger blieb mitten auf der Seite stehen.

– Schade, dass Sie nicht früher vorbeigekommen sind, sagte er. Ich meine, schade, weil das der letzte Tag ist … Aber ich vermute, dass die ganzen Notizbücher und Papiere bald wieder öffentlich zugänglich sein werden. Sicher sogar. Wie gesagt, der private Sammler hat …

Die Frau verschränkte die Arme vor der Brust, obwohl ihr Finger immer noch im Buch steckte. Der junge Mann sah entschuldigend zur Zimmerdecke und zuckte mit den Schultern.

– Ich habe Ihnen alles gezeigt, sagte er. Aber leider …

Er deutete vage im Kreis herum, als wollte er sagen: die Umstände, die widrigen Umstände. Die Frau zog den Finger aus dem Buch, die Wunde der weißen Buchseiten verheilte sofort, und sie stellte das Werk zurück ins Regal. Da es auf einer Seite keine Nachbarbücher hatte, fiel es gleich wieder um.

– Natürlich nicht, sagte sie.

– Was?

– Natürlich nicht, wiederholte sie. Nicht alles.

Der junge Mann schaute sie so verständnislos an, wie es nur ging, aber er konnte ihrem Blick nicht standhalten. Der Blick ließ seine Gesichtszüge schmelzen, und er begann zu weinen.

– Ich, ich …, schluchzte er und hielt sich eine Hand vors Gesicht, die angenehm nach dem Metall der Türklinke roch. Es ist doch nur … zu seinem eigenen …

Die Frau war ganz nahe an ihn herangekommen. Sie nahm sein bebendes Kinn zwischen zwei Finger. Er versuchte zu nicken, aber es ging nicht, sie hielt ihn fest.

Er knüllte das feuchte Taschentuch zusammen und steckte es ein. Er dachte an die vielen Tage, die er hier allein verbracht hatte, an die einsamen Jogaübungen auf dem Empfangstisch, mit denen die Zeit schneller verging.

Die Frau und er gingen jetzt durch den Raum mit der dahinvegetierenden Kaffeemaschine. Hier hingen einige Werkzeuge an den Wänden: Schraubenschlüssel, Hämmer, Drahtspulen und Sägeblätter in verschiedenen Größen, wie das bizarre Essgeschirr einer außerirdischen Zivilisation. Am Ende des Raumes befand sich eine hohe, unbeschriftete Tür, die man für auf die Wand gemalt hätte halten können. Der Mann holte die Türklinke aus seiner Tasche und schraubte sie auf ein kleines, viereckiges Metallstück, das aus einem Loch in der Tür hervorstand. Vorsichtig betätigte er die Klinke, ein Klicken wie beim Brechen eines Wunschknöchelchens war zu hören, und ein dämmriges Zimmer lag vor ihm. Der Geruch von allerlei Menschlichem schlug ihm entgegen, und er atmete durch den Mund.

– Herr Setz?, rief er mit sehr leiser Stimme.

Im Halbdunkel regte sich eine Gestalt in einem großen, gelben Gitterbett, das unterhalb eines kreisrunden, mit weißen Ziegeln verbauten Fensters stand. In einer Ecke des Zimmers, an der Stelle, wo sonst bisweilen ein Kreuz hängt, befand sich ein kleiner Lampion, der ein lachendes Gesicht trug und von einer sehr schwachen Glühbirne mit melancholischem Licht ausgefüllt wurde. Sonst war der Raum über und über mit größtenteils beschädigten oder verbogenen Regenschirmen angefüllt. In einer Ecke plätscherte ein kleiner Zimmerbrunnen, der wie ein Strandabschnitt modelliert war, mit winzigen Umkleidekabinen und einem noch winzigeren Sonnenuntergang am fingerbreiten Horizont.

– Herr Setz, wiederholte der junge Mann. Ich wollte Ihnen nur sagen, dass wir dann abschließen.

Ein Grunzen war zu hören, und eine Hand, die eine Füllfeder hielt, erhob sich aus dem Bett, fiel aber gleich wieder zurück auf die weiche, federnde Matratze.

– Maah, sagte die Gestalt sehr leise.

Es war die Stimme eines Greises. Das Bett knarrte. Der junge Mann fühlte sein Herz schlagen.

– Ich schalte dann das Meer am besten auch aus, Herr Setz, sagte er mit einem leichten Zittern in der Stimme und machte einen vorsichtigen Schritt in den Raum, in Richtung Zimmerbrunnen.

– Nein, lassen Sie ihm das Meer, sagte die Frau. Lassen Sie es eingeschaltet.

Und sie legte ihm von hinten eine Hand auf die Schulter.

– Maah, bestätigte die Gestalt im Bett.

Als die Tür geschlossen, der Hals des Schlüssels zweimal umgedreht und die schweißnasse Klinke abgepflückt war, gingen sie zurück. Die Frau schwebte auf ihren Turnschuhen dahin, streifte nirgendwo an und gab auch sonst kaum einen Laut von sich. Der junge Mann musste andauernd an den Blick des verwitterten Greises denken, der ihm in der Dunkelheit begegnet war. Der private Sammler wird, sagte er sich immer wieder. Der private Sammler wird schon. Der unfertige Satz brachte ihm ein wenig Beruhigung.

– Hat er etwas gesagt?, fragte die Frau.

Der Mann räusperte sich ausgiebig, obwohl es da nichts zu räuspern gab.

– Na ja, sagte er, er hat sich kurz aufgerichtet, glaube ich, und nach seiner Brille getastet. Er hat mich mit Sicherheit für den Postboten gehalten.

– Den Postboten?

– Und gestrahlt hat er, sagte der junge Mann etwas wehmütig. Übers ganze Gesicht. Er liebt es, wenn er Briefe bekommt, müssen Sie wissen.

Sie gingen schweigend nebeneinanderher und kamen zum Empfangstisch, auf dem ein kleiner Umzugskarton stand. Ein bis zur Jahresmitte aufgeschlagener Terminkalender ragte aus einem Müllkorb. Die Schublade präsentierte immer noch breit grinsend ihren Inhalt. Als sie bei der Eingangstür angekommen waren, drehte sich die Frau um, ließ ihn stehen und ging zurück in Richtung des zweiten Raumes. Sie zog ihre Lederjacke aus und legte sie sich über den Arm. Sie trug ein helles T-Shirt, auf das ein Bild von ein paar Palmen an einem Meeresstrand gedruckt war.

– Wahrscheinlich wird er bald merken, sagte der junge Mann, dass keine Post mehr kommt. Er ist ja nicht dumm, was das betrifft.

– Schließen Sie gut ab, sagte die Frau. Um den Rest kümmere ich mich.

Ihre zierliche Hand wanderte auf einen der Lichtschalter und blieb dort, bis der junge Mann die Tür aufgemacht, das Archiv verlassen und es von außen abgesperrt hatte. Ein leises Klicken von Plastik war zu hören, dann lagen die drei Zimmer, die Umgebung und das große monolithische Bürogebäude am anderen Ende der Straße in völliger Dunkelheit da.

# Condillac

Vor einigen Jahren arbeitete ich in einer Blindenbibliothek als Hilfskraft. Die Bibliothek war im oberen Teil eines zweistöckigen Gebäudes untergebracht und bestand aus mehreren kleinen Räumen, in denen Romane, Sachbücher und heilpädagogische Fachliteratur in Brailleschrift oder als Hörbuch gelagert wurden. Da viele der Braillebücher kein Etikett in Schwarzschrift besaßen, musste ich mir das kleine, kompakte Alphabet der sechs Punkte selbst beibringen. Es dauerte Wochen, bis ich das erste Etikett richtig entziffern konnte. Doch nach und nach wurde ich immer besser darin – manchmal gelang mir sogar das Lesen mit der Fingerkuppe, bei geschlossenen Augen –, und ich durfte den ganzen Tag am Ausleihschalter sitzen, anstatt in einer Kammer kaputte Bücher zu reparieren, den Katalog auf Fehler zu untersuchen oder zweideutige Etiketten durch eindeutige zu ersetzen. Die Bibliothek war ganz auf Widerspruchs- und Barrierefreiheit ausgerichtet. Ein Buch durfte nicht (wie etwa ein Elementarteilchen) an zwei Standorten gleichzeitig existieren.

Die Stunden in der Blindenbibliothek vergingen langsam. Besucher kamen nur selten, die meisten sehbehinderten oder blinden Menschen, die einen Mitgliedsausweis besaßen, ließen sich ihre Bestellungen in den dafür vorgesehenen blauen Plastikboxen zuschicken. Ich vertrieb mir die Zeit mit dem Basteln komplizierter

Papierflieger. Wenn ein paar davon auf dem Boden her-
umlagen, dachte ich, würde das höchstens den Unmut
meiner Kollegen hervorrufen, die Kunden würden sie
ohnehin nicht sehen.

Eines Tages erhielten wir Besuch von einer Delegati-
on von Pädagoginnen. Sie nahmen an einem Kongress
über *Förderung und Integration in Europa* teil, der am
darauffolgenden Wochenende in Graz stattfinden sollte. Zu diesem Anlass musste ich alle meine Papierflug-
zeugwracks aufsammeln und entsorgen, der Leiter der
Blindenbibliothek riss in jedem Raum die Fenster auf,
um den Geruch nach alt gewordenem Klebstoff ein wenig unter Kontrolle zu bekommen, und jedes Buch in
den tonnenschweren Archivschränken musste in eine
schöne und vorzeigbare Stellung gebracht werden.

An diesem Tag wurde ich Zeuge einer ungewöhn-
lichen Unterhaltung, die ich hier, so gut es geht, re-
konstruieren möchte. Die Pädagoginnen standen in der
Bibliothek herum und kamen auf verschiedene Her-
ausforderungen und Schwierigkeiten zu sprechen, mit
denen sie in ihrem Beruf konfrontiert waren. Ich saß
hinter dem kleinen Ausleihtischchen und tat so, als ordnete ich Katalogzettel. In Wirklichkeit hörte ich zu. Den
Anfang der Unterhaltung habe ich nicht mitbekommen.
Er dürfte wohl für alle Zeiten verloren sein. Auch einige Teile gegen Ende habe ich leider nicht hören können; aber davon später mehr. Meine Erinnerung setzt
an dem Punkt ein, als eine der Pädagoginnen, eine sehr
große, sehr hellblonde Frau eine Aufzählung besonders
schlimmer Beeinträchtigungen mit dem Satz beschloss:

– Und dann gibt's natürlich auch noch die Kinder, die
blind und taub geboren werden.

Ihre Kolleginnen reagierten angemessen:

– Ah, ja, das ist schrecklich!

– Ja, entsetzlich, ich frag mich immer, wie das wohl sein muss …

– Aber nicht nur das, sagte die hellblonde Frau, manche haben dann auch noch so starken Diabetes, dass sie in den Fingern nichts spüren und auch nichts an den Zehen, und irgendwann spüren sie dann überhaupt nichts mehr, nirgends, nicht einmal mehr an der Zungenspitze.

Das alles sagte sie in einem Tonfall, als würde sie mit großer ästhetischer Genugtuung die letzten Teile eines Puzzlespiels zusammensetzen.

– Oh mein Gott!

Einige ihrer Kolleginnen schüttelten den Kopf oder legten mitfühlend eine Hand an die Wange.

– Und was man dann mit so einem Kind machen soll, ja, das ist die Frage, sagte die hellblonde Frau und vollführte eine merkwürdige Geste, die aussah, als würde sie sich mit einem imaginären Kochtopf übergießen.

Die Frauen begannen durcheinanderzureden:

– Das sind dann ja lebende Leichen, schrecklich …

– Und da kann man wirklich nichts machen?

– Aber da ist doch besser, man …

– Ja, was machst du mit so einem Kind, wiederholte die hellblonde Frau. Schaukeln kannst du es, da gibt es spezielle Becken, also extra dafür hergestellte Vorrichtungen, die den ganzen Tag automatisch vor sich hin schaukeln, aber die sind ziemlich teuer.

– Operieren kommt nicht in Frage?, wollte eine andere Frau wissen.

– Nein, was willst du denn da operieren, etwa das

Kind aufschneiden und reingreifen, damit es endlich was fühlt?

– Ja, vielleicht kann man die oberste Hautschicht irgendwie abtragen oder die Nerven …

– Das ist Science-Fiction!, lachte die hellblonde Frau.

– Hm.

Ich nieste laut. Erleichtert drehten sich einige Frauen zu mir um und wünschten mir Gesundheit.

– Ich frage mich eben die ganze Zeit, ob das überhaupt noch sinnvoll ist, sagte die blonde Frau, um die Aufmerksamkeit wieder auf sich zu lenken. Ich frage mich halt: Wem hilft das, wenn du das Kind schaukelst? Oder wenn du es fütterst oder ihm ein paar Tropfen Zitronensaft auf die Lippen fallen lässt.

– Ja, schmecken kann es ja noch!, japste eine dicke Frau. Na also!

– Aber damit ist doch nichts gelöst. Man kann nicht über den Geschmacksinn oder über den Geruchsinn kommunizieren.

– Warum eigentlich nicht? Bei Tieren funktioniert es auch.

– Aber was wird bei Tieren schon groß transportiert? Paarungsbereitschaft. Und wer wann wie lange an einem bestimmten Ort gewesen ist. Das ist doch zu wenig.

– Aber mit welchen Sinnen sollst du als Pädagogin sonst arbeiten, ich meine, man muss nun mal nehmen, was da ist. Und wenn das Kind nur schmecken und riechen kann, dann muss man halt diese Sinne beschäftigen. Sonst verkümmert das Gehirn ja vollkommen, und du … du machst deinen Job nicht richtig.

– Eben deshalb denk ich mir, sagte die hellblonde

Frau, dass es wahrscheinlich keinen Sinn hat. Auch als Pädagoge musst du wissen, wann der Krieg verloren ist. In dem Kurs von der Frau Professor Leopold damals, da hat sie uns so eine Technik beigebracht, mit der man rauskriegt, ob man wirklich mit Herz und Seele bei der Sache ist oder ob man nur tut, was andere von einem verlangen. Die Technik ist ganz einfach: Man stellt sich vor, Gott hätte die Welt erschaffen, gerade erst vor ein paar Sekunden, und die ganze Menschheit würde sich an die Vergangenheit nur *erinnern*, obwohl sie gar nie wirklich passiert ist, und dann stellst du dir vor, wie du mitten in der Tätigkeit bist, um die es geht. Also: Gott erschafft die ganze Welt und erschafft dich gerade mitten in dieser Tätigkeit, und du verstehst das und erinnerst dich zwar an alles, was vorher war, aber du weißt gleichzeitig, dass das nicht wirklich passiert ist. Und jetzt stehst du vor der Entscheidung: Machst du mit dieser Tätigkeit weiter oder nicht? Und in diesem Fall muss ich leider sagen ...

– Das kapier ich nicht, unterbrach eine Kollegin. Ich glaube, das funktioniert als Denkmodell nicht. Du bist dir sicher, dass das die Frau Professor Leopold damals gesagt hat?

– Ich hab die Mitschriften immer noch.

– Aha ... Seltsam. Also wie war das? Du stellst dir vor, dass Gott dich mitten im Füttern des blindtauben Kindes erschaffen hat, alles vorher ist nur Illusion, und jetzt fragst du dich, ob du weitermachen sollst?

– So ungefähr. Aber damit das Ganze wirklich funktioniert, musst du mitdenken, dass die ganze Welt miterschaffen worden ist. Mit dir, quasi.

– Ja, okay, aber vergiss nicht, das ist nur ein Modell,

das ist nicht wirklich passiert, es funktioniert, wenn überhaupt, nur als Modell und nicht als realer Vorgang. Die Frau Professor Leopold hat das sicher dazugesagt.

– Natürlich, sagte die hellblonde Frau achselzuckend.

– Aber entsetzlich muss es schon sein, fing die dicke Erzieherin von vorn an. Die vollkommene Hölle. Nie irgendwas zu sehen oder zu hören. Da ist es doch besser, man stirbt auf der Stelle.

– Ja, bestätigte die hellblonde Frau.

– Oder es ist das vollkommene Glück, fuhr die dicke Frau in etwas anderem Ton fort, ein völlig inputloses Lebewesen, das aber über ein voll funktionstüchtiges menschliches Gehirn verfügt. Vielleicht geht es ihm ja gar nicht schlecht. Vielleicht braucht man es gar nicht unbedingt als furchtbare Beeinträchtigung zu sehen, sondern eher als kleine Verschiebung der Realität, auf die man sich als Betreuerin eben einlassen muss. Geschmack und Geruch. Damit lässt sich doch arbeiten.

– Aber wohin soll diese *Verschiebung*, wie du es nennst, führen? Ins Nichts?

– Nein, wieso, eher –

– Die Frage für mich ist nicht, wie sich das wohl anfühlt, sondern: Was sollst du machen?, schaltete sich eine Frau mit kurzen Haaren und einer lustigen, kleinen Brille ein. Was sollst du, als Pädagogin, machen?

Die Frau mit den kurzen Haaren war es auch, die ihre Kolleginnen jetzt in einen anderen Raum geleitete. Sie wartete gar nicht ab, ob jemand ihre Frage beantwortete, sondern ging einfach los, die anderen folgten ihr.

Man hätte das Gespräch für beendet halten können.

Ich tat es auch. Ich blieb alleine sitzen und beschäftigte mich wieder mit meinen Katalogzetteln. Doch als ich die Frauen später aus dem Raum kommen sah, bemerkte ich, dass die hellblonde Wortführerin von vorhin nun von der Gruppe ein wenig isoliert war. Ihr Gesicht spiegelte eine gewisse Beunruhigung, vielleicht sogar Empörung wider. Ihr folgten einige Frauen, die einfach nur nebeneinanderher gingen und nichts sagten. Die letzten beiden, die aus dem Zimmer kamen, waren die Frau mit den winzigen Brillengläsern und die dicke Erzieherin, die inzwischen ihren Schal abgewickelt und wie eine Beute in der Faust hielt.

Die beiden schienen sich über irgendetwas zu amüsieren.

Neugierig, wie ich war, stand ich auf und ging ihnen einige Schritte nach. Dabei hielt ich ein großformatiges Buch in der Hand (eine Braille-Version von *Winnie the Pooh*) und tat so, als suchte ich das Regal, in das es gehörte.

– … irgendwie würdelos, verstehst du?

– Also, das mit den Geschmacksnerven meinst du jetzt? Ja, das war tatsächlich etwas too much. Ich weiß auch nicht, was sie damit –

– Als gäb's eine Krankheit, bei der die einfach so absterben! Das ist doch verrückt. So weit sind wir in diesem Universum Gott sei Dank noch nicht!

Die Damen sagten darauf noch einige andere Sätze zum selben Thema, und ich erinnere mich noch dunkel an sie. Aber man soll eine Anekdote, die vielleicht irgendwann als trostspendender Fingerhut herhalten wird müssen, immer an ihrem hoffnungsvollsten Punkt enden lassen. Und das war er, der hoffnungsvollste Punkt. Ein anderer kam nicht und wird auch nicht mehr kommen.

*Étienne Bonnot de Condillac (1714-1780), französischer Philosoph. In seiner* Abhandlung über die Empfindungen *(1754) stellte er sich eine Statue vor, die nur über den Geruchsinn verfügt. Ausgehend von diesem einen Sinn könne die Statue, so Condillac, jede Form der Bewusstseinstätigkeit erreichen: Ein bestimmter Geruch, der einem anderen vorgezogen wird, ergebe Gefühlsregungen wie Verlangen, Lust, Abneigung. Und durch die Ordnungsprinzipien und Hierarchien des Verstandes ergeben sich aus all diesen Gefühlsregungen am Ende sogar komplexe Denksysteme wie Ästhetik und Ethik.*

# Das Riesenrad

Monika war im Sommer 2003 in das Riesenrad gezogen, nachdem sie ihr Studium der Rechtswissenschaften endgültig abgebrochen hatte. Ihre Eltern, wohlhabende Unternehmer, hatten sich bereit erklärt, ihr weiterhin finanziell unter die Arme zu greifen, und waren nicht einmal überrascht vom außerordentlich hohen Mietpreis für die Wohnung im Waggon Nr. 21 der gigantischen Stahlkonstruktion am Stadtrand.

In den späten neunziger Jahren vom österreichischen Stararchitekten Albert Zmal erbaut und von einigem medialen Rummel begleitet, war das blaue Rad, dessen Querverstrebungen und fahrradartige Speichen an diesem Septembermorgen durch den Nebel schimmerten, allmählich zum neuen Wahrzeichen der Stadt geworden. Gleichzeitig allerdings ging die Nachfrage nach den Wohnungen dramatisch zurück, was wohl mit der gewöhnungsbedürftigen Art und Weise zu tun hatte, auf die man seine Behausung verließ. Man musste entweder bis zu vierzig Minuten warten, bis der Waggon den Erdboden erreicht hatte, oder man drückte den Halteknopf und nahm einen der Expresslifte innerhalb der Speichen zum zentralen Hauptturm, von dem aus man durch ein Treppenhaus ins Freie gelangen konnte.

Im Augenblick befand sich Monikas Wohnung ganz oben, am höchsten Punkt des Rads, mehrere hundert Meter über dem Erdboden. Monika saß am Küchentisch und wärmte ihre chronisch schlecht durchblutete Hand an einer dampfenden Tasse Tee. Darjeeling. Sie las die Aufschrift des kleinen Teebeutels schon zum dritten Mal. Ein freundliches, fast zärtliches Wort, so wie Darling, nur in der Mitte von einer fremdartigen Silbe auseinandergedehnt.

Ihr Tag hatte trübselig begonnen. Zuerst hatte sie versucht, ihre Zimmer zu lüften, musste aber feststellen, dass wieder einmal jemand den Halteknopf gedrückt hatte, vermutlich sogar gedrückt *hielt*, was immer passierte, wenn jemand umzog, und dass sie noch viel zu nahe über dem Lärm und dem Schmutz der Hauptstraße schwebte. Also hatte sie ein Bad genommen und sich anschließend die Zehennägel lackiert, aber ihre Stimmung war davon nicht besser geworden.

Sie schaute aus dem Fenster. Das graue Exoskelett einer leerstehenden Fabrikhalle am anderen Ende des Stadtparks war deutlich zu erkennen. Daneben ein hässlicher, weißer Kirchturm. Sonst lag alles mehr oder weniger im Nebel verborgen.

Das Highlight des vor ihr liegenden Tages war der Besuch eines Technikers. Monika erwartete ihn für zehn Uhr. Gestern, als sie den Knopf gedrückt hatte, war das Rad nur für fünf Minuten stehengeblieben und hatte sich danach automatisch wieder in Bewegung gesetzt, und sie war in der sich langsam zur Seite neigenden Liftkabine hingefallen. Das war gefährlich, so etwas sollte nicht vorkommen. Sie hatte sofort den Portier im Hauptturm angerufen und ihm alles erklärt. Er hatte sich vielmals für diesen Fehler in der Steuerung entschuldigt und ihr versprochen, gleich am nächsten Tag jemanden zu ihr zu schicken.

Monika schaute auf die Uhr. Es war erst sieben. Mein Gott, dachte sie, was soll ich drei Stunden lang tun? Ein Spaziergang kam nicht in Frage, da sie nicht wusste, wie viel Zeit sie dabei vertrödeln würde. Natürlich gab es noch die Cafeteria im Hauptturm, aber da würde sie wahrscheinlich der alten Frau Schuster aus Waggon 7 über den Weg laufen. Die saß dort oft am frühen Morgen, und auf ein Gespräch über Zimmerpflanzen, Kuchenrezepte und den schriftstellerischen Erfolg der Enkelkinder hatte Monika keine Lust. Nein, sie würde einfach hier in ihrer Wohnung bleiben und versuchen, die Zeit totzuschlagen. Sie nahm einen weiteren Schluck Tee. Immer noch brennheiß. Missmutig ging sie zum Waschbecken und ließ einen Schuss eiskaltes Leitungswasser in die Tasse, rührte mit dem kleinen, silbernen Löffel um und probierte. Kein Unterschied. Sie stellte die Tasse zurück auf den Tisch und ging auf den Balkon. Frische Luft begrüßte sie, neblige, sauerstoffarme Stadtluft. Sie verschränkte die Arme über ihrem Kopf und versuchte tief einzuatmen, aber dann erschien ihr diese Geste plötzlich viel zu albern, und sie kehrte zurück in ihre Wohnung. Sie setzte sich auf das kleine samtrote Jogakissen neben dem Heizkörper und schaltete den Fernseher ein. In der digitalen Programmzeitschrift, in der sie mit der Fernbedienung blätterte, entdeckte sie einen Selbstmassagekurs auf *Bayern Alpha*. Er begann in sieben Minuten. Genau das Richtige, dachte Monika. Sie schaltete auf einen anderen Kanal, eine hektische Kochsendung, dann auf MTV. Eine Boyband hüpfte über die Bühne. Einer der jungen Sänger riss sich das Hemd vom muskulösen Oberkörper, und Monika schüttelte den Kopf. Dann schaltete sie zurück auf *Bayern Alpha* und wartete. Noch drei Minuten bis zum Beginn der Sendung. Sie schaute sich das Ende einer Dokumentation über das Leben der Insekten an. Man sah das facettenreiche Auge einer Fruchtfliege, in der sich der Planet Erde Hunderte Male spiegelte.

Die Sendung über Selbstmassage wurde von einer Frau moderiert. Sie war höchstens zwanzig Jahre alt und trug einen hautengen Gymnastikanzug. Riesentitten, stellte Monika fest und hielt sich kichernd die Hand vor den Mund. Die erste Übung bestand aus einer sanften Massage der Nackenmuskulatur mit den Handballen.

– Diese Übung ist ideal, wenn Sie lange im Sitzen arbeiten und dabei Ihren Nacken strapazieren, sagte das Mädchen am Bildschirm.

Monika versuchte, die Übung genau so zu machen, wie es ihr vorgeführt wurde. Das Ergebnis war ein leichtes Schwindelgefühl.

– Auf keinen Fall zu fest zudrücken, sagte die Masseuse, als hätte sie Monikas Problem erraten.

Monika verringerte den Druck ihrer Handflächen, aber davon wurde es auch nicht besser. Die Übung schien ihre Verspannungen nur zu verschlimmern. Sie hörte auf und wartete, bis die nächste Übung begann. Bald verlor sie die Geduld und schaltete zurück auf den Musiksender. Ein Interview wurde geführt. Zwei lächelnde Männer auf einer schwarzen Couch, die ihre Mikrophone so lässig in der Hand hielten, als wären es Bierdosen, mit denen sie sich übergießen wollten. Wer der Star und wer der Moderator war, konnte sie zunächst nicht erkennen, dann hörte sie eine Weile zu und begriff. Gelangweilt kehrte sie zur Selbstmassage zurück.

Als die Sendung vorbei war, schaltete sie den Fernseher aus und ging zu ihrem CD-Regal. Lange ließ sie ihren Zeigefinger über die Bandnamen wandern, dann entschied sie sich für die CD, die sie ohnehin im Sinn gehabt hatte. Suzanne Vega, Monikas absolute Lieblingssängerin. Vor vielen Jahren hatte sie sie live erlebt und wusste bis heute, was sie an diesem schönen Tag angehabt hatte. Besonders mochte sie die A-capella-Version von *Tom's Diner*. Mit diesem Lied ließ sich jeder noch so trübsinnige Morgen aufhellen, fand Monika, außerdem konnte es nicht schaden, einen Ohrwurm quasi auf Vorrat zu tanken; man wusste ja nie, welche albernen und quälenden Lieder sich während eines ganzen Tages im Gehirn verfangen würden.

Die kleine, simple Melodie war so elegant und anmutig, reizte beinahe zum Weiterdichten, ja, sie bekam jedes Mal Lust, alle sprachlichen Äußerungen des Tages in dieser Melodie zu singen oder zumindest zu denken. Und der Text war bestimmt das schönste Gedicht über das Leben in einer Stadt, das Monika kannte.

*I am sitting in the morning*
*at the Diner on the corner*
*I am waiting at the counter*
*for the man to pour the coffee*

Diese dreifache Festlegung am Anfang, zeitlich und räumlich. *In, at, on.* Es war ein ganz einfaches Bild, ein Zoom von oben herab auf einen einzelnen Menschen, der in einem Café saß. Das war echte Poesie, nicht dieser schwierig-verrätselte Unsinn, der einem andauernd überall präsentiert wurde. Sie sang leise mit bis zum Ende des Liedes:

> *I am thinking of your voice*
> *and of the midnight picnic*
> *once upon a time before the rain began*
> *and I finish up my coffee*
> *and it's time to catch the train*

Monika spielte das Lied fünf Mal hintereinander, sang aber nicht mehr mit (da der Klang ihrer eigenen Stimme ihr immer ein Gefühl von Verlassenheit vermittelte), sondern ließ lediglich ihre Lippen sich stumm mitbewegen. Dann hörte sie sich das ganze Album an. Währenddessen schaute sie aus dem Fenster. Sie dachte daran, wie schön es wäre, wenn sich das Fenster auch mit der Fernbedienung steuern ließe, so wie die Stereoanlage oder der Fernseher. Dann könnte man in besonders schönen Augenblicken einfach auf Standbild schalten oder den Tagesverlauf schneller oder langsamer werden lassen, je nach Bedarf. Fast forward. Wie leichtfüßig und unkompliziert eine Stadt im Zeitraffer immer aussah: Die Scheinwerfer der Autos verschmelzen zu vielfarbigen Maibändern, die sich nahtlos durch die Straßen ziehen, die Sonne ist eine von Osten nach Westen geworfene Münze, Baukräne turnen über im Entstehen begriffene Gebäude, Wolken jagen über den Himmel wie Schafherden auf der Flucht vor einem Schäferhund. Alles ist flüssig, alles geht ineinander über. Menschen sind höchstens eine Hundertstelsekunde lang zu sehen, blitzen durchs Bild wie Verunreinigungen auf altem Filmmaterial.

Monika saß mit geschlossenen Augen da, als es läutete. Das Klingeln zerriss ihre Träumerei und die urbane Poesie von Suzanne Vegas Songs. Sie drückte *Stopp* auf der Fernbedienung, stand auf und ging zur Gegensprechanlage. Auf dem kleinen Bildschirm sah sie einen Mann in einem Overall. Das musste der Techniker sein. Er kam viel zu früh, es war gerade zehn nach neun. Einen Augenblick zögerte sie, dann drückte sie auf den blauen stilisierten Daumen unterhalb des Bildschirms, und die Tür öffnete sich.

– Guten Morgen, sagte der Techniker. Von der Firma *Treadmill*, ich bin hier wegen dem Steuerungskasten …?

– Ja, bitte, sagte Monika und trat beiseite.

Sie wollte dem Techniker den Weg zeigen, aber er fand ihn alleine. Alle Wohnungen im Riesenrad hatten denselben Grundriss, nur waren manche spiegelverkehrt zu ihrer. Der Mann war schon in vielen Wohnungen gewesen und wusste sofort, wohin er gehen musste. Monika folgte ihm stumm. Als sie an einem Spiegel vorbeikam, kontrollierte sie kurz, ob ihre Frisur bei der Selbstmassage durcheinandergeraten war. Nein, alles war in Ordnung. Sie sah aus wie immer.

Der Techniker hatte den Steuerungskasten entdeckt und begann wortlos mit der Inspektion.

– Ja, sagte Monika. Da dürfte irgendein Fehler in der Zeitsteuerung …

– Mhm.

Er entfernte die obere Abdeckung. Als das erledigt

war, sah er sich blitzschnell um, lächelte mechanisch und sagte:

– Eine schöne Wohnung haben Sie da.

– Danke schön, sagte Monika mit einem Achselzucken.

Der Techniker nickte eifrig, als hätte sie ihm widersprochen. Dann wandte er sich wieder dem Steuerungskasten zu und murmelte:

– Blöde Sache das mit dem Halteknopf. Ungünstig programmiert, wenn Sie mich fragen. Aber trotzdem. Sie haben ziemliches Glück.

Was genau er damit meinte, war Monika nicht klar. Sie fragte auch nicht nach. Stattdessen sagte sie:

– Ich mag gar nicht dran denken was passiert wäre, wenn ich wirklich schnell aus meiner Wohnung hätte fliehen müssen. Ich meine, *wirklich* schnell.

Der Techniker hatte jetzt die letzte Schraube entfernt und hob den hauchdünnen, fleischfarbenen Metallschutz vom Steuerungsmodul.

– Haben Sie versucht, noch einmal zu drücken?

– Was, auf den Knopf?

– Ja.

– Aber das hätte doch nichts gebracht. Das geht ja gar nicht. Ich meine, wenn sich das Rad plötzlich weiterdreht, während ich im Lift bin, falle ich um, egal was ich tue, oder? Außerdem befindet sich im Lift gar kein Knopf, was soll also diese Frage, ob ich noch einmal gedrückt habe?

– Okay, okay, sagte der Techniker. Ich wollte nur sichergehen.

Er wischte sich mit der Hand übers Gesicht, dann tastete er seinen Gürtel nach einem bestimmten Werkzeug ab. Da er es nicht fand, bückte er sich und sah in seiner Ledertasche nach. Er kramte und kramte, und schließlich fand er es: ein langes, silbernes Ding, das Monika beim besten Willen nicht einordnen konnte. So etwas mochte vielleicht in Operationssälen oder Folterkammern zur Anwendung kommen, aber hier –

Sie räusperte sich und schaute woandershin. Es war so lästig, fremde Leute in der Wohnung zu haben.

Über eine Stunde hatte der Techniker gebraucht, um den Fehler in der Zeitsteuerung des Moduls zu beheben. Und trotzdem konnte er nicht mit Sicherheit ausschließen, dass das Problem irgendwann wieder auftrat.

– Okay, sagte Monika.

– Ich kann nicht mit Sicherheit ausschließen, dass das Problem irgendwann wieder auftritt, wiederholte der Techniker.

Sein Gesichtsausdruck war grimmig. Er schien wütend auf sich selbst zu sein. Wahrscheinlich kam es nicht oft vor, dass er einen Auftrag nur zur Hälfte ausführen konnte. Monika wollte nur mehr, dass er ging. Sie begleitete ihn zur Wohnungstür und ließ ihn hinaus.

Sie schaute auf die Uhr und entschied, dass es nicht zu früh für ein ordentliches Mittagessen war. Aus einem ihrer vier nur dem Thema Essen gewidmeten Regale holte sie ein Kochbuch, das auf asiatische Gerichte spezialisiert war. Sie fand etwas, das ziemlich gut aussah, und begann, das Rezept durchzulesen. Die Hälfte der Zutaten, von denen die Rede war, sagte ihr nichts, oder sie hatte sie nicht zuhause. Enttäuscht klappte sie das Buch zu und stellte es zurück ins Regal.

In der Küche war es ganz still.

Monika klatschte ein paar Mal in die Hände. Da das keine nennenswerte Veränderung brachte, begann sie zu singen. Ihre Stimme war der von Suzanne Vega durchaus ähnlich, nicht sehr, aber doch ein wenig. Leise singend zog sie sich an, wählte den leichtesten ihrer drei Herbstmäntel, legte sich ihren Lieblingsschal um und drückte den Halteknopf. Ordnungsgemäß ging ein äußerst sanfter Ruck durch die Wohnung. Wenn man es nicht wusste, hätte man es ohne weiteres für reine Einbildung halten können.

Sie verließ ihre Wohnung und fuhr mit dem Lift in den Hauptturm. Das Café mit dem wenig fantasievollen Namen *Wheel Bar* war leer, trotz der Mittagszeit. Gott sei Dank, von Frau Schuster keine Spur. Monika setzte sich an einen Tisch nahe der Tür zur Küche. So würde die Kellnerin nicht so lange brauchen, wenn sie ihr die Bestellung brachte.

– Hallo, Frau Stilling, sagte die Kellnerin. Schön, dass wir Sie hier öfter sehen.

Monika wurde plötzlich heiß. Sie hatte vergessen, den Schal abzulegen.

– Ach ja, sagte sie mit rotem Kopf. Der Kaffee bei Ihnen ist wirklich gut.

– Darf ich Ihnen einen bringen?

– Nein, ich würde gern was essen. Also nur ein kleines Bier und ...

Obwohl sie die Speisekarte längst auswendig konnte, faltete sie sie auf und studierte die Auswahl an Snacks. *Für den schnellen Hunger*, stand dort.

– Einen Käse-Toast, entschied sie. Mit Ketchup.

– Gern, sagte die Kellnerin mit einem wunderschönen Lächeln.

Monika schaute ihr nach, als sie davonging. Ein wenig erinnerte das Outfit, das sie zur Arbeit tragen musste, an ein Tennisgewand. Über dem kleinen, kompakten Hintern der jungen Frau spannte der Stoff und erzeugte eine einzelne Falte. Monika schloss für einen Moment die Augen und dachte nach. Dann schüttelte sie den Kopf und öffnete sie wieder. Sie berührte die kühle Oberfläche des Tisches, spürte Brösel und fettige Stellen, die von früheren Kunden stammten. Vielleicht sogar von ihr selbst. Wenn sie in der *Wheel Bar* zu Mittag aß, saß sie fast immer hier. Es war ihr Stammtisch. Mein Stammtisch, dachte Monika und wiederholte es einige Male, bis das Wort eine eigenartig düstere Bedeutung anzunehmen begann. Nach fünf Minuten brachte die Kellnerin ihre Bestellung. Monika vermied direkten Augenkontakt, blickte ihr aber wieder nach. Die Falte war noch immer da und zwinkerte bei jedem Schritt.

Sie aß langsam und bedächtig. Manchmal passierte es ihr, dass sie das Essen viel zu schnell hinunterschlang, und dann wurde ihr schlecht. Der Käse-Toast war perfekt. Knusprig und zugleich saftig. Der Käse war gerade erst dabei zu schmelzen.

Nach dem Essen blieb sie noch eine Stunde sitzen und schaute aus dem Fenster. Von hier aus sah der Nebel weniger dicht aus. Vielleicht lag das daran, dass sie in ihrer Wohnung die Fenster schon lange nicht mehr geputzt hatte. Oder das Wetter hatte sich einfach geändert. Eines von beiden. Immer wieder kam die junge Kellnerin und fragte, ob sie ihr noch etwas bringen könne, und jedes Mal überlegte Monika und blätterte brav in der Speisekarte, nur um dann den Kopf zu schütteln und zu murmeln:

– Danke.

Nie legte die Kellnerin ihr freundliches Lächeln ab. Monika saß da und beobachtete sie. Der Nachmittag begann. Irgendwann entschied sie, dass sie nun lange genug hier gesessen hatte, und bezahlte. Sie vergaß nicht, der Kellnerin ein ordentliches Trinkgeld zu geben. Danach kehrte sie in ihre Wohnung zurück. Als sie den Schal ablegte – warum hatte sie überhaupt einen Schal angezogen, wenn sie doch gar nicht ins Freie gegangen war? –, kamen ihr plötzlich die Tränen. Sie musste an die junge Kellnerin denken. Wie alt konnte sie sein? Sechzehn, siebzehn.

Sie hatte Lust, ein Bad zu nehmen, zum zweiten Mal an diesem Tag, aber diesmal ließ sie die Wanne nicht volllaufen. Aus ihrer Wäschekommode holte sie ihren – aber der Name dieses Geräts klang so albern, wie ein Held in einem dummen Comic für Kinder. Sie genierte sich jedes Mal, wenn sie ihn irgendwo las oder hörte. Aber es musste sein. Sonst würde sie platzen. Vor Verlangen, vor – Nur eine kurze Sitzung in der Badewanne, sagte sie sich, dann würde es ihr bessergehen. Immer noch brauchte sie Gleitcreme, um das schwarze Ding in sich einzuführen. Wie ein Teenager, dachte sie. Überhaupt war es sehr schwer für sie, zum Orgasmus zu kommen, wenn etwas in ihr war. Von außen ging es leichter und schneller, aber das Ergebnis war niemals so intensiv. Sie saß in dem warmen Wasser, das ihr nur bis zum Bauchnabel reichte und schob sich ein zusammengerolltes Handtuch unter den Nacken. Da das Wasser einen Teil der Wanne nicht erreichen konnte, zuckte sie vor der kalten Oberfläche zurück, als sie sich nach hinten fallen ließ, aber nach ein paar Minuten hatte sie sich daran gewöhnt, und alles ging ganz leicht. Sie dachte an die junge Kellnerin. Sie stellte sie sich nass vor, als wäre sie durch den Regen gegangen. Die Uniform schälte sich wie von allein von ihrem kleinen, biegsamen, unternehmungslustigen Körper. Mein Gott, was konnte man alles mit so einem Körper machen.

Der erste Orgasmus kündigte sich sehr schnell an. Bevor er da war, beschloss sie, es sich drei Mal zu besorgen, aber dann kam sie so heftig, dass sie wieder zu weinen anfing, und sie konnte die beiden anderen Male vergessen. Sie heulte wie ein kleines Kind und schlug mit der flachen Hand ins Badewasser, das überallhin spritzte. Am liebsten wäre sie aufgestanden und nackt und nass in die *Wheel Bar* hinuntergegangen, um sich dort vor dem Mädchen niederzuknien und um ihre Hand anzuhalten.

Allmählich beruhigte sie sich.

Mit leicht zitternden Beinen stieg sie aus der Wanne, bückte sich (sodass ein angenehmes Nachbeben durch ihren Unterleib ging) und ließ das Wasser ablaufen. Mit einem weichen Handtuch trocknete sie sich ab, besonders vorsichtig zwischen den Beinen. Sie war sehr empfindlich. Leicht verletzbar. Ein Windhauch konnte sie umbringen.

Das Massagegerät legte sie zurück in die Kommode und platzierte zwei Schichten bunter Unterhosen darüber. Dann hockte sie sich vor den Fernseher und schaltete wahllos durch die Kanäle. In einer Sitcom saßen lachende Menschen in einem Coffee Shop und wurden von einer uralten, hässlichen Kellnerin bedient. Monika musste lächeln und legte zufrieden ihre Arme um sich selbst.

Gerade als sie der Handlung der Sitcom folgen konnte, klingelte das Telefon.

– Hallo?

– Hallo, Moni. Hier ist Elke. Du, ich wollte nur noch einmal nachfragen, ob das in Ordnung geht, wenn ich morgen mit den Jungs vorbeikomme? Du weißt schon, wir haben vor ein paar Wochen darüber gesprochen.

Elke war ihre Schwester. Sie war alleinerziehende Mutter zweier Söhne. Monika erinnerte sich daran, dass Elke einmal am Telefon erwähnt hatte, ihre beiden Buben würden gerne das Riesenrad von innen sehen. Damals hatte Monika keine Zeit gehabt, und Elke hatte seither höchstens drei oder vier Mal angerufen. Sie hatten sich schon sehr lange nicht mehr gesehen.

– Okay, sagte Monika und staunte darüber, wie leicht es war, das zu sagen. Wann morgen?

– Och, ich hab gedacht am Nachmittag. So gegen drei?

– Schön. Wie geht's dir denn?

– Eigentlich wie immer. Hier ist es keine Sekunde still, dafür sorgen meine zwei kleinen Performancekünstler.

Die beiden Schwestern wechselten noch ein paar Worte und verabschiedeten sich. Besonders tiefgründig war das Gespräch nicht gewesen, aber das war ganz in Ordnung so, fand Monika. Sie kehrte zu der Sitcom zurück, aber die Werbung hatte begonnen, also schaltete sie um.

Bis zum Abend schaute sie fern. Zwischendurch wärmte sie sich eine Tiefkühlpizza auf. Sie schmeckte ekelhaft, viel zu viele Champignons. Sie warf die Hälfte weg.

Der bittere Pilzgeschmack brachte sie wieder auf düstere Gedanken, und sie suchte nach einem Sender, auf dem geredet wurde. Sie brauchte Stimmen, die immer gleich klangen, sonst –

Sie suchte und suchte und fand schließlich eine Diskussionsrunde über moderne Musik. Sie hörte zu und konzentrierte sich, um auch ein wenig zu verstehen, wovon die Rede war.

– Das Problem der Reihe an sich ist ja noch lange nicht obsolet, geschweige denn gelöst, sagte einer der Männer.

Monika verstand nichts. Trotzdem hörte sie sich die Diskussion bis zum Ende an, dann ging sie ins Bett. Es war schon recht spät, sie hatte die Zeit übersehen. Das geschah oft, wenn sie vor dem Fernseher saß. Die Stunden vergingen, als würden sie in heißem Wasser aufgelöst. Beim Zähneputzen musste Monika für kurze Zeit wieder an das Mädchen im Café denken, und die Bewegungen ihrer Zahnbürste wurden etwas langsamer. Sie gurgelte, spuckte das schaumige Wasser ins Waschbecken und sah zu, wie es im Abfluss verschwand.

Das Bett war kalt, das Kissen ungemütlich und unförmig. Als läge sie auf einem prallen Ballon. Ihr Kinn wurde gegen die Brust gedrückt, und sie hatte trotz ihrer liegenden Stellung das Gefühl, den Kopf hängen zu lassen. Also musste sie sich wieder aufsetzen und das Kissen schütteln und sogar ein wenig verprügeln, bis es weich genug war. Dann lag sie lange still auf der Seite und hörte sich atmen. Ihr linkes Nasenloch war eine Spur lauter als das rechte.

Sie kommen nur zu mir, dachte sie, weil ich hier wohne. Sie wollen gar nicht mich besuchen. Für die bin ich nur ein Mittel zum Zweck. Sie wollen das Riesenrad ansehen, mit dem Expresslift fahren, im Hauptturm durch das Treppenhaus geistern, im Café etwas essen. Bei der Kellnerin etwas bestellen. Sich aufführen wie junge Affen, alles beschmieren und das Essen am Boden verstreuen. Und ich, ich muss die ganze Zeit über die freundliche Tante spielen, muss ihnen meine Wohnung zeigen, mit ihnen auf den Balkon gehen und ihnen erklären, wie oft ich unten im Café sitze und dass das eine der wenigen Konstanten in meinem Leben ist.

Und dann sah sie die ganze Sache plötzlich klar und deutlich vor sich: Der Besuch ihrer jüngeren Schwester und ihrer Kinder würde das Highlight des morgigen Tages sein. So wie der Besuch des Technikers das Highlight des heutigen Tages gewesen war. Highlight, das Wort blies sich auf, wurde klebrig und klemmte ihr die Luft zum Atmen ab. Monika bekam Angst. Sie knipste die Stehlampe neben ihrem Bett an und blickte auf die Uhr. Halb zwei. Es war eigentlich schon zu spät, aber sie musste es trotzdem versuchen: Mit eiskalten Fingern wählte sie die Nummer ihrer Schwester, ließ es einmal klingeln und legte dann mit klopfendem Herzen wieder auf. Wie ein kleines Kind, schalt sie sich. Natürlich läutete kurz darauf das Telefon. Sie hob ab:

– Ich hab mich verwählt, Elke. Entschuldige.

– Schon okay, sagte die verschlafene Stimme ihrer Schwester.

– Hab ich dich geweckt?

– Was?

– Ob ich dich aufgeweckt habe.

– Ja. Ich schätze ja. Du hast mich aufgeweckt.

– Tut mir leid.

– Du hast mich aufgeweckt. Dabei hab ich gerade geträumt …

Die Stimme brach ab. Etwas knisterte. Vielleicht hatte sich Elke im Bett aufgerichtet. Wie mochte wohl ihr Schlafzimmer aussehen? Monika war noch nie dort gewesen.

– Entschuldige, sagte sie, das war wirklich dumm von mir.

– Ich hab … ah, warte einen Moment … So, jetzt geht's besser. Ich habe geträumt, weißt du, was ich geträumt habe? Was ganz Witziges. Ich habe geträumt, es regnet Ventilatoren. Rotorblätter und so. Kleine Sägeblätter …

– Ich bin so ein Dummkopf, sagte Monika, ich hätte dich nicht aufwecken sollen. Aber weißt du, wenn du schon mal wach bist, kann ich … kannst du mir vielleicht … eventuell zwei Gefallen tun?

– Hm?

Das gedämpfte Knistern von Bettwäsche. Langsames Atmen, viel zu nahe am Telefonhörer.

– Erstens: Könntest du vielleicht an einem anderen Tag mit den Kindern zu mir kommen?

Stille. Das Atmen wurde etwas leiser.

– Du hast dich gar nicht verwählt, Moni, stellte ihre Schwester ganz nüchtern fest. Sag's ruhig. Ich kenne dich doch.

Monika biss sich auf die Lippe und dachte: Ich beiße mir auf die Lippe. Die Geste war dumm und wenig originell. Ich sehe eindeutig zu viel fern.

– Und zweitens, fuhr sie zögerlich fort, bitte nicht sauer sein wegen … du weißt schon.

– Warum hast du's denn vorhin nicht gesagt? Was ist jetzt anders um … mein Gott, halb zwei?

Jetzt ist es Nacht, fiel Monika ein. Sonst gab es eigentlich keinen Unterschied. Sie hatte ein wenig darüber nachgedacht, das war alles. Sie wollte lieber allein sein. Zumindest morgen. Zumindest für die nächsten paar Tage oder Wochen.

– Moni, was ist los?, fragte Elke nach einer Weile. Sprich mit mir. Du hast mich aufgeweckt, also sprich mit mir.

– Ich weiß nicht, was ich sagen soll, gestand Monika. Ich kann nur sagen, dass es mir leidtut. Es ist nur wegen … Heute war ein Techniker bei mir in der Wohnung.

– Bei dir im Riesenrad, sagte Elke mit etwas schläfriger Stimme.

– Ja, und er … er musste kommen, weißt du, weil es da ein Problem mit der Steuerungsmechanik gegeben hat oder so. Es war ziemlich gefährlich. Was wäre gewesen, wenn ich ganz schnell aus der Wohnung hätte flüchten müssen. Verstehst du?

– Nein, ich habe keine Ahnung, wovon zu redest, Moni. Aber wenn es dir hilft: Ja, ich verstehe.

– Danke.

– Schon in Ordnung. Aber ich bin wirklich müde, können wir vielleicht morgen …?

– Ich wollte dich ja nicht aufwecken. Es ist nur … vielleicht ein andermal. Bitte.

– Du meinst es wirklich ernst, oder?, sagte Elke. Du willst nicht, dass ich mit den Jungs zu dir komme.

– Nein, das ist es nicht. Es geht nur um morgen. Und um die nächste Zeit, die nächsten paar Tage. Ich will lieber allein sein.

– Warum denn? Du bist doch ohnehin immer allein.

– Bin ich nicht.

– Ja, ich weiß, der Techniker, der heute da war.

– Das meine ich nicht.

– Hast du den etwa erfunden?

– Nein. Da war wirklich was kaputt.

– Die Steuerungsmechanik, ja, hast du gesagt.

Stille. Die beiden Schwestern atmeten in den Hörer.

– Sei mir nicht böse, okay?, sagte Monika schließlich. Erinnere dich an Gefallen Nummer zwei.

– An was?

– An Gefallen Nummer zwei, den du mir ... ach, vergiss es.

– Ich bin dir nicht böse, ich verstehe dich nur nicht. Die Jungs sprechen schon seit zwei Wochen von nichts anderem. Sie wollen einmal ganz im Kreis fahren. Und sie wollen sehen, wie es auf deinem Balkon ist, ob man den Fahrtwind spüren kann und so.

– Nein, sagte Monika leise und ernst.

– Was nein?

– Nein, man spürt ihn nicht. Dafür bewegt sich das Rad viel zu langsam.

– Moni, was ist eigentlich mit dir los? Warum rufst du mich so spät an und sagst mir, ich soll lieber nicht auf Besuch kommen? Ist irgendwas mit dir, brauchst du Hilfe?

Monika dachte nach.

– Wenn ich Hilfe bräuchte, würde ich dich ja wohl kommen lassen, oder?

– Eben das bezweifle ich. Du verschweigst mir etwas. Bist du ... bist du umgezogen?

Monika musste lachen. Das hatte sie nicht erwartet.

Aber es war eine so elegante, glasklare Lösung des Problems – zumindest aus der Sicht ihrer Schwester –, dass es sie fast fröhlich stimmte.

– Nein, sagte sie lachend, nein, ich bin nicht umgezogen. Ich bin immer noch hier oben, das heißt, im Augenblick, glaube ich, bin ich ziemlich weit unten. Aber dann geht's ja wieder rauf, den ganzen Tag, die ganze Nacht. Rauf und runter.

– Rauf und runter, wiederholte ihre Schwester. Trotzdem, du verschweigst mir irgendetwas.

– Tu ich nicht. Ich bin nur lange wach gelegen und habe nachgedacht. Das ist alles.

– Hm. Die Jungs werden auf jeden Fall enttäuscht sein. Gut möglich, dass sie dich dann überhaupt nicht mehr besuchen wollen. Weil sie beleidigt sind. Du weißt, wie Kinder sein können.

Monika spürte, wie sich Tränen in ihren Augen sammelten.

– Bitte, Elke, tu das nicht.

– Was?

– Nicht die Psycho-Nummer. Ich bin doch gerade auf Entzug von Schuldgefühlen. Auf Cold Turkey sozusagen.

Sie musste an einen gerupften Truthahn denken, der mit den fetten Schenkeln nach oben auf einem Silbertablett lag. Elke gähnte nahe am Hörer, dann sagte sie:

– Aber es wäre gelogen, wenn ich dir sagte, dass die beiden nicht enttäuscht sein werden. Sie haben sich so darauf gefreut. Und ich, ehrlich gesagt, auch. Wie lange haben wir uns jetzt nicht mehr gesehen?

Monika musste überlegen.

– Siehst du?, sagte Elke, du musst überlegen. Drei. Es

sind drei Jahre. Letzte Woche irgendwann waren's auf den Tag genau –

– Drei Jahre, ergänzte Monika.

– Also? Wo liegt das Problem? Drei Jahre, das ist doch eine lange Zeit. Und morgen könnten diese drei Jahre zu Ende gehen.

Monika biss sich wieder auf die Lippe. Diesmal fiel es ihr nicht auf.

– Aber darum geht es ja gar nicht. Es ist nicht so, dass ich mich nicht auf euch freuen würde. Du musst mir nicht vorrechnen, wie lange wir uns nicht mehr gesehen haben.

– Doch, muss ich, weil du es nicht einmal mehr weißt.

– Mein Gedächtnis war noch nie –, begann Monika.

Aber dann sprach sie nicht weiter. Ein sehr, sehr sanfter Ruck ging durch ihre Wohnung. Jemand hatte den Halteknopf gedrückt, und das mitten in der Nacht.

– Ich glaube, ich lege mich wieder hin, sagte sie. Entschuldige noch mal, dass ich dich geweckt habe. Ich habe irgendwie kein Zeitgefühl.

– Warte, sagte Elke. Willst du wirklich nicht, dass wir morgen kommen? Ich meine, bist du dir sicher?

Monika überlegte, was sie noch sagen konnte. Es schien so, als hätte sie alle zur Verfügung stehenden Sätze ausprobiert. Es war kein passender mehr da.

– Nicht böse sein, sagte sie schließlich.

Elke antwortete nicht. Dann räusperte sie sich und sagte:

– Gut. Wenn du es so willst. Dann werde ich das so weitergeben. An die Jungs.

– Okay.

– Okay.

– Gute Nacht, Elke. Ich hoffe, du kannst wieder einschlafen, nachdem ich dich –

– Mach dir um mich keine Sorgen, sagte Elke und legte auf.

Jetzt war Monika wieder allein. Sie streckte sich im Bett aus und hörte dem Wind zu, der draußen durch die Nacht fuhr. Wie ein betrunkener Mann auf der Flucht. Nein, das passte nicht. Im Grunde ließ sich der Wind mit nichts vergleichen. Erst recht nicht, wenn man ihm ausgeliefert war, in einem irgendwo zwischen Himmel und Erde leicht hin und her schaukelnden Waggon, der vier überteuerte Wohnungen enthielt. Und eine dieser Wohnungen enthielt sie, Monika. Sie lag im Bett, in einem stockdunklen Zimmer.

Unten in der *Wheel Bar* waren bestimmt auch längst die Lichter ausgegangen. Sie stellte sich vor, wie es wäre, jetzt um diese Zeit dort einzubrechen. Was würde sie vorfinden? Ein verlassenes Lokal mit Tischen, auf denen die Sessel Kopfstand übten. Und in einem Schrank die leblosen Uniformen der Kellnerinnen. Die kleinen Namensschildchen. *Tina.*

Monika zog ihre Gedanken mühsam von dem Namen fort; es war schwierig, wie ein Rudel Hunde, das an einer einzigen Leine hing. Doch es gelang ihr. Sie schnallte sich eine Rakete auf den Rücken und flog über die Stadt. Der schwarze Nachthimmel machte sie unsichtbar. Unten zogen die vielen tausend Gebäude vorbei, aus denen die Stadt bestand. Und alle waren zum Bersten gefüllt mit Menschen. Kein Platz wurde verschwendet.

Immer noch stand das Rad still, und Monika wickelte sich fester in ihre Bettdecke. Fremde Leute fuhren in diesem Augenblick durch die Expresslifte zu ihren Wohnungen.

Monika rollte sich auf die Seite und starrte in die Dunkelheit. Ich werde die Augen erst schließen, dachte sie, wenn wir uns weiterdrehen. Doch sie wusste, dass das Getriebe des Riesenrads jedes Mal mit äußerster Zurückhaltung und Zartheit wieder in Gang kam, so, dass man es kaum bemerkte. Daran war an sich nichts auszusetzen. Das einzige Problem war, dass niemand eine solch zärtliche Behandlung verdient hatte. Niemand. Zumindest nicht heute Nacht, dachte Monika. Zumindest nicht durch ein riesiges unbeseeltes Metallgestell am Rande einer mittelgroßen Industriestadt.

# Character IV

Schon als Kind hatte er sich manchmal vorgestellt, wie es sein müsste, im Inneren verschiedener Dinge zu leben, etwa im Inneren einer Uhr – und all die vielen winzigen Zahnräder näher kennen zu lernen, die dort am Vergehen der Zeit arbeiteten. Oder im Inneren einer Glühbirne, als Herr über den Leuchtfaden und das Edelgas, das jahrhundertelang ohne Unterbrechung brennen konnte. Oder im Inneren einer Stecknadel – und in ihr mit einer Taschenlampe herumzugehen; er war sich sicher, dass sie, so schmal sie von außen auch aussehen mochte, innen doch sehr geräumig sein musste, voller Geheimkammern und finsterer Verliese. Heute lebte Trevor im Inneren einer Schneekugel. Das ganze Jahr lag hier Schnee, es gab ein Haus mit einem kleinen Wintergarten, davor stand eine Laterne und warf ihr Licht auf einen Flecken kaum jemals betretenes Gras. Eine Halbkugel aus Glas umgab das Grundstück und hielt den Weltraum draußen. Das war sein Wohnort, der Rest des winzigen, aber enorm massereichen Planeten, der auf annähernd gerader Flugbahn zwischen zwei Zwillingssternen hindurchschwebte, war leer und wüst. Für eine volle Pendelbewegung hin und zurück benötigte der Planet ungefähr 37 Jahre, und in etwas mehr als 100 Stunden drehte er sich einmal um sich selbst. Er besaß keine Atmosphäre, es gab nur Weltraum, schwarz und voller verschiedenfarbiger Sterne.

Es heißt, dass die alten Sumerer oder Babylonier auf der Erde den Sternenhimmel ebenfalls in Farben hatten sehen können, aber dann musste etwas passiert sein, entweder mit der Erdatmosphäre selbst oder mit dem Erbgut der Menschen, jedenfalls hatte Trevor in seinem ganzen Leben noch niemanden getroffen, der die Sterne farbig sehen konnte, und hatte auch nie von jemandem mit diesen Fähigkeiten gehört, damals, als er noch auf der Erde gewohnt hatte. Die Übersiedlung hierher nach *Character IV* war das Beste gewesen, was er je getan hatte. Die vollkommene Einsamkeit hätte jeden anderen wahrscheinlich in den Wahnsinn getrieben, aber Trevor machte sie nichts aus. Er pflanzte Gurken in seinem kleinen Wintergarten. Er zog Kakteen in teelöffelgroßen Tassen. Er las in uralten Zeitungen und Telefonbüchern und amüsierte sich über die teils sehr witzigen Namen all der toten Menschen. Und er bastelte an seinem Roboter, so wie manche Männer auf der Erde jahrelang an einem alten Auto basteln, für das man kaum noch Ersatzteile bekommt. Ersatzteile waren hier oben zwar kein Problem, das erledigte die Hutchisonkammer im Keller, aber es ging doch alles sehr langsam voran. Vielleicht lag das an der minderwertigen Atemluft, der er hier Tag und Nacht ausgesetzt war. Schon lange hatte er sich eine bessere Zirkulationspumpe und Filteranlage anschaffen wollen, aber der Griff zum Telefon war ihm jedes Mal wie ein äußerst dekadenter Einfall erschienen, und er hatte es bleiben lassen. Es war auch nicht so schlimm, dass er den Bau des Roboters nur langsam vorantreiben konnte. So machte er wenigstens nur wenige Fehler. Der Rumpf war schon seit einigen Wochen fertig, eine Metallbox mit zwei Stummelärmchen. (Man durfte einem Roboter, der noch keinen Kopf besaß, keine voll funktionstüchtigen Arme geben, da es schon vorgekommen war, dass die Arme selbständig wurden und herumtasteten und in ihrer groben Entdeckerlust vielleicht sogar kleinere Gegenstände kaputt machten.) Der Kopf war etwa zur Hälfte fertig, den Mund konnte man bereits erkennen, die beiden Kiefer, das Kinn. Im Augenblick arbeitete Trevor gerade an einem Ohr. Es lag unter dem Vergrößerungsglas, daneben ein Sortiment kleiner Instrumente. Für das Ohr ließ er sich besonders viel Zeit, denn schließlich hatte er vor, dereinst mit dem Roboter über Musik zu diskutieren. Musik war Trevors einzige Leidenschaft. Er hatte von der Erde kaum etwas mit hierhergenommen, hatte alles zurückgelassen – außer seiner großen Schallplattensammlung. Davon hatte er auf kein einziges Exemplar verzichten wollen. Jeden Tag nach dem Aufwachen setzte er sich in seinen Lehnstuhl und hörte sich eine Platte an, meist etwas Freundliches und Kraftvolles, wie Dvořák oder Brahms. Wenn ihm das Ohr des Roboters nicht gelang, konnte er das ganze Projekt gleich an den Nagel hängen. Er hatte sich auch schon einen Namen für den Roboter überlegt: Todd. Er wusste nicht, warum ihm dieser Name besonders passend erschien, es klang einfach nach einem Roboter. Wenn er mit Todd eines Tages über Musik diskutierte, musste er es auf alle Fälle langsam angehen lassen. So wie bei der mechanischen Konstruktion des Roboterkörpers würde es auch Ruhe und Besonnenheit erfordern, um den kindlichen Roboterverstand in den eines Musikliebhabers zu verwandeln. Man durfte auf keinen Fall aus nichtigen Gründen die Geduld verlieren und in einen Befehlston überwechseln. Bestimmt würde es einige Monate, wenn nicht sogar Jahre dauern, bis der Roboter in der Lage war, ein differenziertes, tatsächlich ernst zu nehmendes Urteil über ein bestimmtes Musikstück abzugeben. Bis dahin würde er wahrscheinlich *Mag nicht* oder *Das ist schön* sagen, eben Dinge, die Kinder sagen, wenn sie Musik hören. Verbalisierte Reflexe, nichts weiter. Es würde behutsames Timing und pädagogisches Feingefühl erfordern, um den Roboter nicht schon in jungen Jahren zu verschrecken oder zu traumatisieren, etwa indem er ihm zu viele oder zu komplexe Musikstücke vorspielte. Nein, man musste mit kurzen, einfachen Stücken beginnen, Mozart natürlich, vielleicht auch Vivaldi, Melodien, die man sofort begreifen und ohne große Schwierigkeiten im Gedächtnis behalten konnte. Dann würde er allmählich übergehen zu den mathematisch anspruchsvolleren Kompositionen der Barockkomponisten, an deren Spitze in Ewigkeit der heilige Johann Sebastian Bach stand, aber selbst von ihm, von diesem göttlichen Genie, durfte er anfangs nicht zu viel vorspielen. Die *Kunst der Fuge* beispielsweise würde er aufsparen, solange es ging. Wie würde Todd wohl auf das erste Mal reagieren, da Trevor ihm Musik vorspielte? Welches Stück würde das erste sein? Trevor hatte keine Ahnung, was er zuerst gehört hatte. Er bezweifelte, dass es überhaupt Menschen gab, die das wussten. Auf der Erde war man andauernd von Musik umgeben. Die ersten paar Takte der Erkennungsmelodie einer Fernsehserie oder den Klingelton eines Telefons hörte man bestimmt schon im Mutterleib, während sich die Schaltkreise im Gehirn erst langsam aus dem Chaos herauskristallisierten. Dieser Gedanke brachte ihn zu einer überraschenden Einsicht: Auch der Roboter befand sich im Augenblick im Mutterleib, in gewissem Sinn. Dies hier, der Arbeitstisch und die feinen Instrumente und Metallteile waren seine Gebärmutter. Und die riesige Lupe, durch die Trevor auf ihn hinunterblickte, war … Aber es lag auch kein Gewinn darin, solche Vergleiche auf die Spitze zu treiben. Nachdem er drei Stunden an dem Ohr gearbeitet hatte, war er erschöpft und hungrig, aber er fühlte sich großartig. Es war ein Gefühl, als hätte er gerade eine ganze Stadt erbaut, mit eigenen Händen. Die meisten Menschen auf der Erde verstanden solche Empfindungen nicht mehr, oder sie machten sich über sie lustig, oder sie beschimpften sie als vorsintflutlich und höhlenmenschartig. Er aber empfand Stolz, im alten Sinn, einen männlichen, einfachen, aufrichtigen Stolz. Den Stolz eines Bauern, der nach drei Stunden zum ersten Mal wieder den Rücken gerade biegt, sich den Schweiß von der Stirn wischt und zum Horizont blickt. Das habe ich gemacht, dachte er. Das habe ich erschaffen. Es tat gut, so etwas zu denken. Man war im Einklang mit der Natur, mit sich selbst. Zuhause hätten ihn die Leute ausgelacht für diese Gefühlsregung. Wahrscheinlich hätten sie ihn zu einem Therapeuten geschickt und ihm befohlen, seine kindliche Seite zuzulassen, die ausschließlich auf Zerstörung aus war. Nun ja, früher war das ja auch so gewesen. Früher hatte er viel kaputt gemacht. Drunten auf der Erde. Merkwürdig … Er dachte an die Erde immer noch als etwas, das sich weit unter ihm befand. Er war in die Höhe geflogen und saß jetzt auf einem kugelförmigen Objekt hoch über seiner Vergangenheit. Dabei war alles relativ. Alles, die Zeit, der kalte, dunkle

Weltraum außerhalb der Kuppel, sogar das Lebensalter zweier Menschen, die sich mit unterschiedlicher Geschwindigkeit durch das Universum bewegten. Alles war immer relativ. Außer der Musik.

Trevor ging in seine Kochnische und schlug zwei Eier in eine Pfanne. Während sie im Öl zischten und brutzelten, versuchte er sich vorzustellen, wie der Roboter seine ersten Tage wahrnehmen würde. Natürlich war dieses Gedankenexperiment unsinnig, niemand konnte sich in einen künstlichen Organismus hineinversetzen. Er würzte die fertigen Spiegeleier mit Salz und Pfeffer (die Streuer hatten die Form von Schachfiguren, ein weißer und ein schwarzer König, die niemals ein Schachbrett betreten hatten) und summte dabei leise eine Melodie. Vielleicht wäre es das Beste, wenn Todd als Erstes seine Stimme hörte, die ihm ein Lied vorsang. So machte das die Natur doch auch. Trevor hatte zwar keine besonders schöne Singstimme, aber die Tonhöhen traf er doch recht gut. Und auf sängerische Perfektion kam es ja nicht an, sondern auf die Gewöhnung an die Stimme seines Erbauers. Ja, mit Sicherheit war das eine essenzielle Erfahrung für jedes junge Lebewesen. Von ihm, von dem auch alle anderen guten Dinge kommen würden, mussten auch die ersten Melodien kommen. So würde der Roboter den Eindruck von Musik immer mit Geborgenheit verbinden und sich dadurch einen emotionalen Panzer aneignen für die beunruhigenderen Stücke der Musikgeschichte, die in Trevors Plattensammlung auf ihn warteten, zum Beispiel das ganze Spätwerk von Schubert, die *Kindertotenlieder* von Mahler oder die *Variationen für Orchester* von Anton Webern, jenes seltsame Werk, bei dem man beim Zuhören ein fiebertraumartiges Gefühl bekam, als würde das eigene Denken in winzig kleine Stücke zerlegt, so klein wie die Schaltkreise auf einem Mikrochip. Nur ein in frühen Jahren erworbenes Grundvertrauen in das Leben konnte einen vor solchen Phänomenen metaphysischer Verinselung bewahren. Ich werde früh damit beginnen müssen, sagte er sich, während er die Eier aß. Sie schmeckten vorzüglich. Jawohl, früh damit beginnen. Warum nicht gleich heute? Es konnte nicht viel schiefgehen. Er würde das Ohr am Kopf befestigen und dann den unfertigen Roboter in Betrieb nehmen. Für einen kleinen Probelauf, der noch keinerlei intelligentes Verhalten von ihm erforderte, war er sicher schon bereit. Trevor stellte den Teller auf den klirrenden Geschirrturm im Waschbecken, ließ etwas Wasser darüberlaufen und verschob den Abwasch um einen weiteren Tag. Er musste zurück zur Werkbank, zurück zu Todd. Welche Melodie sollte er ihm vorsummen? Es durfte nichts Schwieriges, nichts Bedrohliches sein. Etwas, was Würde ausstrahlte und väterlichen Stolz. Er überlegte. Ein paar Stücke von Brahms kamen ihm in den Sinn, aber die waren rhythmisch zu anspruchsvoll. Was wäre mit Edward Elgar, dem Anfangsthema des Cellokonzerts? Er hatte die Aufnahme mit Jacqueline du Pré sicher schon Hunderte Male angehört, er kannte jede Note auswendig. Mit vor Aufregung zitternden Händen schraubte er das halb fertige Ohr an Todds halb fertigen Kopf. Er wusste, er durfte noch keine Reaktionen von ihm erwarten, nicht einmal ein Blinzeln oder so, der Roboter schlief noch in dem Limbus der Ungeborenen, in seinem künstlichen Uterus, der Werkbank im Hinterzimmer seines kleinen Hauses auf *Character*

*IV.* Sollte er den Kopf auch am Rumpf befestigen? Das hatte er schon einmal gemacht, probeweise, und es hatte ganz gut funktioniert, zumindest hatte der Kopf keine Abstoßreaktion gezeigt und auch keine Zeichen von Verwirrung. Aber vielleicht war es dafür noch ein wenig zu früh. Trevor entschied sich, den Kopf vorerst isoliert zu lassen. Das Ohr war nun mit der Metallschläfe des Roboterkopfes verbunden. Eine Diode leuchtete grün, das bedeutete, dass der Stromfluss richtig verlief. Im Raum war es vollkommen still. Trevor traute sich kaum zu atmen. Er näherte sich dem Ohr mit seinem Mund, holte sanft Luft und begann dann die berühmte Melodie zu summen, ganz leise, um den pränatalen Gehörsinn des Roboters nicht zu überfordern. Die Diode leuchtete weiter grün, und Trevor summte die Melodie, und es kam keine Reaktion vom Roboter, aber das hatte er ja erwartet, und bestimmt war das ein gutes Zeichen. Trevor musste lachen, es war ein Lachen der Erleichterung. Er klatschte in die Hände, das kleine fürsorgliche Experiment war gut verlaufen. Nachdem er geklatscht hatte, begann die Diode plötzlich zu flimmern. Außerdem vibrierte jetzt der ganze Roboterkopf wie das Geländer in einem Treppenhaus, gegen das jemand in einem oberen Stockwerk getreten hat. Schnell tastete Trevor nach dem Ausschaltknopf, aber da war es schon zu spät, eine kleine Explosion stieß seine Hand zurück, eine Flamme zuckte auf, und der Roboterkopf fiel von der Werkbank auf den Boden. Nein, nein, rief Trevor, trat von einem Fuß auf den anderen und hielt sich die Stirn mit beiden Händen. Nein, das hätte nicht passieren dürfen, das war schrecklich, er hatte ihm wehgetan – Trevor rannte aus dem Zimmer und setzte sich in der Kochnische auf einen Sessel. Mit zitternden Händen tastete er nach etwas, das auf dem Tisch stand. Er nahm gar nicht wahr, was es war, er betastete es, blickte es an. Es war der weiße Schachkönig. Sein Gesicht bestand nur aus einem Paar eingeschnitzter Augen und einem angedeuteten Vollbart. Trevor hatte zu schwitzen begonnen. Die Arbeit von Wochen, von Monaten … durch Leichtsinn … reine Dummheit. Er erhob sich und ging zurück in das Hinterzimmer. Todds Kopf lag in der Dunkelheit, surrte und gab hin und wieder ein seltsames Geräusch von sich, eine Mischung aus einem pfeifenden Teekessel und dem ungeduldigen Freizeichen eines Telefons. Trevor ging näher und berührte den blechernen Schädel mit einem Stock, es zischte, Funken sprühten aus der leeren Augenhöhle. Bestimmt litt der Kopf, so allein auf dem Boden und weit entfernt von seinem Körper, entsetzliche Qualen. Er wusste nicht, wo er war, was er war, ja nicht einmal, *ob* er war. Er befand sich in einer seltsamen Vorhölle, wie ein blind und taub geborenes Kind, das nur eines kennt: grauenhafte Schmerzen. Das Ohr, an dem Trevor so lange geduldig gearbeitet hatte, lag einige Meter von dem verzweifelt zischenden und pfeifenden Kopf entfernt im Staub. Trevor betete, dass es durch den Sturz nicht allzu sehr beschädigt worden war. Aber er konnte sich jetzt nicht darum kümmern, er musste zuerst den Roboterkopf ganz abschalten, damit dieser von seiner orientierungslosen Qual erlöst wurde. Er fasste vorsichtig nach dem Kopf und hob ihn hoch. Ein ungesundes Rattern und Summen setzte ein. Trevors Finger tasteten nach dem Ausschaltknopf im Nacken. Er fand ihn, drückte ihn, aber es geschah nichts. Vielleicht war der Knopf

kaputt. Oh Gott, dachte Trevor. Nicht der Ausschaltknopf! Schnell trug er den Roboterkopf zu seiner Werkbank und legte ihn mit dem halb fertigen, eingedellten
Gesicht nach unten auf das Holz. Ein metallenes Wim-
mern drang jetzt aus dem abgetrennten Rachenbereich
des Roboters. Gleich, dachte Trevor, gleich ist es gut, du
musst nicht mehr lange leiden. Der Roboterkopf gab
ein Gurgeln von sich, das wie eine defekte Klospülung
klang. Trevors Finger zitterten. Und je mehr er sich auf
das Umdrehen der winzigen Schrauben im Nacken
konzentrierte, desto schlimmer wurde es. Er musste für
einen Moment aufhören und seine Hände ausschütteln.
Reiß dich zusammen!, sagte er laut zu sich selbst. Er
schaffte es, alle Schrauben zu entfernen, der Hinterkopf
des Roboters fiel mit einem befreienden Vakuumzischen
ab. Vor ihm lag das zentrale Nervensystem, ein kleiner,
zerbrechlich aussehender Kristall aus mehrdimensio-
nalen Relais. Man sah auf den ersten Blick, wo das Problem lag: Der Kontakt, der sich hinter dem roten Ausschaltknopf befand, war verrutscht. Nicht weit, aber
weit genug, um funktionslos zu werden. Trevor stellte
den Kontakt behutsam wieder her und drückte den
Knopf. Stille kehrte ins Zimmer zurück. Kein Laut
drang mehr aus dem Roboterkopf, kein Zischen, kein
Gurgeln und kein Flehen um Erlösung. Er hatte es geschafft. Nein, er hatte es nicht geschafft. Es war ja nur
eine Notlösung, eine Verhinderung von noch mehr Leid
– die Wahrheit war doch, dass Trevor versagt hatte, der
Roboter funktionierte noch nicht richtig. Der Kopf war
übergekocht, hatte die Beherrschung verloren, nachdem
er ein paar Takte harmloser Musik gehört hatte. Mit
solch einem Geschöpf würde er niemals ernsthaft über

Musik diskutieren können. Er hatte keine gute Arbeit geleistet. Er war zu grob, zu ungeduldig vorgegangen. Er musste noch einmal von vorn beginnen.

Als Trevor an diesem Tag in seinem Bett lag und durch das Rundfenster in der Decke des Schlafzimmers ins Schwarze starrte, fragte er sich, ob er möglicherweise von ganz falschen Erwartungen ausgegangen war. Vielleicht war es ja gar nicht möglich, diese Musik zu begreifen, wenn man nicht in dem Kulturkreis aufgewachsen war, aus dem sie stammte. Vielleicht brauchte man, um ihre Würde, ihre Schönheit zu verstehen, die Erinnerung an alte europäische Städte, mit ihrem Kopfsteinpflaster in den Straßen der Altstadt, mit ihren verwinkelten – oder nach anderen längst vergessenen Prinzipien der geometrischen Raumaufteilung angeordneten – Gässchen, von denen manche wie Witze, deren Pointe niemand mehr weiß, plötzlich irgendwo aufhören, an einer Mauer oder einem Kanal, mit schönen, sonnigen Plätzen hinter Kirchen, mit plätschernden Brunnen und Statuen, auf denen Tauben sitzen, mit Häusern, an denen verwitterte Messingtafeln verkünden, dass hier ein Maler geboren worden war oder dass das Gebäude zur Zeit des Krieges als Kinderlazarett genutzt wurde, mit Universitäten und Museen, die von oben betrachtet kaum auseinanderzuhalten sind, mit Musikern und Bettlern an den ewig gleichen Straßenecken in den Fußgängerzonen, mit alten Wahrzeichen, mit noch älteren Gasthäusern, mit Häuserfassaden, aus denen wappenartige Zunftzeichen ragen, mit Parks, in denen sich die Monumente der Erinnerung eng aneinanderdrängen, steinerner Kopf an steinernem Kopf, mit Friedhöfen, die längst aus ihren ursprünglichen

Mauern herausgewachsen sind und nun, erwachsen und rechthaberisch wie der Tod selbst, expandieren. Städte, in denen zu bestimmten Zeiten die Luft erfüllt ist vom untemperiert gestimmten Glockengeläut aus den Kirchen. Trevor bemerkte, dass er weinte. Das war schon lange nicht mehr vorgekommen. Er wischte sich mit dem Ärmel seines Schlafanzugs übers Gesicht. Selber schuld, dachte er. Er hätte eben nicht an Glocken denken dürfen. Er besaß zwar einige Audioaufnahmen vom Glockengeläut aus verschiedenen Städten, in denen er gelebt hatte, aber die hörte er sich niemals an. Nein, Glocken und Fußballspiele, das waren zwei Dinge, die all ihren Reiz verloren, wenn man sie auf Magnetband aufzeichnete. Es war wichtig, zu wissen, dass sie in genau diesem Augenblick stattfanden, an einem nahen oder fernen Ort. Aber hier, auf *Character IV*, war Gleichzeitigkeit nicht leicht zu bekommen. Sie war eine seltene und teure Ware, eine Information, über die sich nur Experten problemlos unterhalten konnten, man musste über allerlei seltsame Theorien Bescheid wissen und andauernd in Blitzen denken, die an zwei verschiedenen Orten einschlugen, oder in Zügen, die sich mit sehr hoher Geschwindigkeit voneinander fortbewegten. Solchen Unfug musste man beherrschen, sonst verstand man nichts und berechnete alles falsch. Und das alles war ihm immer zu viel gewesen. Also hatte er den Gedanken an Gleichzeitigkeit irgendwann einfach aufgegeben. Es war, abgesehen von der Musik, der letzte ihn mit seinem früheren Leben verbindende Draht gewesen, den er gekappt hatte. Der grüne. So wie in den alten Filmen. Und die Bombe war nicht explodiert, sondern hatte gutmütig weitergetickt. Und er hatte gewusst, dass sie ihm nichts mehr anhaben konnte, die Bombe des Heimwehs, der Nostalgie, der alten Geschichten von zuhause. Von einem Tag auf den anderen hatte er aufgehört, darüber nachzudenken, was wohl genau in diesem Augenblick zuhause vorgehen mochte, denn die Formeln, die er dafür hätte berechnen, und die Raumzeitkrümmungen, die er hätte berücksichtigen müssen, gingen über seinen Verstand. Also hatte er es sein lassen. Einfach so. Und die Musik war an den Platz all der unangenehmen Gefühle getreten, er hatte seine Erinnerungen an Glockengeläut mit verschiedenen Musikstücken in Schach gehalten, mit gregorianischen Chorälen, mit Stücken der russischen Spätromantik. Dieses eine Präludium von Rachmaninow zum Beispiel, in G-Dur, Opus 32, Nr. 5. Aber jetzt hatte er einen kleinen Rückfall erlitten, hatte geweint und an Glocken gedacht. Früher waren sie ihm doch die meiste Zeit auf die Nerven gegangen. Er war nicht religiös, und die Musik, die sie erzeugten, war auch nicht besonders interessant, meist nur leere Quinten oder ein unreiner Dur-Akkord. Aber trotzdem, am Morgen, wenn es mit dem Geläut losging, wurde die Luft des ganzen Bezirks davon reingewaschen, es war, als würde die Stadt mit Mundwasser gurgeln, das gleich auch noch die Atemwege befreite. Außerdem konnten die Glocken in einer Stadt die Stimmung der Zeit widerspiegeln, in Krisenzeiten klangen sie anders, wälzten sich unruhiger von der einen auf die andere Seite, wie Schläfer mit schrecklichen Träumen, und besonders schlimm war es, wenn die Geister von frisch Verstorbenen in den Kirchtürmen Zuflucht suchten vor den Bombeneinschlägen und gellenden Sirenen der vergangenen Nacht. Dann läuteten die Glocken am Morgen, als bewegten sie sich durch einen zähflüssigen Widerstand, wie ein Löffel, der beim Umrühren in einem vollen Joghurtbecher an die Ränder klopft.

Trevor stand auf und kletterte auf das Dach seines Hauses, so wie er es jeden Morgen tat. Er überlegte, ob er den halb fertigen Roboter noch einmal einschalten sollte. Aber dann quälte ihn die Vorstellung, dass Todd völlig durchdrehte, mit seinen viel zu kurzen Gliedmaßen panisch an sich herumtastete und ein metallenes Gurgeln ausstieß, wie ein Flehen, ihn wieder abzuschalten, er ertrug die Welt nicht, die Zumutungen der Sinneseindrücke. Und Trevor stellte sich vor, wie er zum Grammophon ging und Wagner auflegte, laute und komplizierte Musik. Der Gnadenschuss, der den Roboter wie ein Schlag mit einem Hammer auf den Hinterkopf trifft. Trevor blickte durchs Fernrohr, das er gleich nach seiner Ankunft auf dem Dach angebracht hatte. Die Linse war staubig geworden, er wischte sie mit einem Zipfel seiner Pyjamajacke sauber. Dann tunkte er sein Auge – immer das rechte – in das angenehme Schwarz des Raumes. Ein Stern glitzerte kurz am Rand des Teleskopbildes und verschwand gleich wieder. Das Universum, eigenartig, es enthielt Objekte, war aber selbst kein Objekt. Wie soll das funktionieren, dachte Trevor, wer soll da noch Ruhe bewahren? Er machte vom Teleskop ein paar Schritte zum Rand des Daches. Dort stand eine Sitzbank, gerade einmal lang genug, dass sich ein einzelner Mensch darauf ausstrecken konnte. Er setzte sich und blickte hinunter auf seinen Garten, auf die kleine Straßenlaterne, auf die Glashülle, die ihn umgab. Bei bestimmten Lichtverhältnissen war sie so durchsichtig, dass man sie fast für unsichtbar halten konnte. Ein Meteoritenschauer zog über den Horizont. Kleine, leuchtende Gesteinsbrocken, die sich nicht auflösten, weil *Character IV* keine Atmosphäre besaß. Sie schlugen in einigen Kilometern Entfernung in den Staub ein. Er wirbelte auf, eine schöne, fast symmetrische Wolke, die in ihrer Form kurz an einen Rhombus erinnerte. Trevor fühlte die sanften Vibrationen des Einschlags. Nach einer Weile stieg er über die kleine Außenleiter wieder nach unten, ging ins Haus und setzte sich dort in sein Wohnzimmer vor den riesigen Schrank mit der Plattensammlung. Wenn er sich verloren fühlte, hatte er bisher immer die geeignete Musik für diesen Zustand gefunden. Musik, die diesen Zustand auflöste. Entweder die späten Streichquartette von Beethoven oder das *Weiße Album* der Beatles oder Prokofiev, alles von Prokofiev. Aber jetzt erschienen ihm all diese Platten wertlos. Er hatte sie alle schon unzählige Male gehört. Er konnte sie auswendig. Sein Gehirn vergaß nicht so schnell. Es hatte nicht einmal den Geruch der Straßen am Morgen vergessen, jeden Tag nach dem Aufstehen gaukelte es ihm diesen Geruch vor. Und sein Kopf war von früh bis spät voller Musik. Alter und neuer Musik. Lauter und leiser. Alles durcheinander. Alles gleichzeitig. Im Grunde war Musik etwas Furchtbares, dachte Trevor. Sie zwang alles in ihre Rhythmen, sie gab einem Ohrwürmer, die dann eine ganze Weile nicht mehr aus dem Gedächtnis verschwanden, sie versetzte einen in Stimmungen, die nichts mit der Realität zu tun hatten.

Er nahm das erste Album von ganz links aus dem obersten Regal und ließ die Schallplatte herausrollen. Der Moment, wenn die Kante der Platte seine Hand traf und er sie auffing, hatte ihm früher (früher, vor einem Jahr, gestern Vormittag) ein Gefühl von elementarer Geschmeidigkeit gegeben. Alles wurde dann glatt und angenehm, die Welt war in Ordnung. Die Welt war eine Scheibe, die friedlich um ihr leeres Zentrum rotierte. Und der Tonabnehmer berührte sie, sanft, als würde er sie küssen. Wie ein Tier, das seine Zunge in den Uferstrom eines Flusses hält und sich erfrischt. Albéniz, die *Iberia*-Suite. Er gab der Schallplatte einen Kuss auf das bauchnabelartige Loch in der Mitte, ließ sie noch einmal, wie ein großes zweidimensionales Mondgesicht, auf ihre hundert Kolleginnen blicken und sich durch eine kleine Verbeugung von ihnen verabschieden, dann legte er sie auf den Boden.

# Eine sehr kurze Geschichte

Nach einem langen und harten Arbeitstag im Büro stellte Lilly fest, dass auf ihren Schulterblättern kleine Flügel gewachsen waren: schmutzig rosafarbene, verletzlich wirkende Hautgebilde, die wie Gelsenstiche juckten und sich von ihr mit einiger Willensanstrengung sogar ein wenig hin und her bewegen ließen. Vor lauter Angst schnitt sich Lilly die Flügel mit einer Schere ab und spülte sie im Klo hinunter. Sie überlegte, ob sie vielleicht nachwachsen würden, aber diese Sorge erwies sich als unbegründet. Die Flügel kamen nie mehr wieder, egal wie lang und hart Lillys Arbeitstage auch waren, bis ans Ende ihres kurzen Lebens.

# Kleine braune Tiere

da lag er mit einer geschwindigkeit von 29,76
kilometer in der sekunde.

*Konrad Bayer*

For when his own light went out he was not left
in the dark.

*Samuel Beckett*

## 1. Wer war M. D. Regan?

Es gilt als eines der geheimen Meisterwerke unserer Epo-
che. Was *Ulysses* für den modernen, *Gravity's Rainbow*
für den postmodernen, *Infinite Jest* für den postpost-
modernen und schließlich *Jimmy Corrigan – The Smar-
test Kid on Earth* für den Comic-Roman war, das ist
*Figures in a Landscape* für das bisher von den meisten
ernsthaften Menschen nicht ganz zu Unrecht belächelte
Medium des Computerspiels. Bis zum Erscheinen des
Spiels im Herbst 2007 hatten Computerspiele den Ruf,
doch nur mehr oder minder primitive Instinkte anzusprechen und sich höchstens auf dem Niveau von Wer-
bespots mit der Wirklichkeit zu befassen. Eine gewisse
Ernsthaftigkeit in ihrem Anspruch gestand man nur je-
nen Rollenspielen zu, die ihren Benutzern einen großzü-
gigen kreativen Freiraum bieten. Doch noch nie stand
in einem Computerspiel die Kreativität des Herstellers

so alles beherrschend im Vordergrund wie im Fall von *Figures in a Landscape*: das schwierige, tragische, anarchisch-lebenspralle, letztendlich aber an der Welt verrückt gewordene Genie von Marc David Regan.

Sein Spiel hat die Auffassung der Welt von Computerspielen von Grund auf verändert. Und das, obwohl kein einziger Mensch es je zu Ende gespielt hat. Das letzte Level kann – darüber sind sich die Kritiker einig – nicht durch das Spiel selbst erreicht werden. Vor einem Jahr wurde die Entdeckung des letzten Levels zum ersten Mal auf einem Symposion erwähnt. Sofort entstand eine hitzige Diskussion unter Fans und Kritikern, an welcher Stelle des weitläufigen Programmcodes von *Figures in a Landscape* es wohl versteckt sei und ob man es als gesondertes Modul in Betrieb nehmen könne. Diese Diskussion verdanken wir im Grunde zwei Personen: Eine davon ist eine gewisse Maggie Phillips, eine kleine, aschblonde Frau mit riesengroßen Ohrringen und einem starken Südstaatenakzent. Sie stellte auf dem Symposion, an dem ich als Gasthörer teilnahm, einige Kapitel aus ihrer umfassenden Regan-Biografie mit dem Titel *A Solitary Figure* vor, an der sie damals gerade arbeitete. Vor kurzem ist diese Biografie erschienen und klettert nun tapfer die Bestsellerlisten auf und ab. Der andere, der vom letzten Level zu berichten wusste, war der bekannte Regan-Experte Konrad Lauffer. Diese beiden Vortragenden hatten am Ende die Teilnehmer des Symposions in zwei erbittert streitende Lager gespalten – aber greifen wir nicht vor.

Marc David Regan, der begnadete Universalpoet unter den Spieleprogrammierern, wurde 1986 in Manchester geboren. Seine Eltern waren Diplomaten. Seine ältere Schwester starb bei einem Skiunfall, als Marc ein Jahr alt war. Schon in jungen Jahren musste er mit seiner Familie häufig umziehen, wohnte zeitweise in Dänemark, Russland, Deutschland, den Vereinigten Staaten und Italien. Bei einer solchen Kindheit könnte man eigentlich davon ausgehen, dass er vielsprachig und in einem Gefühl des Weltbürgertums aufwuchs. Aber der kleine Marc war ein scheues, in seinen ersten Jahren beinahe autistisches Kind, das so gut wie keinen Kontakt zu anderen Kindern hatte. Aus seiner frühesten Jugend sind kaum Fotografien überliefert. Auf den wenigen, die man in Lexikonartikeln oder auf Internetseiten findet, sieht er aus wie ein völlig normales, über den Gang der Welt tief betrübtes Kind.

Schon früh wollte Marc nichts anderes werden als Schriftsteller. In seinem Nachlass fanden sich Tausende in seiner charakteristischen winzigen Handschrift[1] beschriebene Seiten, vor allem Romane, Erzählungen und Gedichte. Sogar ein paar selbst gefertigte Comics und großformatige pornografische Zeichnungen sind darunter. Diese nie veröffentlichten Werke lassen sich bis in das Jahr 1998 zurückdatieren, also in eine Zeit, als Marc gerade einmal zwölf Jahre alt war. Anfang 2004 erschien sein einziger Gedichtband zu Lebzeiten, *Land-*

---

[1] Regan schrieb seit der Grundschule in winzigen Blockbuchstaben, die durch die enorme Geschwindigkeit, mit der er seine Einfälle zu Papier brachte, zu einer nur sehr schwer entzifferbaren Geheimschrift gerannen.

*scapes and Mousepads* in dem winzigen Verlag *Hydro-cephalic Lollipops Press.*[2]

Seine außerordentliche künstlerische Begabung und der alles beherrschende Wunsch, Dichter zu werden, brachten ihn früh in Schwierigkeiten. Seine erste Schule in Manchester musste er verlassen, weil er einem Kind, das eines seiner Gedichte laut vor der Klasse vorgelesen hatte, die Nase brach.

Genauso charakteristisch wie seine bis zur Gewalttätigkeit gehende Verteidigung seiner künstlerischen Produktion waren seine unberechenbaren Kursänderungen. Mit siebzehn schrieb er sich als Student der Mathematik an der University of London ein. Für ein halbes Jahr war er völlig verwandelt, jeder Gedanke an Literatur und grafische Kunst schien vergessen. Er beschäftigte sich ausschließlich mit Geometrie und numerischer Mathematik, vor allem mit dem damals besonders populären Gebiet der Fraktale. An einen Freund schrieb er:

*Ich weiß nicht, warum nicht alle Menschen von diesen wunderbaren Objekten fasziniert sind. Immerhin sind es Dinge, die ZWISCHEN den Dimensionen existieren! Stell dir das einmal vor! So wie diese Wesen in unseren Science-Fiction-Romanen mit ihren hundert Augen und ihrem exakten Wissen über die gesamte Vergangenheit und Zukunft. Manche von ihnen existieren tatsächlich zwischen z. B. zweiter und dritter*

---

2 Dieser und die beiden postumen Gedichtbände *Winnie Sebald's Yawning Shoes* und *Happiness in a Corner* sind versammelt in dem Band *Traffic Lights and Other Brillo Boxes – The Complete Poems of Marc David Regan* (New Directions Paperback, 2010).

*Dimension, in etwa so stelle ich mir – bitte verzeih diese Geschmacklosigkeit – einen Wachkoma-Patienten vor, der weder vor (aufstehen, frühstücken, leben) noch zurück (...into the valley of the shadow of death) kann.*

*Anfangs habe ich gelacht über den Professor, der bei Vorlesungen scherzhaft verkündet hat, das stärkste religiöse Erlebnis in seinem Leben seien die Nullstellen der Riemann'schen Zeta-Funktion gewesen. Jetzt habe ich ähnliche Empfindungen, wenn ich auf dem Computer eine Unterwasserfahrt ins Seepferdchental der Mandelbrot-Menge unternehme und mir ansehe, wie sich die dazugehörende Julia-Menge unter Schmerzen krümmt.*[3]

Das Jahr 2004 war noch nicht zu Ende, da wurden die wunderschönen Fraktale durch eine andere Liebe ersetzt. Marc hatte sich eines Tages aus einer Laune heraus beim Literarischen Colloquium Berlin um ein Aufenthaltsstipendium für fremdsprachige Schriftsteller beworben. Er erhielt das Stipendium, packte seine Sachen und flog nach Berlin. Seine Nachbarn in dem berühmten Haus waren ein litauischer Lyriker und eine schwedische Dramatikerin. Drei Monate lang wohnte er in einem kleinen Zimmer mit Blick auf den Wannsee. Während dieser Zeit schrieb er beinahe nichts, mit Ausnahme von Briefen an seine Eltern in England. Sie zeigen ihn als heiteren, hoffnungsvollen jungen Mann, der mit den Dämonen, die sein späteres Leben bestimmen

---

3 Regan, Marc D.: *Letters and Journals* (Dalkey Archive Press, 2008), S. 29.

sollten, noch nicht in Berührung gekommen ist. Entgegen seiner Gewohnheit hielt sich Marc nur wenig auf dem Gelände des LCB auf. Jeden Morgen fuhr er mit der S-Bahn in die Stadt und trieb sich dort in Kinos, Comicläden und Cafés herum. Eines Tages begegnete er in einem Internetcafé einer jungen Frau namens Sarah. Er versicherte ihr bereits bei ihrem ersten Rendezvous, dass er für sie Deutsch lernen wolle, und schon am nächsten Abend saß er in einem Kurs. Dann kam es, wie es kommen musste. Sie fuhr für zwei Wochen auf Urlaub und kam verlobt zurück. Marc war verzweifelt. Er brach den Kurs ab und schloss sich in seinem kleinen Zimmer ein, ohne Frau, ohne Zukunft und mit einem Kopf voller nutzloser deutscher Vokabeln.

## 2. Das Spiel

Mit der rätselhaften Rest-Energie eines zu Tode Betrübten begann Regan in diesen Tagen voller Verzweiflung und Selbstmitleid mit einem neuen Projekt, einem Computerspiel. Ursprünglich war es als reiner Zeitvertreib gedacht, als kleine wissenschaftliche Fingerübung, die lediglich verhindern sollte, dass das Wissen über Programmiersprachen und Softwareentwicklung, das Regan während seines Studiums angehäuft hatte, über Nacht verlorenging.

Mit dem Geld, das ein toter Verwandter ihm hinterlassen hatte, reiste er Anfang des Jahres 2005 zum ersten Mal nach New York. Er wohnte in einem kleinen Apartment in der Lower East Side. Er fühlte sich sofort wohl in der Stadt, in der er – wie er in seinem

Tagebuch schreibt – das Gefühl hatte, in einem Buch weiterzublättern, wenn er nordwärts durch die wie Seitenzahlen nummerierten Straßen ging, und in der sein harter nordenglischer Akzent ihm das Gefühl gab, *aus der Masse hervorzustehen wie ein rostiger Nagel.* Während der ganzen Zeit arbeitete er an dem grafischen Aufbau seines kleinen Spiels und notierte in seinem Tagebuch seine Begegnungen mit den geheimen Sehenswürdigkeiten der Stadt. In Chinatown kaufte er in einem kleinen Supermarkt ein und stolperte in der Hygieneabteilung über eine magere Katze, die sich an seinem Bein rieb. Im Battery Park traf er auf einer Wiese einen großen, braunen Fasan und hielt ihn im ersten Moment für ein Produkt seiner Einbildung. Er entdeckte kleine, auf sonderbare Dinge spezialisierte Geschäfte, die sich in Nebenstraßen versteckten und ausschließlich Schachfiguren oder Grabkreuze oder Anzüge für Chefköche verkauften. Er registrierte den merkwürdigen Augenblick, wenn man plötzlich mitten im Strom der Jogger auf der Brooklyn Bridge stehenbleibt und trotzdem von niemandem berührt wird. Vom Fenster seiner Wohnung aus konnte er auf die Fassaden anderer Häuser blicken, an jeder ein breites Zickzack aus Feuertreppen. Eines Tages beobachtete er einen Hund, der eine dieser Feuertreppen stundenlang auf und ab kletterte. Überhaupt fielen ihm in dieser Zeit besonders häufig Tiere auf. Ein Eintrag im Tagebuch lautet etwa:

*Eine Fliege verirrt sich zu mir ins Zimmer, setzt sich auf meinen Bildschirm und reibt ihre Vorderbeine aneinander, wie ein schadenfroher Bösewicht seine Hände im Fernsehen. Eine echte New Yorker Fliege, denke ich. Und lasse sie leben.*[4]

Oder:

*In dieser Stadt gibt es viel zum Umarmen, Menschen, Gebäude, Tauben. Die Venus von Milo hätte hier nichts zu suchen. Ich würde ums Verrecken nicht mit ihr tauschen wollen, auch wenn sie unsterblich ist und ich nicht.*[5]

Und als er eines Tages die Fähre von Staten Island nach Manhattan nahm (um, wie er schreibt, zu überprüfen, ob Manhattan tatsächlich wie die Böcklin'sche *Toteninsel* aus dem Nebel auftaucht), hatte er nur Augen für die Möwen, die in geringer Höhe neben dem Schiff herflogen und von den Touristen mit Popcorn gefüttert wurden.

Woher dieses Mitgefühl für Tiere kam, war ihm vermutlich selbst nicht klar. *Figures in a Landscape* wimmelt jedenfalls, wie jeder Spieler sofort merkt, von verschiedensten Tieren, manche echt, manche erfunden.

Oft wird gesagt, das Spiel handle von einem Stalker. Das ist eine ebenso lächerliche Vereinfachung wie die Behauptung, *Moby Dick* sei ein Roman über den Walfang. John Brel, die Hauptfigur,[6] ist vierunddreißig, wiegt hundertfünfzig Kilo und ist von einer jungen Frau besessen. Er wohnt in einer traumartig verschachtelten

---

4 *Letters and Journals*, S. 109.
5 Ebd., S. 114.
6 Wie Regan auf diesen Namen kam, ist nicht bekannt. Möglicherweise bezieht er sich auf den belgischen Chanson-Sänger Jacques Brel (1929-1978), von dem Regan einmal gesagt haben soll: *I like him because he looks like that fella from Mad Magazine.*

Stadt, durchlebt moralische Dilemmata, wie man sie sonst nur aus Dostojewski-Romanen kennt, muss mit Waffen, Redekunst und aufgesammelten Objekten Rätsel lösen, die man seinen ärgsten Feinden nicht zumuten würde.

Nach einer schlaflosen Nacht in New York schrieb Regan: *Ich weiß nun, was Grauen ist. Ich lag in meinem Bett und habe gespürt, wie die Erdkugel mit mir ins All davonrast. Niemand kann entkommen, alles ist mitbewegte Ahnungslosigkeit.*

Kurz darauf skizzierte er die ersten Szenen seines neuen Spiels in seinem Tagebuch.[7]

*1) Streit zwischen JB und seiner Freundin. Am Himmel draußen, statt Mond, ist eine Raumstation, in die sich die Freundin flüchtet, weil er wieder ins Bett kommt. Blutet manchmal ohne Grund aus dem Ohr. Armer JB.*

*– Ich kann das nicht mehr!, schreit sie. Ich kann nicht mehr.*

*Nachdem sie diese Sätze abgestoßen hat, wie andere Menschen ein in sie verpflanztes Spenderorgan nach einer gewissen Zeit abstoßen, rennt sie von ihm fort. Aber durch die Eile wird ihre Geschwindigkeit natürlich stark abgebremst, und sie bewegt sich in verzweifelter Zeitlupe durchs Zimmer. Sie bemerkt erst nach ein paar Sekunden, wie langsam sie ist, und schaut den Spieler ängstlich von der Seite an.*

*Zwei Möglichkeiten, darauf zu reagieren (wählbar durch Pop-up-Fenster):*

---

7 *Letters and Journals*, S. 233 und 237.

*a)*

*– Keine Angst, versichert er ihr. Das ist nur die Rela-*
*tivitätstheorie.*

*Darauf sie:*

*– Mach, dass es aufhört.*

*Sie redet enorm verlangsamt und mit in extremem*
*Dopplereffekt tiefer gestellter Stimme, die ein kleines*
*Kathedralensymbol am oberen Bildschirmrand erschei-*
*nen lässt.*

*b)*

*– Entspann dich. Du musst nur aufhören, dich anzu-*
*strengen, sagt JB. Entspann alle Muskeln, dann wird es*
*gehen –*

*Noch ehe er fertig gesprochen hat, hat sie seinen Rat*
*auch schon befolgt und zischt davon, aus dem Zimmer.*
*Man hört die Tür zum Balkon zersplittern. Offenbar*
*ist sie mit voller Wucht hineingeknallt. Zwei kleine Ka-*
*thedralen erscheinen am oberen Bildschirmrand.*

*Kameraschwenk nach unten (keine Pseudo-3D!,*
*echter Schwenk muss möglich sein), JB blickt auf seine*
*großen Zehen. Sie tragen kleine Fliegerbrillen aus dem*
*Zweiten Weltkrieg und sehen irgendwie gefährlich aus.*
*Seine Lebensenergie beginnt zu fallen.*

Ein anderer Eintrag aus derselben Zeit lautet:

*Versöhnungsgespräch mit der magischen Schlampe.*

*JB stellt einen schmutzigen Turnschuh auf den Sup-*
*penteller. Die Schlampe beginnt zu weinen. Sie nimmt*
*den Schuh und herzt ihn, zwirbelt die Schnürsenkel zu*
*kleinen Schleifen und schaut ihn mit großen, traurigen*
*Augen an.*

*Pop-up-Fenster mit Wahlmöglichkeiten:*

*a)*

*– Ist ja gut, sagt JB zu ihr. Niemand wird es je erfahren.*

*– Glaubst du?*

*Ihr Mund wird zu einem bronzenen Türstopper, der früher einmal ein bronzenes Löwengesicht gewesen sein mochte. Ausdruckslos und dumm.*

*– Bestimmt, sagt JB.*

*b)*

*– Du bist krank, sagt JB.*

*– Ich glaub dir nicht, jammert sie, verbirgt ihr Gesicht in den Händen und drückt sich den Schuh wie zur Strafe fest in den Bauch.*

*– Nicht doch, versucht er ihr darauf den Schuh wegzunehmen, aber es gelingt nicht.*

*c)*

*(Kleines, halb verstecktes Handsymbol anklicken?)*

*Er gibt ihr seine Hand, und sie beginnt mit ihr zu spielen, klaubt die Finger wie die Perlen auf einem Rechenschieber von der linken auf die rechte Seite und anschließend von der rechten zurück auf die linke Seite und scheint den Schuh völlig vergessen zu haben. Mit einem leisen Plumps fällt er auf den Boden, ein ausgebranntes Wrack, dessen Hinterreifen besiegt zur Decke starren.*

Bis zum Frühsommer 2006 blieb Regan in New York. Er übersiedelte bald nach seiner Ankunft in eine neue Wohnung, die ihm ein Bekannter aus Berlin für mehrere Monate überließ. Er schrieb viele Briefe, arbeitete nächtelang an seinem *Spielken* (wie er die ersten Entwürfe zu *Figures* in spöttisch-fehlerhafter deutscher Aussprache nannte) und verliebte sich im März desselben Jahres Hals über Kopf in eine junge Studentin, die mit ihm schon bei ihrem ersten Rendezvous ins Bett ging. Von außen betrachtet war diese Zeit für Marc eine glückliche. Doch neuerdings wurde er in den frühen Morgenstunden – der einzigen Tageszeit, wo er Schlaf fand – oft von einem wiederkehrenden Albtraum geplagt, der ihn so sehr beschäftigte, dass er ihn in seine Aufzeichnungen zu *Figures* integrierte:

*Traum: Auf einer verlassenen Rennstrecke. Ausgestorbene Zuschauertribünen. Eine melancholische, von niedrigen europäischen Wolken [sic] gefilterte Sonne. In der Ferne brennt ein Formel-1-Wagen. Ich begegne einer Art Vogelscheuche, die mich fragt, ob meine Seele gut überwechseln wird. Ich antworte ihr mit einer mir selbst unverständlichen Sicherheit: Die hat sich längst schlafen gelegt, Sir. In meiner Hand halte ich ein Mobiltelefon, das ich einzuschalten versuche. Aber das Display bleibt dunkel. Daraufhin entsetzliche Angst, nach Luft schnappendes Aufwachen und ein dumpfes Todesgefühl, das den ganzen Tag anhält. So wie damals, als ich sechs Jahre alt war und nach einer mit ausweglosen Spekulationen über ein Leben nach dem Tod verbrachten Nacht beschlossen habe, nicht zu sterben. Gleich am nächsten Tag würde ich an die Arbeit gehen und mir was einfallen lassen. Aber das Einzige, was ich getan habe, war, mit Bauklötzen zu spielen. Nach dem Rennstreckentraum nun ähnliches Gefühl von unerledigter wichtiger Arbeit, von leichtfertig verschenkter Transzendenz.* [8]

---

8 *Letters and Journals*, S. 218.

Kenner des Spiels werden keine Schwierigkeiten haben, die in dem Traum beschriebene Szene wiederzuerkennen. Im vorletzten Level begegnet uns dieser Ort beinahe unverändert, eine neblige Rennstrecke, in der Ferne das brennende Fahrzeug und dann das Gespräch mit einem zerlumpten Mann. Auch das Kind mit den Bauklötzen wird – möglicherweise unbewusst – an einer anderen Stelle des Spiels zitiert, im wahrscheinlich berühmtesten Level, dem *Heim für schwer verständliche Kinder*.[9]

Ein weiterer Grund dafür, dass Marc länger als geplant in New York blieb, waren die eindeutig besseren Arbeitsbedingungen. Während der Arbeit an seinem Spiel hörte Regan gern sehr laute Musik. Seine Nachbarn in Deutschland hatten sich viel häufiger über die Lärmbelästigung beschwert als die in New York. Bis zum An-

---

9 In dieser Episode muss sich John Brel gegen seinen eigenen Wunsch, Kinder zu haben, wehren. Ein Balken am oberen Ende des Bildschirms zeigt an, dass er einen enormen Kinderwunsch verspürt, rötlich gelb steht die Säule da, und sein Blick bleibt ständig an einem der vielen Kinder hängen, die die Straßen von *Figures* bevölkern. Um sich von diesen zunehmend schlimmer werdenden Koordinationsstörungen zu kurieren, muss der Spieler (sonst riskiert er ein vollständiges Einfrieren aller Bewegungen ab Level 7) in ein finsteres Kinderheim am Stadtrand gehen. Vor dem Gebäude steht ein großer Baum, an dem mehrere Kinder aufgehängt wurden (der Soundtrack zu diesem Level ist, passenderweise, ein minimalistisches MIDI-Arrangement der beklemmenden, durch Billie Holidays Interpretation bekannt gewordenen Protest-Ballade *Strange Fruit*). Im Heim liegen überall Kinder mit sonderbar verdrehten Gliedmaßen in großen Gitterbetten, Pflegerinnen mit Admiralshüten wandern geisterhaft durch die Gänge. Das Berühren dieser Kinder lässt den Kinderwunsch-Wert sinken. Wenn man sie mit brauner Salbe einschmiert (ein mit der Mouse nicht gerade leicht auszuführendes Geschicklichkeitsspiel), sie aus dem Gitterbett hebt oder wenn man ihr Bett mit Sand aus der Sandkiste im Hof des Heims füllt, während sie schlafen, verschwindet der Kinderwunsch sogar vollständig aus dem Inventar der Spielfigur.

schlag aufgedreht, dröhnten Death-Metal-Bands oder die frühen Kompositionen von Steve Reich und Philip Glass durch sein Zimmer.

*Je monotoner und langweiliger die Hintergrundmusik, desto besser kann ich denken,* schrieb er in einem Brief an seine Eltern. *Mein Genie (ha!) braucht irgendwie immer ein Trägersignal, das gleich bleibt und trotzdem autoritär genug ist, um jeden möglichen Kreativitätssprung zu erlauben. Würde ich Mahler oder Alban Berg oder die Beatles oder Daniel Johnston hören,*[10] *hätte ich überhaupt nichts mehr zu sagen. Die haben schon alles gesagt. Dagegen sind die fast schon hypnotisch langweiligen Stücke dieser Minimalisten genau das, was ich brauche. Meine Freundin hat mich auf sie aufmerksam gemacht, und jetzt kann ich gar nicht mehr ohne sie arbeiten. Sie machen meinen kreativen Gedankenfluss erst möglich, auf ihnen kann ich mich ausstrecken wie auf einem Liegestuhl.*[11]

Aus seinen Aufzeichnungen geht hervor, dass Regan nicht einfach nur ein surreales Computerspiel programmieren wollte. Er hatte allen Ernstes vor, seine spezifische Art, zu denken und zu empfinden, in das Spiel zu übertragen. So würde ein Spieler, der sich ganz auf die Logik von *Figures in a Landscape* einlässt, es immer mit ihm, mit Marc David Regans Gehirn, zu tun

---

10 Ein Hinweis darauf, dass traditionelle Unterscheidungen zwischen ernsthafter und populärer Kunst für Regan kaum eine Bedeutung hatten. Wie wir noch sehen werden, erstreckte sich dieser Charakterzug auf sein ganzes Leben.

11 *Letters and Journals,* S. 41.

haben – und zwar buchstäblich. Es würde immer seine Art zu reagieren sein, seine Stimmung, seine Träume, seine Unzufriedenheit, seine Ängste. Jeder Spieler weiß: Das Spiel verändert nach einer gewissen Zeit die Regeln, nach denen man es spielen muss. Hochkomplexe fuzzy-logic-artige Winkelzüge. Manchmal ist der Spieler vollkommen im Dunkeln und nichts ergibt irgendeinen Sinn. Er steckt tagelang in einem Level fest, und wenn er das Spiel beendet und wieder aufruft, ist er plötzlich in einem anderen Level.

Die meisten menschlichen Wesen in dem Spiel erscheinen als vollendete Paranoiker. Sie sind auf alles gefasst, ständig auf der Hut, eigensinnig. Sie analysieren ohne Unterbrechung ihre Umwelt, immer wachsam und misstrauisch, obendrein noch dokumentarisch veranlagt und – was Regans frühe Kritiker am meisten überrascht hat – ohne die geringste Spur von Gewissen. Gewissen entwickelt sich bei seinen Figuren immer nur in einem sozialen Gefüge. Das Objekt Gewissen erwirbt der Spieler demnach erst, nachdem er viele Menschen im Universum des Spiels kennengelernt hat. Das Gewissen ist ein kleiner grüner, mit einer Schnur umwickelter Reisekoffer, auf dem Deckel sieht man ein Handschuhsymbol. Es ist unmöglich, den Koffer zu öffnen, aber der Blick fremder Menschen auf ihn lässt ihn bisweilen anschwellen oder implodieren, je nachdem von welcher Intensität der Blick ist. Der Spieler kann sich, wenn er den Koffer einmal erworben hat, nur sehr schwer von ihm trennen. Paradoxerweise – aber dieses Paradox ist in der Welt des Marc David Regan selbstverständlich nur eine Formalität – ist Mord eine der Möglichkeiten. Eine andere ist, das Gewissen gegen etwas einzutauschen, das einen sinnvollen Ersatz dafür darstellt. Aber was genau ein solch sinnvoller Ersatz sein könnte, ist dem Spieler nie wirklich bekannt, das Spiel zieht die dafür notwendigen Parameter-Fäden im Hintergrund, und nur durch Zufall oder Glück kann man sein Gewissen gewaltlos verlieren.

*Alle Menschen,* schrieb Regan in einem Brief, *müssen immer widersprüchlich reagieren. Man droht ihnen mit einer Waffe, und sie fallen einem glücklich um den Hals, man bittet sie höflich um eine Wegbeschreibung, und sie übergießen sich lachend mit Benzin und zünden sich an, oder man klopft nichtsahnend an ein Hoftor, und schon wird man von hinten gepackt, fortgeschleppt und auf etwas geschnallt, das halb Pritsche, halb Operationstisch ist.*[12]

## 3. Inspiration und Rezeption

Der zunächst nur auf eine kleine Underground-Community beschränkte Erfolg des Spiels schlug bald in interdisziplinäre Begeisterungsstürme um. Konrad Lauffer[13] schrieb beispielsweise schon 2007, kurz nach Erscheinen des Spiels:

---

12 *Letters and Journals,* S. 55.
13 Im Vorwort zu seinem Standardwerk *Kafka, Lynch, Regan* erzählt Lauffer humorvoll, wie er eines Tages von seinem damals sechzehnjährigen Sohn auf das Spiel aufmerksam gemacht wurde. Nur wenige Minuten mit dem Spiel alleine in einem abgedunkelten Raum genügten, um seine gesamten Vorurteile gegenüber Computerspielen abzuschütteln. *So müssen sich Schlangen fühlen, nachdem sie sich gehäutet haben,* schreibt Lauffer. *Es war mir sofort klar: Ich hatte hier etwas ganz Großes vor mir.* (*Kafka, Lynch, Regan,* Helian-Verlag, 2008, S. XII)

*Marc David Regan – nun, mit welchem summarischen*
*Begriff will man es benennen – schreibt, komponiert,*
*programmiert wie ein Marsbewohner, der zwei Semes-*
*ter auf der Erde Menschheit studiert hat, sich dann*
*nach Hause begeben hat und nun feststellen muss, dass*
*seine Mitschriften unlesbar und seine Erinnerungen an*
*bestimmte Gepflogenheiten auf dem dritten Sonnenpla-*
*neten sehr lückenhaft sind. Nichtsdestotrotz aber setzt*
*er sich an seinen Mars-Schreibtisch und beginnt mit der*
*Niederschrift eines umfangreichen Referats. Das, was*
*er nicht mehr weiß, füllt er durch eigene Spekulationen.*
*Nebenbei trinkt und raucht er zu viel und hängt trau-*
*rigen Liebesaffären mit Erdenfrauen nach. Wir, seine*
*Fans, seine Community, sind das fassungslose Auditori-*
*um, das nur ein Autor dieses Ranges verdient.*

Von manchen traditionellen Kunstkritikern – darunter
auch von Konrad Lauffer selbst – wurde immer wieder hervorgehoben, wie primitiv die grafische Benut-
zeroberfläche von *Figures in a Landscape* in Wahrheit
sei. Und in der Tat sind die verschiedenen Elemente,
die man mit der Mouse bewegen oder anklicken kann,
kein besonderes Fest für die Sinne. Die meisten Bilder
im Spiel sind einfache eingescannte Fotografien, die in
einem Bildbearbeitungsprogramm verändert wurden.

   *Homegrown* – so lautete der Begriff, mit dem progres-
sive Stimmen diesen Einwand zu entkräften versuchten.
Sofort wurden andere Beispiele für diese Art von Kunst
geliefert.[14] Es handle sich nun einmal um ein selbstge-

---

14 Als frühes Beispiel für diese Art von Kunst könnte man etwa die
   *Basement Tapes* von Bob Dylan anführen. Heute setzen weite Teile der
   Alternativ- und Garage-Rock-Szene auf dieses Prinzip: eine Abkehr

basteltes Spiel, Marc David Regan habe schließlich zwei Jahre lang ganz allein an dem Spiel gearbeitet, er habe alles selbst digitalisiert, abfotografiert, entworfen.

*Das ist*, schrieb ein Kritiker in einem Online-Kunstforum, *eine unvorstellbare, an reiner Schreibarbeit beinahe schon Mozart'sche Leistung.*

Auf *YouTube* findet man einen Videoclip von Regans einzigem Fernsehinterview, der betitelt ist mit: MARC DAVID REGAN INTERVIEW 2008 (RARE!!). Die Qualität ist nicht gerade überwältigend. Man sieht den Künstler auf einem gepolsterten Sessel sitzen, neben ihm ein glatzköpfiger Mann mit einem Mikrophon. Das Interview wurde bei einer Videospiel-Messe in Amsterdam aufgezeichnet. Regan war dorthin eingeladen worden, um eine kleine Rede zu halten und einen Preis für *Figures in a Landscape* entgegenzunehmen. Auf beides verzichtete er, aber er kam als Besucher auf die Messe.

INTERVIEWER (mit holländischem Akzent): *So, I guess, one could say that ... you're really famous here.*
REGAN: *Yeah, weird, innit?*

---

von einer überkommerzialisierten, auf möglichst große Breitenwirkung ausgerichteten Kunst zugunsten eines ungefilterten, authentischeren Ausdrucks, der den Charakter eines Happenings, eines spontanen Geschenks, einer freundlichen Geste besitzt. Und natürlich wäre da noch der bereits oben erwähnte Daniel Johnston zu nennen, der von vielen Kritikern als Genie bezeichnete amerikanische Songwriter, der seit Mitte der 80er Jahre an paranoider Schizophrenie leidet, die seinen kreativen Prozess zeitweise unterbindet, zeitweise auch auf höchst befremdliche und elektrisierende Weise stimuliert. Regans Lieblingslied von Johnston war *Like a Monkey in a Zoo* (*I'm chained to a wall / I'm nothing at all / And my eyes look into the sunset thinking of better things to do / Like a monkey in a zoo*).

INTERVIEWER: *So ... tell me, what games influenced you when you were writing* Figures?

REGAN: *Well ... Doom, obviously. That beautiful concept of the pseudo-3D engine ... and of course, it sort of represented ... for me at least ... a certain way of thinking. The character is completely alone in this world and ... Well, it's sort of like the, ah ... it's like this song by ... that bloke ... ah ... Lorenz Hart, yeah, that song about being asleep ...*[15]

Wie dieser Ausschnitt besonders deutlich zeigt, scheute Regan nicht davor zurück, traditionell eher als kunstfern geltende Dinge wie Computerspiele oder Musical-Schlager auf eine radikal existenzielle Weise zu deuten.[16] In seinen Tagebüchern stößt man immer wieder auf faszinierende Beschreibungen seiner Erfahrungen mit verschiedenen Computerspiel-Klassikern.

---

15 Mit hoher Wahrscheinlichkeit ist der Song *Ev'rybody loves you when you're asleep* gemeint, der unter anderem die Zeilen enthält: *You're in a world that's bright and new / And there is no one in it but you.* Lorenz Hart (1895-1943) ist vor allem für seine legendäre Zusammenarbeit mit Richard Rodgers bekannt, aus der zahlreiche Musical-Klassiker hervorgegangen sind.

16 In einem kurz nach seinem Tod publizierten Artikel in der *New York Times* wird eine Anekdote überliefert, nach der Marc angeblich eines Abends, als er sich mit einer Freundin einen Pornofilm einer amerikanischen Extrem-Performerin anschaute, in dem es vor allem um mehrhändiges Anal-Fisting geht, plötzlich in Tränen ausgebrochen sei und immer wieder auf den Bildschirm gedeutet und gefragt habe: *Warum tut er das mit ihr? Sieht dieser Kerl nicht, dass sie traurig ist und gar nicht schauspielern will? Sie hat verdammt noch mal andere Dinge im Kopf!* Hinterher nannte er diesen Film oft in einem Atemzug mit klassischen Tragödien, in denen die Figuren ähnliche Stadien von Selbstbeherrschung und Selbstaufgabe durchlaufen. *Was weiß ich, zum Beispiel Antigone, die in ein unterirdisches Verlies eingemauert wird, und dann diese widerliche Anal-Schlampe auf der DVD, beide Dinge haben für ihn auf demselben Planeten stattgefunden,* sagte seine Freundin. *Ein bisschen nervig, ja, aber so war das eben mit Marc. So war das immer.*

An mehreren Stellen vergleicht er sie mit Meisterwerken des frühen Films (Méliès, Murnau, Lang), deren Charme und Zauber vor allem auf den damals sehr limitierten technischen Mitteln beruht, die heute, da sie längst überwunden sind, noch stärker in ihrer ganzen Merkwürdigkeit aufleuchten. In der Tat ist die Frage *Was bedeuten Computerspiele für die Generation, die damit aufgewachsen ist?* eng verknüpft mit ihren technischen Voraussetzungen: Sie waren zweidimensional, umständlich, aber dadurch auch elementar. Für Regan waren Spiele wie *Tetris*, *Super Mario*, *Sokoban* oder das schon etwas komplexere *Doom* eine vollkommen neue Art von Kunst, in der sich Tausende von Kindern und Jugendlichen verlieren konnten. Hierzu ein bemerkenswerter Tagebucheintrag aus dem Jahr 2005 über *Tetris*:

*Wie viele andere bin ich damit aufgewachsen, mit den manchmal grauen, manchmal bunten Spielsteinen, von denen einige die Form kleiner Quadrate oder langer Stäbe besitzen, manche erinnern auch an den Zug eines Springers beim Schach. Sie fallen von oben in einen Behälter, der Gott weiß was darstellen soll, vielleicht einen leeren Platz zwischen zwei hohen Gebäuden, vielleicht einen Silo, vielleicht ein Fenster, das auf eine sonderbar feindselige geometrische Welt blickt, in der es den ganzen Tag scharfkantige Gesteinsbrocken regnet. Das Spiel an sich ist sehr einfach: Die Steine fallen einer nach dem anderen vom Himmel, und der Spieler kann sie per Knopfdruck rotieren lassen, auf dass sie vielleicht ein wenig günstiger am Boden aufschlagen. Hat er eine ganze Reihe lückenlos, ohne Luftlöcher, zugemauert, löst sich diese auf – ein beglückend widernatürliches Ereignis, da im normalen Leben ja bekanntlich immer alles stehen bleibt, wo es ist.*

*Fieberträume bestehen in der Regel aus denselben Zutaten: gigantisch große oder winzig kleine Blöcke, die nach einem manchmal mehr, manchmal weniger komplizierten System geordnet und hin und her geschafft werden müssen. Woher das System kommt oder wer es vorschreibt, bleibt immer unklar, aber der Fieberkranke käme nie auf die Idee, sich aufzulehnen oder das System in Frage zu stellen. Denn er weiß: Es würde sein Ende bedeuten. Verbunden mit der Schwierigkeit oder – in den meisten Fällen – Unmöglichkeit, die Blöcke wirklich sinnvoll zu ordnen, ist das Gefühl einer fast schon kosmischen Hoffnungslosigkeit: Das ist alles, was existiert, es gibt NUR MEHR diese Blöcke und die rätselhaften Regeln, nach denen sie im Universum verschoben werden müssen. Mehr existiert nicht. In solchen Fiebernächten voller Geometrie begegnet man den tiefsten Empfindungen von Leere und Sinnlosigkeit, die ein normales Lebewesen gerade noch aushalten kann. Und wenn sich allmählich, meist am Ende einer von unmenschlichen psychischen Anstrengungen erfüllten Nacht, eine Reihe von Blöcken auflöst und nichts als beruhigende Schwärze zurückbleibt, bedeutet das lediglich, dass die Krankheit langsam abklingt. Das System selbst ist nicht eine Sekunde lang ins Schwanken geraten.*[17]

---

17 Phillips, Maggie: *A Solitary Figure* (Farrar, Straus & Giroux, 2009), S. 195. Der Eintrag ist in *Letters and Journals* nicht zu finden.

Super Mario und Sokoban waren für Regan tragische, in ihren zweidimensionalen Welten gefangene Helden, die ähnlich limitierten Bewegungsabläufen unterworfen sind wie die Kapuzenmänner in Samuel Becketts Fernsehstück Quadrat 1+2. Das Ego-Shooter-Spiel Doom verglich er sogar mit bestimmten Höllendarstellungen bei Bosch, Dalí und Goya. Auch wenn diese Vergleiche einem streng wissenschaftlichen Blick nicht standhalten und überzogen und bemüht wirken, demonstrieren sie doch einen Bewusstseinswechsel, der die Auffassung von Kunst in unserer Zeit bestimmt.

Von dem ungeheuren Einfluss, den *Figures in a Landscape* auf die künstlerischen und intellektuellen Sphären des frühen 21. Jahrhunderts hatte, zeugt die beeindruckende Zahl von Aufsätzen, Monografien und wissenschaftlichen Studien, die sich mit seinem Werk auseinandersetzen. Hier eine Liste besonders bemerkenswerter Titel:

*»Don't speak to me, or I'll fucking answer«: Logic and Fuzzy Logic in* Figures in a Landscape

*Das Nash-Equilibrium im Werk von Marc David Regan*

*Marc D. Regan: Absurdes Zeitalter im Digitalen Theater*

*»Mister, we are here to amuse your corpse« – Eine feministische Studie zu den Frauengestalten in »Figures in a Landscape«*

*Mirrors on the World: M. D. Regan vs. M. C. Escher*

*Violence is the Music of the Spheres – A Decontructivist Speedrun Through M. D. Regan's* Figures in a Landscape

*Kafka, Lynch, Regan*

*A Reader's Guide to* Figures in a Landscape
*A Cheater's Guide to the Reader's Guide to* Figures
in a Landscape
*John Brel – the New Leopold Bloom?*
Und schließlich mein persönlicher Favorit:
*Marc David Regan – Magician or Trick?*


4. Die Suche nach dem letzten Level

Jedes Genie hat seine Exegeten: eine Gruppe verläss-
licher Menschen, die Museen nach ihm benennt, Stu-
dienzentren ins Leben ruft und der Erschließung seines
Werks ihr Leben widmet. Die Fan-Community von
*Figures in a Landscape* ist wahrscheinlich die ernsthaf-
teste und wissenschaftlich am besten gerüstete, die sich
je mit einem Computerspiel befasst hat. Und auch sie
ist zu wilden Kontroversen fähig.

Bis heute weiß niemand, wie man das letzte Level von
*Figures in a Landscape* direkt im Gameplay erreicht.
Man bleibt bestenfalls im vorletzten Level stecken, irrt
auf der Rennbahn umher oder beklettert die leeren Be-
suchertribünen, aber es gibt keinen Ausgang, keinen
Schalter, den man umlegen kann, keinen Punkt, von
dem aus man weiterteleportiert wird. Es wird allgemein
vermutet, dass Regan es darauf angelegt hat, dass man
es nur als Hacker betreten kann, d. h., dass man den
Quellcode des Programms nach dem Level durchsuchen
und es dann gesondert starten muss. Vor zwei Jahren,
kurz nach Regans Tod, wurden Auszüge aus Diskus-
sionen auf Foren und Fan-Webseiten zum ersten Mal
in Buchform veröffentlicht (*In Search of Lost Levels*,

Oxford University Press, 2008). Darin findet sich die folgende bemerkenswerte Passage:

*Edgar11:* u wont believe me what i just found
    *JohnBrel4President:* No you haven't!
    *Edgar11:* just jump into the flames it's real easy
    *JohnBrel4President:* Done that.
    *ReganFan32:* Tried that a million times. You just die.
    *Edgar11:* i'm not talking about the flames on the race track i mean real flames
    *ReganFan32:* WTF???
    *JohnBrel4President:* IDIOT IDIOT IDIOT IDIOT
    *Edgar11:* no listen. my house burned down yesterday and i said well that's it so i jumped into the flames and there it was
    *JohnBrel4President:* Oh shut the fuck up
    *Edgar11:* and there it was. a narrow blue room filled with little brown animals

Das Internet – jene eigenartige Parallelwelt, die gegen Ende der neunziger Jahre entdeckt wurde – ist die große Akademie, auf der Regan-Fans und -Experten miteinander streiten. Allein auf der offiziellen Homepage www.mdregan.com werden täglich bis zu 40.000 Hits verzeichnet.

Alle Beteiligten des Symposions bewegten sich, auch wenn sie physisch in den Räumlichkeiten der Universität anwesend waren, während der Dauer der Veranstaltung im Web, sie verschickten E-Mails, sie stellten ihre neuesten Erkenntnisse auf ihre Profilseite, sie diskutierten in Foren, sie versteckten sich hinter ihren Laptops vor den Blicken ihrer Kollegen und Feinde.

Der erste große Augenblick des Symposions kam, als Konrad Lauffer mit seinem Vortrag (um 9 Uhr früh, allerdings cum tempore, wie man es von einem ordentlichen Universitätsprofessor für Darstellende Kunst erwarten durfte) begann. Er brauchte sehr lange, um zum Punkt zu kommen. Zuerst erklärte und analysierte er einige bereits weithin bekannte Details zur grafischen Gestaltung des Spiels (die er immer noch für etwas einfach und epigonal hielt). Dann erwähnte er eine *kleine, höchst interessante Entdeckung* im Programmcode von *Figures in a Landscape*. Die entsprechenden Zeilen wurden mit dem Beamer auf eine Leinwand projiziert. Unter weitschweifigen Kommentarzeilen versteckt, waren ein paar Zeilen, die bisher niemandem aufgefallen oder aufgrund ihrer entmutigenden Kompaktheit ignoriert worden waren.

Ein Murmeln ging durch den Hörsaal.

Das Licht wurde ausgeschaltet, und auf der Leinwand erschien ein kleines Programmfenster. Konrad Lauffers Assistent vergrößerte es, sodass alle mit eigenen Augen sehen konnten, worum es sich handelte: einen schmalen Raum mit blauen Wänden. Der Spieler, erkennbar an den am unteren Rand des Bildschirms schwebenden Fingerspitzen, konnte nicht viel mehr tun, als sich vor und zurück zu bewegen. Zu erledigen gab es in dem Raum nichts, keine Objekte, die man aufheben, keine Lebewesen, mit denen man sich unterhalten oder zumindest die Zeit vertreiben könnte.[18] Die Lebensenergie des Spielers in diesem letzten Level war, wie den meisten Leuten sofort auffiel, zu einem grauen Balken er-

---

18 Keine Spur von *little brown animals*.

starrt, der niemals, auch nicht mit der Zeit, abnahm. Es war eine Welt ohne Tod, ein Jenseits, vergleichbar mit dem weißen Raum am Ende von Stanley Kubricks Film *2001: A Space Odyssey*, in dem einer der Astronauten wohnt, isst, altert, sich zum Sterben hinlegt und dann wieder aufsteht.

Nach seinem Vortrag gab Konrad Lauffer Interviews am laufenden Band.

Als sich die Aufregung des Vormittags ein wenig gelegt hatte und sich die Diskussionsforen im Internet mit der Siegesmeldung *Breakthrough in Blue Room*[19] füllten, betrat Maggie Phillips das Podium. Sie benötigte etwa eine Viertelstunde, um ihren Beamer in Betrieb zu nehmen, währenddessen verließen einige Leute den Hörsaal. Als sie zu sprechen begann, befanden sich wahrscheinlich gerade einmal halb so viele Menschen im Raum wie bei dem Vortrag von Lauffer.

Sie stellte sich vor, man hörte nichts. Sie tippte schüchtern gegen das Mikrophon, worauf es eingeschaltet wurde. Dann begann sie zu sprechen.

Als sie sich eine halbe Stunde später für die Aufmerksamkeit bedankte und sich knapp verbeugte, stürmten einige Zuhörer aus dem Raum.

Wenig später sah man Konrad Lauffer mit krebsrotem Gesicht umherlaufen.

Die unscheinbare Frau aus Atlanta/Georgia[20] hatte in

---

19 Als Variation auf William S. Burroughs' berühmten *Break Through in Grey Room*.

20 Dort hat sie, wie dem Klappentext ihres Buches zu entnehmen ist, lange Jahre als Musikwissenschaftlerin gearbeitet. Zu ihren Veröffent-

ihrem Vortrag, der in erster Linie der Promotion ihrer Regan-Biografie gelten sollte, die Meinung vertreten, der blaue Raum aus dem Programmcode sei zwar ganz interessant, aber es gebe doch eigentlich keinen Beweis dafür, dass es sich dabei tatsächlich um das *letzte* Level handle. Wahrscheinlich sei es lediglich ein Rest, ein frühes Experiment, als Regan zum ersten Mal die digitale Umsetzung seiner Visionen zu realisieren versuchte. Ihr Vorschlag bezüglich des letzten Levels war etwas gewagter, und sie erläuterte ihn im letzten Kapitel ihrer Biografie.

*A Solitary Figure* ist ein beeindruckend dichtes und rundum gut recherchiertes Buch, das sich vor allem mit bisher von der Forschung eher vernachlässigten Gebieten beschäftigt, wie z. B. Regans enger Verbindung mit Deutschland sowie dem enormen Einfluss, den Hieronymus Bosch und diverse frühe Surrealisten auf die grafische Gestaltung von *Figures in a Landscape* hatten.

Das letzte Kapitel ist Regans Selbstmord gewidmet. Bisher war darüber nicht viel bekannt gewesen. Maggie Phillips las den überraschten Zuhörern aus einem Brief vor, den Marc David Regans letzte Freundin verfasst hatte, ein zum Zeitpunkt der Niederschrift gerade einmal achtzehn Jahre altes Mädchen namens »Betty« (der Name wurde allerdings von Phillips geändert). Über die wahre Identität dieser jungen Frau ist nichts bekannt geworden. Doch umso berühmter ist seit dem denkwürdigen Symposion ihre Beschreibung von Regans letzten

lichungen gehören u. a.: *The Minimalist Tradition in Western Music* (Atlanta University Press, 2001), *Crediting »Einstein on the Beach«* (Atlanta University Press, 2002) und *Another Look at Counterpoint* (Satyagraha Publishing House, 2004).

Stunden. Es wurde viel darüber spekuliert, ob Maggie Phillips nicht womöglich die wahre Autorin dieser Zeilen sei, und wahrscheinlich werden diese Gerüchte nie ganz verstummen. Das Hauptargument der Zweifler ist paradoxerweise der übertrieben (soll heißen: von Phillips simulierte) schlechte Stil dieser ergreifenden Schilderung:

*Am Nachmittag gingen wir noch ins Kino. Sehr toller Film, alles in allem, actionreich, der Sound an mehreren Stellen jedoch etwas zu laut. Bereue jedenfalls nicht, ihn angesehen zu haben. Aber wenn ich geahnt hätte, dass es Marcs letzter Film auf Erden sein wird, hätte ich sicher was Passenderes ausgewählt, wenn Sie wissen, was ich meine ... Marc hat sich jedenfalls nichts anmerken lassen, er war während der ganzen Zeit ziemlich guter Dinge, hat Witze gerissen und aus meiner Tüte Popcorn geklaut. Nach dem Kino gingen wir noch in ein Lokal was trinken. Im Lokal bemerkte ich zum ersten Mal an diesem Tag eine gewisse Ungeduld bei Marc. Das war an sich noch nichts, worüber ich mir groß den Kopf zerbrochen hätte. Aber als ich ihn fragte, was los sei, antwortete er: Er habe Angst, eine bestimmte Fernsehsendung heute Nacht zu verpassen. Außerdem wolle er die Ratten noch füttern. Das mit den Ratten ist mir besonders komisch vorgekommen, aber ich habe mir nichts Besonderes dabei gedacht und mich halt beeilt mit dem Essen, und auch die Zigarette habe ich ausgemacht, bevor sie zu Ende geraucht war. Auf dem Nachhauseweg hat es etwas geregnet, aber wir sind trotzdem wie verliebte Teenager Arm in Arm durch die Straßen gegangen, als könnte uns nichts auf der Welt etwas anhaben.*

*Ich habe Marc erzählt, ich hätte nächste Woche einen Termin beim Gynäkologen und ob er mich vielleicht begleiten möchte (ich hasse Gynäkologen!). Er hat mir über die Wange gestreichelt und gesagt: Natürlich. Aufgrund seines Tonfalls habe ich gedacht, er glaubt vielleicht, ich wäre schwanger. Aber es war nur eine Routineuntersuchung, und das wollte ich ihm noch sagen, habe es aber dann doch nicht getan, weil er so glücklich und zufrieden ausgesehen hat. Zuhause sind wir dann bis spät in die Nacht aufgeblieben, sind auf dem Balkon gesessen, und Marc hat mir ein paar Sternbilder gezeigt, einige davon waren, wie ich hinterher erfahren habe, von ihm erfunden. An die Namen dieser Sternbilder kann ich mich leider nicht mehr erinnern, glaube aber, dass ein paar Tiernamen darunter waren. Anschließend bin ich ins Bett gegangen, und Marc hat gesagt, dass er noch aufbleiben möchte, wegen der Fernsehsendung. Tatsächlich hat er den Fernseher eingeschaltet und den Ton auf eine mittlere Lautstärke runtergedreht. Heute glaube ich, dass er das deswegen gemacht hat, damit ich Ohropax reintue. Er wollte nicht, dass ich etwas höre. Am nächsten Morgen bin ich als Erstes nach dem Aufwachen ins Badezimmer gegangen. Und da ist er gelegen, alles voller Blut, die schönen neuen blauen Fliesen, alles voll. Es war furchtbar. Den Anblick von zwei besonders riesigen Schmierereien auf dem Spiegel werde ich sicher nie wieder vergessen. Er hat sich mit einem Küchenmesser überall am Körper verletzt, bei weitem nicht alles tödliche Stiche, aber die Halsschlagader war leider dabei, auch die Arterie in der Armbeuge. Ich sage Ihnen, Ms. Phillips, alles war voller Blut, sogar der Rattenkäfig, der offen stand, und die verwirrten Tiere wa-*

*ren am Boden, ganz durcheinander und mit klebrigen Pfoten, denn das Badezimmer, müssen Sie wissen, ist ein ganz schmaler Raum, wo die Wände einem immer ganz nah sind, egal wo man steht. Nachdem ich begriffen habe, was geschehen ist, ist mir schlecht geworden, und dann bin ich sofort aus der Wohnung geflüchtet, und seither war ich nicht mehr dort und möchte auch nie wieder dorthin zurück.*

*Um auf Ihre Frage zurückzukommen: Ja, ich bin immer noch böse auf ihn. Er hätte das nicht tun sollen, nicht so, auf diese Art. Und wenn ich daran denke, dass er in seiner letzten Stunde lieber seine beschissenen Nager um sich gehabt hat als mich – ich sage Ihnen, dann wird mir heute noch schlecht.*[21]

Maggie Phillips behauptet, sie habe diese Beschreibung von Marc David Regans Selbstmord einem zehn Seiten langen Brief von »Betty« entnommen. Die junge Frau lebe inzwischen irgendwo im Mittleren Westen und wolle nichts mehr mit diesem Kapitel ihres Lebens zu tun haben. Im Internet kursiert eine Handvoll wenig glaubhafter Spekulationen über »Betty«. Die einen sagen, sie sei in Wirklichkeit ein junger Mann, die anderen, sie sei ein reines Fantasieprodukt der Biografin, und schließlich gibt es sogar diejenigen, die glauben, die Zeilen stammen von Marc David Regan selbst, der seinen eigenen Tod nur vorgetäuscht habe und obendrein mit Maggie Phillips identisch sei. Auch wenn dieses letzte Gerücht sowohl durch Autopsieberichte wie durch den physischen Auftritt von Maggie Phillips bei dem Sym-

---

21 *A Solitary Figure*, S. 279.

posion relativ leicht zu entkräften ist, muss man doch einräumen, dass es zu ihm gepasst hätte: Wenn er schon seinen echten Tod nicht überleben konnte, wollte er wenigstens sehen, wie eine mögliche *Nachwelt* aussehen würde. Und vielleicht hatte er ja genau das im Sinn, als er im Alter von sechs Jahren nach einer quälenden Nacht voller Todesangst daranging, etwas zu erfinden, was ihm die lästige Pflicht des Sterbens ersparen würde.

Wie dem auch sei, ich jedenfalls erinnere mich gerne an den Augenblick zurück, als sich die Leute auf dem Symposion plötzlich alle um Maggie Phillips scharten und ihr zu ihrer »Entdeckung« gratulierten. Konrad Lauffer war nirgendwo mehr zu sehen. Man sagte, er sei früh abgereist, allerdings nicht, ohne vorher einige Gegenstände in seinem Hotelzimmer zu zertrümmern, das übliche Programm eben, wie es bei Paradigmenwechseln sehr häufig zu beobachten ist. Nehme ich zumindest an.[22]

---

22 Eine seltsame deutsche Redewendung. Ich nehme an, das klingt immer wie: *Ich nehme dich als mein Kind an.* Oder so irgendwie. Komisch. *I suppose* – das ist doch klarer und greifbarer, oder?

# Die Entschuldigung

Wie ein Schneeball, der einen Hang hinunterrollt und dabei stetig an Masse zunimmt, so kam es ihm vor, als er in der Mittagspause sein mit Lachs und Gurken belegtes Sandwich kaute. Er spülte mit Mineralwasser nach, aber davon wurde alles nur noch unförmiger und klumpiger. Schließlich verlor er die Geduld mit dem viel zu großen Bissen in seinem Mund und spuckte ihn in eine Serviette. Braun und feucht leuchtete die zerkaute Masse aus dem durchscheinend krepppartigen Weiß der Serviette hervor. Ein widerlicher Anblick.

Anton stand auf und warf die Serviette in den Müllkorb.

Die Mittagspause eines furchtbaren Arbeitstages. Seine Sekretärin war heute Morgen in sein Büro gekommen, hatte sich mit einem *Herr Wolf, entschuldigen Sie bitte die Störung, aber es geht wieder um den Neuen* auf den Stuhl vor seinem Schreibtisch gesetzt und ihm eine entsetzliche Geschichte erzählt. Die Geschichte einer Nebenfigur, die jetzt keine mehr war.

Nebenfiguren sind das Traurigste, was man sich vorstellen kann. Ihr Schicksal ist von allen das grausamste und entsetzlichste. Sie kommen schon im Zustand der Entbehrlichkeit auf die Welt, werden später erschossen, verbrannt, in ein dem Verglühen geweihtes Raumschiff gesetzt und angeschnallt oder gleich direkt in den Hades geworfen. Sie sind die Überbringer wichtiger Nachrichten, deren Inhalt sie nicht einmal kennen. Sie leben ein Leben außerhalb aller wesentlichen Entscheidungen, sie sind zu nichts nütze und für nichts gut, also im Grunde dasselbe wie Wörter, von denen es Tausende gibt, Millionen, und die man gegebenenfalls neu erfinden kann, wenn ein altes kaputtgegangen ist oder nicht mehr verwendbar erscheint. Sie werden missachtet, gequält, erniedrigt. Sie werden nachts vergewaltigt, ohne dass die Welt dadurch einen Riss bekäme. Und sie sind leichter ersetzbar als Wasser oder ein Stück Kreide. Man vergisst sie sofort. Sie verderben niemandem den Appetit.

Franz Lukas war keine Nebenfigur mehr.

– So eine Behandlung hat niemand verdient, erklärte Frau Nusch. Wahrscheinlich geht es allen Neuen so, aber das, was die mit ihm gemacht haben …

Anton musterte seine Sekretärin. Sie war heute wieder besonders auffällig geschminkt. Er hatte oft mit dem Gedanken gespielt, sie zu verführen, sich aber jedes Mal beherrschen können. Er wollte ihre Stelle nicht aufs Spiel setzen.

– Sicher, sagte er und blickte auf die Schreibtischplatte, in der sich ein von nirgendwoher kommendes Licht reflektierte. Das ist immer eine sehr schwierige Zeit. Neu anzufangen in einem Betrieb.

– Aber mit einer Bierflasche, Herr Wolf, ich meine …

– Ich verstehe schon, was Sie meinen.

Aber er hatte im Grunde gar nichts verstanden. Ihm war der neue Mitarbeiter in der letzten Zeit hie und da über den Weg gelaufen, und manchmal hatte er ihn abends an der Bushaltestelle gesehen; er wartete sehr lange auf einen nur selten vorbeikommenden Bus, der entlegenere Bezirke der Stadt mit Menschen belieferte. Und dann dies: Gestern Abend, nach der Arbeit, war der Neue, dessen vollständiger Name tatsächlich Franz Lukas lautete (wie viele von Natur aus Untergebene besaß er nicht einmal einen wirklichen Nachnamen, nur zwei Vornamen, deren Reihenfolge sich niemand merken konnte), von seinen Kollegen vergewaltigt worden. Nicht direkt vergewaltigt. Sie hatten ihn ausgezogen, ihn gezwungen, den schmutzigen Boden zu lecken und einen seiner Muster-Entwürfe für Badezimmerkacheln zusammenzufalten und zu kauen. Anschließend hatten sie den nackten, schreienden Franz Lukas auf ein Kopiergerät gesetzt, um seinen Hintern zu kopieren, aber das Gerät hatte nicht funktioniert, also hatten sie ihm eine geöffnete Bierflasche in den Arsch gesteckt und ihn anschließend daraus trinken lassen.

Die leere Bierflasche stand immer noch im Gang, gleich hinter der Eingangstür. Anton hatte sie schon heute Morgen gesehen und sich ein wenig gewundert.

Ihm war durchaus nicht entgangen, dass die Kollegen den Neuen in der letzten Zeit regelmäßig aufgezogen und gedemütigt hatten. Das war unangenehm, aber er hatte gehofft, es würde nicht so schlimm werden, dass es bis zu ihm durchdrang. Doch jetzt war genau das passiert, und er wusste, dass es diesmal nicht mehr von allein weggehen würde. Franz Lukas würde nicht mehr mit dem Hintergrund verschmelzen, so wie er es bisher immer getan hatte. Er war keine Nebenfigur mehr, dafür hatte Frau Nusch gesorgt, indem sie ihm von der Bierflasche erzählt hatte. Warum hatte sie das getan? Was bedeutete ihr dieser Mitarbeiter?

Sofort korrigierte sich Anton. Es war gemein und überheblich, so zu denken. Er musste Mitleid mit Franz Lukas haben, immerhin war er von mehreren seiner Kollegen aufs Grausamste gequält worden. Aber warum hatten sie die Flasche im Eingangsbereich stehen lassen? Als Mahnmal? Aus Boshaftigkeit?

– Wer war dabei?, fragte er seine Sekretärin.

Sie zuckte die Achseln.

– Ist schon in Ordnung, versicherte er ihr. Ich weiß es nicht von Ihnen. Sie waren nie bei mir.

Sie sah sich unsicher in seinem Büro um, wie um zu prüfen, ob der Raum Hinweise auf die Aufrichtigkeit dieser Aussage enthielt. Schließlich schlug sie die Augen nieder und nannte ein paar Namen.

– Altenberger, Renner … der Täubner … und es könnte sein, dass auch der Graf dabei war.

– Florian Graf?

Sie nickte.

– Aber bei dem sind Sie sich nicht sicher?

– Es könnte sein. Sicher bin ich mir nicht, aber …

– Gut, ich bedanke mich, dass Sie mir das anvertraut haben. Ich werde sehen, was in dieser Hinsicht zu … zu unternehmen ist in … in dieser Hinsicht.

Über den Computerbildschirm tanzte ein roter Schriftzug, der Name seiner Firma: *Crillaco*. Ein erfundenes Wort, das nichts bedeutete. Zuerst hatte er ein paar andere, wie er fand, sehr energiegeladene Silbenkombinationen ausprobiert, aber eine Google-Suche ergab, dass diese von ihm erfundenen Wörter in irgendeiner anderen Sprache immer etwas bedeuteten.

Der Appetit war ihm vergangen. Seine Finger waren fettig von den Lachsstücken, die ständig aus dem Sandwich fielen. Seine Armbanduhr klebte an seinem schwitzenden Handgelenk. Wenn die Tür seines Büros offen stand, konnte er auf den Gang hinaussehen, wo selten etwas Interessantes vor sich ging. Dort war es geschehen, der Überfall, die Bierflasche. Es war ungeheuerlich, dass sie noch immer neben der Eingangstür stand. Niemand hatte sie weggeworfen, vermutlich weil sich alle vor ihr ekelten. Und Anton wusste: Er selbst würde sie auch nicht mit bloßen Fingern anfassen.

Franz Lukas war ein verschlossener, schweigsamer Mann, der gute Arbeit lieferte. Anton war bisher immer sehr zufrieden mit ihm gewesen. Er musste die ganze Zeit an das schreckliche Detail mit der Bierflasche denken. Das Sandwich rührte er nicht mehr an, obwohl er hungrig war. Er ging auf den Gang und schaute in den großen Raum, wo seine Angestellten saßen oder standen. Er sah den Rücken von Florian Graf. Er kehrte in sein Büro zurück, bemerkte, dass das Bild über seinem Schreibtisch (eine Radierung von Piranesi mit dem Titel *Das Sägepferd*) schief hing, tippte den Rahmen mit dem Zeigefinger an und korrigierte die Symmetrie. Dann ging er aufs Klo, setzte sich hin und stützte das Kinn auf die Faust. Das braun durchscheinende Glas einer Bierflasche. Er stellte sich den Gestank vor und die ungeheure Erniedrigung, die Franz Lukas wenige Meter entfernt, auf dem Korridor, hatte erdulden müssen, gestern Nacht. Es würgte ihn. Er hatte Schwierigkeiten, sich mit dem Klopapier sauber zu machen. Und als er spülte, vermied er es, in die Kloschüssel zu sehen.

Heute Morgen war Lukas ganz normal zur Arbeit gekommen und hatte still und leise zwischen seinen Peinigern Platz genommen. Warum war er nicht mit einer Axt auf sie losgegangen, auf Altenberger, Täubner, Graf … und wer war noch dabei gewesen? Er konnte sich nicht erinnern.

Er nahm ein Stück Klopapier von der Rolle und entsorgte damit die Bierflasche. Altenberger sah ihn, wie er die Bierflasche, eingewickelt in das Papier, über den Gang trug, und machte ein amüsiert fragendes Gesicht. Anton blickte ihn wütend an, und Altenberger lief rot an. Anton betrachtete das als ein Schuldeingeständnis.

## 2

Die Idee, er müsse dem Neuen helfen, war Anton beim Rasieren gekommen. Sein eigenes Gesicht im Spiegel zu sehen, wie es das Kinn vorstreckte und verlangsamte, unwitzige Grimassen vorsichtiger Konzentration schnitt, während der Rasierer die bleistiftgrauen Bartstoppel ausradierte, brachte ihn immer auf versöhnliche und fürsorgliche Gedanken.

Es war doch eigentlich nicht zu fassen, dachte er, dass ein derart schlimmer Fall von Mobbing und repressiver Gruppendynamik direkt vor seinen Augen passierte, ohne dass er dessen Tragweite bisher wahrgenommen hatte. Es war beinahe peinlich. Er musste unbedingt etwas unternehmen, damit Franz Lukas von seinen Arbeitskollegen ein wenig mehr Respekt entgegengebracht wurde. Auch wenn er immer noch gute Entwürfe ablieferte, musste Lukas doch unter dieser Situation leiden. Vielleicht spielte er mit Selbstmordgedanken oder plante demnächst einen Amoklauf mit Pumpgun oder Kettensäge.

Anton versuchte sich den schweigsamen, mageren Mann vorzustellen, wie er schwer bewaffnet den Korridor entlangschritt, in seinen Augen das wahnsinnige Funkeln eines Massenmörders, die Würde einer unterdrückten Kreatur. Glassplitterregen, Wände mit Einschusslöchern, blutige Stiefelspuren, verzerrte Gesichter.

An diesem Tag unternahm Anton als Erstes einen kurzen Inspektionsrundgang. Er hatte so etwas zwar noch nie getan, aber als Chef, fand er, stand ihm dieses Recht durchaus zu. Er blieb bei den Computerbildschirmen und Zeichenbrettern stehen und kommentierte das, was er dort sah. Manchmal war es etwas, was gar nichts mit einem anstehenden Projekt zu tun hatte, etwa das Fenster eines E-Mail-Programms, in dem Penisvergrößerer ihr Unwesen trieben. Aber auch das bedachte Anton mit einer kurzen Reaktion, einem Nicken oder einem missbilligenden Knurren.

Die meisten Mitarbeiter beachteten ihn nicht weiter. Nur manche, die schon seit Jahren für ihn tätig waren, wie Altenberger oder Florian Graf, hielten inne und verfolgten jede seiner Bewegungen.

Als er an den Schreibtisch von Franz Lukas kam, fiel ihm zuerst auf, wie eng und eingeschränkt die Verhältnisse dort waren. Lukas hatte nicht einmal genug Platz, um seinen Laptop hinzustellen. Anton forderte Florian Graf auf, mit seinem Stand-PC ein wenig zur Seite zu rücken, es gebe genug Platz für alle. Graf gehorchte wortlos. Franz Lukas besaß nun ein neues, etwa zehn Zentimeter breites Stück des Tisches, das ganz allein ihm gehörte.

Anton kontrollierte, womit sich Lukas gerade beschäftigte. Es waren Kachelmuster (für die schien er
eine besondere Begabung oder Vorliebe zu haben), sehr
sensible, sich wiederholende Muster, die meist aus sich
in extremen Winkeln schneidenden Linien bestanden,
immer einen Schritt von verwirrenden Moiré-Effekten
entfernt.

Es waren schöne Kacheln, fand Anton. Und er sagte
es.

Niemand hatte ihn verstanden, da er sehr leise gesprochen hatte, also wiederholte er es.

– Wunderschön, dieses Muster. Wirklich.

Franz Lukas drehte sich zu ihm um.

– Ich finde, das ist einer der besten Musterentwürfe,
die ich je gesehen habe, sagte Anton.

Florian Graf schaute jetzt neugierig auf den Bildschirm seines Kollegen, blinzelte, nickte dann und widmete sich wieder seinen Aufgaben.

– Na, jetzt schauen Sie mich nicht so an, sagte Anton.
Ich finde das Muster wirklich gut.

– Danke.

Die Stimme gehörte nicht zu einem erwachsenen
Mann. Es war die Stimme eines Jugendlichen, der unsicher und zerzaust den ersten Tag in einer neuen Schule
erlebt. *Und jetzt begrüßen wir alle unseren neuen Mit-
schüler – Franz. Hallo Franz.*

Anton blickte zu Boden, räusperte sich.

– Na dann, sagte er. Gut. Gut.

Und er zog sich in sein Büro zurück.

Ihm wurde bald klar, dass er auf ganzer Linie versagt
hatte, denn Frau Nusch kam gleich am nächsten Mor-

gen zu ihm und erzählte – nun ja, es war alles nur noch schlimmer geworden. Sie hatten Franz Lukas, als er abends an der Bushaltestelle stand und trübsinnig in den Schnee starrte, wieder schikaniert und misshandelt. Er hatte anfangs nur dazu gelächelt.

– Ist wohl eine Überlebenstechnik, sagte Frau Nusch.

Anton wartete, so wie ein Kind eine gerechte Strafe erwartet, auf ein neues entsetzliches Detail, das Frau Nusch bestimmt gleich erwähnen würde. Gleich würde es kommen, eine Schrecken erregende Einzelheit in Form eines Gegenstands oder einer Handlung. Womit hatten sie ihn wohl diesmal vergewaltigt?

– Was ist jetzt wieder passiert?

– Sie haben ihn … in den Schnee geworfen.

Sie sagte das in demselben Tonfall, in dem sie auch die Bierflasche erwähnt hatte.

– Das ist alles?, fragte Anton.

– Ihn und seine Mappe.

– Ich verstehe.

– Einer hat ihn … mit dem Stiefel, so …

Sie stand auf und hob ihren Fuß, der in einem niedlich femininen Turnschuh steckte.

– So!, machte sie und stampfte etwas Unsichtbares in den Boden.

Anton fragte sich, warum sie ihm diese Szene auch noch vorspielen musste. Es hätte doch genügt zu sagen: Einer hat ihn mit dem Stiefel in den Schnee getreten.

– So, so, so, machte Frau Nusch unterdessen und trampelte auf dem Fußboden herum.

Ihre Gesichtszüge waren verzerrt, Hass und Schadenfreude leuchteten aus ihren Augen.

– Ich verstehe, sagte Anton.

Aber Frau Nusch war nicht zu bremsen. Sie trat noch ein, zwei Mal auf den imaginären Kopf unter ihrer Schuhsohle ein, dann atmete sie einmal tief durch und setzte sich in ihren Sessel. Anton wusste nicht, was er tun sollte.

– Gut, sagte er. Ich bedanke mich, dass Sie mir das alles –

– Nichts zu danken, keuchte Frau Nusch. Ich tue mein Bestes. Das kann schließlich nicht so weitergehen.

Sie wischte eine lange Haarsträhne beiseite, die aus dem dichten Knoten auf ihrem Hinterkopf entkommen war, und atmete noch einmal tief ein und aus.

– Gut, dann …

– Und dann haben sie auch noch Happy Birthday für ihn gesungen, sagte sie.

– Happy Birthday? Wieso das?

– Ich weiß nicht.

– Hatte Herr Lukas gestern Geburtstag?

– Ich weiß nicht, Herr Wolf, vielleicht.

Wieder dasselbe Spiel mit der Haarsträhne. Dann beugte sich Frau Nusch zur Seite und zog ihren Schuh aus, untersuchte ihn und schüttelte ihn kräftig (das Geräusch eines winzigen Steinchens, das auf den Boden fiel).

– Sie haben ihn in den Schnee geworfen und dabei Happy Birthday gesungen?

– Mhm, machte Frau Nusch und nickte.

– Das verstehe ich einfach nicht.

Natürlich verstand er. Es war seine Schuld. Er hätte Lukas nicht vor den anderen loben dürfen. Das war zu plakativ gewesen. Aber warum hatten sie ihm ein Ge-

burtstagslied gesungen? Als die Sekretärin endlich gegangen war, schaute er in der Personalakte nach. Adresse: Holzgasse 16.

Geburtstag ...

Erst in einer Woche. Gestern in einer Woche. Merkwürdig.

Anton lehnte sich in seinem Bürosessel zurück und
strich sich ratlos mit Zeigefinger und Daumen über sein
Kinn. Seit zwei Tagen hatte er sich nicht mehr rasiert,
und die Finger machten ein hässliches Bartstoppelge-
räusch.

### 3

Ist es eine zu große Geste?, fragte er sich, als er den
Gehsteig entlangging. Nummer 16. Mache ich mich lächerlich? Aber was soll's, ich werde schließlich nur an
die Tür meines Angestellten klopfen. Jeder Chef kann
das tun. Es steht ihm von Natur aus zu.

Er erinnerte sich, dass er früher manchmal zu Ge-
burtstagsfesten eingeladen war. Altenbergers Vierzigster
zum Beispiel. Ein lustiger Abend, bei dem ein Akkorde-
on und ein Lampenschirm zu Bruch gegangen waren.

Der unregelmäßige Countdown der Hausnummern
brachte seine Nervosität zurück. 24. 22. Dann kam
ein großes Nagelstudio namens *Nail Heaven*, das kein
Hausnummernschild trug und über mehrere Häuser zu
reichen schien. Er ging weiter, überquerte eine Seitengasse, in der ein paar alte, verrostete Fahrräder umge-
fallen waren und wie geschwärzte Brandopfer auf dem
Boden lagen. Die Gegend gefiel ihm nicht. Nur wenige

Leute waren unterwegs, und selbst die sahen aus, als wären sie lieber woanders.

Nummer 16. Kein besonders schönes Haus. Das Tor stand offen. In der Einfahrt schlug ihm ein unangenehmer Geruch entgegen, sofort schloss er den Mund, presste die Lippen aufeinander und atmete flacher. Anton schaute sich nach einem Lichtschalter um, aber es gab keinen. Er ging ein paar Treppen hinauf, bis zur ersten Tür, das erste Zeichen von Leben. Eine verlassene Zahnarztpraxis, das silberne Schild abgewetzt und zerkratzt wie von Vogelkrallen. *Dr. med. dent. Maximilian Zettl.* Die Öffnungszeiten, beinahe unleserlich, schienen aus einem anderen Jahrhundert zu stammen. Jetzt, vor der Zahnarztpraxis, wusste er auch, was der unangenehme Geruch und die instinktive Spannung in seinem Kiefer zu bedeuten hatten.

Vielleicht war es ein Fehler gewesen, hierherzukommen.

Er würde es schnell hinter sich bringen, würde einfach kurz klingeln und Franz Lukas die Weinflasche übergeben. Dann würde er sofort wieder nach Hause gehen. Er hatte in diesem Haus nichts zu suchen. Allerdings war er neugierig, zu erfahren, wie Franz Lukas wohnte. Er verdiente bei *Crillaco* schließlich nicht schlecht, warum also hauste er in einer derartigen Bruchbude –

Etwas flatterte neben ihm auf, und er schreckte zurück. Es war eine Taube, die unruhig um seine Beine wackelte. Anton versuchte, sie zu verscheuchen, aber es war eine Stadttaube, ein abgehärtetes, an das unberechenbare Verhalten der Menschen gewöhntes Tier, das sich von seiner Schuhspitze nicht beeindrucken ließ.

Anton legte eine Hand auf das staubige Geländer und

ging weiter. Seine Handfläche fuhr über etwas Hartes. Wie getrockneter Kaugummi. Da es im Stiegenhaus dunkel war, musste er sich hinunterbeugen, um zu erkennen –

Es war Taubendreck.

Seine verunreinigte und höchstwahrscheinlich auch mit allerlei Taubenkrankheiten infizierte linke Hand von sich streckend, ging er weiter. Auf der schwindligen Treppe verlor er fast das Gleichgewicht. Sein rechtes Schulterblatt begann zu jucken, aber er vermied es, sich zu kratzen. Seine linke Hand war tabu, und mit der rechten reichte er nicht an die Stelle.

Ich bin verrückt, dachte er. Was mache ich hier? Im Stillen verfluchte er Frau Nusch, die natürlich nichts dafür konnte. Aber sie musste gespürt haben, dass er für solche Dinge anfällig war. Er war schließlich ein guter Mensch. Und das war jetzt der Dank dafür: Taubenscheiße und ein abbruchreifes Haus, in dem er einem unfähigen Mitarbeiter –

Nein, unfähig war er nicht, das war ungerecht. Franz Lukas war sogar sehr fleißig, verglichen mit einigen älteren Kollegen.

In dem Haus schien es nur offen stehende Türen zu geben. Aus manchen der Wohnungen drangen Geräusche, aber ob diese Geräusche mit menschlichem Leben zu tun hatten, war schwer zu sagen. Irgendwo spielte ein Radio klassische Musik.

Im zweiten Stock fand sich endlich eine geschlossene Tür. Es gab kein Klingelschild, aber Anton beschloss, einfach anzuklopfen und zu fragen. Es war von Anfang an eine Schnapsidee gewesen, eine Charakterschwäche, der er nachgegeben hatte (so wie damals, als er wegen einer Ratte, die in seinen leeren Swimmingpool gefallen war und nicht mehr herauskam, die Polizei gerufen hatte), und er musste jetzt einen Schlussstrich ziehen. Er klopfte an die Tür.

Niemand reagierte, nichts geschah.

Anton schaute sich um. Am Ende des Ganges, neben einem Fenster, durch das trübes Licht fiel, stand jemand. Nein, etwas. Ein Rollstuhl. Auf der weißen Sitzfläche ein erloschenes rotes Teelicht. Anton ging näher. Der Docht der kleinen Kerze war abgebrannt, stellte er fest. Und auf der Fensterscheibe hinter dem Rollstuhl klebte etwas, das er noch nie gesehen hatte: schaumiger Staub. Oder vielleicht war es der Schaum eines Reinigungsmittels, der in seiner natürlichen Struktur getrocknet war.

Er hatte genug gesehen. Schnell rannte er die Treppe hinunter. Erst als er zurück auf der Straße war, traute er sich, frei zu atmen. Er stieg in sein Auto, legte die Weinflasche auf den Rücksitz und fuhr nach Hause.

Seine linke, kontaminierte Hand fasste das Lenkrad nur mit den Fingerspitzen.

4

Zwei Tage später landeten ein paar Entwürfe von Franz Lukas auf Antons Tisch. Er sah sie durch und musste feststellen, dass sie perfekt waren. Anton hatte schon lange nicht mehr eine solche Qualitätsarbeit gesehen. Sie waren sogar besser als alle bisherigen Arbeiten, die ihm der neue Mitarbeiter vorgelegt hatte. Da der Abgabetermin für die Kachelentwürfe seiner Abteilung immer näher rückte, war dies sehr bedauerlich.

Denn Anton hatte sich für diesen Tag vorgenommen, Franz Lukas öffentlich zu maßregeln.

Dass er nun ausgerechnet diese wunderbaren Entwürfe vernichten musste, war zwar bittere Ironie, aber es half alles nichts, es durfte so nicht weitergehen. Gestern Morgen waren zwei Bierflaschen im Eingangsbereich auf dem Boden gestanden. Anton hatte all seinen Mut zusammengenommen und Altenberger gefragt, was die Flaschen hier zu suchen hätten.

– Ach, die …, hatte Altenberger geantwortet. Die bringe ich in der Mittagspause zum Glascontainer.

– Während der Arbeitszeit wird nicht getrunken.

– Haben wir nicht, Toni, hatte ihm Altenberger versichert.

Nein, es half alles nichts, er musste es tun. Er musste Franz Lukas demütigen, und das vor den Augen seiner Unterdrücker. Vielleicht würden sie so zur Besinnung kommen und ein wenig Solidarität entwickeln. Es war ein Akt der Zärtlichkeit, der Schmerzen verursachen würde, eine Notoperation, unangenehm, aber letztlich lebensverlängernd. Eine öffentliche Hinrichtung, die wenigstens den Krieg beenden würde.

– Lukas!, brüllte Anton.

Ein Gesicht hob sich, dann die anderen.

– Was zum Teufel soll das darstellen?, fragte Anton und kam mit den Entwürfen in der Hand auf den betroffen um sich blickenden Franz Lukas zu. Sollen das etwa die endgültigen Entwürfe sein? Das, was ich mit *meinem* Stempel darunter an die Kundschaft weiterleiten soll? Mit *meiner* Verantwortung?

Lukas blickte entsetzt auf die Papiere in Antons Hand.

Anton bemerkte den Blick und begann, die Blätter zu zerreißen. Er tat es langsam, so, dass es ihm selbst wehtat, aber das war nur natürlich. Er musste die Zähne zusammenbeißen. Die Papierfetzen warf er dem neuen Mitarbeiter ins Gesicht.

– Ah, machte dieser.

Der Laut eines Besiegten, eines fallenden Soldaten, in dessen Niere eine Kugel eindringt.

– Sehen Sie mich gefälligst an, sagte Anton. Hören Sie zu.

– Aber ich …

– Kommen Sie mir nicht noch einmal mit einem solchen Unfug! Sie sind kein Kind in der Zeichenstunde!

Dieser Satz tat ihm wirklich gut, denn das glupschäugige Kindchenschema von Franz Lukas' Gesicht war ihm schon oft aufgefallen, und natürlich musste gerade das die Quelle für den unsäglichen Spott sein, den er ständig auf sich zog, also war es notwendig, es ihm auszutreiben, dieses unschuldige Erscheinungsbild – Anton fühlte sich wie ein Vater, der seinen Sohn ohrfeigt, damit der hart genug für die Ansprüche der Welt werde.

– Sehen Sie mich gefälligst an, wenn ich mit Ihnen rede!, schrie er Franz Lukas an, obwohl dieser nur eingeschüchtert blinzelte. Und ziehen Sie nicht so ein beleidigtes Gesicht! Wenn Sie mir weiterhin so einen Müll vorlegen, werden Sie bald genauso ein Verlierer und Versager werden wie die hier!

Er deutete auf die erstaunten Gesichter ringsum. Dieser Schlussakkord hatte gewirkt. Die Mitarbeiter wandten sich ab, warfen einander bedeutungsvolle Blicke zu. In Antons Brustkorb hämmerte es. Er hatte begonnen zu schwitzen. Es war schade um die Entwürfe, aber wenigstens … wenigstens.

Er hoffte.

## 5

Der dritte Akt der Tragödie war überstanden. Der Wendepunkt, an dem das Universum an einer Achse gespiegelt wird und langsam abkühlt. Anton war heute Morgen extra früher ins Büro gekommen. Er wollte Frau Nusch abfangen und sie fragen, ob sie schon eine Veränderung beobachtet hatte. Als sie endlich vor ihm saß, bemerkte er, dass sie sehr gelangweilt aussah. Keine Haarsträhnen pendelten vor ihrem Gesicht. Ihre Frisur wirkte gebändigt und brav, nicht die energiegeladene kompakte Masse, die sie sonst war. Dann sah er es: Der Knoten war verschwunden. Sie hatte sich die Haare schneiden lassen. Ihr Kopf glich einer Artischocke.

– Alles in Ordnung?, fragte Anton.

– Ich schätze schon, Herr Wolf.

– Haben Sie irgendetwas bemerkt hinsichtlich …

– Weswegen?, fragte sie.

Aber sie hatte schon verstanden. Anton sah es: Sie war enttäuscht.

– Wegen Herrn Lukas. Ist er von den anderen … ich meine …

– Ach so. Na ja. Nein.

– Inwiefern nein?

– Er ist mit ihnen trinken gegangen, sagte die Sekretärin mit einer wegwerfenden Geste. Gestern, nach der Arbeit.

Die Welt war so einfach zu bedienen! Ein Mausklick genügte, ein kleiner Auftritt vor versammelter Menge, und schon änderte die Erdrotation ihre Richtung.

Anton war glücklich. Den ganzen Tag tat er beinahe nichts. Zu Mittag erhielt er einen Anruf von einem Kunden, der ihn nach den neuen Entwürfen fragte, die doch eigentlich heute auf seinem Schreibtisch … oder zumindest in der Post …

– Ja, da hat es eine kleine Verzögerung gegeben, sagte Anton.

– Eine Verzögerung?

– Ein technisches Problem, erklärte Anton und musste ein irres Lachen unterdrücken.

Die Welt war ein simpler Baukasten mit schwarzen und weißen Steinen! Niemand konnte ihm heute etwas anhaben.

– Und ist dieses Problem jetzt überwunden?, fragte der Kunde. Wann darf ich mit den Entwürfen rechnen?

– In ein paar Tagen.

Pause.

– Das ist etwas lang, meinte der Kunde. Aber wenn es nicht anders geht …

Papier raschelte. Vermutlich blätterte er in einem Kalender.

– Wenn Sie mir die Entwürfe bis Freitag schicken könnten …

– Ja, das geht, sagte Anton.

Was interessierten ihn noch diese Entwürfe? Er hatte ein Menschenleben gerettet. Eigenhändig.


Am Abend klopfte es, und Franz Lukas stand in der Tür. Er wirkte verschreckt, auf seinen Wangen leuchteten rötliche Flecken wie bei einem Kind, das meilenweit gerannt ist.

– Könnte ich eventuell, begann er, ich meine, wenn Sie nur eine halbe Minute Zeit für mich, nur ganz kurz, wenn Sie …

Seine Stimme wurde gegen Ende des Satzes immer leiser und höher.

– Ja, was?

– Also, ich wollte mich bei Ihnen für mein Versagen neulich entschuldigen und habe ein paar neue Entwürfe mitgebracht. Hier, sehen Sie.

Er legte die Entwürfe auf den Schreibtisch, als wäre es ein Altar. Anton konnte sie kaum ansehen. Sie waren entsetzlich. Kitschig, langweilig, einfallslos und forma-listisch. Vom erfrischenden Talent des neuen Mitarbei-ters war nichts übrig geblieben.

– In Ordnung, sagte Anton, berührte die Papiere mit den Fingerspitzen und erwartete, dass Franz Lukas sich wieder in Luft auflöste.

Aber der redete weiter.

– Ich finde es wichtig, wenn man seine Meinung sagt. Ich mag es im Grunde, wenn die Leute zu mir ehrlich sind. Daran ist sicher nichts verkehrt. Aber leider gehen die Menschen manchmal dabei ein bisschen zu weit. Sie überschreiten eine gewisse Linie und merken nicht, dass sie mich quälen. In den meisten Fällen geschieht das nicht einmal absichtlich, das ist mir klar.

Er drehte eine imaginäre Arbeitermütze in seinen Händen.

– Wenn das passiert, bin ich manchmal völlig hilf-los, und dann merken die Leute, dass es bei mir da eine Schwachstelle gibt und haken nach. Aber das macht mir weniger aus als die erste Grenzüberschreitung. Ich schalte dann einfach das innere Licht aus, verstehen Sie, dann geht es leichter. Das klappt eigentlich immer ganz gut. Aber ich bin dann oft ein bisschen langsam. Weil ich eben im Standbybetrieb laufe. So ertrage ich die Situation leichter … Das ist natürlich keine Ausrede. Natürlich nicht. Sie dürfen nicht glauben, dass ich mich irgendwie rausreden möchte, denn geschehen ist geschehen. Daran kann man nichts mehr ändern. Da fährt die sprichwörtliche Eisenbahn drüber, oder?

Er lächelte kurz.

– Jedenfalls, sagte Franz Lukas. Jedenfalls wollte ich Ihnen das nur sagen, und ich weiß, dass ich nicht so gut mit Wörtern umgehen kann. Meist sage ich einfach alles verkehrt, und man muss hinterher alles rückwärts abspulen, damit man versteht, was ich meine.

Er hatte einen Scherz gemacht und blickte seinen Chef erwartungsvoll an. Anton schenkte ihm ein anerkennendes Räuspern.

– Ich wollte Ihnen nur erklären, wie das alles … miteinander zusammenhängt. Ich bin mir nicht sicher, dass mir das gelungen ist, weil ich immer alles ein wenig durcheinanderbringe, besonders wenn ich nervös bin …

– Schon klar, aber –

– Aber ich brauche diesen Job wirklich, unterbrach ihn Franz Lukas, und ich will nicht, dass Sie glauben, ich würde absichtlich nachlässig –

– Ja, ja, schon gut, ist schon gut –

– Nein, im Ernst, ich wollte Sie wirklich um Verzeihung bitten, weil ich mir denke, das hat Sie doch mit Sicherheit auch Überwindung gekostet, mich da vor allen meinen Kollegen …

Oh Gott! Begriff dieser Mensch denn überhaupt nichts? *Langsam* war noch untertrieben. Er war strohdumm! Er hatte nicht die geringste Ahnung, dass die Zurechtweisung ein Akt der Gnade, eine Intervention einer fürsorglichen Instanz gewesen war. Anton sah immer wieder auf die Uhr, aber nicht einmal dieses Signal wurde richtig interpretiert. Franz Lukas schaute zu Boden, bewegte weiter seine Lippen und produzierte Wörter und Sätze.

– Die haben sich natürlich auch gefreut, sagte Franz Lukas. Die sehen so was gern. Wenn einer von ihnen kritisiert wird, meine ich. Dann haben sie etwas, an das sie quasi … später anknüpfen können. Aber auch damit kann ich in der Regel fertig werden. Ich denke mir immer: Wenn ich die mit mir machen lasse, was sie wollen, dann ist es schneller vorbei. Einfache Logik. So ähnlich wie sich tot stellen. Na ja, nicht direkt, aber ein bisschen so, wie wenn man einfach still auf dem Boden liegt und die Zeit vergehen lässt. Ich werde mich aber in Zukunft bemühen, nicht mehr in diesen Zustand zu fallen, wenn meine Arbeit davon …

– Schon gut.

– Wenn meine Arbeit darunter leidet. Das wollte ich Ihnen nur sagen, Herr Wolf. Ich bin im Grunde kein fleißiger Mensch, das weiß ich, aber ich habe Fantasie, und ich mag Formen. Ich spiele gerne mit ihnen. Ich nummeriere gerne Dinge. Bei mir zuhause zum Beispiel: die Schubladen, die Lampen. Das ist so ein Tick von mir, aber egal. Jedenfalls …

Anton hielt es nicht mehr aus:

– Tut mir leid, sagte er zu Franz Lukas. Hören Sie, es tut mir leid, ich –

– Ach, schon gut.

– Nein, sagte Anton, ich meine, es tut mir leid, aber ich habe im Augenblick keine Zeit für Sie. Aber es ist schon gut, Sie haben alles gesagt, was Sie … Machen Sie sich keine Sorgen. Wenn Sie mit mir über diese ganze Angelegenheit ausführlich reden möchten, müssen Sie bitte morgen wiederkommen, ja? Tut mir leid.

– Okay.


6


Eine Gestalt mit triumphierendem Gesichtsausdruck kam durch die Tür des Lokals. Die Männer, die eine halbe Stunde lang auf ihn gewartet und sich während dieser Zeit mit ihren Getränken abgelenkt hatten, hoben die Köpfe.

– Und?

– Ich hab's ihm gegeben, sagte Franz. Er ist da … dick und fett, wie immer … hinter seinem Schreibtisch gesessen und hat andauernd abwechselnd auf seine Uhr und an die Decke geschaut, weil ihm die Situation so unangenehm war. So peinlich. Aber ich hab's ihm gezeigt. Er hat sich sogar bei mir entschuldigt.

– Nein! Der Wolf? Bei dir entschuldigt?

– Das gibt's nicht! Das hat's noch nie gegeben!, sagte Florian Graf.

Die Männer redeten alle durcheinander. Altenberger konnte sich nicht beherrschen und brach in gackerndes Gelächter aus.

– Ja, sagte Franz Lukas. Er hat gesagt: Es tut mir leid. Laut und deutlich. Und das nicht nur einmal. Zweimal.

Er zeigte das siegreiche V zweier Finger.

– Wahnsinn!

– Da kann man wirklich nur sagen: ein Hoch!

Die Männer hielten ihre Bierflaschen in die Höhe, drei Mal hintereinander. Hätten sie anstatt der Bierflaschen einen Menschen in die Luft gestemmt, so wie in alten Zeiten, wäre er vermutlich bis zur Decke geflogen. Franz lehnte sich auf seinem hölzernen Gasthausstuhl zurück und blickte nach oben. Man konnte ihm ansehen, dass er sich selbst beim Fliegen beobachtete, dort oben, zwischen den Lampenschirmen.

Nach einigen Minuten gesellte sich eine Frau zu ihnen, ihre Kleider waren vom Schneeregen nass geworden, und ihre neue Kurzhaarfrisur (der Haarknoten, den sie bisher immer getragen hatte, war ihr lästig geworden) war zerzaust und hatte die reizvolle Ähnlichkeit mit einer Artischocke verloren.

– Hab ich was verpasst?, fragte sie die Männer, nachdem sie sich neben Franz gesetzt und zweimal mit der flachen Hand auf sein Knie geschlagen hatte. Sagt schon, hab ich was Wichtiges verpasst?

# Die Liebe zur Zeit
## des Mahlstädter Kindes

Do you know what it's like to care too much
'bout someone that you never gonna get to touch
Hey man now you're really living
*Eels*

– Und du bist wirklich so lieb und passt auf die Wohnung auf, während ich weg bin?

– Ja, deswegen bin ich ja da.

– Und du hast alles?

– Was alles?

– Was man so braucht.

– Mineralwasser habe ich, ja, falls du das meinst, und
diese komischen kleinen Kekse. Mehr brauche ich eigentlich nicht. Und in deinem Zimmer steht ja ein Feuerlöscher.

– Tatsächlich?

– Auf deinem Bücherschrank, ganz oben.

– Der Hydrant? Ja, mag sein, vielleicht ist das ein
Feuerlöscher. Ich glaube aber nicht, dass der Wasser
gibt …

– Es gibt ja auch noch Leitungswasser.

– Ja.

– Und Mineralwasser.

– Ja … Weißt du, Kirill, ich bin irgendwie nervös.

– Wieso denn?

– Ich weiß nicht. Ich habe das noch nie gemacht. Bist

du sicher, dass du alles hast, ich meine, weil die Wohnung ja gewissermaßen fremd ist für dich … und die Katze, vielleicht ist es unverantwortlich, wenn ich sie einfach so eine Nacht allein lasse.

– Aber du lässt sie ja überhaupt nicht allein, es ist doch jemand bei ihr.

– Bei ihm.

– Ja, ich weiß, Magister Perotinus Magnus.

– Einfach Pero, darauf hört er, glaube ich.

– Katzen *hören* auf gar nichts.

– Aber er kommt immer, wenn er meine Stimme hört. Sogar, wenn er geschlafen hat. Du kannst dir seine Anhänglichkeit gar nicht vorstellen.

– Er wird es schon aushalten, er hat ja mich.

– Ja, er schnurrt immer, wenn du ihn nimmst. Obwohl ich auch gehört habe, dass Katzen nicht nur dann schnurren, wenn sie es angenehm haben, sondern auch, wenn sie in Gefahr sind. Oder wenn sie im Sterben liegen.

– Kann sein, aber er wird schon merken, dass ich keine Gefahr darstelle. Ich verhalte mich still, sitze wahrscheinlich die ganze Nacht vor dem Fernseher und schaufle diese Kekse in mich hinein – wie heißen die?

– Limiti.

– Genau. Den dummen Namen merke ich mir nie. Hast du alles?

– Die Jacke ist schwarz, so soll es wohl sein, damit sieht mich nicht gleich jeder. Handschuhe habe ich, sogar zwei Paar, falls einer kaputtgeht … Die Kette habe ich hier hinten.

– Eine Kette nimmst du auch mit?

– Ist das zu extrem? Findest du das irgendwie …

– Nein, ist ja deine Entscheidung. Solange du damit nicht auf einen Menschen losgehst.

– Das würde ich nie tun! Warum sagen das immer alle im gleichen Atemzug. Immer dieses: Solange ich kein *wirkliches* Kind, solange ich keinen *wirklichen* Menschen, solange ich niemanden *wirklich* umbringe –

– Die Leute machen anderen eben gerne ein schlechtes Gewissen.

– Das sagt sich leicht. Manchmal würde ich gern so über allen Dingen stehen wie du, Kirill.

– Stimmt gar nicht, das tu ich doch nicht.

– Oh doch.

– Na ja, ich finde es auf jeden Fall nicht zu extrem. Das mit der Kette.

– Nicht? Gut, dann nehme ich sie mit. Ich kann mich ja noch dort entscheiden, ob ich sie benutze. Es wird bestimmt auch ohne Kette gehen.

– Manche nehmen sogar Rohre und Holzschläger, habe ich gehört.

– So, gehört …

– Ich war überhaupt noch nie dort.

– Du meinst, in der Nacht?

– Ja, am Tag natürlich schon. Ist ja unvermeidbar, dass man am Kind vorbeigeht. Außerdem wird ja inzwischen jede dritte Kundgebung und fast jedes Konzert davor veranstaltet. Die ganze Sache wird schon ein bisschen langweilig, wenn du verstehst, was ich meine.

– Langweilig. Ja, ein gutes Codewort. Also dann – auf zur Langeweile.

– Ich wünsche dir viel Spaß.

– Ja, ja, richtig …

– Was?

– Pass gut auf meinen Pero auf. Er mag übrigens keine lauten Geräusche.

– Du meinst, so etwas wie mit Eisenketten auf Lehm einschlagen? Keine Angst, ich glaube, das wird er nicht zu hören bekommen.

– Wie meinst du das jetzt wieder? Findest du es doch extrem? Krank?

– Nein, war nur ein Scherz. Amüsier dich. Du siehst übrigens hübsch aus in dieser Jacke.

– Ja? Das sagt genau der Richtige.

– Ich habe damit ja nicht sagen wollen, dass du –

– Halt, keine solchen Ausdrücke vor meinem Kater. Er ist kastriert.

– Welche Ausdrücke?

– Träum weiter.

– Also gut, wie auch immer, noch einmal: hübsche Jacke.

– Auf Wiedersehen, angenehme Nacht.

– Angenehme Nacht, Lea.

Die Frau schlüpfte durch die Tür und sperrte von außen zu. Der Mann stand noch eine Zeitlang davor und sah das i-förmige Türschloss an. Ich habe keinen Schlüssel, dachte er, keinen Schlüssel, um zu flüchten. Aber es stellte sich, wider Erwarten, keine Klaustrophobie bei ihm ein. Vielleicht, weil ihn das lange Gespräch ermüdet hatte.

*Müdigkeit ist Gottgeschenk / dessen sei stets eingedenk.* Aus dem Bauernkalender für durch Missernten verursachte Endzeitphantasien. Der Tod, die lauernde Kälte des Weltalls. Ein einsamer blutiger Handschuh auf einem Zaunpfahl, der Grenzposten einer zerfleischten Kultur.

Die pathetischen Bilder taten ihm gut, beruhigten ihn.

Im Wohnzimmer fiel irgendetwas um. Die Katze rannte schuldbewusst an ihm vorbei und verschwand im Badezimmer, dessen Fußboden beheizt war. Es war ein wunderschönes, geschmeidiges Tier mit stolzen, schmalen Pfoten und Augen von durchscheinendem, dunklem Bernstein. Auf der weißen Schnauze, die von den sonst über den ganzen zierlichen Körper verteilten getigerten Stellen ausgelassen worden war, befand sich eine einzelne punktförmige schwarze Fellstelle, ein Schönheitsfleck.

Im Wohnzimmer durchstöberte er Leas CD-Sammlung. Bach. Hindemith. Sogar Ligeti. Bill Evans. Egberto Gismonti. Hun-Huur-Tuu. Radiohead. Nine Inch Nails. Ein sehr breiter Geschmack. Auch Bob Dylan war da, beinahe jedes Album dieses Poeten. *Take me on a trip upon your* – Und was war das? Hilliard Ensemble: Perotin. Er legte die CD ein. Die erste Silbe des Gesangs ertönte: Viii …

– He, hörst du, das hast du komponiert, sagte er zur Katze, die gerade wieder ins Zimmer gekommen war, um sich den Fremdling genauer anzusehen. Sie schenkte der Musik keine Beachtung, sondern markierte nur mit dem Kinn, dann mit ihren Flanken den hölzernen Türrahmen, um ihm zu zeigen, dass das alles ihr Revier war und sie von ihm erwartete, dass er sich dementsprechend benahm.

– Ja, ich weiß, sagte er zur Katze, ich fasse auch nichts an.

Der Kater stellte die Vorderpfoten ordentlich nebeneinander und ließ sein Hinterteil zu Boden sinken. Wie eine Buddhastatue, die den Mittelpunkt des Universums ausmachte, saß er da und fixierte den Besucher. Was war wohl höflicher?, dachte Kirill, wegsehen oder den Blick erwidern?

Er setzte sich in den Fernsehsessel. Das Hilliard Ensemble sang auf der Silbe *deeh* oder *dääh* herum, irgendwann mussten sie zur nächsten Silbe kommen. Die langsamste Musik der Welt. Die Menschen damals hatten wahrscheinlich eine andere Form von Geduld. Sie kam nicht von innen, so wie heute, dachte Kirill, sondern wurde einfach während des Lebens angenommen wie eine notwendige Liegehaltung oder Fechtstellung.

Einen Augenblick ließ er den Gedanken auf seiner Zunge zergehen. Vermutlich war er Blödsinn. Obwohl es ganz gut klang, Liegehaltung, Fechtstellung. Vielleicht besser *Stellung beim Reiten*, wer weiß, ob damals schon so gefochten wurde wie heute, mit Schrittfolgen und allem Drum und Dran.

Er bemerkte, dass die Katze auf dem Sofa neben der Balkontür Platz genommen hatte. Sie hatte die Vorderpfoten eingerollt, sodass sie ein wenig wie ein Schlauchboot aussah, und fixierte ihn mit scheinbar schläfrigen Augen. Vielleicht doch besser wegsehen. Höflichkeit durch Ignorieren.

Das erste Wort des Gesangs löste sich in ein erleichterndes *-ruuunt* auf, und das nächste Wort, *omnes*, sollte beginnen. Bevor es so weit kam, schaltete Kirill das Gerät aus.

Das *Mahlstädter Kind* war vor zwei Monaten in die Stadt gekommen. Nach einigem Hin und Her (verschiedene Institutionen erhoben Anspruch auf das Kunstwerk) erhielt es seinen endgültigen Aufstellungsort am Ende einer kurzen Sackgasse zwischen zwei verlassenen Gebäuden am Rand des Parks. Die Gebäude waren längst für den Abriss bestimmt, doch nun wurde dieses Vorhaben bis auf weiteres vertagt. Am Anfang der Sackgasse befand sich eine natürliche, sockelartige Erhebung. Niemand erinnerte sich, wofür dieser Absatz einst errichtet worden war. Jeder, der in die Straße einbiegen wollte (ein Auto hatte dazu gar nicht die Möglichkeit), musste gewissermaßen eine Treppenstufe hinaufsteigen. Es war nur eine einzige Stufe, aber trotzdem wirkte sie wie eine Barriere. Hatte man sie hinter sich, führte der schmale Gang einige Meter lang direkt auf die Skulptur zu. Man näherte sich ihr abgeschirmt von Straßenlärm und Wind, links und rechts die Scheuklappen der alten Häuserwände, auf denen schon einige provisorische Markierungen für die bevorstehenden Sprengungsarbeiten angebracht worden waren.

Entlang den eng stehenden Wänden lief man auf die Skulptur zu, ohne in Versuchung zu kommen, sich ständig umzublicken oder nach etwas anderem Ausschau zu halten. Menschenansammlungen fanden vor ihr, wie die Zeitungen mit einigem Ressentiment gegen die Stadtverwaltung feststellten, nur dicht gedrängt Platz.

Das berühmteste *work in progress* des Landes war die Arbeit eines inzwischen dem Namen nach überall bekannten, aber völlig zurückgezogen lebenden Bildhauers. Als sich der erste Ruhm einstellte und Universitäten und kulturelle Institutionen ihn immer häufiger zu Podiumsdiskussionen und Symposien einluden, verlegte er seinen Wohnsitz aufs Land.

Das einzige bekannte Statement des Künstlers zu seinem Werk war eine Rede, die er damals am Marktplatz seiner Heimatstadt gehalten hatte, am Tag, als die Figur zum ersten Mal öffentlich aufgestellt wurde. Die Rede wurde immer aufs Neue in allen Zeitungen abgedruckt, wenn das Kunstwerk seinen Standort wechselte.

Die Gründe für seinen Ruhm und den seiner Plastik *Ein Kind*, allgemein als *Mahlstädter Kind* bezeichnet, dürften dem Bildhauer allerdings vom ersten Moment an klar gewesen sein, da er sein Kunstwerk mit aller Sorgfalt auf eine breite Wirkung ausgerichtet hatte: Aus einem Lehmgemisch und einem biegsamen Skelett aus Feuchtigkeit spendenden Röhrchen modellierte er ein großes sitzendes Kind, das den Kopf gesenkt hielt, als hätte es ihn gerade noch angesichts einer bestimmten Absurdität ungläubig geschüttelt. Ein kleines Loch im Schädeldach des Kindes erlaubte es, dem Skelett Wasser einzufüllen und so die Figur weich und formbar zu halten. Eine kleine, schwungvoll beschriebene Tafel war ihr als eine Art Gebrauchsanweisung beigegeben, die besagte, dass kein Künstler jemals das Monopol über die Vollendung seines Kunstwerks beanspruchen dürfe und jeder an Kunst interessierte Mensch dazu aufgefordert sei, die Physiognomie des Kindes mit Schlägen, Tritten, Werkzeugen oder, falls notwendig, sogar mit Waffen in die allgemein als vollkommen empfundene Form eines Kindes zu bringen.

Kirill saß in dem großen, aufgeplusterten Lehnsessel. Ein Bett wollte er heute Nacht nicht beziehen, einerseits, weil er fremde Betten hasste, andererseits, weil er sowieso nicht vorhatte zu schlafen. Zumindest nicht *in großem Stil.* Er würde einfach die Nacht in dem gemütlichen Sessel verbringen, eine Katzendecke um die Beine geschlungen, und abwechselnd in den Fernseher oder durch die breite Glasluke in der Decke schauen, die auf gewitzte Art das Glas der Balkontüren fortsetzte. Die Stadt hatte in den letzten, etwas kühleren Tagen vergessen, die übliche Dunstglocke aufzusetzen, und deshalb sah man direkt auf einen nackten Sternenhimmel. Sogar die Milchstraße war zu sehen, deren Teil dieser Planet, die Wohnung und Kirill selbst waren. *Kein Mensch weiß, wohin diese Galaxie unterwegs ist.*

Der Kater Pero patrouillierte noch einmal an ihm vorbei. Er erfasste die Situation mit einem Blick: Der Fremde okkupierte immer noch die Decke und den Sessel. Er strich mit dem Kinn zum wiederholten Mal über eine Ecke, als er aus dem Zimmer ging.

Da der Fernseher ohne Ton lief, war es sehr still im Raum. Einen kurzen Moment dachte Kirill darüber nach, wie man wohl aus einem Draht einen Dietrich baute. Er hatte einmal darüber gelesen, erinnerte sich aber kaum noch an den Artikel. Ein Fenster konnte er nicht einfach einschlagen, nicht in dieser Höhe, und die Polizei, wenn sie denn käme, würde ihn für einen Einbrecher halten und an Ort und Stelle verprügeln.

*Verprügeln*, das tat vielleicht auch Lea gerade jetzt, in diesem Augenblick. Ein absurder Gedanke. Kirill konnte sich Lea überhaupt nicht bei Gewalttätigkeiten vorstellen. Das war ungefähr so, als würde man versuchen, sich auszumalen, wie jemand mit einem Blumenstängel erwürgt wird.

Das einzige Mal, da er selbst handgreiflich geworden

war – es war ihm fast unangenehm, in diesem Moment dem allgemeinen Trend zu folgen und ausgerechnet *darüber* nachzudenken –, das einzige Mal, bisher, war passiert, als er sieben Jahre alt war. Begonnen hatte alles mit dem Verbot, den Dachboden des Großvaters auf eigene Faust zu betreten. In Ordnung, dann eben mit Begleitperson. Aber es wollte sich kein Mensch finden, der bereit war, mit dem Kind nach oben zu gehen und ihm stundenlang dabei zuzusehen, wie es in den seekistenförmigen, teils umgestürzten Schränken und Kommoden stöberte, alte Kleider anprobierte und das poröse Label von verschiedenen Uralt-Schallplatten abkratzte, um sie für alle Zeiten unkenntlich zu machen. Nein, niemand wollte sich das antun. Also war er doch allein die Treppe hinaufgeschlichen. In einem der leeren Kästen konnte man vorzüglich Houdini spielen.

Erst am Abend fand man den um Hilfe schreienden, vor Angst halb wahnsinnigen Kirill in seinem nach modrigen Kleidern und Mottenkugeln stinkenden Verlies, schimpfte ein wenig mit ihm, ließ ihn aber bald in Ruhe, da das Kind bei jeder Berührung in Ohnmacht zu fallen drohte und im Minutentakt von einem hysterischen Zustand in den nächsten verfiel. Später, als er im Bett lag, kam die Mutter zu ihm und wollte dem Gewissen ihres Sohnes noch ein paar mahnende Worte mit auf den Weg in den Schalldämpferbereich seiner Träume geben. Sie sprach die Vorkommnisse auf dem Dachboden mit keiner Silbe direkt an, fragte aber, während sie mit der Hand die immer noch fiebrige Stirn des Buben streichelte, warum er sich denn von allen Decken befreit habe, immerhin sei es doch Winter – ob er vielleicht Angst habe, die Decken würden ihn im Schlaf ersticken.

Zum zweiten Mal an diesem Tag mussten die Hausbewohner aus ihren gewohnten Tätigkeiten hochfahren und einer schreienden Stimme zu Hilfe eilen. Kirill hatte seine Mutter übel zugerichtet. Er hatte ihr in einem Anfall rätselhafter Selbstverteidigung die Nase blutig geschlagen. Sein Vater weinte die halbe Nacht über den Vorfall.

Kirill schaltete zwischen den lautlosen Sendern hin und her. Auf einem sah man einen Teig in Großaufnahme, der von zwei geschmeidigen Rührstäben wie von Synchronschwimmerinnen bearbeitet wurde. Auf einem anderen Sender lief ein Schachspiel. Dem linken Kontrahenten klebte ein einzelnes schweißnasses Haar auf der Stirn. Es machte Kirill nervös, es anzusehen. Da er nicht in den Bildschirm greifen und es dem schwitzenden Großmeister aus der Stirn streichen konnte, schaltete er weiter. Eine amerikanische Serie über Dämonen, die sämtliche Taxis in New York in ihre Gewalt gebracht hatten. Wer zu Fuß ging, bemerkte die ganze Geschichte gar nicht und kam in der Serie auch nicht vor. Alle wichtigen Charaktere fuhren pausenlos Taxi.

Er stellte sich imaginäre Gespräche der stimmlosen Figuren vor. Ein Polizist unterhielt sich mit einem Mädchen, das eine Attacke der Dämonen nur knapp überlebt hatte. Sie saß in den geöffneten hinteren Türen eines Krankenwagens, eine Decke um die Schultern geschlagen, und hielt einen Becher dampfenden Kakao in den Händen. Kirill murmelte:

– Sie halten den Kakao falsch.

– Ja, ich weiß.

– Der Kakao wird das nicht lange dulden.

– Ja ...

– Er wird immer kälter, immer kälter (der Polizist las unpassenderweise plötzlich etwas aus seinem Notizblock vor), bis er sie eines Tages verlässt – durch den Hinterausgang.

(Die Frau sprang auf.)

– Nein! Neeeiiiin!

Ein Dämon näherte sich von hinten und fiel den Polizisten an. Er zerrte den zappelnden Mann in ein wie aus dem Nichts aufgetauchtes Taxi und brauste davon. Das verzweifelte Gesicht der Frau. Der Kakao dampfte weiter vor sich hin.

In der Werbepause, als sich eine halbnackte Frau an einem Meeresstrand räkelte und sich Kokosmilch auf den Bauchnabel goss, schaltete Kirill um. Für einen Augenblick schloss er die Augen. Die Tasten der Fernbedienung in seiner Hand waren sehr warm.

*Die allgemeine, vollkommene Form eines Kindes.*

Der stille, unbestimmbare Konsens.

Es dauerte einige Zeit, bis die Sache richtig in Gang kam. Anfangs stand – wie in jeder Stadt – die Skulptur wie ein falsch eingeordnetes Mahnmal einfach auf ihrem Platz. Kinder spielten um sie herum, kletterten an ihr hoch oder versteckten sich hinter ihr. Kinder und Kunstliebhaber. Aber außer diesen beiden Gruppen fanden sich kaum Menschen, die sich der Gegenwart der Figur für längere Zeit überlassen oder gar über ihre Bedeutung nachgrübeln wollten. Natürlich lasen manche die Tafel an der Wand und blieben oft mehrere Minuten lang stehen, mit einem an die Schulter gelehnten Schirm oder einer Hand am Rucksackgurt. Und am nächsten Tag kamen einige wieder, in Begleitung oder auch allein, und standen wieder dort, ein oder zwei Minuten lang.

Diese Schonfrist aus natürlicher Scheu dauerte ungefähr zwei Wochen.

Als Erstes ergriffen einige politische Wirrköpfe die Initiative. Auch das war normal und erwartbar. Es geschah so in beinahe jeder Stadt. Sie riefen zur Erfüllung des Kunst-Zweckes auf, präsentierten Flipchart-Entwürfe der ihrer Ansicht nach allgemein anerkannten Gestalt eines Kindes. Je nach Lehrmeinung besaß das ideale Kind entweder einen besonders großen Kopf und schnelle Beine, mit denen es vor unverständigen Leuten flüchten konnte, oder es war muskulös, und sein Kopf glich einer verbeulten Billardkugel. Mit einander übertreffenden Feuerwerken begrüßten die verschiedenen politischen Gruppierungen ihre jeweilige Vision des großen, ewig unvollendeten Kunstwerks.

Als Nächstes kamen die Pädagogen. Sie verfassten Artikel in Fachzeitschriften, gaben Interviews im Fernsehen und schrieben Bücher, die wie Tetris-Steine von oben in die Bestsellerlisten fielen und von dort eine ganze Weile nicht mehr verschwanden. Sie stellten die *Kunst an sich* dem *Kind an sich* gegenüber, kamen zu dem Schluss, dass beides nicht existierte, und verlagerten ihr Interesse schließlich auf die wirksamsten Formen von Ruten und Klatschen, mit denen – in barbarischer Vorzeit – die Kinder in den Schulen zum Lernen angehalten worden waren. Aber ein Kind aus Lehm war selbstverständlich etwas anderes, und das vor Jahrzehnten in die Archive verbannte Wissen um die peinliche Bestrafung

von Zöglingen erschien über Nacht wieder im Bewusstsein.

❖

Kirill ging durch die Zimmer und stellte sich Leas Dankbarkeit vor, mit der sie ihn am Morgen begrüßen würde. An Schlaf war nicht zu denken. Obwohl er vor ein
paar Stunden schon knapp davor war, einzuschlafen,
war er jetzt aufgeregt, sprach ein wenig mit sich selbst,
mit dem Kater und den Puppengesichtern der kleinen
Porträtfotos auf Klavier und Fernseher und ging alle
paar Minuten auf den Balkon, der auf den nächtlichen
Hof hinuntersah. Die Fenster der Nachbarschaft schlie-
fen schon, nur in ganz wenigen war noch Licht oder Bewegung zu sehen. Auf einem erleuchteten Balkon ragte
die Silhouette eines Windrads in die Nacht hinein. Es
wurde nun recht kühl, und Kirill suchte in der Wohnung nach etwas zum Anziehen. Zuerst traute er sich
nicht, Leas Schrank aufzumachen, aber als es getan war,
betrachtete er alles darin mit beinahe fachmännischer
Sorgfalt.

Ein Schal, nein, das war wohl nichts. Eine Weste,
gut.

Und nicht einmal zu weiblich. Große Knöpfe. Aber
sie passte.

Er ging vor dem schmalen Spiegel auf und ab. Sie
wird mich loben, dachte er, und mich bitten, noch ein
wenig länger bei ihr zu bleiben. Bestimmt kommt sie
allein zurück, ohne den eigenartigen Menschen mit
dem Zirkusdirektor-Schnauzbart. Glatze. Unangenehme Handschuhe.

Nein, dachte er, bestimmt kommt sie allein.

Er hasste Leas Freund. Er war ihm nur einmal begegnet, und die beiden Männer hatten sofort gespürt, dass der andere ein Feind war. Die Evolution hatte sie mit dieser Art von Antenne ausgestattet, also machten sie davon auch Gebrauch.

Auf einem der erkalteten Heizkörper entdeckte er einen schlafenden Nachtfalter und plauderte mit ihm.

– Schlaf nur, sagte er, ich tu dir nichts.

Er spürte, dass er übermütig war. Er gestand es sich ein, sprach es ein paar Mal aus, aber es half nichts.

In der Küche war es dunkel. Er schaltete das Licht ein. Jetzt war die ganze Wohnung hell erleuchtet, jedes einzelne Zimmer. Ein Mensch unten auf der Straße würde wahrscheinlich glauben, dort oben wäre eine ganze Gesellschaft versammelt. Aber es gab in der letzten Zeit nachts merkwürdig wenig Verkehr in dieser Gegend. Alles war wie ausgestorben. Kirill schaute lange, aber es war tatsächlich niemand zu sehen. Das Licht der Straßenlaternen machte es in der Wohnung noch ein wenig kühler, fand er. Er zog sich die lila Weste fester um die Handgelenke. Dünne, uhrenlose Handgelenke. Gelenke des Marionettenkünstlers, der er gerne gewesen wäre. *Über das Marionettentheater*. Letzte Kapitel der Geschichte der Welt. In seinem Kopf tanzte die Nachtzeit schwerfällig dahin.

Er spielte einige Begrüßungen durch, die er Lea am nächsten Morgen vortragen wollte. Was sagt man einem Menschen, der die ganze Nacht wach war – und nicht nur wach, sondern auch aktiv. Was sagt man einer Frau, die in deiner Schuld steht, die allerdings gerade die halbe Nacht lang auf ein Kind aus Lehm eingedroschen hat? Sie ist im Grunde noch sehr jung, dachte Kirill, jünger zumindest, als er sich fühlte. Sie selbst fand sich immer *unterentwickelt* – das war ihr Wort für jung. Sie sah gerne in allem das Deprimierende, Enttäuschende. Die dunkle Seite des Kreisels.

Kirill stand auf. Er konnte keine fünf Minuten still sitzen. Das musste die Ungeduld der Wohnung selbst sein, eine Art eingesperrtes Vorgefühl hing in diesen Räumen, eine Erwartung, deren Ziel sich irgendwo in den Fensterkreuzen verfangen hatte.

Also wieder auf den Balkon.

Er hielt sich mit beiden Händen an der Weste fest, denn es begann draußen richtig kalt zu werden. Jedes Mal ein wenig kälter. Und zu Mitternacht gefriert dann alles. Und von der Nase hängt ein großer Eiszapfen. *One must have a mind of winter.* Um alles zu begreifen, muss man das Ding selbst werden. Um den Winter zu sehen, muss man selbst Winter werden. Um Leas kleine Verrücktheit zu begreifen – kurz, er musste sich vorbereiten.

Vielleicht hatte sie auch gar nichts Brutales vorgehabt, vielleicht war es mehr eine Studie, eine Verhaltensauslegung ihrer Freunde. Er kannte Lea, sie war zu so etwas fähig.

Er ging zurück ins Zimmer, schloss die Balkontür und setzte sich in den tiefen Ledersessel. Ein wenig ungewohnt war diese Umgebung schon … Wie jeden Mann beruhigten Kirill Fantasien über einen Harem aus allen Frauen, die er kannte. Er stellte sich vor, sie wären unter einer Art Stillhalte-Zauber … Lea, Annelies, Andrea, die namenlose Sekretärin seines Vaters … und sie knieten nackt vor ihm auf dem Teppich. Augen geschlossen. Und er, Kirill, ging sie allesamt Punkt für Punkt durch …

❖

Diese Stadt war nicht die erste, der das *Mahlstädter Kind* einen Besuch abstattete. Aber es war trotz allem jedes Mal das erste Mal, da konnten Artikel und Bücher im Vorfeld erscheinen, so viele wollten.

Politiker und Pädagogen hatten sich längst verausgabt, teilten einander Preise, Ehrungen und lobende Erwähnungen zu, aber die wirklichen Träger des Geheimnisses des *Mahlstädter Kindes* waren die Intellektuellen. Sie brauchten naturgemäß am längsten, um sich für eine Sache zu erwärmen, aber wenn das erst einmal erledigt war, ließen sie sich durch nichts mehr aufhalten. Sie waren es, die als Erste den Mut zu gemeinsamen, organisierten Kunstaktionen aufgebracht hatten, bei denen auch große Menschenmengen das *Mahlstädter Kind* kennen lernen und bestaunen konnten. Es fanden abendliche Treffen statt, Lesungen, die bis spät in die Nacht und manchmal bis zum Morgen dauerten, Konzerte wurden im nahen Park abgehalten – alle sonst nur schleppend vorankommenden Kulturbemühungen der Stadt erfreuten sich eines unerwartet starken Motors.

Ein einflussreicher Kolumnist schrieb darüber: *Hier hat man nun zum ersten Mal die Chance, Kunst mitzuerleben, wie sie geschieht, während sie sich ihren Raum schafft, in dem sie vor sich geht und sich ereignet. Mit der Sprache und durch die Sprache können wir nämlich nicht sagen, was genau es ist, das an der Kunst dran ist, weil das Unsagbare nicht aussprechbar ist und sich definitionsgemäß nur in uns selbst ereignet. Aber in Gegenwart des Kindes geht es uns wie den Kindern des Laokoon: Wir können uns nicht herauswinden. Zu wünschen bleibt, dass es mehr Kunstwerke dieser Art in unserem Land – und in unseren Köpfen gäbe!*

Obwohl niemand genau verstand, was der Kolumnist damit sagen wollte, wussten alle, dass es in die richtige Richtung ging. Man wiederholte seine Worte bei jeder Gelegenheit, und sein Name tauchte auf den Rednerlisten verschiedenster Veranstaltungen auf, aber man bekam ihn nur selten zu Gesicht. Schließlich hieß es, er habe sich bei seiner Recherchearbeit einen komplizierten Splitterbruch des Handgelenks zugezogen.

Eine Landzunge, eine Muschelsammlung auf einem weichen Strand. Nach Schönheit und Größe geordnet, liegen die gekräuselten, glatten Gebilde in einer Reihe nebeneinander, und wer sich traut, kann es versuchen und darüberbalancieren. Ein kleines Mädchen steht über eine Minute lang nur mit der Zehe auf der Spitze einer schneckenartigen Muschel von der Form eines Zwiebelturms und ahmt verschiedene Engelsposen nach: die unschuldige Posaune, das Horchen in den reglosen Himmel, den Amor, die Harfenspielerin, wieder den Amor, das hyperaktive Wunderkind –

– Bleib nur, bleib –

Aber Kirill hatte sich erschreckt und fiel aus seinem Traum direkt auf den Boden und unter den Tisch. Er fluchte benommen. Er hatte sich an der Kante den Kopf gestoßen.

– Du hast geschlafen, ich wollte dich nicht wecken.

Leas Stimme. Kirill kroch unter dem Tisch hervor und begrüßte sie. Lea hatte nasse Haare.

– Regnet es?

– Nein, ich war schon duschen, sagte sie. Ich hab dich zuerst gar nicht gefunden und den Kater auch nicht. Alles war ganz still, als ich in die Wohnung kam.

– Es war auch eine ruhige Nacht.

– Du hast einen ziemlich tiefen Schlaf.

– Ist wahrscheinlich das Einzige an mir, das in die Tiefe geht.

Er betrachtete Lea genauer. Obwohl er sich keine Neugier auf die durch alle Lebensbereiche geisternde Kunstprügelei erlaubte, wollte er sehen, ob man eine Veränderung an ihr erkennen konnte, vielleicht so etwas wie ein Mal, eine oberflächliche Narbe, von der nur Eingeweihte wussten … Aber Lea bedeckte ihr Gesicht mit einem dunkelgrünen Waschlappen, den sie sich abwechselnd auf die Ohren und an die Stirn hielt. Vielleicht war sie verletzt worden und versuchte, es vor ihm zu verbergen.

– Wie war es?, fragte er.

– Dass ausgerechnet du diese Frage stellst –

– Du hast Recht.

Er war gefangen in seiner eigenen Integrität. Der Kater Pero strich zur Begrüßung um die Beine seiner Besitzerin. Sie bückte sich nach ihm und machte so etwas wie einen Versuch, ihm über den Rücken zu streicheln, hielt ihm dann aber ihre Hand vor die Nase. Die Katze roch intensiv daran.

– Gefällt es dir da auf dem Boden?, fragte Lea.

Kirill stand auf. Der Kater kam auf ihn zu und umschmeichelte auch seine Beine. Kirill bemerkte erleichtert, dass die ausgeborgte Weste auf dem Sessel lag. Er musste sie im Schlaf abgestreift haben, bevor er auf den Boden gerutscht war.

– Hat der Kater zu essen bekommen?, fragte sie.

– Ja, natürlich.

– Wann?

Woher auf einmal dieser Ton?

– Ja … so gegen zehn Uhr am Abend … da hat er am meisten gebettelt. Er ist ein bisschen verfressen, der alte Meister Perotin.

– Verfressen, ja, verfressen. Ganz genau. Ein nimmersattes Vieh.

Lea war zwar nicht lebendiger als sonst, aber es war etwas Losgelöstes an ihr. Etwas, das ihre Bewegungen neu arrangierte und ihnen eine gewisse Unwiderrufbarkeit verlieh, die sie sonst nicht besaßen. Aber gut, dachte Kirill, wenn man die ganze Nacht wach geblieben war und sich mit anderen Begeisterten aktiv über Kunst und Gesellschaft und weiß der Geier was noch alles unterhalten hatte, war das auch nicht weiter verwunderlich.

Es klopfte heftig an der Tür. Lea erschrak und beeilte sich aufzumachen. Sie entschuldigte sich leise beim Eintretenden.

Sie stellte die Männer einander vor.

– Albert. Kirill. Wir haben uns heute Nacht beim *Kind* getroffen. Zufall.

Kirill verbeugte sich unpassenderweise. Sofort wurde er rot. Der andere erkannte ihn wieder. Ihre Antennen fuhren aus und vibrierten feindselig.

– Ja, also, sagte Lea, danke vielmals fürs Aufpassen und Füttern und alles …

Sie zog ihre Brieftasche.

– Nein, lass, sagte Kirill, ich hab's gern gemacht.

– Okay, gut. Auch in Ordnung.

Und sie steckte den Geldschein wieder ein.

– Hab ich etwas falsch gemacht?, fragte Kirill und versuchte dabei, Lea von Albert wegzulotsen. Er ging einige Schritte Richtung Küche. Aber Lea blieb, wo sie war.

– Nein, war ja nur eine Nacht. Was soll da schon passieren.

– Ich meine ja nur, weil …

– Es ist saukalt draußen, sagte Albert.

Seine Stimme klang ungeduldig. Lea drehte sich um. Kirill sah ein paar rote Flecken auf ihrem Hals. Bissspuren? Er schüttelte die Vorstellung schnell wieder ab.

Einen Augenblick blieb er unschlüssig stehen, schaute dem Kater zu, der um eine Ecke bog, und ging dann an Lea vorbei zur Tür. Er versuchte, sie zu streifen, aber es gelang nicht. Jetzt erst spürte er die Müdigkeit der vergangenen Nacht.

Von wegen Zufall. Kirill wusste, dass Lea und Albert sich schon eine Weile kannten. Aber erst in letzter Zeit waren sie sich offenbar nähergekommen. Albert rauchte Zigarren. Er trainierte jeden Nachmittag im Park, fuhr mit einem irgendwie verkrampft wirkenden Fahrrad durch die Gegend und spielte angeblich ganz gut Schach und Klavier – beides, wie Lea sagte, die edelsten Erfindungen mit weißen und schwarzen Feldern, die es gab.

Das waren die Fakten.

Das Reich der Spekulation begann mit Alberts Arbeit – Kirill glaubte zu wissen, dass er ein Diplom in einem Sozialberuf besaß, vielleicht sogar einen Doktortitel, Psychologie, Pädagogik, so etwas – und endete mit den

Dingen, die er sich lieber nicht vorstellen mochte. Leas mit frischem Lehm verschmierte Brust, die von einer zitternden Hand gereinigt wird. Ja, bestimmt beherrschte Albert diese Dinge ziemlich gut, Leute waschen, Körpernähe, Waschlappen, Fieberthermometer. Kirill stellte ihn sich als Krankenpfleger vor, der breitschultrig und eingehüllt in eine Wolke von Aftershave durch die Korridore ging und vor dem alle Patienten Angst hatten. Oder er dachte an ihn als Lehrer inmitten einer Schar monochromer Kinder. In Kirills Vorstellung sahen die Augen der Kinder aus wie eine auf der Seite liegende 9.

Auf dem Nachhauseweg kam Kirill am Park vorbei. In den Bäumen hingen Hunderte bunte Ballone und an manchen besonders tragfähigen Ästen auch Scheinwerfer mit tagsüber geschlossenen Augen. Der Herbst war auf dem Weg in die Stadt.

Kirill fühlte sich matt, zerquetscht, übernächtigt.

*Ich schlief in einem der kleinen Hotels / aus den Kästen Joseph Cornells.*

Er betrat sein Stammlokal, das bis mittags offen hatte. Im Lokal herrschte eine ungemütliche Stimmung, wie nach einer Schlägerei. Jules, der Barmann, begrüßte ihn und fragte ihn nach dem Gelingen seines Vorhabens.

– Kein Plan, kein Vorhaben, kein Erfolg. Und wie geht es bei dir?

– Ich weiß nicht … Ich liebe alle Frauen.

– Ja, alle Frauen. Und wen meinst du mit alle Frauen?

– Ich bin verheiratet.

– Gut. Wenigstens bist du ehrlich.

– Ja, sagte Jules zufrieden. Aber du solltest trotzdem nicht so ein Gesicht machen. Nur weil du eine Nacht auf ihre Wohnung aufgepasst hast und sie dich danach nicht gleich zum Teufel gejagt hat, hast du noch lange kein Recht auf, Recht auf –

– Recht auf, Aussicht auf –

– Auf du weißt schon. Man sieht es dir ja an den Zähnen an.

– An den Zähnen! Wie soll das nun wieder funktionieren?

– Wenn du grinst – so – dann sieht das eher aus wie ein Krampf im Kiefer und nicht wie Freude.

Kirill überlegte eine Weile.

– Das ist wirklich das Dümmste, was du heute gesagt hast.

– Nein, das Dümmste war Grüß dich. Ich hätte gar kein Gespräch mit dir anfangen sollen.

– Dein Pech.

– Ja, mein Pech. Affe.

– Pavian.

– Meerkatze.

Sie brachen in Gelächter aus. Sie stießen mit dem brennend heißen Kaffee auf irgendetwas an, das in der Luft hing. Kirill schaute auf die Uhr. Es war neun Uhr früh, und er war entsetzlich müde.

*Ich schlief in einem der kleinen Hotels / kleinen Hotels, kleinen Hotels …*

Im Fernsehen lief ein Bericht über das *Kind*. In dem Bericht war eine Schulklasse zu sehen, die vor der zu Boden blickenden Skulptur stand und in die Kamera winkte. Eine der Schülerinnen hielt einen Stock in der Hand und tat so, als wäre er eine Fahne, die man hin und her schwenken konnte. Hinter ihnen stand ein fahrbares Gestell mit einer Leiter, dessen Sinn und Zweck schwer zu bestimmen war.

Kirill schaltete aus.

Jetzt war es schon zwei Tage her, und Lea hatte sich immer noch nicht bei ihm gemeldet und ihm für seinen Gefallen gedankt. Natürlich, so eine Heldentat war es auch nicht gewesen. Auf eine Katze aufzupassen, eine Nacht lang. Eine schöne Wohnung allerdings ... Kirill spielte mit dem Gedanken, sie einfach anzurufen. Vielleicht würde ihr ein Spaziergang guttun, ein wenig den Kopf frei bekommen ...

Am Nachmittag klingelte das Telefon, und es war Lea. Sie hatte ein Problem. Kirill presste sich ganz dicht an den Hörer. Ein Problem mit dem Kater. Er war vom Balkon aus aufs Dach gestiegen, und nun bekam sie ihn nicht mehr herunter. Sie klang ein wenig betrunken, zumindest blieben, wenn sie sprach, manche Konsonanten an ihr hängen wie Zeitungsfetzen an einem Kanalgitter. Kirill ließ sofort alles stehen und liegen und nahm die Straßenbahn. Die erste fuhr ihm vor der Nase davon, und er trat wütend gegen die Tür. Eine ältere Frau, die neben ihm stand, lachte anerkennend über seinen Zornesausbruch. Ihr Gesicht und ihre Hände waren lehmverschmiert.

Er traf Lea tatsächlich betrunken an. Sie erzählte ihm schwerfällig die ganze Geschichte. Im Gesicht des Katers hatte sie einen Schönheitsfleck entdeckt und versucht, ihn aus dem Gesicht zu wischen. Natürlich war das Vieh vor ihr geflüchtet und hatte sich versteckt. Kirill sollte es nun vom Dach holen.

– Wenn du eine Leiter brauchst ..., sagte Lea.

Aber dann verlor sie den Rest des Satzes und musste zu Boden blicken, um ihn wiederzufinden.

– Im Schrank muss eine sein, sagte sie. Ist nur eine kleine … ach, das verdammte Tier. Ich habe wirklich auch so schon genug Probleme, da brauch ich nicht auch noch die Feuerwehr …

– Du solltest dich deswegen nicht verrückt machen, sagte Kirill.

Der Rat ging nach hinten los:

– Verrückt? Soweit ich mich erinnern kann, habe *ich dich* in meine Wohnung gelassen. Allein!

Zwischen den Pronomina sprang ihr Zeigefinger von Person zu Person.

– Und? Habe ich die Wohnung kaputt … schlecht behandelt?

– Kaputt geschlagen? Soll das eine Anspielung sein? Wird das nicht langsam langweilig, mich immer entlarven zu wollen?

– Warum bist du so aggressiv?, fragte Kirill.

– Hör auf, ich bitte dich, hör auf! Sei endlich still jetzt! Aggressiv, aggressiv, ich höre überhaupt nichts anderes mehr! Kaputt machen und Aggression, es kommt mir schon bei den Ohren raus!

– Beruhige dich doch, was ist denn passiert?

– Er hört immer noch nicht auf damit, er will – er will einfach nicht aufhören! Es ist nichts passiert, nichts Entsetzliches oder Aggressives und erst recht nichts, weswegen ich mich beruhigen müsste, begreif das endlich und sei still!

– Gut, dann werde ich gehen.

– Wie du willst. Aber vergiss nicht, die Tür hinter dir zuzuschmeißen.

– Die Katze sollte vorher noch vom Dach.

– Das kannst du auch vom Fenster im Treppenhaus aus erledigen. Viel besser eigentlich.

Sie kramte in ihrer Jackentasche nach dem Schlüsselbund und legte ihn auf den Tisch. Kirill begriff die Situation immer noch nicht.

– Ich werde hinter dir absperren, sagte sie.

Ein lästiger Satz. Lästig, aber notwendig. Man sah, wie sehr sie sich beherrschen musste.

Kirill nahm den Schlüssel und ging schweigend zur Tür. Als er die Türschnalle berühren wollte, zuckte er zurück. Er hielt es im ersten Moment für einen Käfer oder anderes dickes Insekt. Ein dunkelbrauner Fingerabdruck, wahrscheinlich von einem Daumen, auf dem hellen Holz neben dem Türschloss. Eilig, wie in plötzlicher Panik, sperrte er die Tür auf und rannte ins Treppenhaus. Die Tür hinter ihm blieb empört mit offenem Mund stehen.

Im Treppenhaus hörte man von irgendwo her Pachelbels *Kanon*. Die Musik beruhigte Kirill ein wenig. Er öffnete das Fenster und versuchte, auf das Dach zu sehen, aber der Winkel war ungünstig. Er stieg aufs Fensterbrett, bekam sofort Angst, dachte an Leas Dankbarkeit und stand … stand aufrecht. Die Erde unter ihm bekam einen Schwindelanfall und begann zu wackeln, wie das Tablett eines betrunkenen Kellners. Auf dem Dach war nichts. Eine Fernsehantenne, eine schmutzige Luke, braune Dachziegel. Keine Katze. Kirill fragte sich, was wohl mit dem Tier passiert war.

Er kletterte zurück ins Treppenhaus. Als er schon fast aus dem Haus war, drängte ihm eine Gestalt entgegen:

– Du! Ich schlag dir den Schädel ein!

– Was –

Kirill versuchte, Albert abzuschütteln, aber der hatte sich schon in Kirills Jacke verkrallt. Kirill riss an den Händen, aber sie waren aus Blei, völlig starr und schienen selbst ihrem Besitzer nicht mehr zu gehorchen. Er und sein Angreifer drehten sich einmal im Kreis.

– Du verdammte Drecksau!, schrie Albert. Arschloch!

Er hatte ihn losgelassen und trat gegen einen Tisch, der neben der Haustür stand. Es war nur ein Tisch, aber Albert schlug ihm einige Schrammen.

– Was zum Teufel ist denn los?, wollte Kirill wissen.

Albert sah ihn an, fluchte vor sich hin und ging dann an Kirill vorbei, die Treppen hoch. Weiter oben fiel eine Tür krachend ins Schloss.

Ein paar Tage herrschte Funkstille. Kirill wanderte verwirrt durch die Räume seiner Wohnung und betrachtete ungläubig das schweigende Telefon. Schließlich meldete er sich bei Lea und entschuldigte sich umständlich bei ihr. Sie schien sich nicht mehr an den Vorfall zu erinnern und lud ihn ein, mit ihr zum *Kind* zu gehen. Albert würde auch mitkommen, sagte sie. Kirill stand da, mit dem Telefonhörer in seinem Gesicht, ein Handtuch um seine gerade gewaschenen Haare gewickelt, und in dem unbeherrschbaren Glückstaumel, der ihn befiel, sagte er zu.

Wenig später hasste er sich und warf das Handtuch wütend in eine Ecke.

– Versuch es einmal, sagte Lea. Es ist ganz weich.

– Nein, sagte Kirill. Ich glaube, das ist nichts für mich.

Warum war es ihm so unangenehm, Lea in die Augen zu sehen? Jetzt nahm sie seine Hand – das hatte sie noch nie gemacht –, faltete sie auf und legte etwas Kaltes hinein, dann faltete sie seine Hand wie ein Geschenk zusammen und gab sie ihm zurück.

– Spinnst du? Ich geh doch nicht mit einem Messer auf ein Kind los. Da, nimm's wieder.

– Versuch's. Nur einmal.

– Nein.

– Es ist doch kein Kind, es ist nur Lehm.

– Nur Lehm, hörte man Alberts sarkastische Stimme im Hintergrund, nur Lehm, nur Lehm. Und der *Kuss* von Brancusi ist auch nur ein Stück Stein.

– Hab ich dich um deine Meinung gebeten?, brüllte Lea.

Albert kam auf sie zu. Während er sprach, reckte er sein Gesicht bis auf ein paar Zentimeter an ihres heran. Sein Kopf zuckte nervös vor und zurück. Er glich einer Echse mit aufgestelltem Kragen.

– Spiel nur den Berserker, sagte Lea. Aber ich habe dich gesehen.

– Halt dein blödes Maul.

Der Abstand zwischen den Gesichtern schrumpfte noch ein kleines Stück. *Halt. Dein. Blödes. Maul.* Alberts Unterlippe glänzte nass.

– Du hast nur darauf herumgeknetet, sagte Lea. Mit deinen kleinen Künstlerfingern hast du etwas zurechtgebogen, ausgewischt, aber zuschlagen –

Kirill ging dazwischen. Alberts Blick blieb magnetisch an Lea hängen. Er ließ sich nur mühsam von Kirill zum Rückzug bewegen. Lea ging ihm ein paar Schritte nach, er musste sie ebenfalls aufhalten.

– Er wird mich umbringen, sagte sie, als Albert verschwunden war. Er ist ein Feigling. Er kann nicht einmal das *Kind* schlagen.

In der Ferne hörten sie, wie ein großer hohler Gegenstand, vielleicht eine Plastikmülltonne, von rhythmischen Trommelschlägen malträtiert wurde. Ein Hund jaulte auf.

– Er ist ein Feigling, sprach Lea weiter, und nur ich habe es gesehen. Er hat nicht einmal mit der Faust zugeschlagen.

– Ich habe auch nicht zugeschlagen, erinnerte sie Kirill.

– Du hast bestimmt deine Gründe, sagte sie. Prinzipien. Aber er ist einfach nur feige.

– Vielleicht hat er auch seine Gründe.

– Schau –

Ein großer Stein schlief friedlich vor ihnen auf dem kleinen Rasenstück. Lea bückte sich nach ihm. Der Stein war oval, und sie schaukelte ihn wie ein Baby. Die Unterseite des Steins war voll nasser Erde, und sie wischte ihre Finger einfach an ihrer Jacke ab. Dicke, braune Striche. Kirill fragte sich, wann diese Jacke wohl das letzte Mal gewaschen worden war.

– Wirf. Nur einmal.

– Warum?

– Für mich, sagte sie. Ein Geschenk. Ein ...

– Aber warum ist das denn so wichtig?

– Ist es ja nicht. Ich würde mich nur freuen. Am besten, du zielst auf den Rücken oder, von vorne, auf die Schulter, auf das Schlüsselbein, das –

– Nein, ich werde ganz sicher kein Schlüsselbein zertrümmern, sagte Kirill. Ich bin müde.

– Ach, es *hat* doch gar kein Schlüsselbein, stell dich doch nicht so dumm an, nur einmal, bitte, dann prallt der Stein ab, und niemand hat dich gesehen.

– Niemand außer dir.

– Willst du, dass ich wegsehe? Ist es das? Kein Problem, wenn es das ist.

– Lea, lass es für heute gut sein. Ein andermal.

Er bereute, dass er mitgegangen war.

– Wieso ein andermal? Wir sind jetzt hier. Und an einem anderen Tag sind vielleicht noch zehn andere Leute da. Heute haben wir es ganz für uns. Herrgott, es ist doch nur ein Lehmklumpen!

– Und? Ich sehe keinen Grund, einen Lehmklumpen mit Steinen zu bewerfen.

– Es braucht doch keinen Grund, außer dem, dass ich mich freue. Tu's für mich.

Er zögerte. Der Stein wanderte aus ihrer Hand in seine.

– Wirf. Es sagt ja niemand, dass du dir die Hand am Kind kaputtschlagen sollst oder es so lange mit der Kette bearbeiten sollst, bis –

Der Stein flog. Er traf die Hausmauer, streifte den Sockel der Figur und blieb bewusstlos im Staub liegen. Ein dumpfer Augenblick Stille.

– Wie schwer ist es eigentlich, so ein großes Ziel zu treffen?, explodierte Lea. Das war Absicht, oder? Du hast absichtlich danebengeworfen!

– Nein, hab ich nicht. Mein Augenmaß –

– Ach, erzähl mir doch nichts! Du hast gedacht, so

könntest du dich an mir vorbeischwindeln, aber so krank bin ich nicht, dass ich das nicht merke. Ah, verdammter Feigling, weinerlicher, widerlicher –

Sie schritt rasch über den Rasen zum Stein, hob ihn auf und schleuderte ihn auf das linke Knie des Kindes. Der Stein hinterließ eine kleine Mulde.

Kirill wandte sich zum Gehen. *In die allgemein als vollkommen empfundene Form* stand auf der Tafel. Während er ging, lauschte er angestrengt, aber die schlimme Tracht Prügel, die Lea dem Kind zur Strafe für seine Feigheit verpasste, blieb wohl aus oder geschah vollkommen lautlos.

Bei Jules hing neuerdings eine große Karte der Stadt im Lokal. Mit einem Leuchtstift hatte jemand einzelne Bereiche auf der Karte eingekreist oder mit einem Pfeil gekennzeichnet. In der Mitte, am Rande eines großen grün schraffierten Bereichs, befand sich ein dickes X.

Kirill deutete auf das X.

– Was ist das da?

– Hm?

– Das Ding da.

– Eine Karte, sagte Jules.

– Ah. Und warum hängt die da?

– Ach, was weiß ich. Kunst.

– Warst du schon mal dort?

– Wo?

– Da.

– Ach, na ja. Ist nichts für mich, glaube ich. Ich bin mehr der Feuer-Typ.

– Feuer-Typ?

– Ja, ich zünde die Leute lieber an, als mit ihnen Kunst zu machen.

– Vernünftig, sagte Kirill.

Und etwas später, als er ein sehr altes Lied aus den Lautsprechern des Lokals hörte, rief Kirill:

– He, mach das lauter, das ist gut. Die Nummer.

Er näherte sich dem Ende der Straße. Der Morgen war friedlich und kühl, wie das Innere eines Doms. Ein paar Sterne standen noch über der Stadt, aber ihr Licht war unstetig und flackernd. Bald würden sie sich auflösen. Er fragte sich, wie viele Menschen schon in ähnlichem Zustand hierhergekommen sein mochten, als Pilger ihrer Wut, zu Tode gedemütigt von der Kunstbegeisterung, die die Stadt erfasst hatte. Vielleicht war ja gerade das der Sinn des Lehmklumpens da unter den Scheinwerfern. Seine Auslöschung durch einen von ihr Verwundeten.

Die Uhr auf seinem Handgelenk, stellte er fest, war auf mikroskopische Größe geschrumpft. Er schloss die Augen, der Schwindelanfall ging vorüber. Er atmete ein paar Mal tief durch.

Als Schüler hatte er einmal in einem Aufsatz über das Problem der Unterdrückung der Frau eine kleine Entdeckung beschrieben, die er im Schulhof gemacht hatte. Natürlich nicht nur im Schulhof. Die Sache war folgende: Gib einem Mann einen Baseballschläger in die Hand, und lass ihn damit ein Auto zerschlagen, die Scheiben, die Karosserie, alles, lass ihn die Reifen aufstechen und zuletzt auch noch die Rückspiegel wie Segelohren abhacken. Hinterher wird er schnaufen, vielleicht etwas müde sein, aber er ist im Angriffsmodus, ein Kämpfer, ein Krieger. Fängst du jetzt mit ihm Streit an, ist er imstande und bringt dich an Ort und Stelle um. Gibst du hingegen einer Frau denselben Baseballschläger in die Hand und die gleichen Anweisungen, wird sie sie achselzuckend ausführen und hinterher fragen: Und? Wozu das Ganze? Er versuchte, sich zu erinnern, welche Note er auf seine schlaue Beobachtung bekommen hatte. Es fiel ihm nicht mehr ein.

Er blickte das *Kind* an.

Dahin zog es also Lea jede Nacht, sie und ihren Freund, gegen den er keine Chance hatte.

Oft hatte er sich diese Szene vorgestellt. Er hatte davon geträumt, auch heute Nacht. Der erste Schlag an den Kiefer war immer der leichteste – und meistens fiel dann etwas Kleines vom Kopf des Kindes und klatschte gegen die Wand. Die Augen oder die Nase oder die Schädeldecke. Und voller Entsetzen starrte Kirill auf das kleine, summende Gehirn im Kopf der Lehmfigur. Dann griff er in seine Hosentasche und holte einen Oktopus hervor, ein kleines, zappeliges, fettglänzendes Ding. Den Oktopus setzte er der Figur direkt ins Gehirn. Sofort begann der Oktopus, sich mit kleinen schaufelnden Bewegungen seiner Tentakel in die graue Masse des Gehirns einzuarbeiten. Bald schaute nur mehr sein Däumlingskopf daraus hervor und erinnerte an eine aus der Vorhaut geschlüpfte Eichel. An diesem Punkt begannen seine Lider zu flattern, er stöhnte auf, riss sich von dem schrecklichen Anblick los und fiel aus dem Bett wie ein hilfloser Vogel.

– Verdammter Haufen Dreck, versuchte Kirill zu denken.

Aber es half nichts, also sagte er es laut. Seine Stimme wurde von den eng stehenden Wänden zurückgeworfen. Er stand vor dem *Mahlstädter Kind*, in seiner Hand hielt er einen Ast, den er im Park gefunden hatte. Der Wind, der um die Ecke der Sackgasse wehte, war wie eine mitgehörte Unterhaltung fremder Wesen.

Er verpasste dem Kind einen leichten Schlag, dann einen festeren. Es ging ganz leicht. Er blickte sich um, ob ihn jemand beobachtete. Ihm wurde kalt, und er zog seinen Schal fest. Er ließ einen weiteren Schlag auf das Kind niedersausen, diesmal an die Stelle, an der ein Ohr hätte sein müssen. Eine kleine Kerbe blieb zurück.

Seine Schläge wurden immer heftiger, und seine Atmung beschleunigte sich. Er musste das Bild von dem Oktopus, das Bild von Lea, die das Kind verprügelte, das Bild seiner eigenen Hilflosigkeit loswerden. Das Kind würde ihm dabei helfen. Er krallte seine Finger in den dummen, zu Boden blickenden Lehmkopf. Es fühlte sich gar nicht wie Lehm an. Eher wie ein Kunststoff. Wahrscheinlich war Lehm einfach poetischer, dachte Kirill. Vielleicht besteht es in Wirklichkeit aus Industriemüll. Vielleicht ist es giftig.

Er roch an seinen Fingern.

Kein Geruch.

Er trat dem Kind gegen den Kopf. Dann fiel ihm auf, dass er das Gesicht noch gar nicht gesehen hatte. Man konnte es nur dann sehen, wenn man sich quasi dem Kind in den Schoß legte. Da er seine Jacke nicht schmutzig machen wollte, zog er sie aus und legte sie auf den Boden. Sein Hemd folgte.

Das Geräusch umgestoßener Mülltonnen ließ ihn zusammenzucken. Aber es war nicht in der Nähe.

Er legte sich auf die ausgestreckten Beine des Kindes. Sein Oberkörper und sein Gesicht passten genau in den Zwischenraum, den der hängende Kopf und die Knie des *Mahlstädter Kindes* bildeten. Es war zu dunkel, um die Gesichtszüge des Kindes zu erkennen, also tastete Kirill mit seinen vom vielen Schlagen taub gewordenen Fingern danach. Aber bald verlor er die Geduld, wand sich heraus und durchsuchte seine Jacke nach Streichhölzern. Er fand eine Schachtel, schüttelte sie, um das beruhigende Geräusch zu hören, und ging dann zum Kind zurück.

Er schob seinen Körper zurück zwischen Knie und Kinn des sitzenden Kindes, riss ein Streichholz an und schaute.

Das hatte er nicht erwartet.

Die Gesichtszüge des Kindes waren so fein, als wären sie mit einer Rasierklinge in die grobe Substanz geschnitten. Noch nie, so schien es, hatte ein Schlag diese Stelle erreicht. Natürlich, dachte Kirill etwas verwirrt, es sitzt ja auch so gekrümmt da und lässt den Kopf hängen, wie soll da auch ein Schlag …

Das Kind lächelte wie eine buddhistische Statue. Kirill schrie auf, das Streichholz hatte ihm die Finger verbrannt, und er ließ es fallen. Es streifte seine Wange, als es in die Dunkelheit fiel.

Lea saß erschöpft auf dem Boden. Sie war vollkommen durchgeschwitzt, und an ihren Händen klebte Blut. Außerdem war ihr ein wenig schlecht. Das passierte ihr in letzter Zeit häufiger. Früh am Morgen ging es meist los.

Sie sah auf die Uhr, nickte.

Wenn sie morgens erwachte, hatte sie großen Appetit auf alles Mögliche. Aber dann wurde ihr von einem Augenblick auf den nächsten speiübel. Das musste an der Hitze liegen, die in ihrer Wohnung herrschte. Die Hitze kroch über ihren Rücken, in ihren Nacken und entzündete von dort ihr Gehirn, indem es die Wirbelsäule als Zündschnur verwendete. Sie kannte die Hitze, sie war zu allem fähig.

Sie wischte sich mit der schmutzigen Hand übers Gesicht. Aber davon wurde es nicht besser. Sie musste den Ärmel ihrer Jacke umstülpen und das trocken gebliebene Innenfutter verwenden, um sich die Augen abzuwischen.

Überall auf ihrem Körper waren kleine Lehmspritzer. Auf ihrer Hose, auf ihren Schuhen, auf ihrer Wange. Es fühlte sich gut an. Sie fühlte, dass sie noch nicht genug hatte. Aber sie war zu müde, um noch einmal auf das Kind loszugehen. Für heute genug Kunst, dachte sie. Für heute war sie der Vollkommenheit lange genug entgegengegangen.

Ob es je vollendet werden würde, überlegte sie. Vielleicht war das *Kind* ja eines Tages so hübsch und vollkommen, die Kinderform so *allgemein anerkannt*, dass niemand mehr es zu berühren wagte, dass jeder Schlag auf seinen Kopf und Körper als Verbrechen galt, als Sakrileg. Vielleicht würde es auch eines Tages auseinanderbrechen, trotz des ausgeklügelten Mechanismus, der es geschmeidig und am Leben hielt.

Lea krallte die Finger in ihren Oberschenkel. Der Schmerz gab ihr genug Energie, um vom kalten Boden vor der Parkbank aufzustehen. Wenn sie noch länger hier sitzen bliebe, würde sie sich noch verkühlen. Sie war schon seit den Morgenstunden hier, in sicherer Entfernung vom Kunstwerk, denn sie hatte das Gefühl, die Kontrolle zu verlieren. Jetzt, da sie aufrecht stand, sickerte Entspannung durch ihren ganzen Körper. Es war wie eine unendliche Fürsorglichkeit für ihren eigenen Körper. Er war so zerbrechlich, dachte sie, er war so zart. Er musste umsorgt und bei allem unterstützt werden. Man musste ihm zeigen, wie sehr man ihn brauchte, sonst verabschiedete er sich zu schnell.

Sie war müde, sie wollte nach Hause, sich ausruhen.

Der Gedanke an ihr warmes, weiches Bett brachte sie zum Weinen. Ich bin so albern, sagte sie sich. Sie tastete nach den Tränen, die über ihr Gesicht liefen. Seit sie zu dem Kind ging, weinte sie wieder häufiger. Früher hatte sie oft jahrelang kein einziges Mal geweint. Jetzt brauchte sie nur mehr den geringsten Auslöser. Sie war auf dem Weg, ein besserer Mensch zu werden, dachte sie.

Auf dem Weg nach Hause trat sie ein paar Mülltonnen um.

Nach dem Abtransport des *Kindes* tappte die Stadt eine Weile in einem kulturellen Vakuum herum, ließ sich hie und da zu lauten und desorientierten Protestkundgebungen hinreißen und lenkte für eine kurze Zeit die so plötzlich ziellos gewordene Gewaltausübung auf andere Dinge um. Aber diese Dinge wehrten sich meist oder wollten nichts davon wissen.

Eines Nachts brannte eine Schule bis auf die Grundmauern nieder, aber Gott sei Dank wurde niemand verletzt.

In die leere Nische zwischen den beiden unbewohnten Häusern am Rand des Parks stellte man – da niemand das gähnende schwarze Loch, das nach dem Abtransport der Skulptur entstanden war, ertrug – zunächst ein Ringelspiel, das heißt, man bettete es dreihundert Meter weit um, vom einen Ende des Parks zum andern. Anfangs fuhren einige Kinder auf ihm, aber nach einigen Rundläufen ließen sie sich von ihren enttäuschten Eltern vom Sitz heben. Schon nach einer Woche musste es den Betrieb endgültig einstellen, da die Pferde und Schweine und Affen und Dinosaurier, auf denen man im Kreis reiten konnte, kaum mehr erkennbar waren unter all den Schrammen, Dellen und Einschnitten, die ihnen in verschiedenen Nacht-und-Nebel-Aktionen zugefügt worden waren.


Kirill ging oft zu dem alten Karussell. Es interessierte ihn, wie es sich veränderte. Irgendwann würde es bestimmt auch wieder entfernt werden, und dann würde man ja sehen, was an seine Stelle trat. Vielleicht nichts. Vielleicht ein kleines Hinweisschild.

Der Herbst zeigte sich milde, an manchen Tagen war es sogar wieder so heiß wie im August. Nur der Wind war anders, ein ständiges Säuseln, das die Luft erfüllte, wie das Scharren einer Grammophonnadel auf dem glatten Innenkreis einer Schallplatte. Kleine Samenhülsen-Propeller bedeckten Cafétische und Gehwege, und auf den Geländern der Pavillons hüpften Spatzen herum.

An einem jener heißeren Tage sah Kirill Lea beim Karussell. Sie stand dort verloren in der Gegend herum, wie ein Bauer am Rand des Schachbretts steht und darauf wartet, gegen eine mächtigere Spielfigur eingetauscht zu werden. Es war früher Abend, und die Sonne war bereits hinter einigen hohen Gebäuden versunken. Als er sich Lea von hinten näherte, fiel ihm als Erstes ihr Nacken auf. Einen Augenblick lang hielt er es für möglich, sie zur Begrüßung am Nacken zu packen und gegen eine Mauer zu drängen. Aber dann drehte sie sich einfach zu ihm um, wischte sich eine Haarsträhne aus dem Gesicht und sagte:

– He, hallo.

– Hallo, sagte Kirill und hob die Hand zur Begrüßung.

Lea trug ein sattelförmiges Pflaster auf dem Nasenrücken. Es sah niedlich aus. Kirill hätte es gerne berührt.

– Tut das weh?

– Was? Ach so, nein. Nein, tut nicht mehr weh.

Sie ging los, und an der leichten Seitwärtshaltung ihres Oberkörpers merkte er, dass sie wollte, dass er sie begleitete. Sie kehrten dem Karussell den Rücken und gingen in Richtung Park. Die Spazierwege sahen aus wie Flecken auf einer Malerschürze. Über die kleine Brücke kamen zwei Leute, ein blindes Pärchen, das seine beiden Blindenstöcke in langsamem Takt über die Pflastersteine bewegte, behutsam synchronisiert wie zwei Scheibenwischer. Das Schwenkgeräusch der Stöcke war angenehm. Kirill stellte sich vor, wie er einen dieser Stöcke dem Blinden aus der Hand nahm und sanft über seinem Knie in zwei Teile brach.

– Alles so weit okay bei dir?, fragte Kirill.

Lea versetzte sich selbst kleine, nachdenkliche Schläge in die Bauchgegend, so wie jemand, der andeuten will, dass er pappsatt ist.

– Na ja, sagte sie, sicher, ich meine … Ist nie leicht, Veränderung.

– Nein, bestimmt nicht.

– Aber man gewöhnt sich, sagte Lea.

– Wie geht's deinem Kater?

– Wem?

– Dem Kater. Magister Perotinus.

Lea antwortete nicht, sondern zog ihren Mantel aus. Der Abend war wirklich außerordentlich warm. Sie hängte ihn sich über die Schulter.

– Na ja, sagte sie, der Vorteil ist, Katzen sind sehr unabhängig.

– Ja.

– Sie kommen zurecht, weißt du.

Kirill nickte.

– Und, was meinst du, wo es jetzt ist?

– Was?

– Das *Kind*, sagte Lea.

– Na ja, irgendwo … An einem besseren Ort.

Über diese Formulierung mussten sie beide lachen. Lea ließ ihren Mantel fallen und hob ihn wieder auf.

– Ich hab mal … das ist total schräg, aber ich hab mal eine Schraube hineingesteckt, sagte Lea.

– Wie?

– Eine Schraube. So eine kleine. Die hab ich genom-

349

men und in dieses Lehmdings geschoben. Und weißt du, was das Witzige war?

– Was?

– Errätst du nie.

– Was?

– Da war schon eine Schraube. Mehrere sogar. Irre.

– Mehrere Schrauben, wie ... du meinst, im Kind?

– Ja, lauter Metall. Kleine Schrauben und so. Da, knapp unter der Hautober... da in der Schulter.

Lea zeigte ihm die Stelle an ihrer Schulter, und Kirill streckte automatisch seine Hand nach ihr aus. Lea fing die Hand ab. Es tat weh.


Später ging Kirill allein über den Parkweg zurück. Hin und wieder steckte er sich den verletzten Finger in den Mund und saugte an ihm. Ein süßlicher und irgendwie reifer Geschmack, fast herbstlich.

In der Nähe des Karussells setzte er sich auf eine Bank und blieb dort, bis es völlig dunkel war. Die Luft kühlte rasch ab, in den Hochhäusern nahe dem Park erschienen die erleuchteten Fensterquadrate, riesige Pixel eines Bildes, das man erst aus unendlicher Entfernung erkennen konnte, und über der Stadt sah man die ersten Sterne, wie Kohlensäurebläschen, die sich eine gewisse Zeit lang an die Innenseite des Wasserglases klammern, bevor sie loslassen und in die Höhe davontrudeln.

# Inhalt